Het ROSIE EFFECT

Van Graeme Simsion zijn verschenen:

Het Rosie Project
Het Rosie Effect
Het Rosie Resultaat

Het beste van Adam Sharp
Camino

GRAEME SIMSION

Het ROSIE EFFECT

Vertaald door Linda Broeder

UITGEVERIJ LUITINGH-SIJTHOFF

MIX
Papier van verantwoorde herkomst
FSC
www.fsc.org
FSC® C014496

Eerste druk 2014
Twintigste druk 2019

Oorspronkelijke titel: *The Rosie Effect*
Vertaling: Linda Broeder
Omslagtypografie: Studio Jan de Boer
Omslagillustratie: W.H. Chong
Foto auteur: James Penlidis

ISBN 978 90 210 1743 3
NUR 302

www.lsamsterdam.nl
www.boekenwereld.com

Voor Anne

1

Sinaasappelsap stond niet gepland voor de vrijdag. Hoewel Rosie en ik het Gestandaardiseerde Maaltijdsysteem hadden afgeschaft – wat de 'spontaniteit' bevorderde maar nadelig was voor de tijdsduur van het boodschappen doen, de voedselvoorraad en de mate van verspilling – hadden we afgesproken dat we elke week drie alcoholvrije dagen zouden inlassen. Zonder officiële planning bleek deze doelstelling lastig te behalen, zoals ik al had voorspeld. Uiteindelijk zag Rosie ook de logica in van mijn oplossing.

Vrijdag en zaterdag waren voor de hand liggende dagen voor het consumeren van alcohol. We hoefden beiden niet naar de universiteit in het weekend. We konden uitslapen en daarna wellicht seks hebben.

Seks mocht absoluut niet ingepland worden, in ieder geval niet in expliciet overleg, maar ik was inmiddels bekend met de reeks gebeurtenissen die er meestal aan voorafging: het eten van een bosbessenmuffin van de Blue Sky Bakery, het drinken van een driedubbele espresso van Otha's Coffee, het uittrekken van mijn overhemd, en mijn imitatie van Gregory Peck als het personage Atticus Finch in *To Kill a Mockingbird*. Ik had geleerd niet alle vier de onderdelen bij elke gelegenheid in dezelfde volgorde uit te voeren, aangezien mijn intenties dan wel erg duidelijk zouden zijn. Om een element van onvoorspelbaarheid toe te voegen, besloot ik twee keer een munt op te gooien om te bepalen welk onderdeel van de routine ik zou weglaten.

Ik had een fles Elk Cove-pinot gris in de koelkast gezet voor bij de met de hand opgedoken coquilles die ik die ochtend op Chelsea Market had gekocht, maar toen ik onze was had opgehaald uit de wasruimte beneden, stonden er ineens twee glazen sinaasappelsap op tafel. Het sinaasappelsap was niet compatibel met de wijn. Als we dit eerst zouden drinken, zou het onze smaakpapillen ongevoelig maken voor de relatief hoge concentratie natuurlijke suikers die een pinot gris bevatte, leidend tot een zure smaak. Wachten tot na het consumeren van de wijn zou ook onacceptabel zijn. Sinaasappelsap bederft snel. Vandaar dat ontbijtgelegenheden altijd benadrukken dat hun sap 'versgeperst' is.

Rosie bevond zich in de slaapkamer, dus het was niet mogelijk dit direct met haar te bespreken. In ons appartement bestonden er negen mogelijke combinaties van ruimtes waar Rosie en ik ons konden bevinden, waaronder zes combinaties waarbij we ons ieder in verschillende vertrekken bevonden. In ons ideale appartement, zoals we gezamenlijk hadden vastgesteld voorafgaand aan onze komst naar New York, zouden er zesendertig mogelijke combinaties zijn geweest, aangezien dit appartement zou bestaan uit een slaapkamer, twee werkkamers, twee badkamers en een woonkamer met open keuken. Dit ideale appartement zou gesitueerd zijn in Manhattan, vlak bij de 1- of A-lijn voor vervoer naar de medische faculteit van Columbia University, met uitzicht op het water en een balkon of een dakterras met ruimte om te barbecueën.

Aangezien ons inkomen bestond uit één academicussalaris aangevuld met de inkomsten uit twee bijbaantjes als cocktailbereiders maar minus Rosies collegegeld, moesten we enkele concessies doen en voldeed ons appartement aan geen van de vooraf gestelde eisen. We hadden de locatie Williamsburg zwaar laten meewegen omdat onze vrienden Isaac en Judy Esler daar woonden en deze buurt hadden aangeraden. Er was geen logische reden om aan te nemen dat een (toen) veertigjarige professor in genetica en een dertigjarige geneeskundestudent zich thuis zouden voelen in dezelfde buurt als een vierenvijftigjarige psychiater en een tweeënvijftigjarige pottenbakster die hun woning hadden gekocht voordat de prijzen waren gestegen. De huur was hoog en het appartement had een aantal gebreken die de beheerder niet bereid was te repareren. Momenteel kon de airconditioning niet op tegen de buitentemperatuur van vierendertig graden Celsius, wat binnen de verwachte waarden viel voor eind juni in Brooklyn.

Het lagere aantal kamers en het feit dat ik nu was getrouwd, betekende dat ik moest samenleven met een ander persoon in een beperktere ruimte dan ooit tevoren. Rosies fysieke nabijheid was een zeer positieve uitkomst van het Echtgenote Project, maar tien maanden en tien dagen na onze bruiloft moest ik nog steeds wennen aan het feit dat ik nu deel uitmaakte van een echtpaar. Soms verbleef ik langer in de badkamer dan strikt noodzakelijk was.

Ik verifieerde de datum op mijn telefoon: het was echt vrijdag 21 juni. Dit was een betere uitkomst dan de mogelijkheid dat mijn denkvermogen was aangetast, waardoor ik niet meer wist welke dag het was. Maar het bevestigde een overtreding van het alcoholprotocol.

Mijn overpeinzingen werden onderbroken doordat Rosie uit de slaapkamer tevoorschijn kwam met alleen een handdoek om. Dit was mijn favoriete outfit, aangenomen dat 'geen outfit' niet telde als een outfit. Ik werd wederom getroffen door haar buitengewone schoonheid en haar onverklaarbare besluit om mij als haar partner te selecteren. Zoals altijd ging die gedachte gepaard met een ongewenste emotie: een intense angst dat ze op een dag zou inzien dat ze een fout had gemaakt.

'Hoe maakt u het vanavond?' vroeg ze.

'Ik ben momenteel bezig met het verzamelen van de ingrediënten. Daarna volgt het snijden.'

Ze lachte, op een toon die erop wees dat ik haar vraag verkeerd had geïnterpreteerd. Haar vraag zou helemaal overbodig zijn geweest als we het Gestandaardiseerde Maaltijdsysteem hadden aangehouden. Ik voorzag Rosie van de informatie die ze naar mijn idee verlangde.

'Duurzame coquilles met een mirepoix van wortel, knolselderie, sjalotjes en paprika, en een dressing van sesamolie. De aanbevolen drank hierbij is pinot gris.'

'Kan ik nog iets doen?'

'"We all need to get some sleep tonight. Tomorrow we go to Navarone."'

De inhoud van het citaat van Gregory Peck was irrelevant. Het effect kwam geheel voort uit de manier waarop het werd gebracht en de bijbehorende impressie van leiderschap en vertrouwen in de bereiding van gesauteerde coquilles.

'"And what if I can't sleep, Captain?"' zei Rosie. Ze glimlachte en verdween in de badkamer. Ik begon maar niet over de opbergplaats van de handdoeken. Ik had allang geaccepteerd dat die van haar willekeurig in de badkamer of de slaapkamer werden gelegd en dus in feite twee opbergplaatsen hadden.

Onze voorkeuren wat betreft orde zijn volkomen tegenovergesteld. Toen we van Australië naar New York verhuisden, nam Rosie drie koffers van maximaal formaat mee. De hoeveelheid kleding die ze had ingepakt was onvoorstelbaar. Mijn eigen spullen pasten in twee stuks handbagage. Ik zag de verhuizing als een gelegenheid om mijn levensbenodigdheden een upgrade te geven, dus ik gaf mijn stereo-installatie en desktopcomputer aan mijn broer Trevor, bracht het bed, het beddengoed en het keukengerei terug naar ons ouderlijk huis in Shepparton en verkocht mijn fiets.

Rosie daarentegen voegde juist spullen toe aan haar enorme verzameling bezittingen door binnen een paar weken na aankomst allerlei decoratieve objecten aan te schaffen. Het resultaat hiervan was zichtbaar in de chaotische staat van ons appartement: potplanten, overtollige stoelen en een onpraktisch wijnrek.

Het ging niet slechts om de hoeveelheid spullen; de organisatie ervan was ook een probleem. De koelkast stond vol halflege verpakkingen broodbeleg, sauzen en bedorven melkproducten. Rosie had zelfs voorgesteld een tweede koelkast aan te schaffen via mijn vriend Dave. Eén koelkast per persoon! De voordelen van het Gestandaardiseerde Maaltijdsysteem – met een volledig gespecificeerde maaltijd voor elke dag van de week, een standaard boodschappenlijstje en een geoptimaliseerde voorraad – waren nog nooit zo duidelijk geweest.

Er was welgeteld één uitzondering op Rosies ongeorganiseerde aanpak. Die uitzondering was variabel. In de regel betrof dit haar geneeskundestudie, maar momenteel was het haar proefschrift over omgevingsfactoren die invloed hebben op de ontwikkeling van een bipolaire stoornis op jonge leeftijd. Ze had vrijstellingen gekregen voor het geneeskundeprogramma aan Columbia, op voorwaarde dat ze haar proefschrift in de zomervakantie zou afronden. De deadline was al over twee maanden en vijf dagen.

'Hoe kun je zo georganiseerd zijn in dat ene, maar zo ongeorganiseerd in al het andere?' had ik Rosie eens gevraagd nadat ze de verkeerde driver voor haar printer had geïnstalleerd.

'Juist doordat ik me zo op mijn proefschrift concentreer, maak ik me niet druk om de rest. De mensen vragen zich toch ook niet af of Freud de houdbaarheidsdatum van zijn melk wel controleerde?'

'Er bestonden nog geen houdbaarheidsdata aan het begin van de twintigste eeuw.'

Het was ongelooflijk dat twee mensen die zo verschillend waren toch een succesvol echtpaar vormden.

2

Het Sinaasappelsap Incident vond plaats aan het eind van een toch al ontregelde week. Een andere bewoner van ons appartementencomplex had mijn beide 'nette' overhemden verpest door zijn wasgoed stiekem bij dat van ons te stoppen. Ik begreep zijn behoefte aan efficiëntie, maar een van zijn kledingstukken had ervoor gezorgd dat ons lichte wasgoed nu permanent paars gevlekt was.

In mijn ogen was dat geen probleem: ik was inmiddels aardig ingeburgerd als gastprofessor aan de medische faculteit van Columbia en hoefde niet langer bezorgd te zijn om het 'maken van een goede eerste indruk'. Verder kon ik me niet voorstellen dat een restaurant me zou weigeren vanwege de kleur van mijn overhemd. Rosies bovenkleding, grotendeels zwart, was niet aangetast. Het probleem bleef beperkt tot haar ondergoed.

Ik betoogde dat ik geen bezwaar had tegen de nieuwe kleur en dat niemand anders haar ontkleed zou zien, behalve wellicht een arts, die toch professioneel genoeg zou moeten zijn om zich niet druk te maken om uiterlijkheden. Maar Rosie had al een poging ondernomen het probleem te bespreken met Jerome, de bewoner die volgens haar de dader was, om herhaling te voorkomen. Dit leek me een verstandige aanpak, maar Jerome had tegen Rosie gezegd dat ze de schijt kon krijgen.

Het verbaasde me niet dat ze op weerstand was gestuit. Rosies manier van communiceren was vaak nogal direct. In een gesprek met mij was dat zeer effectief en vaak zelfs noodzakelijk, maar anderen beschouwden haar directheid als confronterend. Jerome wekte niet de indruk een oplossing te willen vinden die voor beide partijen bevredigend was.

Nu wilde Rosie dat ik 'voor ons op zou komen' en zou laten zien dat we 'niet met ons lieten sollen'. Dat is precies het soort gedrag dat ik mijn aikidoleerlingen afraad. Als beide partijen hun dominantie willen bevestigen en daarbij het 'harder terugslaan'-algoritme hanteren, dan zal dit uiteindelijk leiden tot de uitschakeling of het overlijden van een van de partijen. Allemaal om zoiets futiels als de was.

Maar het wasgoedprobleem was nog niets vergeleken met de rest van de week. Want er had een ramp plaatsgevonden.

Ik word er vaak van beschuldigd dat woord overmatig te gebruiken, maar ieder weldenkend mens moest toegeven dat het een toepasselijke term was ter omschrijving van het stuklopen van het huwelijk van mijn beste vrienden, waarbij ook twee onzelfstandige kinderen betrokken waren. Gene en Claudia woonden in Australië, maar de situatie zou al snel tot een verdere verstoring van mijn schema leiden.

Gene en ik hadden elkaar gesproken via een Skype-verbinding van slechte kwaliteit. Het zou kunnen dat Gene bovendien dronken was. Hij leek niet echt op de details te willen ingaan, waarschijnlijk omdat:

1. Mensen over het algemeen niet graag openlijk praten over seksuele activiteiten waarbij ze zelf betrokken zijn;
2. Hij zich uitermate dwaas had gedragen.

Hij had Claudia beloofd te stoppen met zijn project om seks te hebben met een vrouw uit elk land van de wereld, maar hij had zich niet aan zijn belofte gehouden. De overtreding had plaatsgevonden op een congres in Göteborg, Zweden.

'Don, toon wat medeleven,' zei hij. 'Hoe kon ik nu weten dat ze in Melbourne woonde? Ze was IJslands.'

Ik wees hem erop dat ik Australisch ben maar in de Verenigde Staten woon. Een tegenvoorbeeld als eenvoudige weerlegging van Gene's belachelijke stelling dat mensen in hun geboorteland bleven wonen.

'Oké, maar Melbourne, nota bene. En ze kende Claudia. Hoe groot is die kans?'

'Lastig te berekenen.' Ik wees Gene erop dat hij die vraag had moeten stellen voordat hij haar had toegevoegd aan zijn lijst van nationaliteiten. Als hij een onderbouwde schatting wilde van de waarschijnlijkheid, had ik informatie nodig over migratiepatronen en over de omvang van Claudia's sociale en professionele netwerk.

Er speelde nog een andere factor mee. 'Om de waarschijnlijkheid te kunnen berekenen, moet ik weten hoeveel vrouwen je hebt verleid sinds je belofte om dit niet meer te doen. Het risico zal uiteraard proportioneel toenemen.'

'Maakt dat wat uit?'

'Wel als je een accurate schatting wilt. Ik neem aan dat het antwoord niet nul is,' zei ik.

'Don, congressen – overzeese congressen – tellen niet mee. Daarom gaan mensen juist naar congressen. Daar is iedereen het over eens.'

'Als Claudia het ermee eens is, wat is dan het probleem?'

'Je hoort niet betrapt te worden. Wat er in Göteborg gebeurt, blijft in Göteborg.'

‘Blijkbaar was Mevrouw IJsland niet op de hoogte van deze regel.’

‘Ze is lid van Claudia’s boekenclub.’

‘Bestaat er voor boekenclubs een uitzondering op de regel?’

‘Laat maar. Hoe dan ook, het is voorbij. Claudia heeft me eruit gezet.’

‘Ben je dakloos?’

‘Min of meer.’

‘Ongelooflijk. Heb je de decaan ingelicht?’ De decaan van de faculteit natuurwetenschappen maakte zich uitermate druk om het imago van de universiteit. Het feit dat de afdeling psychologie geleid werd door een dakloze zou vast ‘geen goede indruk maken’, om een van haar vaste uitdrukkingen te citeren.

‘Ik neem een sabbatical,’ zei Gene. ‘Wie weet kom ik wel naar New York om je op een biertje te trakteren.’

Dit was een verbluffende gedachte. Niet het biertje, want dat kon ik zelf ook wel kopen, maar de mogelijkheid dat mijn oudste vriend naar New York zou komen.

Naast Rosie en mijn familie had ik in totaal zes vrienden. Dat waren, in aflopend aantal contacturen:

1. Gene, wiens advies vaak ondeugdelijk was gebleken, maar die over fascinerende theoretische kennis beschikte betreffende menselijke seksuele aantrekkingskracht, mogelijk ingegeven door zijn eigen libido, dat buitengewoon hoog was voor een man van zevenenvijftig.
2. Gene’s vrouw, Claudia, een klinisch psycholoog en de verstandigste mens ter wereld. Ze had zich uitermate tolerant opgesteld ten opzichte van zijn ontrouw tot

aan zijn belofte om zijn leven te beteren. Ik vroeg me af wat er zou gebeuren met hun dochter Eugenie en Gene's zoon uit zijn eerste huwelijk, Carl. Eugenie was nu negen en Carl zeventien.

3. Dave Bechler, een koelkastmonteur die ik had ontmoet bij een honkbalwedstrijd tijdens mijn eerste bezoek aan New York met Rosie. We kwamen nu wekelijks bij elkaar op onze vaste 'mannenavond' om te praten over honkbal, koelkasten en het huwelijk.
4. Sonia, Dave's vrouw. Ondanks haar lichte overgewicht (geschatte BMI zevenentwintig) was ze buitengewoon knap en had ze een goedbetaalde baan als accountant bij een kliniek voor kunstmatige inseminatie. Deze zaken bezorgden Dave veel stress, omdat hij dacht dat ze hem wellicht zou verlaten voor iemand die aantrekkelijker of rijker was dan hij. Dave en Sonia probeerden zich nu al vijf jaar voort te planten, met behulp van ivf (vreemd genoeg niet bij de kliniek waar Sonia werkte, terwijl ze daar vermoedelijk korting zou krijgen en toegang had tot hoogwaardige genen, indien noodzakelijk). Onlangs was het ze gelukt, en Sonia was uitgerekend op eerste kerstdag.
5. (gedeelde plaats) Isaac Esler, een Australische psychiater, die ik ooit als de waarschijnlijkste kandidaat had aangemerkt in de zoektocht naar Rosies biologische vader.
6. (gedeelde plaats) Judy Esler, Isaacs Amerikaanse vrouw. Judy was een pottenbakster die daarnaast geld inzamelde voor het goede doel en voor onderzoek. Zij was verantwoordelijk voor sommige van de decoratieve objecten waar ons appartement mee vol stond.

Zes vrienden, aangenomen dat ik de Eslers nog steeds tot mijn vrienden kon rekenen. Er was geen enkel contact geweest na een incident rond blauwvintonijn zes weken en vijf dagen geleden. Maar zelfs met vier vrienden had ik er meer dan ooit tevoren. En nu bestond de kans dat ze allemaal – op Claudia na – bij mij in New York zouden zijn.

Ik kwam snel in actie en vroeg de decaan van de medische faculteit van Columbia, professor David Borenstein, of Gene zijn sabbatical hier mocht houden. Gene is geneticus, zoals zijn naam toevalligerwijs al aangeeft, maar hij is gespecialiseerd in evolutionaire psychologie. Hij kon ondergebracht worden bij psychologie, genetica of geneeskunde, al zou ik psychologie niet aanraden. De meeste psychologen waren het niet eens met Gene's theorieën, en ik ging ervan uit dat Gene geen behoefte had aan nog meer onenigheid in zijn leven. Dat inzicht vergde een mate van inleving waar ik niet over had beschikt voordat ik met Rosie was gaan samenwonen.

Ik wees de decaan erop dat Gene als volwaardig professor geen echt werk zou willen verrichten. David Borenstein was bekend met het protocol van een sabbatical, dat stelde dat Gene door zijn universiteit in Australië zou worden betaald. Hij was zich ook bewust van Gene's reputatie.

'Als hij kan meeschrijven aan een aantal artikelen en zijn handen van de promovendi kan houden, dan kan ik wel een kantoor voor hem regelen.'

'Geen probleem.' Gene slaagde er altijd in gepubliceerd te worden zonder hier enige moeite voor te hoeven doen. We zouden genoeg tijd overhouden om over interessante onderwerpen te praten.

'Ik maak geen grapje wat betreft de promovendi. Als hij problemen veroorzaakt, hou ik jou daarvoor verantwoordelijk.'

Dit leek me een onredelijk dreigement, typisch voor universitaire bestuurders, maar het gaf me een excuus om Gene's gedrag te corrigeren. Na een kort onderzoek naar de promovendi concludeerde ik dat het onwaarschijnlijk was dat Gene zich in een van hen zou interesseren. Dat verifieerde ik nog eens toen ik hem belde met het nieuws dat ik een aanstelling voor hem had weten te regelen.

'Je hebt Mexico al gehad, correct?'

'Ik heb wat tijd doorgebracht met een vrouw met die nationaliteit, als je dat soms bedoelt.'

'Heb je seks met haar gehad?'

'Zoiets.'

Er waren meerdere internationale promovendi, maar Gene had alle dichtbevolkte, ontwikkelde landen al gehad.

'Dus je accepteert de aanstelling?' vroeg ik.

'Ik wil eerst mijn opties nagaan.'

'Onzin. Columbia heeft de beste medische faculteit ter wereld. En ze zijn bereid iemand aan te nemen die bekendstaat om zijn luiheid en zijn ongepaste gedrag.'

'Jij moet nodig iets zeggen over ongepast gedrag.'

'Precies. Ze accepteren mij. Ze zijn uitermate tolerant. Je kunt maandag beginnen.'

'Maandag? Don, ik heb geen woonruimte.'

Ik zei dat ik wel een oplossing zou vinden voor dit kleine, praktische probleem. Gene kwam naar New York. Hij zou weer aan dezelfde universiteit verbonden zijn als ik. En als Rosie.

Starend naar de twee glazen sinaasappelsap op tafel besefte ik dat ik had uitgekeken naar de alcohol, ter bedwinging van mijn zenuwen omtrent het inlichten van Rosie over Gene's komst. Ik hield mezelf voor dat ik me onnodig druk maakte.

Rosie beweerde spontaniteit juist te verwelkomen. Deze simpele analyse hield echter geen rekening met drie factoren.

1. Rosie had een hekel aan Gene. In Melbourne was hij haar proefschriftbegeleider geweest, en technisch gezien was hij dat nog steeds. Ze had talloze klachten over zijn academische gedrag en vond zijn ontrouw aan Claudia onacceptabel. Mijn argument dat hij zijn leven had gebeterd was nu onderuitgehaald.
2. Rosie vond het belangrijk om 'tijd voor onszelf' te hebben. Nu zou ik onvermijdelijk ook tijd besteden aan Gene. Hij was ervan overtuigd dat zijn relatie met Claudia ten einde was. Maar als er ook maar enige kans bestond om hun relatie te redden, dan leek het me logisch om hier tijdelijk meer prioriteit aan te geven dan aan ons eigen, gezonde huwelijk. Ik wist zeker dat Rosie het hier niet mee eens zou zijn.
3. Factor 3 was het ernstigst, maar kwam mogelijk voort uit een verkeerde inschatting van mijn kant. Ik zette het uit mijn hoofd om me op het directe probleem te kunnen concentreren.

De twee longdrinkglazen met oranje vloeistof deden me denken aan de avond dat Rosie en ik voor het eerst een 'klik' hadden gevoeld: de Geweldige Cocktailavond, toen we van elke mannelijke aanwezige op de reünie van haar moeders afstudeerjaar een DNA-monster hadden bemachtigd, om hen vervolgens allemaal uit te sluiten als Rosies mogelijke biologische vader. Mijn vaardigheden als cocktailbereider boden wederom een oplossing.

Rosie en ik werkten drie avonden per week bij The Alchemist, een cocktailbar aan West 19th Street in het Flatirondistrict, dus de ingrediënten en de hulpmiddelen voor het maken van cocktails waren noodzakelijke aankopen voor de uitoefening van ons vak (al had ik onze accountant hier niet van kunnen overtuigen). Ik pakte wodka, Galliano en wat ijsklontjes, voegde dit toe aan de sinaasappelsap en roerde. Ik wilde niet aan mijn drankje beginnen voordat Rosie terug was, dus ik schonk voor mezelf een shotglaasje wodka met ijs en wat versgeperst citroensap in en sloeg het snel achterover. Ik voelde mijn stressniveau bijna meteen tot normale waarden dalen.

Eindelijk keerde Rosie terug uit de badkamer. Het enige zichtbare verschil met daarstraks, naast het feit dat ze in tegengestelde richting liep, was dat haar rode haar nu nat was. Maar haar stemming leek flink te zijn verbeterd: ze liep haast dansend naar de slaapkamer. De coquilles waren kennelijk een goede keuze.

Het was mogelijk dat ze in deze emotionele gesteldheid meer open zou staan voor de Gene Sabbatical, maar het leek me raadzaam dit nieuws uit te stellen tot morgenochtend, nadat we seks hadden gehad. Als ze erachter kwam dat ik om die reden informatie voor haar had achtergehouden, zou dat me natuurlijk wel worden aangerekend. Het huwelijk was complex.

Eenmaal bij de slaapkamerdeur draaide Rosie zich om. ‘Geef me vijf minuten om me aan te kleden en dan kom ik de beste coquilles ter wereld proeven.’ Met het gebruik van de frase ‘de beste ter wereld’ eigende ze zich een van mijn vaste uitdrukkingen toe – een duidelijk teken dat ze in een goed humeur verkeerde.

‘Vijf minuten?’ Een verkeerde inschatting zou desastreuze gevolgen hebben voor de bereiding van de coquilles.

‘Oké, een kwartier. We hebben geen haast om te eten. We kunnen eerst een drankje doen en wat kletsen, kapitein Mallory.’

De verwijzing naar het personage van Gregory Peck was eveneens een goed teken. Het enige probleem was het kletsen. ‘Heb jij nog iets interessants meegemaakt vandaag?’ zou ze vragen, wat me zou verplichten de Gene Sabbatical ter sprake te brengen. Ik besloot mezelf bezig te houden met kooktaken zodat ik niet beschikbaar was voor een gesprek. De Harvey Wallbangers had ik zolang in de vriezer gezet, aangezien ze anders zouden opwarmen tot boven de optimale temperatuur, waardoor het ijs zou smelten. Bovendien zou de lage temperatuur ervoor zorgen dat het sinaasappelsap minder snel bedierf.

Ik richtte me weer op de bereiding van het eten. Ik had dit recept nog niet eerder gebruikt, en ik ontdekte pas na aanvang dat de groenten in dobbelsteentjes van één centimeter moesten worden gesneden. Er stond echter geen liniaal op de lijst met benodigdheden vermeld. Ik slaagde erin een meetapplicatie op mijn telefoon te downloaden, maar ik had pas net het referentiedobbelsteentje gevonden toen Rosie weer tevoorschijn kwam. Ze had een jurk aangetrokken – hoogst ongebruikelijk voor een avondje thuis. Hij was wit en contrasteerde sterk met haar rode haar. Het effect was verbluffend. Ik besloot het nieuws over Gene nog even uit te stellen tot later vanavond. Daar kon Rosie moeilijk over klagen. Ik zou mijn aikidotraining doorschuiven naar de volgende ochtend. Dan bleef er tijd over voor seks na het avondeten. Of ervoor. Ik was bereid me flexibel op te stellen.

Rosie ging zitten in een van de twee leunstoelen die een significant deel van de woonkamer in beslag namen.

‘Kom even gezellig met me kletsen,’ zei ze.

'Ik ben groenten aan het snijden. Ik kan vanaf hier praten.'

'Waar is het sinaasappelsap gebleven?'

Ik haalde het gemodificeerde sinaasappelsap uit de vriezer, gaf een glas aan Rosie en ging tegenover haar zitten. Ik voelde me ontspannen door de wodka en door Rosies vriendelijkheid, hoewel ik vermoedde dat het effect slechts oppervlakkig was. Op de achtergrond hielden mijn hersenen zich nog steeds bezig met de kwesties rond Gene, Jerome en het sap.

Rosie hief haar glas alsof ze een toost wilde uitbrengen. Dit bleek ook precies haar bedoeling te zijn.

'We hebben iets te vieren, kapitein,' zei ze. Ze keek me een paar seconden aan. Ze weet dat ik niet van verrassingen hou. Ik nam aan dat ze een belangrijke mijlpaal had bereikt met haar proefschrift. Of misschien had ze een plek aangeboden gekregen in het trainingsprogramma van de afdeling psychiatrie na afronding van haar opleiding geneeskunde. Dat zou zeer goed nieuws zijn, en ik schatte de kans op seks nu op ruim negentig procent.

Ze glimlachte, waarna ze een slok nam uit haar glas, waarschijnlijk om de spanning op te bouwen. Een rampzalige actie! Ze reageerde alsof er vergif in zat. Ze spuugde het uit, over haar witte jurk, en rende naar de badkamer. Ik volgde haar terwijl ze haar jurk uittrok en onder de kraan hield.

Wrijvend over de vlek op haar jurk, slechts gekleed in haar paars verkleurde ondergoed, keerde ze zich naar me toe. Haar gezichtsuitdrukking was veel te complex om te kunnen analyseren.

'We zijn zwanger,' zei ze.

3

Ik had moeite met het verwerken van Rosies opmerking. Toen ik mijn reactie later analyseerde, besefte ik dat mijn brein was overrompeld door de plotselinge informatie, die op maar liefst drie manieren de logica leek te tarten.

Ten eerste was de formulering 'we zijn zwanger' in tegenspraak met de basisprincipes van de biologie. Het impliceerde dat mijn staat net zozeer was veranderd als die van Rosie. Rosie zou nooit hebben gezegd: 'Dave is zwanger.' Maar volgens de definitie die in haar opmerking lag besloten was hij dat dus wel.

Ten tweede hadden we geen zwangerschap gepland. Rosie had het wel genoemd als een van de redenen waarom ze had besloten te stoppen met roken, maar ik was ervan uitgegaan dat ze hierbij alleen doelde op de eventuele mogelijkheid van een zwangerschap. Bovendien hadden we de kwestie expliciet besproken toen we uit eten waren bij Jimmy Watson's aan Lygon Street in Carlton, Australië, op 2 augustus vorig jaar, negen dagen voor onze bruiloft. Het stel naast ons had een Maxi-Cosi op de grond tussen onze tafeltjes neergezet, en Rosie had de mogelijkheid om ons voort te planten ter sprake gebracht.

We hadden toen al besloten dat we naar New York zouden verhuizen, en ik betoogde dat we moesten wachten totdat ze haar studie geneeskunde en haar specialisatie had afgerond.

Rosie was het hier niet mee eens. Ze dacht dat het dan wellicht te laat zou zijn. Ze zou zevenendertig zijn tegen de tijd dat ze een gediplomeerd psychiater was. Ik stelde voor dat we op zijn minst zouden wachten tot na de afronding van haar studie geneeskunde. De specialisatie in psychiatrie was niet noodzakelijk voor haar gewenste baan als klinisch onderzoeker naar psychische aandoeningen, dus als ze haar studie permanent zou moeten staken door de komst van een baby, zou dat in die fase geen rampzalige gevolgen meer hebben. Voor zover ik me kon herinneren had ze hier niet tegen geprotesteerd. Hoe dan ook, een levensbepalend besluit vereist:

1. Het bespreken van de opties, te weten: nul kinderen krijgen; een bepaald aantal kinderen krijgen; één of meer kinderen sponsoren via een goed doel.
2. Het opsommen van de voor- en nadelen van elke optie, zoals: de vrijheid om te reizen; het aantal uren dat men kan werken; het risico op ruzies of zorgen over het gedrag van het kind. Van elke factor moet bepaald worden hoe zwaar dit weegt.
3. Het objectief vergelijken van de opties op basis van bovenstaande.
4. Het opstellen van een plan van aanpak, waarbij wellicht nieuwe factoren naar boven komen, wat leidt tot herziening van punt 1, 2 en 3.

Een kosten-batenanalyse is het meest voor de hand liggende hulpmiddel voor punt 1 tot en met 3, en als punt 4 erg complex is, wat te verwachten valt wanneer men zich voorbereidt op de geboorte van een nieuw mens en op het jarenlang voorzien in diens behoeften, dan is projectmanagementsoftware uitermate geschikt. Bij mijn weten bestond er geen specifieke spreadsheet of Gantt-grafiek voor een babyproject.

De derde breuk met de logica was het feit dat Rosie de combinatiepil slikte als anticonceptiemiddel. Hierbij was de kans op een zwangerschap minder dan 0,5 procent per jaar bij 'perfect' gebruik. In deze context betekent perfect 'elke dag de juiste pil slikken'. Ik kon me niet voorstellen dat Rosie zo chaotisch was dat ze een fout zou maken in zo'n eenvoudige routine.

Ik ben me ervan bewust dat niet iedereen mijn opvatting over de waarde van een zorgvuldige planning deelt, en dat sommige mensen hun levens liever door willekeurige gebeurtenissen laten bepalen. In Rosies wereld, die ik uit vrije wil met haar deelde, was het mogelijk om in de taal der populaire psychologie te spreken in plaats van de taal der biologie, om het onverwachte te omarmen en om belangrijke medicatie te vergeten. Deze gebeurtenissen hadden alle drie plaatsgevonden, wat leidde tot een verandering van omstandigheden die het Sinaasappelsap Incident en zelfs de Gene Sabbatical deed verbleken.

Deze analyse vond uiteraard pas veel later plaats. Op het moment zelf, daar in de badkamer, had de situatie wat mentale stress betreft niet erger kunnen zijn. Ik balanceerde op de rand van een instabiel evenwicht en had net een ongelooflijk harde zet gekregen. Het resultaat was onvermijdelijk.

Een zenuwinzinking.

Dit was niet meer voorgekomen sinds ik Rosie kende, niet meer sinds mijn zus Michelle was overleden aan een nietvastgestelde buitenbaarmoederlijke zwangerschap.

Misschien kwam dat omdat ik nu ouder en stabieler was, of omdat mijn onderbewustzijn mijn relatie met Rosie wilde beschermen, maar ik had nog maar een paar seconden om rationeel te reageren.

'Gaat het, Don?' vroeg Rosie.

Het antwoord was duidelijk nee, maar ik deed geen poging dit te verwoorden. Ik had al mijn mentale reserves nodig voor de uitvoering van mijn noodplan.

Ik maakte het time-outgebaar en rende weg. De lift bevond zich al op onze verdieping, maar het leek wel uren te duren voordat de deuren openden en weer achter me sloten. Eindelijk kon ik mijn emoties de vrije loop laten in een ruimte zonder voorwerpen die ik stuk kon maken en zonder mensen die ik kon verwonden.

Het zag er ongetwijfeld uit alsof ik was doorgedraaid, schreeuwend en bonkend met mijn vuisten tegen de wanden van de lift. Ik zeg ongetwijfeld, omdat ik was vergeten op het knopje voor de begane grond te drukken, dus de lift daalde helemaal af naar de kelder. Daar stond Jerome op de lift te wachten, met een wasmand in zijn handen. Hij droeg een paars T-shirt.

Mijn woede was niet op hem gericht, maar dit detail leek hem te ontgaan. Hij legde zijn hand op mijn borst, waarschijnlijk in een poging zichzelf te beschermen. Ik reageerde uit automatisme, greep hem bij zijn arm en draaide hem om. Hij knalde tegen de wand van de lift en kwam weer op me af, dit keer uithalend met zijn vuist. Ik reageerde inmiddels vanuit mijn training in oosterse vechtsporten en niet vanuit mijn emoties. Ik ontweek zijn stoot en duwde zijn armen opzij zodat hij zich niet kon verdedigen. Jerome besefte dat hij niets meer kon uithalen en hij verwachtte duidelijk dat ik hem zou neerslaan. Hier was echter geen reden toe, dus ik liet hem los. Jerome vluchtte meteen de trap op, zonder zijn wasmand. Ik moest weg zien te komen uit die benauwde ruimte, dus ik volgde hem. We renden beiden de straat op.

Aanvankelijk had ik geen bestemming in gedachten, dus ik besloot Jerome te volgen, die telkens achterom bleef kijken. Uiteindelijk dook hij een zijstraat in en kwam ik langzaam weer bij mijn positieven. Ik boog af naar het noorden, in de richting van Queens.

Ik was nog niet eerder te voet naar het appartement van Dave en Sonia gegaan. Gelukkig was het erg eenvoudig om in New York de weg te vinden, door de logische nummering van de straten, wat men in elke stad verplicht zou moeten stellen. Het was ongeveer vijfentwintig minuten hardlopen, dus tegen de tijd dat ik bij het gebouw aankwam en op de bel drukte, was ik bezweet en buiten adem.

Mijn woede was vervlogen tijdens mijn aanvaring met Jerome. Ik was opgelucht dat ik er niet toe was gedreven hem te slaan. Mijn emoties waren op hol geslagen, maar mijn training in oosterse vechtsporten was sterker gebleken. Dat was geruststellend, maar nu was ik vervuld van een algeheel gevoel van hopeloosheid. Hoe kon ik mijn gedrag uitleggen aan Rosie? Ik had het zenuwinzinkingsprobleem nooit ter sprake gebracht, om twee redenen:

1. Het was al zo lang niet meer gebeurd dat ik dacht dat het misschien wel helemaal zou wegblijven, zeker nu mijn algehele geluksgevoel was toegenomen.
2. Rosie zou me kunnen afwijzen.

Afwijzing was nu een logische keuze voor Rosie. Ze had reden om aan te nemen dat ik gewelddadig en gevaarlijk was. En ze was zwanger. Van een gewelddadige en gevaarlijke man. Dat moest vreselijk zijn voor haar.

'Hallo?' Het was Sonia, via de intercom.

'Don hier.'

'Don? Is alles in orde?' Blijkbaar kon Sonia uit mijn stem – en mogelijk uit het weglaten van mijn gebruikelijke 'Gegroet'-aanhef – opmaken dat er een probleem was.

'Nee. Er heeft een ramp plaatsgevonden. Meerdere rampen.'

Sonia liet me binnen.

Het appartement van Dave en Sonia was groter dan dat van ons, maar stond al helemaal vol met babyspullen. Ik realiseerde me dat de term 'van ons' misschien niet langer van toepassing was.

Ik was me bewust van mijn extreme agitatie. Dave liep naar de keuken om bier te halen en Sonia stond erop dat ik ging zitten, hoewel ik het prettiger vond om rond te lopen.

'Wat is er gebeurd?' vroeg Sonia. Het was een voor de hand liggende vraag, maar ik was niet in staat een antwoord te formuleren. 'Is Rosie in orde?'

Naderhand besefte ik hoe briljant deze vraag was. Het was niet alleen het meest logische beginpunt, maar het bracht de situatie voor mij ook weer wat in perspectief. Rosie was in orde, in ieder geval fysiek gezien. Ik voelde me wat kalmer worden. Nu mijn gezonde verstand langzaam terugkeerde, kon ik beginnen met het opruimen van de chaos die mijn emoties hadden gecreëerd.

'Er is niets met Rosie. Het probleem ligt bij mij.'

'Wat is er gebeurd?' vroeg Sonia weer.

'Ik kreeg een zenuwinzinking. Ik slaagde er niet in mijn emoties onder controle te houden.'

'Sloeg je door?'

'Waardoor?'

'Zeggen ze dat niet in Australië? Verloor je je kalmte?'

'Correct. Ik heb een soort psychisch probleem. Dat heb ik Rosie nooit verteld.'

Ik had het niemand verteld. Ik had nooit erkend dat ik een psychische aandoening had, behalve dan toen ik als twintiger aan een depressie leed, maar dat was een logisch gevolg van mijn sociale isolement. Ik had geaccepteerd dat mijn hersenen anders waren geprogrammeerd dan die van de meeste andere mensen, of beter gezegd, dat mijn programmering zich meer aan het uiterste van het spectrum van menselijke configuraties bevond. Mijn aangeboren vermogen tot logisch nadenken was significant beter ontwikkeld dan mijn interpersoonlijke vaardigheden. Zonder mensen zoals ik zouden we geen penicilline of computers hebben gehad. Maar de psychiaters hadden mij twintig jaar geleden al als psychiatrische patiënt willen bestempelen. Ik was het hier nooit mee eens geweest, en naast de depressie was er nooit een definitieve diagnose gesteld, maar het zenuwinzinkingsprobleem was een zwak punt in mijn betoog. Het was een reactie op irrationaliteit, maar de reactie zelf was ook irrationeel.

Dave keerde terug en gaf me een biertje. Hij had er ook een voor zichzelf ingeschonken en sloeg de helft achterover. Dave mag geen bier drinken, behalve op ons gezamenlijke avondje uit, vanwege zijn significante overgewicht. Wellicht was er nu sprake van verzachtende omstandigheden. Ik zweette nog steeds, ondanks de airconditioning, maar het biertje werkte verkoelend. Sonia en Dave waren uitstekende vrienden.

Dave had meegeluisterd en had me horen toegeven dat ik een psychisch probleem had.

'Dat heb je mij ook nooit verteld,' zei hij. 'Wat voor...'

Sonia onderbrak hem. 'Excuseer ons, Don. Ik wil Dave

even onder vier ogen spreken.' Zij en Dave liepen naar de keuken. Ik was me ervan bewust dat ze volgens de sociale conventie eigenlijk een smoes hadden moeten bedenken om te verhullen dat ze over mij wilden praten zonder dat ik ze zou horen. Gelukkig ben ik niet snel beledigd. Dat weten Dave en Sonia ook.

Dave keerde alleen terug. Hij had zijn bierglas bijgevuld.

'Hoe vaak is dit gebeurd? Zo'n zenuwinzinking?'

'Dit is de eerste keer sinds ik Rosie ken.'

'Heb je haar geslagen?'

'Nee.' Eigenlijk had ik 'natuurlijk niet' willen antwoorden, maar niets is zeker wanneer ons logisch denkvermogen wordt overweldigd door ongecontroleerde emoties. Ik had een noodplan voorbereid en het had gewerkt. Dat was het enige waar ik mezelf op kon beroemen.

'Heb je haar geduwd... Iets anders gedaan?'

'Nee, er was geen sprake van geweld. Geen fysiek contact.'

'Don, ik hoor nu iets te zeggen als: "Je moet me niet belazeren, maatje", maar je weet dat ik dat soort dingen niet zeg. Je bent mijn vriend, dus vertel me gewoon de waarheid.'

'En jij bent mijn vriend, dus je zou toch moeten weten dat ik niet goed kan liegen.'

Dave lachte. 'Dat is waar. Maar als je me echt wilt overtuigen, moet je me wel recht in de ogen kijken.'

Ik keek Dave in de ogen. Die waren blauw. Verbazingwekkend lichtblauw. Dat had ik nog niet eerder opgemerkt, ongetwijfeld vanwege mijn onvermogen hem in de ogen te kijken. 'Er was geen sprake van geweld. Al heb ik mogelijk wel een buurman bang gemaakt.'

'Shit, het klonk beter zonder die imitatie van een psychopaat.'

Het verontrustte me dat Dave en Sonia blijkbaar dachten

dat ik Rosie iets zou kunnen aandoen, al putte ik enige troost uit de gedachte dat de situatie ook veel erger had kunnen zijn, en dat ze vooral bezorgd waren om haar.

Sonia zwaaide vanuit Dave's werkkamer, waar ze aan het telefoneren was. Ze stak haar duim op naar Dave en sprong toen opgewonden op en neer, als een klein kind, zwaaiend met haar vrije hand. Ik snapte er niets van.

'Mijn god,' riep ze, 'Rosie is zwanger.'

Het was alsof er ineens twintig mensen in de kamer stonden. Dave stootte zijn glas tegen dat van mij, knoeiend met zijn bier, en hij sloeg zelfs zijn arm om mijn schouder. Hij voelde me vast verstijven, waarop hij zijn arm weer weghaalde, maar toen herhaalde Sonia de handeling en gaf Dave me een klap op de rug. Het leek wel de metro in de spitsuren. Ze deden net of mijn probleem reden was voor een feestje.

'Rosie hangt nog aan de lijn,' zei Sonia, en ze gaf de telefoon aan mij.

'Don, is alles in orde?' vroeg Rosie. Ze maakte zich zorgen over mij.

'Natuurlijk. De toestand was tijdelijk.'

'Don, het spijt me enorm. Ik had je er niet zo mee moeten overvallen. Kom je weer naar huis? Ik wil echt even met je praten. Maar Don, ik wil niet dat dit iets tijdelijks is.'

Rosie dacht kennelijk dat ik naar haar toestand verwees – haar zwangerschap – maar haar reactie voorzag me van belangrijke informatie. Terugrijdend in Dave's busje concludeerde ik dat Rosie al had besloten dat haar zwangerschap een feit was en geen fout. Het sinaasappelsap bood aanvullend bewijs. Ze wilde het bevruchte eitje geen schade toebrengen. Ik had buitengewoon veel te verwerken en mijn brein functioneerde inmiddels weer normaal, of in ieder geval zoals ik gewend was. Mijn zenuwinzinking was wellicht een psychisch equivalent van opnieuw opstarten na overbelasting.

Ik mocht dan wel steeds bekwamer worden in het oppikken van sociale signalen, maar toch miste ik bijna een signaal van Dave.

'Don, ik wilde je eigenlijk om een gunst vragen, maar gezien Rosie en alles...'

Uitstekend, was mijn eerste gedachte. Toen besefte ik dat het tweede gedeelte van Dave's zin – in combinatie met zijn toon – aangaf dat hij eigenlijk hoopte dat ik zijn bezwaar zou verwerpen, zodat hij zich niet schuldig zou voelen over het feit dat hij mij om hulp vroeg terwijl ik al genoeg andere problemen aan mijn hoofd had.

'Geen probleem.'

Dave glimlachte. Ik werd overspoeld door een gevoel van welbehagen. Op mijn tiende had ik geleerd een bal te vangen, al vereiste dat voor mij buitensporig veel oefening in vergelijking met mijn klasgenoten. De tevredenheid die ik voelde wanneer ik een bal wist te vangen waar anderen geen enkele moeite mee zouden hebben, viel te vergelijken met het gevoel dat ik nu ervoer als gevolg van mijn verbeterde sociale vaardigheden.

'Het is niets bijzonders,' zei Dave. 'Ik ben net klaar met die bierkelder voor die Britse kerel in Chelsea.'

'Bierkelder?'

'Ja, net als een wijnkelder, maar dan voor bier.'

'Dat klinkt als een standaard project. De aanleg van de koeling zal vast hetzelfde zijn, ongeacht de inhoud.'

'Wacht maar tot je het ziet. Het is aardig duur uitgevallen.'

'Denk je dat hij misschien moeilijk zal doen over de prijs?'

'Het is een vreemde klus, voor een vreemde vent. En aangezien hij Brits is en jij Australisch bent... Nou, ik dacht dat jullie het misschien wel met elkaar zouden kunnen vinden. Ik heb gewoon wat morele steun nodig. Zodat hij niet over me heen walst.'

Dave zweeg en ik maakte van de gelegenheid gebruik om na te denken. Ik had uitstel gekregen. Rosie dacht waarschijnlijk dat mijn verzoek om een time-out bedoeld was om na te denken over de gevolgen van haar aankondiging. Mijn daadwerkelijke zenuwinzinking had ze niet meegekregen. Ze leek zeer verheugd met de zwangerschap.

De situatie hoefde geen directe gevolgen voor mij te hebben. Ik zou morgen gewoon naar Chelsea Market joggen, een aikidoles geven in het centrum voor oosterse vechtsporten en luisteren naar de podcasts van *Scientific American* van vorige week. We zouden de tijdelijke tentoonstelling over kikkers in het Museum of Natural History nog eens bezoeken, en voor het avondeten zou ik sushi, pompoendumplings en misosoep maken, met tempura van de witvissoort die de medewerkers van Lobster Place me zouden aanraden. De 'vrije tijd' die Rosie altijd in het weekend wilde inplannen – en die ze momenteel aan haar proefschrift besteedde – zou ik benutten om met Dave mee te gaan naar zijn klant. Ik zou een speciale wijnstopper met vacuümpomp kopen, ter bewaring van de wijn die Rosie normaal gesproken zou hebben geconsumeerd, en ik zou haar sap geven ter vervanging.

Buiten de aanpassing in drankinkopen zou ons leven onveranderd blijven. Op de komst van Gene na dan. Dat probleem had ik nog altijd niet opgelost. Maar gezien de omstandigheden leek het me verstandig dat nieuws nog even uit te stellen.

Het was 21.27 uur toen ik weer bij ons appartement aankwam. Rosie sloeg haar armen om me heen en begon te huilen. Ik had geleerd dat het zinloos was dergelijk gedrag meteen te willen interpreteren, of te willen achterhalen welke specifieke emotie erachter schuilging, ook al zou dergelijke informatie wel nuttig zijn geweest bij het formuleren van een reactie. In plaats daarvan paste ik de tactiek toe die Claudia me had aangeraden en nam ik de rol aan van Gregory Pecks personage in *The Big Country*. Krachtig en zwijgzaam. Dat kostte me weinig moeite.

Rosie herstelde zich snel. 'Ik heb de coquilles en alles in de oven gezet nadat je had gebeld,' zei ze. 'Die zijn nog wel goed.'

Dat was een onwetende opmerking, maar ik concludeerde dat de schade waarschijnlijk niet significant zou toenemen als we ze nog een uur in de oven zouden laten staan.

Ik omhelsde Rosie nogmaals. Ik voelde me euforisch, een typisch menselijke reactie op het wegvallen van een grote dreiging.

We aten de coquilles een uur en zeven minuten later, in onze pyjama. Alle geplande taken waren uitgevoerd. Ik had Rosie alleen nog niet ingelicht over Gene.

4

Het kwam goed uit dat de seks was vervroegd naar vrijdagavond. Toen ik de volgende ochtend terugkeerde van mijn hardloopronde over de markt voelde Rosie zich onpasselijk. Ik wist dat dit een veelvoorkomend symptoom was in het eerste trimester van de zwangerschap, en dankzij mijn vader wist ik er ook de correcte omschrijving voor. 'Als je stelt dat je je ongepast voelt, Don, dan zeg je dat je onfatsoenlijk bent.' Mijn vader is uiterst nauwgezet wat correct taalgebruik betreft.

Er bestaat een goede, evolutionaire verklaring voor zwangerschapsmisselijkheid in het eerste trimester. Tijdens deze kritieke fase in de ontwikkeling van de foetus, waarin het immuunsysteem van de moeder wordt onderdrukt, is het van essentieel belang dat zij geen schadelijke stoffen binnenkrijgt. Daarom is de maag scherper afgestemd op het weigeren van ongeschikt voedsel. Ik raadde Rosie aan zich te onthouden van medicijnen die dat natuurlijke proces zouden kunnen verstoren.

'Begrepen,' zei Rosie. Ze stond in de badkamer en klampte zich met beide handen vast aan de wastafel. 'Ik zal de thalidomide in het medicijnkastje laten staan.'

'Heb je thalidomide?'

'Grapje, Don, grapje.'

Ik legde Rosie uit dat veel medicijnen de placentabarrière

konden passeren en noemde een aantal voorbeelden, inclusief beschrijvingen van de misvormingen waartoe dit kon leiden. Het leek me onwaarschijnlijk dat Rosie een van deze middelen tot zich zou nemen en het was eigenlijk vooral mijn bedoeling om deze interessante informatie – die ik jaren geleden eens had gelezen – met haar te delen, maar al snel deed ze de badkamerdeur dicht. Op dat moment besefte ik dat er één middel was dat ze in ieder geval wel tot zich had genomen. Ik deed de deur weer open.

'Hoe zit het met alcohol? Hoelang ben je al zwanger?'

'Ongeveer drie weken, schat ik. Ik zal vanaf nu niet meer drinken, oké?'

Haar toon impliceerde dat het geen goed idee was om haar tegen te spreken. Maar dit was een verbluffend voorbeeld van de gevolgen van het niet-plannen. Die gevolgen waren zo aanzienlijk dat er zelfs een speciale term voor bestond, met een negatieve bijklank. Best uitzonderlijk voor een wereld waarin verder lang niet genoeg waarde werd gehecht aan planning. We hadden te maken met een 'ongeplande zwangerschap'. Als de zwangerschap wel was gepland, had Rosie al vooraf kunnen stoppen met drinken. Ze had zich ook medisch kunnen laten keuren om eventuele risico's te signaleren, en we hadden de aanbevelingen uit verscheidene onderzoeken kunnen opvolgen, die stelden dat de DNA-kwaliteit van het sperma kon worden verbeterd door dagelijks seks te hebben.

'Heb je sigaretten gerookt? Of marihuana?' Rosie was bijna een jaar geleden gestopt met roken, maar ze had af en toe een terugval gehad, meestal in combinatie met het consumeren van alcohol.

'Hé, hou nu eens op met die hysterische vragen. Nee. Weet je waar je je druk om zou moeten maken? Steroïden.'

'Heb je steroïden geslikt?'

'Nee, ik heb geen steroïden geslikt. Maar ik raak gestrest van je. Bij stress wordt cortisol geproduceerd, een steroïdehormoon. Cortisol kan de placentabarrière passeren. Er bestaat een verband tussen een verhoogd cortisolgehalte bij baby's en het ontwikkelen van depressies op latere leeftijd.'

'Heb je dat onderzocht?'

'Alleen de afgelopen vijf jaar maar. Waar denk je dat mijn proefschrift over gaat?' Rosie kwam uit de badkamer en stak haar tong uit, iets wat nu niet bepaald wetenschappelijke autoriteit uitstraalde. 'Dus de komende negen maanden is het jouw taak om te zorgen dat ik niet gestrest raak. Zeg het: "Rosie mag niet gestrest raken." Kom op.'

Ik herhaalde haar instructies. 'Rosie mag niet gestrest raken.'

'Ik ben nu ook wel een beetje gestrest. Ik voel de cortisol door mijn lichaam razen. Volgens mij kan ik wel een massage gebruiken om me te helpen ontspannen.'

Ik had nog een andere prangende vraag. Die probeerde ik op een niet-stresserende toon te stellen terwijl ik de massageolie opwarmde.

'Weet je zeker dat je zwanger bent? Heb je een arts geconsulteerd?'

'Ik ben geneeskundestudent, weet je nog? Ik heb twee keer een test gedaan. Gisterochtend en vlak voordat ik het je vertelde. Twee keer een valspositieve uitslag is wel erg onwaarschijnlijk, professor.'

'Correct. Maar je slikte de anticonceptiepil.'

'Die ben ik blijkbaar vergeten. Misschien ben je wel superpotent.'

'Ben je hem één keer vergeten of meerdere keren?'

'Hoe kan ik me iets herinneren wat ik ben vergeten?'

Ik had haar pilstrip wel eens gezien. Dat was een van de talloze vrouwenzaken waar ik mee werd geconfronteerd toen Rosie bij me introk. Bij elke pil stond de dag van de week genoteerd. Het systeem leek prima te functioneren, al zou het nog beter zijn geweest als het aan concrete datums werd gekoppeld. Ik zag een soort digitale houder voor me met een alarm. Maar zelfs het huidige systeem was zo ontworpen dat ook vrouwen die een stuk minder intelligent waren dan Rosie geen fouten zouden maken. Rosie had het toch makkelijk kunnen opmerken als ze een pil had overgeslagen. Maar ze veranderde van onderwerp.

'Ik dacht dat je blij was dat we een kind krijgen.'

Ik was blij zoals ik ook blij zou zijn als ik in een vliegtuig zat en de piloot zou omroepen dat hij een van de motoren weer aan de praat had gekregen nadat beide waren uitgevallen. Blij dat ik het waarschijnlijk wel zou overleven, maar geschokt dat deze situatie zich überhaupt had voorgedaan, en aannemend dat er een grondig onderzoek zou worden ingesteld naar de oorzaak.

Blijkbaar wachtte ik te lang met antwoorden. Rosie herhaalde haar opmerking.

'Je zei gisteravond dat je blij was.'

Nadat Rosie en ik hadden deelgenomen aan een huwelijksceremonie in een kerk ter nagedachtenis aan de Ierse afkomst van Rosies atheïstische moeder – waarbij haar vader Phil een 'weggeef'-ritueel had uitgevoerd dat ongetwijfeld tegen Rosies feministische principes inging, en Rosie een fenomenale witte jurk met sluier had gedragen die ze waarschijnlijk nooit meer zou aantrekken, en we bijna met confetti waren bestrooid als we niet tot het verstandige besluit waren gekomen om regels in te stellen – had ik geleerd dat getrouwd zijn betekende dat het gezond verstand vaak opzij werd geschoven om de harmonie te bewaren. Ik zou met de confetti hebben ingestemd als zij het had toegestaan.

'Natuurlijk, natuurlijk,' zei ik, in een poging een rationeel en stressvrij gesprek gaande te houden terwijl ik terugdacht aan onze trouwdag en ondertussen Rosies naakte lichaam met olie insmeerde. 'Ik vroeg me alleen af hoe het gebeurd kon zijn. Als wetenschapper.'

'Het gebeurde op die zaterdagochtend nadat je een ontbijtje voor ons had gehaald en je je impressie deed van Gregory Peck in *Roman Holiday*.' Rosie probeerde hem zelf te imiteren. '"You should always wear my clothes."'

'Had ik mijn overhemd nog aan toen ik dat deed?'

'Ja, inderdaad. Dus je weet het nog. Als ik niets had gezegd, had je het gewoon aangehouden.'

Eén juni. De dag waarop mijn leven was veranderd. Alweer.

'Ik had niet gedacht dat het meteen raak zou zijn,' zei ze. 'Ik dacht dat het maanden, of misschien wel jaren zou duren, zoals bij Sonia.'

Achteraf gezien was dit het perfecte moment om Rosie over Gene te vertellen. Maar ik besefte pas later dat ze met haar opmerking toegaf dat ze de anticonceptiepil opzettelijk niet had geslikt, wat mij de gelegenheid gaf zelf ook een geheim op te biechten. Maar ik was op het massageproces gericht.

'Voel je je al wat minder gestrest?' vroeg ik.

Ze lachte. 'Onze baby is buiten gevaar. Voorlopig.'

'Wil je koffie? Ik heb je bosbessenmuffin in de koelkast gezet.'

'Blijf maar gewoon doorgaan.'

Het gewoon blijven doorgaan leidde er uiteindelijk toe dat

er geen tijd meer overbleef tussen het ontbijt en mijn aikidoles, en dat ik geen gelegenheid meer had om de Gene Sabbatical te bespreken. Toen ik terugkeerde van mijn les, stelde Rosie voor om het bezoek aan het museum af te blazen zodat ze verder kon werken aan haar proefschrift. Ik gebruikte de vrijgekomen tijd om onderzoek te doen naar bier.

Dave reed ons naar een nieuw appartementencomplex tussen High Line Park en de Hudson. Tot mijn verbazing bleek de 'kelder' in werkelijkheid een kleine slaapkamer te zijn in een appartement op de negenendertigste verdieping, direct onder het penthouse dat door de bierkelder werd bediend. Het onderste appartement stond verder leeg. Dave had de kamer geïsoleerd met koelingspanelen en had een complex koelsysteem geïnstalleerd.

'Ik had het plafond beter moeten isoleren,' zei Dave.

Daar was ik het mee eens. De kosten hiervoor zou men al snel terugverdienen door de besparing op energie. Ik had veel geleerd over koeling sinds ik Dave kende.

'Waarom heb je dat niet gedaan?'

'Vanwege de beheerder van het gebouw. Ik denk dat hij wel zou hebben toegegeven, maar de klant maakt zich niet zo druk om de energierekening.'

'Dan is de klant vermoedelijk erg vermogend. Of erg verzot op bier.'

Dave wees naar boven. 'Allebei. Hij heeft twee vijfkamerappartementen gekocht en deze onderste gebruikt hij alleen voor het bier.'

Dave hield zijn vinger voor zijn lippen in het universele gebaar voor stilzwijgen en geheimhouding. Er was een kleine, magere man met een verweerd gezicht en lang, grijs, samengebonden haar in de deuropening verschenen. Ik schatte zijn BMI op twintig en zijn leeftijd op vijfenzestig. Als ik zijn beroep had moeten raden, zou ik loodgieter hebben gezegd. Als hij een voormalig loodgieter was die de loterij had gewonnen, dan zou hij wel eens een zeer veeleisende klant kunnen zijn.

Hij sprak met een zwaar Brits accent. '*Ullo*, David. Heb je je maat meegenomen?' De loodgieter stak zijn hand uit. 'George.'

Ik schudde hem de hand en oefende hierbij evenveel druk uit als George (gemiddeld), volgens conventie. 'Don.'

Nu de formaliteiten waren afgerond, begon George de kamer te inspecteren.

'Op welke temperatuur stel je 'm in?'

Dave gaf een antwoord dat volgens mij fout was. 'Voor bier zetten we hem meestal op vijfenveertig graden. Fahrenheit.'

George was niet onder de indruk. 'Allejezus, wil je het soms bevriezen? Als ik lagerbier wil drinken, pak ik wel een flesje uit de koelkast boven. Vertel me eens wat je weet over echt bier. Over ale.'

Dave is zeer competent, maar hij leert vooral in de praktijk, door ervaring op te doen, terwijl ik juist veel effectiever leer door te lezen. Daarom had het me ook zoveel tijd gekost om bedreven te raken in aikido, karate en het entertainmentaspect van het cocktails maken. Dave had waarschijnlijk geen enkele ervaring met Engels bier.

Ik antwoordde namens hem. 'Voor pale ale ligt de aanbevolen temperatuur tussen tien en dertien graden Celsius. Dertien tot vijftien voor porter, stout en andere donkere bieren. Dat komt overeen met vijftig tot vijfenvijftig komma vier graden Fahrenheit voor de pale ale en vijfenvijftig komma vier tot negenenvijftig graden Fahrenheit voor de donkere bieren.'

George glimlachte. 'Australisch?'

'Correct.'

'Dat zal ik je vergeven. Ga verder.'

Ik vervolgde mijn uiteenzetting van de regels voor het correct conserveren van ale. George leek tevreden met mijn informatie.

'Slimme kerel,' zei George. Hij keerde zich naar Dave. 'Dat mag ik wel, een man die zijn beperkingen kent en hulp inschakelt als dat nodig is. Dus Don is degene die mijn bier in de gaten zal houden, eh?'

'Nou, nee,' zei Dave. 'Don is meer een... consulent.'

'Ah, ik vat hem al,' zei George. 'Hoeveel?'

Dave is bijzonder correct wat zijn zaken betreft. 'Dat zal ik moeten narekenen,' zei hij. 'Bent u blij met de installatie?' Dave wees naar het koelsysteem, de isolatie en de leidingen die door het plafond omhoogliepen.

'Wat denk jij, Don?' vroeg George.

'Onvoldoende isolatie,' zei ik. 'Het energieverbruik zal buitensporig hoog zijn.'

'Niet de moeite waard. Ik heb al genoeg mot gehad met de beheerder. Die vindt het niet leuk dat ik gaten in het plafond heb gemaakt. Ik wacht er nog wel even mee totdat ik de wenteltrap laat plaatsen.' Hij lachte. 'Maar verder is alles in orde?'

'Correct.' Ik vertrouwde Dave.

George nam ons mee naar boven. Zijn appartement zag er ongewoon uit voor een woning, maar volkomen normaal voor een Engelse pub. Er waren muren verwijderd om drie van de slaapkamers bij de woonkamer te betrekken, en de ruimte was gemeubileerd met meerdere houten tafels en stoelen. Er stond een bar voorzien van zes tapkranen die via leidingen met de bierkelder eronder waren verbonden, en er hing een grote tv hoog aan de muur. Er was zelfs een podium voor optredens, compleet met een piano, drumstel en versterkers. George was erg vriendelijk en gaf ons ambachtelijk gebrouwen biertjes uit een van de barkoelkasten.

'Wat een bocht,' zei hij terwijl we ze opdronken op het balkon, dat uitkeek over de Hudson, in de richting van New Jersey. 'Het goeie spul zou hier maandag moeten zijn. Dat kwam mee met dezelfde boot als wij.'

George liep weer naar binnen en keerde terug met een kleine leren tas.

'Goed, kom maar op met het slechte nieuws,' zei hij tegen Dave, die dit opvatte als een verzoek om de factuur en hem een opgevouwen stuk papier overhandigde. George keek er even naar en haalde twee grote stapels biljetten van honderd dollar uit zijn tas. Hij gaf één stapel aan Dave en telde nog eens vierendertig biljetten van de tweede stapel af.

'Dertienduizendvierhonderd. Dat klopt wel aardig. Daar hoeft de belastingdienst verder geen weet van te hebben.' Hij gaf me zijn visitekaartje. 'Bel me maar als ik iets voor je kan doen, Don.'

George had duidelijk gemaakt dat ik de bierkelder elke ochtend en avond moest komen controleren, in ieder geval de eerste paar weken. Dave had deze klus nodig. Vlak voordat Sonia zwanger werd had hij zijn vaste baan opgegeven om een eigen bedrijf te beginnen, en daar verdiende hij niet veel mee. Een paar weken geleden had hij niet eens genoeg geld om kaartjes voor het honkbal te kopen. Sonia was van plan te stoppen met werken als de baby er eenmaal was, waardoor de kosten nog verder zouden oplopen.

Dave was mijn vriend, dus ik had geen keuze. Ik zou mijn

schema moeten aanpassen om twee keer per dag langs het appartement in Chelsea te kunnen gaan.

Voor de deur van mijn appartementencomplex werd ik onderschept door de conciërge, die ik over het algemeen ontliep vanwege de kans op klachten.

'Meneer Tillman, we hebben een ernstige klacht ontvangen van een van uw buren. Kennelijk hebt u hem aangevallen.'

'Incorrect. Hij viel mij aan, waarop ik enkele *low-impact* aikidotechnieken heb toegepast, om te voorkomen dat een van ons gewond zou raken. Daar komt bij dat het ondergoed van mijn vrouw door zijn toedoen paars is verkleurd en dat hij haar heeft uitgescholden en beledigd.'

'Dus u hebt hem aangevallen.'

'Incorrect.'

'Het klinkt mij anders aardig correct in de oren. U zegt net dat u karate op hem hebt toegepast.'

Ik wilde hem tegenspreken, maar voordat ik iets kon zeggen, stak hij een preek af.

'Meneer Tillman, de wachtlijst voor een appartement in dit complex is wel zo lang.' Hij hield zijn handen een eind uit elkaar, schijnbaar ter ondersteuning van zijn bewering. 'Als we u eruit zetten, zal er de volgende dag al iemand anders in uw appartement trekken, een normaal persoon. Dit is geen waarschuwing. Ik zal het met de eigenaren bespreken. We hebben hier geen behoefte aan rare snuiters, meneer Tillman.'

5

Op zaterdagavond ontving ik een Skype-telefoontje van mijn moeder uit Shepparton, geheel volgens planning, om 19.00 uur lokale tijd in New York, 09.00 uur lokale tijd in Australië.

De ijzerhandel van mijn vader wist zich staande te houden; mijn broer Trevor zou eens wat vaker de deur uit moeten gaan om iemand zoals Rosie te vinden; mijn oom leek in remissie te zijn, godzijdank.

Ik wist mijn moeder ervan te overtuigen dat alles goed ging met Rosie en mij, dat het ook goed ging op het werk en dat enig bedankje voor de verbeterde prognose van mijn oom gericht zou moeten zijn aan de medische wetenschap en niet aan een godheid die het in eerste instantie kennelijk geen probleem had gevonden dat mijn oom ziek was geworden. Mijn moeder verduidelijkte dat het gewoon een uitdrukking was en dat ze zijn prognose heus niet als wetenschappelijk bewijs zag voor het bestaan van een interventionistische god, God verhoede, wat ook maar een uitdrukking was, Donald. Onze gesprekken waren in dertig jaar tijd niet veel veranderd.

De bereiding van het avondeten kostte veel tijd, aangezien de sushischotel uit een behoorlijk aantal verschillende gerechten bestond, dus tegen de tijd dat Rosie en ik plaatsnamen om te eten, had ik haar nog steeds niet over Gene verteld.

Maar Rosie wilde over de zwangerschap praten.

'Ik heb het op internet opgezocht. Wist je dat de baby nog geen centimeter lang is?'

'De term "baby" is misleidend. Het is nog niet veel verder ontwikkeld dan een blastocyste.'

'Ik ga het geen blastocyste noemen.'

'Embryo dan. Het is nog geen foetus.'

'Luister goed, Don. Ik ga dit maar één keer zeggen. Ik wil niet veertig weken lang op technisch commentaar getrakteerd worden.'

'Vijfendertig. Bij het vaststellen van de draagtijd rekent men altijd vanaf twee weken voor de bevruchting, en we vermoeden dat de bevruchting drie weken geleden heeft plaatsgevonden, na mijn imitatie van *Roman Holiday*. Maar dat moet nog bevestigd worden door een medisch specialist. Heb je al een afspraak gemaakt?'

'Ik weet pas sinds gisteren dat ik zwanger ben. Hoe dan ook, wat mij betreft is het gewoon een baby. Een toekomstige baby, oké?'

'Een nog in ontwikkeling zijnde baby. Een *baby under development*.'

'Precies.'

'Perfect. Dan noemen we hem de Baby Under Development. B.U.D.'

'Bud? Zo klinkt het net alsof hij een man van zeventig is. Als het al een "hij" is.'

'Het geslacht even buiten beschouwing gelaten is het statistisch gezien aannemelijk dat Bud de leeftijd van zeventig zal bereiken, aangenomen dat zijn ontwikkeling en geboorte zonder problemen zullen verlopen en dat de omgevingsfactoren waar de statistieken op zijn gebaseerd niet significant zullen veranderen, zoals bij een nucleaire ramp, een meteoor van hetzelfde formaat als degene die het uitsterven van de dinosaurussen heeft veroorzaakt...'

'... of een vader die hem helemaal suf lult. Maar het blijft een mannelijke naam.'

'Het is ook het Engelse woord voor een plantonderdeel, de knop. Het voorstadium van een bloem. Bloemen worden gezien als vrouwelijk. Jouw naam verwijst naar een bloem. Bud is perfect. Voortplantingsmechanisme van een bloem. Rozenknop, Rosebud, Rosie-bud...'

'Oké, oké. Ik zat te denken dat de baby – ik praat nu even in de toekomende tijd – straks wel in de woonkamer zou kunnen slapen. Tot we een grotere woning hebben gevonden.'

'Natuurlijk. We kunnen een vouwbed voor Bud kopen.'

'Wat? Don, baby's slapen in een wieg.'

'Ik bedoelde voor later. Als hij groot genoeg is voor een bed. We kunnen er nu vast eentje kopen. Zodat we voorbereid zijn. We kunnen morgen wel naar de beddenzaak gaan.'

'We hebben nog geen bed nodig. Voorlopig hoeven we zelfs nog geen wieg te kopen. Laten we wachten tot we weten dat alles in orde is.'

Ik vulde mijn glas met het laatste restje pinot gris uit de fles van de vorige avond, wensend dat er meer in zat. Mijn subtiliteit had niet het gewenste resultaat gehad.

'We hebben een bed nodig voor Gene. Hij en Claudia zijn uit elkaar. Hij heeft een baan aangenomen bij Columbia en hij logeert bij ons tot hij eigen woonruimte heeft gevonden.'

Over dat onderdeel van de Gene Sabbatical was wellicht niet goed nagedacht. Waarschijnlijk had ik eerst met Rosie moeten overleggen voordat ik Gene onderdak had aangeboden. Maar het leek me logisch dat Gene bij ons zou verblijven terwijl hij naar een eigen appartement zocht. We zouden een dakloze onderdak bieden.

Ik ben me zeer bewust van mijn onvermogen om menselijke reacties te voorspellen. Maar ik durfde erom te wedden dat ik precies wist wat Rosie als eerste zou zeggen nadat ze het nieuws had gehoord. Ik kreeg gelijk, tot zesmaal toe.

'Fuck. Fuck, fuck, fuck, fuck, fuck.'

Helaas bleek mijn verdere voorspelling dat ze uiteindelijk wel akkoord zou gaan niet te kloppen. Ik had verwacht dat haar weerstand steeds verder zou afbrokkelen naarmate mijn betoog vorderde, maar mijn argumenten leken juist het tegenovergestelde effect te hebben. Zelfs mijn sterkste argument – dat Gene de meest gekwalificeerde persoon ter wereld was om haar te helpen met het afronden van haar proefschrift – werd verworpen, hoofdzakelijk om emotionele redenen.

'Ik peins er niet over. Mooi niet dat ik die narcistische, ontrouwe, vrouwonvriendelijke, kleingeestige, onwetenschappelijke... hufter in ons appartement laat logeren.'

Het leek me niet gerechtvaardigd om Gene als onwetenschappelijk te bestempelen, maar toen ik zijn kwalificaties wilde opsommen, liep Rosie naar de slaapkamer en trok de deur achter zich dicht.

Ik haalde George' visitekaartje tevoorschijn om in mijn adresboek te noteren. Er stond een naam van een band op: Dead Kings. Tot mijn verbazing kende ik die naam. Aangezien mijn muzikale voorkeuren vooral zijn gevormd door de platenverzameling van mijn vader, was ik bekend met deze Britse rockband wiens muziek vooral eind jaren zestig populair was geweest.

Volgens Wikipedia was de band in 1999 weer bij elkaar gekomen om het entertainment te verzorgen tijdens cruises op de Atlantische Oceaan. Twee van de originele Dead Kings waren inmiddels daadwerkelijk dood, maar zij waren vervangen door nieuwe bandleden. George was de drummer. Hij had vier huwelijken, vier scheidingen en zeven kinderen op zijn naam staan, maar hij leek relatief gezien het meest geestelijk stabiele bandlid te zijn. In het profiel stond verder niets over zijn liefde voor bier.

Toen ik naar bed ging, lag Rosie al te slapen. Ik had een overzicht gemaakt van verdere voordelen van Gene's verblijf bij ons in huis, maar besloot dat het onverstandig zou zijn om haar wakker te maken.

Uitzonderlijk genoeg was Rosie eerder wakker dan ik, waarschijnlijk omdat ze haar slaapcyclus vroeger was gestart. Ze had koffiegezet met de cafetière.

'Ik ging ervan uit dat ik geen espresso mag,' zei ze.

'Hoezo?'

'Te veel cafeïne.'

'In feite bevat koffie uit een cafetière ongeveer tweeënhalf keer zoveel cafeïne als een espresso.'

'Shit. Probeer ik het eens goed te doen...'

'Die cijfers zijn gemiddelden. Ik haal altijd driedubbele espresso's bij Otha's. En deze koffie is juist ongewoon slap, waarschijnlijk vanwege je gebrek aan ervaring.'

'Nou, dan weet je wel wie hem de volgende keer mag zetten.'

Rosie glimlachte. Dit leek een goed moment om de aanvullende voordelen van Gene's verblijf op te sommen. Maar Rosie was me voor.

'Don, even over Gene. Ik weet dat hij een vriend van je is. Ik snap dat je gewoon aardig en loyaal probeert te zijn. En als ik niet net had ontdekt dat ik zwanger ben... Maar ik zeg dit maar één keer en daarna gaan we verder met ons leven: we hebben niet genoeg ruimte voor Gene. Punt uit.'

Ik memoriseerde de 'punt uit'-formule als een handige techniek om een gesprek te beëindigen, maar Rosie weerlegde dit al binnen een paar seconden, toen ik mijn benen uit bed zwaaide.

'Zeg, schat. Ik moet vandaag schrijven, maar vanavond maak ik je in. Geef me eens een knuffel.'

Ze trok me terug op het bed en kuste me. Het is onvoorstelbaar dat iemands emotionele gesteldheid kan worden afgeleid uit zo'n inconsistente reeks signalen.

Toen ik later terugkeek op mijn gesprek met Rosie, concludeerde ik dat haar opmerking over mij inmaken figuurlijk was bedoeld en positief moest worden opgevat. Het was een gewoonte geworden om elkaar bij The Alchemist te willen overtroeven. Over het algemeen beschouw ik het bewust toevoegen van een competitief element aan werkgerelateerde bezigheden als contraproductief, maar onze efficiëntie was gestaag toegenomen. De tijd leek snel te gaan in de cocktailbar, een betrouwbare indicatie dat we het naar onze zin hadden. Helaas was de bar van eigenaar gewisseld. Wanneer er sprake is van een optimale situatie kan zelfs de kleinste verandering alleen maar negatief uitpakken, en dat werd bewezen door de nieuwe manager, die Hector heette, maar die we onder elkaar Meneer Wijn noemden.

Meneer Wijn was ongeveer achtentwintig jaar oud, geschatte BMI tweeëntwintig, met een zwart sikje en een bril met een dik montuur, een stijl die mij vroeger het label nerd had opgeleverd maar die nu modieus was.

De kleine tafels waren vervangen door langere tafels met

bankjes, er was meer verlichting opgehangen en de drankkaart was nu vooral gericht op Spaanse wijn in plaats van cocktails, om aan te sluiten bij het aangepaste menu, dat uit paella bestond.

Meneer Wijn had recentelijk zijn masterstudie bedrijfskunde afgerond, dus ik nam aan dat de veranderingen overeenkwamen met de meest beproefde werkmethoden binnen de horeca. Het resultaat was echter een afname in klandizie, leidend tot het ontslag van twee van onze collega's, wat Meneer Wijn zelf aan de economische crisis toedichtte.

'Ze hebben me er net op tijd bij gehaald,' zei hij. Herhaaldelijk.

Rosie en ik liepen hand in hand naar de metro op weg naar het Flatiron-district. Ze leek in opperbeste stemming te verkeren, ondanks het rituele geklaag over haar zwart-witte uniform, dat ik persoonlijk zeer aantrekkelijk vond. We arriveerden twee minuten eerder dan gepland, om 19.28 uur. Er waren slechts drie tafels bezet en er zat niemand aan de bar.

'Dat is wel erg krap aan,' zei Meneer Wijn. 'Punctualiteit is een van de punten waarop jullie worden beoordeeld.'

Rosie keek om zich heen in de rustige ruimte. 'Het lijkt hier anders niet bepaald te gonzen van bedrijvigheid.'

'Dat gaat zo veranderen,' zei Meneer Wijn. 'We hebben een reservering voor zestien man. Om acht uur.'

'Ik dacht dat we geen reserveringen aannamen,' zei ik. 'Ik dacht dat dat de nieuwe regel was.'

'De nieuwe regel is dat we nooit geld weigeren. En het zijn vips. Belangrijke vips. Vrienden van me.'

Het duurde nog eens tweeëntwintig minuten voordat de eerste cocktails werden besteld. Er arriveerde een groep van vier klanten (geschatte leeftijd halverwege de veertig, geschatte BMI tussen de twintig en de achtentwintig), die plaatsnam aan de bar, ondanks de poging van Meneer Wijn om ze naar een tafel te leiden.

'Wat kan ik voor jullie inschenken?' vroeg Rosie.

De twee mannen en twee vrouwen keken elkaar aan. Het was onbegrijpelijk dat mensen hun vrienden en collega's moesten raadplegen voor het nemen van zo'n basaal besluit. Maar als ze dan toch advies wilden van een externe partij, dan kon dat beter van een professional komen.

'Ik raad een cocktail aan,' zei ik. 'Aangezien dit een cocktailbar is. We hebben cocktails in alle soorten en alcoholpercentages.'

Meneer Wijn was links naast de klanten komen staan, aan hun kant van de bar.

'Don kan u ook onze nieuwe wijnkaart laten zien,' zei hij.

Rosie legde een gesloten exemplaar van het in leer gebonden document op de bar. De groep negeerde de kaart.

Een van de mannen glimlachte. 'Een cocktail klinkt goed. Ik wil graag een whisky sour.'

'Met of zonder eiwit?' vroeg ik, ter vervulling van mijn verantwoordelijkheid om precies het juiste drankje te leveren.

'Met.'

'Puur of op ijs geserveerd?'

'Met ijsblokjes.'

'Uitstekend. Eén Boston Sour op ijs geserveerd,' riep ik naar Rosie, waarna ik met mijn hand op de bar sloeg en de timer op mijn horloge startte. Rosie stond al bij de drankkast achter me en ik wist dat zij voor de whisky zou zorgen. Ik zette een cocktailshaker op de bar, schepte er ijsblokjes in en halveerde een citroen terwijl ik de overige drie bestellingen opnam, inclusief voorkeuren. Ik was me ervan bewust dat Meneer Wijn toekeek. Ik hoopte dat hij onder de indruk zou zijn, als volleerd bedrijfskundige.

Het proces dat ik had uitgedacht en verfijnd benutte onze respectievelijke vaardigheden ten volste. Ik ken meer cocktailrecepten uit mijn hoofd, maar Rosie is behendiger dan ik. Er valt tijdwinst te behalen bij het klaarmaken van een bestelling als één persoon de totaal benodigde hoeveelheid citroensap uitperst, of alle eenheden van een bepaalde drank inschenkt. Uiteraard zullen deze doeltreffendheden ter plekke moeten worden geïdentificeerd, wat een snel denkvermogen en enige oefening vereist. Het leek me zeer onwaarschijnlijk dat twee barmedewerkers die de cocktails apart bereidden even goed konden presteren.

Toen ik de derde cocktail inschonk, een cosmopolitan, begon Rosie met haar vingers op de bar te trommelen, aangezien ze de mojito al had gegarneerd. Ze had me ingemaakt, in ieder geval in de eerste ronde. Toen we de cocktails gelijktijdig serveerden, één in elke hand, begonnen onze klanten te lachen en vervolgens te applaudisseren. We waren inmiddels gewend aan deze reactie.

Meneer Wijn stond ook te glimlachen. 'Ga toch vooral aan een tafeltje zitten,' zei hij tegen onze klanten.

'We zitten hier prima,' zei Meneer Boston Sour. Hij nam een slok van zijn drankje. 'We genieten van de show. De beste whisky sour die ik ooit heb gehad.'

'Gaat u toch alstublieft zitten, dan regel ik wat tapas voor u. Van het huis.'

Meneer Wijn pakte vier wijnglazen uit het rek. 'Heb je *Indiana Jones and the Temple of Doom* wel eens gezien?' vroeg hij aan mij.

Ik schudde mijn hoofd.

'Nou, Don, jij en Rosie deden me denken aan die scène waarin de tegenstander van meneer Jones zijn schermkunst staat te showen.' Meneer Wijn wees naar onze klanten met hun cocktails en maakte enkele bewegingen die schijnbaar bedoeld waren als imitatie van een zwaardgevecht.

'Zwiep, zwiep, zwiep, zwiep, heel indrukwekkend, vier cocktails, tweeënzeventig dollar.'

Meneer Wijn pakte een geopende fles rode wijn. 'Flor de Pingus.' Hij schonk vier glazen in en maakte een gebaar met zijn hand, waarbij hij zijn wijsvinger en duim in een hoek van negentig graden hield en zijn overige vingers kromde. 'Pang, pang, pang, pang. Honderdtweeënnegentig dollar.'

'Eikel,' zei Rosie toen Meneer Wijn de drankjes wegbracht naar een andere groep van vier die was binnengekomen terwijl wij de cocktails hadden staan bereiden. Dit keer leek ze geen grapje te maken, te oordelen naar haar toon. 'Moet je hun gezichten zien.'

'Ze lijken blij. De bewijsvoering van Meneer Wijn is steekhoudend.'

'Natuurlijk zijn ze blij. Ze hadden nog niets besteld. Iedereen is blij met gratis drank.' Rosie zette met onnodig veel geweld een longdrinkglas in het rek. Ik bespeurde woede.

'Ik adviseer je naar huis te gaan,' zei ik.

'Wat? Het gaat wel. Ik ben gewoon pissig. Niet op jou.'

'Correct. Je bent gestrest. Waardoor je cortisol aanmaakt, wat ongezond is voor Bud. De ervaring leert dat je naar alle waarschijnlijkheid een onaangenaam gesprek met Meneer Wijn zult aangaan en de rest van je dienst gestrest zult zijn. En jezelf inhouden zal ook stresserend werken.'

'Je kent me veel te goed. Red je het zonder mij?'

'Natuurlijk. Er zijn maar weinig klanten.'

'Dat bedoelde ik niet.' Ze lachte en gaf me een kus. 'Ik zal tegen Meneer Wijn zeggen dat ik me niet lekker voel.'

Om 21.34 uur arriveerde er een groep van achttien man en werden er extra stoelen neergezet aan de tafel die de hele avond voor hen was vrijgehouden. Sommigen in de groep waren zichtbaar beschonken. Eén vrouw van ongeveer halverwege de twintig stond in het middelpunt van de belangstelling. Ik maakte automatisch een schatting van haar BMI: zesentwintig. Gebaseerd op het volume en de toon van haar stem, berekende ik dat het alcoholpromillage in haar bloed ongeveer 0,1 gram per liter was.

'Ze is kleiner in het echt. En wat gezetter.' Jamie-Paul, onze collega-barman, keek naar de groep.

'Wie?'

'Wie denk je?' Hij wees naar Mevrouw Luidruchtig.

'Wie is dat dan?'

'Je maakt zeker een grapje?'

Ik maakte geen grapje, maar Jamie-Paul gaf geen verdere uitleg.

Toen de groep een paar minuten later had plaatsgenomen, kwam Meneer Wijn naar me toe. 'Ze willen de cocktailnerd. Ik neem aan dat ze jou bedoelen.'

Ik liep naar de tafel, waar ik werd begroet door een man met rood haar, zij het niet zo opvallend rood als dat van Rosie. De groep leek volledig te bestaan uit mensen van midden tot eind twintig.

'Ben jij die cocktailgast?'

'Correct. Ik werk hier als cocktailbereider. Wat kan ik voor jullie inschenken?'

'Jij bent toch die gast die zeg maar een cocktail weet voor elke gelegenheid? En je onthoudt alle bestellingen, zonder ze op te schrijven? Dat ben jij toch?'

'Er zijn wellicht nog meer mensen die dat kunnen.'

De man richtte zich tot de rest van de groep, op luide toon, aangezien het inmiddels aardig rumoerig was. 'Oké, deze gast... Hoe heet je?'

'Don Tillman.'

'Hallo, Dan,' zei Mevrouw Luidruchtig. 'Wat doe je als je geen cocktails staat te bereiden?'

'Ik hou me met talloze zaken bezig. Ik heb een baan als geneticusprofessor.'

Mevrouw Luidruchtig begon luid te lachen.

Meneer Rood Haar vervolgde. 'Oké, Don is de koning van de cocktails. Hij kent alle cocktails ter wereld uit zijn hoofd, en je hoeft alleen maar bourbon en vermout te zeggen en dan zegt hij martini.'

'Manhattan. Of een American in Paris, Boulevardier, Oppenheim, American Sweetheart of Man o' War.'

Mevrouw Luidruchtig lachte. Nog luider. 'Hij is net Rain Man! Je weet wel. Dustin Hoffman die alle kaarten onthoudt. Dan is de cocktail-Rain Man.'

Rain Man! Ik had die film gezien en identificeerde me op geen enkele wijze met Rain Man, die onbespraakt en onzelfstandig was en niet kon werken. Een samenleving van Rain Men zou niet functioneren. Een samenleving van Don Tillmans zou efficiënt, veilig en voor eenieder plezierig zijn.

Een paar leden van de groep moesten lachen, maar ik besloot de opmerking te negeren, evenals de fout in mijn naam. Mevrouw Luidruchtig was dronken en zou zich vast schamen als ze zichzelf later op beeld terug zou zien.

Meneer Rood Haar vervolgde. 'Don kiest een cocktail voor je op basis van wat je maar wilt en dan zal hij alle bestellingen onthouden en ze naar de juiste mensen komen brengen. Ja toch, Don?'

'Zolang de mensen niet van plaats ruilen.' Ik kan beter nummers onthouden dan gezichten. Ik keek naar Meneer Rood Haar. 'Wilt u met het proces beginnen?'

'Heb je iets met tequila en bourbon?'

'Ik kan u een Highland Margarita aanbevelen. De naam impliceert het gebruik van Schotse whisky, maar de versie met bourbon is ook algemeen geaccepteerd.'

'Okeeee!' zei Meneer Rood Haar, alsof ik een homerun had geslagen aan het eind van de negende inning en daarmee de wedstrijd had gewonnen. Ik had één achttiende van mijn taak volbracht. In plaats van een passende honkbalanalogie te bedenken rond dit interessante getal, richtte ik me op het opnemen van de overige bestellingen. Die analogie kon wel wachten tot mijn volgende afspraak met Dave.

De persoon naast Meneer Rood Haar wilde een soort margarita, maar dan meer een longdrink, maar niet gewoon een margarita met ijs of een margarita met spuitwater, maar gewoon iets... anders, je weet wel, iets unieks. Ik adviseerde een Paloma met grapefruitsap en een randje van gerookt zout.

Hierna was Mevrouw Luidruchtig aan de beurt. Ik keek nog eens goed, maar ik herkende haar niet. Nu was dat niet direct in tegenspraak met het feit dat ze beroemd was. Ik besteed weinig aandacht aan populaire cultuur. Zelfs als ze een vooraanstaande geneticus was geweest, zou ik haar gezicht waarschijnlijk niet hebben herkend.

'Oké, Rain Man Dan. Ik wil een cocktail die bij mijn persoonlijkheid past.'

Deze suggestie werd onder luid gejuich ontvangen. Helaas was ik niet in staat aan het gevraagde te voldoen. 'Het spijt me, maar ik weet niets over u.'

'Je maakt een grapje. Toch?'

'Nee.' Ik probeerde een manier te bedenken om beleefd naar haar persoonlijkheid te informeren. 'Wat is uw beroep?'

Iedereen barstte in lachen uit, behalve Mevrouw Luidruchtig, die over haar antwoord leek na te denken.

'Dat kan ik je wel vertellen. Ik ben actrice en zangeres. En ik zal je nog eens wat zeggen. Iedereen denkt me te kennen, maar niemand kent me echt. Dus welke cocktail past bij mij, Rain Man Dan? Misschien de Mysterieuze Chansonnière?'

Ik kende geen cocktail met deze naam, wat waarschijnlijk betekende dat ze hem had verzonnen om indruk te maken op haar vrienden. Mijn brein is niet alleen goed in het kiezen van cocktails op basis van bepaalde ingrediënten, maar ook in het bespeuren van ongewone patronen. De twee beroepen in combinatie met de karakterbeschrijving leverden een match op, zonder dat ik daar bewust moeite voor hoefde te doen.

Een Two-faced Cheater.

Ik wilde net antwoord geven toen ik besefte dat er wellicht een probleem was, een probleem dat mogelijk zou leiden tot het verzaken van mijn wettelijke en morele plicht als houder van een Verklaring Sociale Hygiëne uitgegeven door de staat New York. Ik corrigeerde mezelf meteen.

'Ik raad u een Virgin Colada aan.'

'Wat wil je daarmee zeggen? Dat ik nog maagd ben?'

'Zeker niet.' Iedereen begon te lachen. Ik gaf verdere uitleg. 'Het is een Pina Colada, maar dan zonder alcohol.'

'Zonder alcohol. Wat wil je dáármee zeggen?'

Het gesprek begon onnodig ingewikkeld te raken. Ik kon maar beter meteen ter zake komen. 'Bent u zwanger?'

'Wat?'

‘Zwangere vrouwen kunnen beter geen alcohol drinken. Als u slechts overgewicht hebt, dan kan ik u wel een alcoholische cocktail serveren, maar dat moet ik wel zeker weten.’

Toen ik om 21.52 uur in de metro op weg naar huis zat, vroeg ik me af of mijn beoordelingsvermogen wellicht werd beïnvloed door de situatie met Rosie. Ik had nog niet eerder van een klant vermoed dat ze zwanger was. Wellicht had ze inderdaad alleen maar overgewicht. Had ik me wel moeten bemoeien met deze onbekende en haar besluit om alcohol te drinken, in een land dat zoveel waarde hechtte aan eigen verantwoordelijkheid en de autonomie van het individu?

In gedachten maakte ik een lijst van de problemen die zich in de afgelopen tweeënvijftig uur hadden opgestapeld en die nu dringend moesten worden opgelost:

1. Het aanpassen van mijn schema om twee keer per dag een bierinspectie te kunnen uitvoeren.
2. De Woonruimte voor Gene Kwestie.
3. Het Wasgoed Incident met Jerome, dat inmiddels was geëscaleerd.
4. De dreiging van uithuiszetting als gevolg van punt 3.
5. De huisvesting van een baby in ons kleine appartement.
6. Het betalen van onze huur en andere rekeningen nu Rosie en ik beiden onze parttimebaan kwijt waren als gevolg van mijn daden.
7. Hoe ik punt 6 aan Rosie kon mededelen zonder dat dit zou leiden tot stress en bijbehorende giftige effecten van cortisol.

8. Het risico op een volgende zenuwinzinking en op onherstelbare schade aan mijn relatie met Rosie als gevolg van al het bovenstaande.

Problemen oplossen kost tijd. Maar er was weinig tijd. Het bier zou binnen vierentwintig uur worden geleverd, de conciërge zou me waarschijnlijk nog voor morgenavond op het matje roepen en Jerome kon elk moment een poging tot wraak ondernemen. Gene zou eerdaags arriveren en Bud kwam al over vijfendertig weken. Wat ik nodig had, was een manier om deze gordiaanse knoop door te hakken: een enkele actie die de meeste of alle problemen in één keer zou oplossen.

Toen ik thuiskwam, lag Rosie al te slapen. Ik besloot wat alcohol te consumeren om mijn creatieve denkvermogen te stimuleren. Terwijl ik de inhoud van de koelkast herschikte om bij het bier te kunnen, schoot de oplossing me ineens te binnen. De koelkast! We zouden een grotere koelkast krijgen, en daarmee zouden alle andere problemen ook opgelost zijn.

Ik belde George.

6

Er wordt aangenomen dat mensen over het algemeen wel van verrassingen houden. Vandaar alle tradities rond Kerstmis, verjaardagen en jubilea. In mijn ervaring is de gever degene die er het meeste plezier aan beleeft. Het slachtoffer staat vaak onder druk om op korte termijn een positieve reactie te veinzen op een ongewild voorwerp of een ongeplande gebeurtenis.

Rosie stond erop de traditie van het geven van cadeaus in ere te houden, en haar cadeaukeuzes waren altijd buitengewoon doordacht. Meerdere collega's hadden me al complimenten gegeven over de schoenen die Rosie me tien dagen eerder voor mijn eenenveertigste verjaardag had gegeven en die ik sindsdien naar mijn werk droeg in plaats van mijn versleten hardloopschoenen.

Rosie beweerde dat ze dol was op verrassingen en zei vaak 'Verras me maar' wanneer ik haar vroeg naar welk toneelstuk, concert of restaurant ze wilde gaan. Nu had ik een verrassing voor haar in petto die alle voorgaande zou overtreffen, met uitzondering van mijn huwelijksaanzoek aan haar en de onthulling van de identiteit van haar biologische vader.

Tijdelijke misleiding wordt als acceptabel beschouwd wanneer dit tot doel heeft het verrassingselement te vergroten.

'Kom je, Don?' vroeg Rosie toen ze de volgende ochtend

de deur uit wilde gaan. Hoewel Rosie officieel vakantie had, ging ze doordeweeks nog altijd naar Columbia om aan haar proefschrift te werken, omdat ze er niet tegen kon de hele week in ons appartement opgesloten te zitten.

Ze droeg een korte jurk met blauwe stippen, waarschijnlijk een recente aankoop. De riem, ook blauw, was breder dan noodzakelijk voor het vervullen van zijn veronderstelde functie, te weten het benadrukken van haar figuur. Het algehele resultaat was aangenaam, maar dat was vooral te danken aan Rosies ontblote benen en niet zozeer aan de esthetische kwaliteiten van het kledingstuk.

De laatste tijd ging ik niet meer met mijn nieuwe fiets naar mijn werk, maar vergezelde ik Rosie in de metro om meer tijd samen door te brengen. Ik bleef mezelf voorhouden: het bedrog is tijdelijk, ter ondersteuning van het verrassingselement; verrassingen zijn iets positiefs; Rosie had mijn verjaardagsuitje naar het Smithsonian ook niet verklapt. Ik liep naar de badkamer zodat Rosie niets aan mijn lichaamstaal kon aflezen.

'Ik loop wat achter op schema. Ik pak de volgende metro wel,' zei ik.

'Wát zeg je?'

'Ik loop achter op schema. Dat is geen probleem. Ik hoef vandaag geen college te geven.' Formeel gezien waren alle drie de beweringen correct, maar de eerste was misleidend. Ik was van plan de hele dag vrij te nemen.

'Is alles in orde, Don? Dit zwangerschapsgebeuren heeft je uit je ritme gehaald, of niet?'

'Een paar minuten maar.'

Rosie was naast me komen staan in de badkamer en bestudeerde een bepaald onderdeel van haar gezicht in de spiegel. 'Ik wacht wel op je.'

'Niet nodig. Ik was juist van plan op de fiets te gaan. Om de verloren tijd in te halen.'

'Hé. Ik wil even met je praten. We hebben elkaar amper gesproken dit weekend.'

Het weekendschema was inderdaad in de war gestuurd, wat de onderlinge communicatie aardig had ingeperkt. Ik wilde een antwoord formuleren, maar nu ik eenmaal was ingesteld op bedrog, was het lastig een normaal gesprek te voeren.

Gelukkig legde Rosie het al snel naast zich neer, zonder verdere input van mij. 'Oké. Maar bel me dan om samen te lunchen of zo.'

Rosie gaf me een kus op de wang, draaide zich om en verliet ons appartement voor de laatste keer.

Acht minuten later arriveerde Dave in zijn busje. We moesten opschieten, aangezien hij naar de Bovengrondse Bierkelder moest om het Engelse bier in ontvangst te nemen.

Het kostte ons achtenvijftig minuten om de meubels en de planten in te laden. Toen richtte ik me op de badkamer. Ik was verbijsterd over de hoeveelheid cosmetische en aromatische producten die Rosie bezat. Deze artikelen maakten geen waarneembaar verschil, met uitzondering van haar soms opvallende gebruik van lippenstift of parfum (dat snel vervaagde na aanbrenging vanwege absorptie, verdamping en gewenning), maar het zou vast beledigend zijn om dit tegen haar te zeggen. Ik was blij met Rosie zoals ze was, zonder enige modificatie.

Ondanks de hoeveelheid pasten alle producten in een enkele vuilniszak. Dave en ik stopten de overige spullen uit het appartement in Rosies koffers en in kartonnen dozen en extra vuilniszakken. Ik verbaasde me over de grote hoeveelheid spullen die we in onze korte tijd hier hadden verzameld. Ik dacht terug aan een opmerking van Rosie voorafgaand aan ons vertrek uit Melbourne.

'Ik laat alle rotzooi achter. Ik neem bijna niets mee.' Nu had ze deze stelling weerlegd door maar liefst drie koffers mee te nemen, maar haar bedoeling was duidelijk: een verhuizing bood je de gelegenheid je bezittingen te evalueren. Ik besloot alles wat niet van levensbelang was weg te gooien. Ik herinnerde me een tip uit een tijdschrift dat ik op 5 mei 1996 in de wachtkamer bij de tandarts had gelezen: 'Als je iets zes maanden niet hebt gedragen of gebruikt, dan heb je het niet nodig.' Dat leek me een logisch principe, dus ik besloot het toe te passen.

Dave vergezelde me naar het kantoor van de portier om mijn sleutel in te leveren. Rosies sleutel zou op een later tijdstip moeten worden teruggebracht. We werden begroet door de conciërge, die zoals gewoonlijk onvriendelijk reageerde.

'Ik hoop niet dat u ergens over komt klagen, meneer Tillman. Ik ben nog steeds van plan met de eigenaren te praten,' zei hij.

'Niet nodig. We vertrekken.' Ik gaf hem de sleutel.

'Wat, zonder bericht vooraf? U hebt een opzegtermijn van dertig dagen.'

'U gaf aan dat ik een ongeschikte huurder was die binnen een dag door een geschikte huurder kon worden vervangen. Dit lijkt me de beste oplossing voor iedereen.'

'Als u het niet erg vindt om nog een maand extra huur te betalen.' Hij begon te lachen.

'Dat lijkt me onredelijk. Als er direct een nieuwe huurder in het appartement komt wonen, zou u een maand lang dubbele huur ontvangen.'

'Ik maak de regels niet, meneer Tillman. Dan moet u maar naar de eigenaar stappen.'

Ik merkte dat ik geïrriteerd begon te raken. Deze dag zou toch al veel stress opleveren, om te beginnen vanwege het schrappen van alle geplande activiteiten voor de maandag. Het was de hoogste tijd voor een oefening in inlevingsvermogen. Waarom reageerde de conciërge stelselmatig onvriendelijk? Daar hoefde ik niet lang over na te denken. Als huurders problemen hadden, kwamen ze bij hem klagen, maar hij was niet bij machte de problemen op te lossen, door zijn lage status en door de onwilligheid van de eigenaren van het gebouw. Hij moest zich continu in conflictsituaties mengen. Zijn lage status was al genoeg om tot een verhoogd risico op hart- en vaatziekten te leiden, vanwege het verhoogde cortisolgehalte. De ergste baan ter wereld. Ik kreeg spontaan medelijden met hem.

'Het spijt me u hiermee lastig te vallen. Kunt u me alstublieft in contact brengen met de eigenaar?'

'Wilt u de eigenaar spreken?'

'Correct.'

'Veel succes.'

Ongelooflijk. Door mijn simpele oefening in empathie stond de conciërge nu aan mijn kant en wenste hij me zelfs succes.

Hij belde naar de eigenaar. 'Ik sta hier met de huurder van 204. Hij vertrekt... Nu meteen, vandaag... Dat klopt, zonder bericht vooraf... En hij vindt dat hij zijn borg terug moet krijgen.' Hij lachte en gaf de telefoon aan mij.

Dave nam hem voor me aan. 'Ik regel het wel.'

Dave's stem veranderde van toon. Het was moeilijk te beschrijven, maar het klonk als Woody Allen die gecast was voor de rol van Marlon Brando in *The Godfather*.

'Mijn vriend hier betwijfelt of het airconditioningssysteem wel aan de regels voldoet. Dat zou een veiligheidsrisico kunnen vormen.'

Dave luisterde even.

'Een gecertificeerde airconditioningsinspecteur,' zei hij toen. 'Het hele gebouw hangt vol met opzichzelfstaande units, als een pad met wratten. Wij komen pas in actie als we een klacht binnenkrijgen, maar in dat geval zijn we verplicht het hele gebouw na te lopen. Als mijn vriend hier nog een hele maand huur moet betalen, dan gaat hij dat misschien wel doen, een klacht indienen. Dat zou een duur grapje voor u kunnen worden. Dus misschien dat u hem liever meteen laat vertrekken. Inclusief borg.'

Dave luisterde weer. Er verscheen een teleurgestelde uitdrukking op zijn gezicht. Misschien dat de eigenaar in de war was geraakt van de 'pad met wratten'-metafoor. Padden zouden wratten veroorzaken, niet zelf hebben. Hij gaf mij de telefoon.

'Bent u klaar?' klonk een mannenstem aan de andere kant van de lijn.

'Gegroet.'

'O shit, u bent het. U wilt vertrekken?'

Nu herkende ik de stem. Het was niet de eigenaar. Het was de medewerker die ik regelmatig had gesproken over problemen die volgens het contract onder de verantwoordelijkheid van de eigenaar vielen, maar die de conciërge buiten zijn werkterrein vond vallen: de snelheid van de internetverbinding, de frequentie van ontruimingsoefeningen, het zorgen dat de binnentemperatuur stabiel bleef, enzovoorts.

'Correct. Ik moet bekennen dat ik tot dusver niet op de hoogte was van de veiligheidsrisico's van de airconditioning. Dat klinkt zeer ernstig. Ik raad u aan...'

'Vergeet het, alstublieft. Kom maar langs, dan zorg ik dat er een cheque voor u klaarligt.'

'En hoe zit het dan met de airconditioning?'

'Vergeet die airconditioning, dan zullen we een mooie aanbevelingsbrief voor u schrijven voor uw volgende huisbaas. We zullen u missen, professor.'

Toen we weer in het busje zaten, zag ik Dave's handen trillen.

'Is er een probleem?'

'Ik moet gewoon iets eten. Ik haat het om dat soort dingen te doen. Confrontaties. Daar ben ik niet goed in.'

'Je hoefde niet...'

'Jawel. Niet alleen vanwege die maand huur. Ik moet meer oefenen. Anders denken mensen dat ze zo over me heen kunnen walsen.'

George stond ons en het bier al op te wachten toen we bij de Bovengrondse Bierkelder aankwamen.

'Ik ben diep onder de indruk,' zei hij tegen Dave. 'Don zei me dat hij het bier zo belangrijk vindt dat hij in het appartement wil komen wonen.'

'Niet omdat ik het bier zo belangrijk vind. Omdat het een uitstekende woning is die anders leeg zou staan.'

'Op de beste locatie in New York. En je mag er gratis wonen.'

'Geen huur, geen klachten,' zei Dave. Hij zette zijn stoere mannenstem weer op.

'Je weet dat we boven oefenen?' zei George. 'We maken flink veel lawaai. En er is nul geluidsisolatie.'

'Dus het is niet verhuurbaar,' zei Dave.

Ongelooflijk. Dit vierkamerappartement met koelruimte zou niet verhuurbaar zijn vanwege incidentele geluidsoverlast, terwijl dat gemakkelijk op te lossen viel met oordopjes. George zou ook op zoek kunnen gaan naar een dove huurder.

George haalde zijn schouders op. 'Ik mag het niet verhuren. Ik heb het gekocht zodat de kinderen op bezoek kunnen komen. Je weet wel, als ze in New York zijn en hun vader willen zien. Maar dat zal niet snel gebeuren.'

'Hoe vaak oefenen jullie?' vroeg ik.

George lachte. 'Ongeveer één keer per jaar. Maar misschien dat ik inspiratie krijg van het bier.'

Ons gesprek werd onderbroken door de komst van het bier: zes grote vaten met standaards. We hadden een klein ongelukje toen we het laatste exemplaar door de woonkamer tilden, waarbij zo'n twintig liter uit het vat weglekte. Tegen de tijd dat Dave dweilen en zwabbers had gevonden, was het al in het tapijt getrokken.

'Sorry,' zei George. 'Maar geen klachten, weet je nog. Ik heb een föhn, als je die soms wilt lenen.'

Terwijl Dave het tapijt droogde met Rosies föhn, pakte ik de vuilniszakken uit. De Bovengrondse Bierkelder had drie badkamers, wat wel erg overdreven was. De badkamer die niet aan de slaapkamer grensde was groot genoeg om dienst te doen als werkkamer, dus plaatste ik mijn computer en bureau daar. Er was geen ruimte voor een stoel, maar het toilet had de juiste hoogte. Ik legde een handdoek over de zitting voor hygiëne en comfort. Nu zou ik de hele dag door kunnen werken zonder naar buiten te hoeven, behalve om te eten.

Ik zette deze fantasie van permanente afzondering uit mijn hoofd. Ik had nog genoeg praktische taken te vervullen en de tijd was beperkt.

Ik doopte de grootste slaapkamer om tot Rosies werkkamer, waar ik met hulp van Dave alle planten en overtollige stoelen neerzette. Ik koos de kleinste en slechtst verlichte slaapkamer uit als ons slaapvertrek. Dave protesteerde, maar ik legde hem uit dat slapen weinig ruimte vereist en dat licht juist hinderlijk is. Er bleef nog een paar vierkante meter grondoppervlak over nadat we het bed hadden neergezet.

Om 18.27 uur waren we klaar. Rosie vertrok meestal pas na 18.30 uur van Columbia, om de ergste drukte te vermijden, zeker in deze hitte. Om het verrassingseffect te maximaliseren, had ik tot het laatst mogelijke moment gewacht met het doorgeven van onze verandering van woonruimte. Een paar seconden nadat ik het sms'je had verstuurd, hoorde ik een geluid uit haar handtas komen – degene die ze altijd meenam naar haar werk bij The Alchemist, niet de grotere voor naar de universiteit. Ze had haar telefoon thuis laten liggen. Dit was niet de eerste keer, en het was ook niet zo verwonderlijk voor iemand die meer dan één handtas bezat.

Toen Dave weer binnenstapte na het terugbrengen van George' föhn, bood hij aan haar te onderscheppen bij ons voormalige appartement.

'Probeer jij ondertussen iets aan die stank te doen,' zei hij. Ik was er inmiddels aan gewend geraakt, maar de bierlucht had zich vermengd met de bijtende geur van het doorgebrande motortje van Rosies föhn. George' föhn was duidelijk van betere kwaliteit en had het bijna drie keer zo lang volgehouden. Ik besloot dat ik de stank wel goed zou kunnen maskeren met een sterk geurende vis, waardoor ik ook niet meer hoefde te bedenken wat we moesten eten.

Ik stond net in de delicatessenzaak toen ik door een onbekend nummer werd gebeld. Het was Rosie.

'Don, wat is er aan de hand? Ze willen me niet binnenlaten.'

'Je hebt je telefoon thuis laten liggen.'

'Dat weet ik. Ik bel je met de telefoon van Jerome.'

'Jerome? Verkeer je in gevaar?'

'Nee, nee, hij heeft zijn excuses aangeboden voor het wasgoed. Hij staat naast me. Wat heb je tegen hem gezegd?' Ze gaf me geen tijd om antwoord te geven. 'Wat is er aan de hand?'

'We zijn verhuisd. Ik zal je het adres sms'en. Maar nu moet ik Dave bellen.'

Ik hing op en sms'te ons nieuwe adres naar Jeromes telefoon. Dave, Rosie, Jerome, Gene, de vis. Mijn vermogen tot multitasking had zijn grens bereikt.

De gerookte makreel stond al in de oven – even sterk ruikend als het verschaalde bier en de doorgebrande bedrading – toen de deurbel ging. Het was Rosie. Ik drukte op de knop om haar het gebouw binnen te laten en ongeveer dertig seconden later klopte ze op de deur.

'Je hoeft niet aan te kloppen,' zei ik. 'Dit is ons appartement.'

Met een theatraal gebaar zwaaide ik de deur open om haar de grote woonkamer te laten zien.

Rosie keek om zich heen en liep toen meteen naar de ramen om over het balkon uit te kijken. Het uitzicht! Natuurlijk, Rosie was altijd geïnteresseerd in het uitzicht. Ik hoopte dat ze het niet erg vond om op New Jersey uit te kijken.

'Mijn god,' zei ze. 'Je maakt zeker een grapje. Wat kost dit?'

'Niets.'

Ik haalde onze lijst met wensen voor een appartement uit mijn zak en liet hem aan haar zien. De opsomming leek wel wat op de vragenlijst van het Echtgenote Project, die Rosie weliswaar had bekritiseerd, maar die ons wel indirect bij elkaar had gebracht. Alleen was alles op deze lijst nu aangevinkt. Het perfecte appartement. Het was wel duidelijk dat

Rosie dat ook vond. Ze opende de balkondeuren en bleef ongeveer zes minuten uitkijken over de Hudson voordat ze weer naar binnen stapte.

'Wat maak je?' vroeg ze. 'Is dat vis? Ik heb al de hele dag trek in iets gerookts. Ik dacht dat ik door mijn zwangerschap weer zin kreeg om te roken. Wat natuurlijk totaal belachelijk zou zijn. Maar gerookte vis is briljant. Je hebt de vis geschroeid en in bier gekookt, of niet? Alsof je mijn gedachten hebt gelezen.' Ze liet haar handtas zonder telefoon op de grond vallen en omhelsde me.

Ik had Rosies gedachten niet gelezen, noch had ik de culinaire ramp die zij beschreef bereid. Maar waarom zou ik haar geluk verpesten? Ze dwaalde een tijdje doelloos rond en begon het appartement toen wat systematischer te verkennen, beginnend bij haar badkamer, wat me een vreemde keuze leek.

'Don, mijn make-up! Al mijn spullen. Hoe heb je dat kunnen doen?'

'Heb ik een fout gemaakt?'

'Integendeel. Het is alsof... alles precies staat waar het stond. Op dezelfde plaats.'

'Ik heb foto's gemaakt. Je systeem was niet te doorgronden. Ik heb hetzelfde gedaan met je kleding.'

'Heb je alles vandaag verhuisd?'

'Natuurlijk. Ik was van plan nog wat uit te sorteren, maar ik wist niet precies wat je de afgelopen zes maanden allemaal hebt gedragen. Je kleding valt me meestal niet op. Dus ik moest alles meeverhuizen.'

'En jij gaat hier zitten werken?' vroeg ze, een paar seconden nadat ze de deur van mijn bad-werkkamer had geopend.

'Correct.'

'Nou, dan zal ik je zeker niet lastigvallen. Aangezien ik

niet kan raden wat je daarbinnen aan het doen bent.'

Toen ze bij de bierkamer aankwam, legde ik haar de afspraak met George uit.

'Het is alsof we op zijn huis passen. Alleen heeft hij geen hond, maar bier. En dat hoeft niet te worden gevoerd, in tegenstelling tot een hond.'

'Maar het heeft wel op het tapijt geplast, bij wijze van spreken.'

Ik was de stank helemaal vergeten. Mensen raken snel aan hun omgeving gewend. Ik betwijfelde of Rosies geluksgevoel op de lange termijn significant zou afnemen als de bierlucht zou blijven hangen. Noch zou het significant toenemen door te verhuizen naar een nieuw appartement. Als aan de meest basale lichamelijke behoeften is voldaan, hangt menselijk geluk nog maar nauwelijks samen met rijkdom. Een zinvolle baan is veel belangrijker. Een dag in het leven van Ivan Denisovich, een metselaar in Siberië, genereerde waarschijnlijk een groter geluksgevoel dan een dag in het leven van een gepensioneerde rockster met een onbeperkte voorraad bier in een penthouse in Manhattan. Werk is van cruciaal belang voor de geestelijke gezondheid. Wat waarschijnlijk ook de reden was dat George bleef optreden op cruiseschepen.

Rosie was nog niet klaar met vragen stellen. 'Hoeven we echt geen huur te betalen?'

'Correct.'

'Wat zou je ervan vinden als ik mijn baan bij de cocktailbar opzeg? Het is niet meer hetzelfde. Waarschijnlijk is het toch een kwestie van tijd voordat Meneer Wijn me ontslaat.'

Ongelooflijk. Het leek erop dat ons ontslag bij de cocktailbar een positieve ontwikkeling was, of in ieder geval geen enkele impact had. Dat slechte nieuws, dat afbreuk had kunnen doen aan deze geslaagde dag, was ineens irrelevant geworden.

'We kunnen er allebei mee stoppen,' zei ik. 'Het zou een stuk minder vermakelijk zijn zonder jou.'

Rosie omhelsde me weer. Ik was enorm opgelucht. Ik had een groot, risicovol project ondernomen dat meerdere problemen tegelijk oploste, en het was een doorslaand succes. Ik had de gordiaanse knoop doorgehakt.

Rosies enige negatieve reactie betrof de keuze van de kleinste kamer als onze slaapkamer, zoals Dave al had voorspeld. Maar toen zei ze: 'Je hebt mij de grootste kamer gegeven als werkkamer. En we zullen natuurlijk een extra slaapkamer nodig hebben.'

Het was mooi dat ze mijn oplossing voor de Woonruimte voor Gene Kwestie zonder verdere discussie accepteerde. Ik sms'te hem het goede nieuws, samen met ons nieuwe adres.

Ik serveerde de vis met een Robert Mondavi Reserve-chardonnay (voor mij) en selderiesap (voor Rosie). Ik had niet de moeite genomen een vacuümpomp voor de wijn aan te schaffen. Eventuele restjes konden nu in de gekoelde bierkamer worden bewaard. De komende acht maanden zou ik voor twee drinken.

Rosie hief haar glas met sap, stootte het tegen mijn wijnglas en wist me toen met slechts een paar woorden te herinneren aan het probleem, het vreselijke probleem, dat achter alle andere problemen schuilging.

'En, professor Tillman, hoe vind je het om vader te worden?'

7

Mijn ideeën over het vaderschap hadden zich als volgt ontwikkeld:

1. Tot het eind van mijn puberteit had ik automatisch aangenomen dat ik vader zou worden, aangezien dit de meest gangbare levensloop was. Ik dacht er niet verder over na.
2. Op de universiteit ontdekte ik dat vrouwen en ik niet samengingen en liet ik het idee langzaam varen, aangezien ik het onwaarschijnlijk achtte dat ik een partner zou vinden.
3. Toen ik Rosie ontmoette, was het vaderschap ineens weer een optie. Aanvankelijk was ik bezorgd dat mijn algehele excentriciteit een bron van schaamte zou vormen voor een kind, maar Rosie reageerde bemoedigend en ging er duidelijk van uit dat we ons op een zeker moment zouden voortplanten. Aangezien het daadwerkelijk produceren van nageslacht nog niet was ingepland, dacht ik er niet meer over na.
4. Toen veranderde alles, als gevolg van een cruciale gebeurtenis. Ik had dit met Rosie willen bespreken, maar ik had hier geen prioriteit van gemaakt, wederom omdat we nog niets hadden gepland en ook omdat het mij in een slecht daglicht plaatste. Maar door

het ontbreken van een planning was het nu vrijwel onvermijdelijk dat we een kind kregen, terwijl ik bepaalde belangrijke informatie niet had gedeeld.

De cruciale gebeurtenis in kwestie was het Blauwvintonijn Incident. Dat had slechts zeven weken geleden plaatsgevonden, en de herinnering eraan keerde terug zodra Rosie over het vaderschap begon.

Isaac en Judy Esler hadden ons uitgenodigd voor een zondagse lunch, maar Rosie was vergeten dat ze een bijeenkomst met haar studiegroep had gepland. Het leek logisch dat ik dan alleen zou gaan. Isaac had me gevraagd of ik een etablissement kon aanraden. Normaal gesproken zou ik automatisch een restaurant uitkiezen waar ik al meerdere keren was geweest, maar Rosie haalde me over dit niet te doen.

'Je redt je tegenwoordig veel beter in restaurants. En je bent een echte fijnproever. Kies eens iets interessants uit om ze te verrassen.'

Na uitvoerig onderzoek raadde ik Isaac een nieuw Japans fusionrestaurant aan in Tribeca.

Bij aankomst ontdekte ik dat Isaac een tafel voor vijf had gereserveerd, wat me lichtelijk irriteerde. Een gesprek tussen drie personen bestaat uit drie tweewegsinteracties, drie keer zoveel als bij een gesprek tussen twee personen. Als het bekenden zijn, is de complexiteit beheersbaar.

Maar met vijf mensen zouden er tien tweewegsinteracties zijn, vier waarbij ik direct betrokken was en zes waarbij ik als observeerder fungeerde. Bij zeven van deze interacties zouden onbekenden betrokken zijn, aangenomen dat Isaac en Judy niet toevallig Dave en Sonia of de decaan van de medische faculteit van Columbia hadden uitgenodigd, wat statistisch gezien onwaarschijnlijk was in een stad zo groot als

New York. Het zou haast onmogelijk zijn om de groepsdynamiek bij te houden, wat de kans op een blunder zou vergroten. De weg was bereid: onbekende mensen, een restaurant waar ik nog nooit was geweest, geen Rosie om de situatie in de gaten te houden en me op tijd te waarschuwen. Achteraf gezien was een ramp onvermijdelijk.

De onbekende tafelgenoten waren een man en een vrouw, die eerder arriveerden dan Isaac en Judy. Ze kwamen bij me aan tafel zitten, waar ik alvast van een glas sake genoot, en ze stelden zich voor als Seymour, een collega van Isaac (dus vermoedelijk een psychiater), en Lydia, die haar beroep niet specificeerde.

Seymour was ongeveer vijftig en Lydia ongeveer tweeënveertig. Sinds het Echtgenote Project had ik de gewoonte opgevat iemands body mass index vast te stellen op basis van zijn geschatte lengte en gewicht. Ik had geprobeerd dit af te leren (zonder veel succes), maar in dit geval viel het meteen op. Ik schatte Seymours BMI op dertig en die van Lydia op twintig, wat voornamelijk te wijten was aan hun lengteverschil. Seymour was circa 165 centimeter lang (of beter gezegd, kort), ongeveer net zo lang als Isaac, al was die veel slanker. Lydia, daarentegen, was ongeveer 175 centimeter lang, slechts zeven centimeter korter dan ik. Ze vormden een treffend tegenbewijs voor Gene's bewering dat mensen vaak voor partners met eenzelfde lichaamsbouw kiezen.

Dit contrast leek me een goed onderwerp voor een gesprek en bovendien wist ik er veel over. Ik benadrukte dat de bewering over lichaamsbouw aan Gene was toe te schrijven, om niet zelfzuchtig over te komen.

Hoewel ik geen negatieve woorden gebruikte voor de beschrijving van lengte en gewicht, kwam Lydia's reactie nogal kil over.

‘Om te beginnen zijn we geen stel, Don. We hebben elkaar pas net voor de deur van het restaurant ontmoet.’

Seymour was behulpzamer. ‘Isaac en Judy hebben ons ieder apart uitgenodigd. Judy heeft het altijd over Lydia, dus het is erg leuk om haar eindelijk te ontmoeten.’

‘Ik zit in Judy’s boekenclub,’ zei Lydia tegen Seymour, niet tegen mij. ‘Judy heeft altijd verhalen over jou.’

‘Positieve verhalen, hoop ik,’ zei Seymour.

‘Ze zegt dat je een stuk leuker bent geworden na je scheiding.’

‘Mensen zouden vergeven moeten worden voor hun gedrag in de maanden rond een scheiding.’

‘Integendeel,’ zei Lydia. ‘Daar zouden ze juist op beoordeeld moeten worden.’

Lydia’s mededeling dat zij en Seymour slechts twee mensen waren die toevallig voor dezelfde lunch waren uitgenodigd strookte met Gene’s theorie. Dat gaf me de gelegenheid weer aan het gesprek deel te nemen.

‘Een overwinning voor de evolutionaire psychologie. De theorie voorspelde dat jullie je niet tot elkaar aangetrokken zouden voelen. Ik merkte op dat jullie een tegenbewijs voor deze theorie leken te vormen. Nadere bestudering van de gegevens wees er echter op dat de theorie toch klopte.’

Dit was niet bedoeld als een serieuze wetenschappelijke analyse, maar slechts als een poging een komisch effect te bereiken door wetenschappelijke taal te gebruiken. Ik ben goed bekend met deze techniek, en meestal weet ik mensen hier wel mee aan het lachen te krijgen. In dit geval niet. Lydia keek zo mogelijk nog zuurder.

Seymour glimlachte tenminste nog. ‘Ik denk dat je hypothese op enkele valse aannames berust,’ zei hij. ‘Ik val juist op lange vrouwen.’

Dit leek me zeer persoonlijke informatie. Als ik zou hebben verteld wat ik fysiek aantrekkelijk vond aan Rosie, of aan vrouwen in het algemeen, dan zou dat vast als ongepast worden beschouwd. Maar mensen met betere sociale vaardigheden kunnen meer risico nemen.

'Gelukkig maar,' vervolgde Seymour. 'Anders zou ik mijn opties flink beperken.'

'Ben je op zoek naar een partner?' vroeg ik. 'Dan kan ik je internetdaten aanbevelen.' Ik mocht er zelf dan onverwacht in zijn geslaagd de perfecte partner te vinden door een reeks toevallige gebeurtenissen, maar dat deed geen afbreuk aan de voordelen van een meer gestructureerde aanpak.

Op dat moment arriveerden Isaac en Judy, wat de complexiteit van het gesprek met een factor 3,33 verhoogde, maar wat mij ook een stuk meer op mijn gemak stelde. Als ik nog langer alleen zou zijn gelaten met Seymour en Lydia, dan zou ik waarschijnlijk een sociale blunder hebben begaan.

We wisselden standaard beleefdheden uit. De anderen bestelden allemaal thee, maar als ik een fout had begaan door sake te drinken, dan was het nu te laat om me te herstellen, zo concludeerde ik, dus ik bestelde een tweede karaf.

Even later bracht de kelner ons het menu. Ze boden een verscheidenheid aan fascinerende gerechten aan, wat strookte met mijn onderzoek naar dit restaurant. Judy stelde voor dat we ieder een gerecht zouden uitkiezen en alles zouden delen. Uitstekend idee.

'Nog voorkeuren?' vroeg ze. 'Isaac en ik eten geen varkensvlees, maar als iemand anders de gyoza wil bestellen, dan is dat geen probleem.' Dat zei ze uiteraard uit beleefdheid, want het bestellen van de gyoza zou de maaltijd voor hen een stuk minder interessant maken, vanwege de beperktere keuze. Die fout zou ik niet maken. Toen ik aan de beurt was, besloot ik van Rosies afwezigheid te profiteren door iets te kiezen wat normaal gesproken tot een discussie zou hebben geleid.

'De sashimi van blauwvintonijn, alstublieft.'

'O,' zei Lydia. 'Die had ik niet zien staan. Don, weet je dat de blauwvin een bedreigde diersoort is?'

Dat wist ik. Rosie at alleen 'duurzame vis'. In 2010 had Greenpeace de blauwvintonijn aan hun rode lijst van vissoorten toegevoegd, wat betekende dat de kans zeer groot was dat de vis uit de niet-duurzame visserij afkomstig was.

'Dat weet ik. Deze is echter al dood, en we delen maar één portie met vijf man. Het effect op de wereldwijde tonijnpopulatie zal hoogstwaarschijnlijk marginaal zijn. In ruil daarvoor krijgen we de kans iets bijzonders te proeven.' Ik had nog nooit blauwvintonijn gegeten, terwijl die erom bekendstond superieur te zijn aan de normale geelvintonijn, wat mijn favoriete kost is.

'Ik ben er wel voor in, als hij maar echt dood is,' zei Seymour. 'Ik zal mijn neushoornpilletje vanavond overslaan, ter compensatie.'

Ik wilde reageren op Seymours uitzonderlijke opmerking, maar Lydia was me voor, wat me de kans gaf te bedenken dat Seymour wellicht een grapje maakte.

'Nou, ik ben er niet voor in,' zei ze. 'Ik ben het niet eens met het argument dat een individu geen verschil kan maken. Dat is precies de instelling die ons ervan weerhoudt iets aan het broeikaseffect te doen.'

Isaac kwam met een nuttige, zij het voor de hand liggende aanvulling. 'Dat, en het feit dat de Indiërs, Chinezen en Indonesiërs dezelfde levensstandaard willen als wij in het westen hebben.'

Lydia liet niet blijken of ze het hiermee eens was of niet.

Ze richtte zich tot mij. 'Ik neem aan dat je niet nadenkt over welke auto je rijdt of waar je boodschappen doet.'

Haar aanname was incorrect, evenals de implicatie dat ik niet milieubewust zou zijn. Ik heb geen auto. Ik reis met de fiets, het openbaar vervoer of te voet. Ik bezit relatief weinig kleding. Door het Gestandaardiseerde Maaltijdsysteem, dat ik pas recentelijk had afgeschaft, had ik vrijwel geen voedsel verspild, en nu zag ik het efficiënt opmaken van restjes als een creatieve uitdaging. Maar mijn bijdrage aan het tegengaan van het broeikaseffect is minimaal. Mijn mening over de aanpak van het probleem lijkt veel milieuactivisten niet aan te staan. Ik wilde onze lunch niet verpesten met een onproductieve discussie, maar Lydia leek al helemaal ingesteld op de rol van irrationele activist, dus net als met de sake had het geen zin om me in te houden.

'We zouden meer in kernenergie moeten investeren,' zei ik. 'En in technologische oplossingen.'

'Zoals?' vroeg Lydia.

'Het verwijderen van CO_2 uit de atmosfeer. Geo-engineering. Ik heb erover gelezen. Uitermate interessant. Mensen zijn slecht in zelfbeheersing, maar goed in techniek.'

'Weet je hoe weerzinwekkend ik dat soort ideeën vind?' zei Lydia. 'Gewoon maar doen wat je wilt en dan hopen dat iemand anders er toevallig een oplossing voor vindt. Waar hij vervolgens schatrijk mee wordt. Is dat ook de manier waarop je de tonijn wilt redden?'

'Uiteraard! De kans is groot dat we de genetische code van de geelvintonijn zodanig kunnen aanpassen dat hij naar blauwvintonijn zal smaken. Een klassiek voorbeeld van een technologische oplossing voor een door de mens gecreëerd probleem. Ik zou me wel als vrijwilliger voor het testpanel aanmelden.'

'Doe wat je niet laten kan. Maar ik wil niet dat wij, als groep, de tonijn bestellen.'

Het menselijk vermogen om complexe ideeën over te brengen door middel van een gezichtsuitdrukking is werkelijk wonderbaarlijk. Hoewel het waarschijnlijk in geen enkel handboek terug was te vinden, meende ik dat Isaacs uitdrukking kon worden geïnterpreteerd als: 'Don, bestel in vredesnaam niet de tonijn.' Toen onze kelner terugkeerde, bestelde ik de coquilles met eendenleverpastei.

Lydia maakte aanstalten te vertrekken, maar ging toen weer zitten. 'Je doet dit echt niet om me van streek te maken, hè?' zei ze. 'Je doet het niet expres. Je bent gewoon zo onopmerkzaam dat je niet eens doorhebt wat je doet.'

'Correct.' Het was makkelijker om maar gewoon de waarheid te vertellen, en ik was opgelucht dat Lydia me niet als een kwaadwillig persoon zag. Ik kon echter geen logische samenhang ontdekken tussen Lydia's bekommernis om duurzaamheid en haar kennelijke kritiek op de behandeling van pluimvee. Over het algemeen ben ik geen voorstander van stereotyperen, maar in dit geval was het misschien wel handig geweest.

'Ik ontmoet wel vaker mensen zoals jij,' zei ze. 'Via mijn werk.'

'Ben je geneticus?'

'Ik ben maatschappelijk werker.'

'Lydia,' zei Judy, 'dit begint wel erg veel op werk te lijken. Ik zal voor de hele groep bestellen. Laten we opnieuw beginnen. Ik wil dolgraag meer horen over Seymours boek. Seymour is een boek aan het schrijven. Vertel ons eens over je boek, Seymour.'

Seymour glimlachte. 'Het gaat over het kweken van vlees in laboratoria. Zodat vegetariërs een hamburger kunnen eten zonder zich schuldig te hoeven voelen.'

Ik wilde reageren op dit onverwacht interessante onderwerp, maar Isaac was me voor.

'Dit lijkt me niet het juiste moment voor een grapje, Don. Seymours boek gaat over schuldgevoel, maar niet over hamburgers.'

'Laboratoriumburgers komen anders wel aan bod. Als voorbeeld van de complexiteit van deze kwesties en van de rol die diepgewortelde vooroordelen hierbij spelen. We moeten meer openstaan voor inventieve ideeën. Dat is het enige wat Don wilde zeggen.'

Dat was in feite correct, maar zijn opmerking hitste Lydia nog verder op.

'Daar heb ik ook geen problemen mee. Iedereen heeft recht op zijn eigen mening. Ik ben ook niet ingegaan op die opmerking over evolutionaire psychologie, hoewel dat onzin is. Nee, ik heb het over zijn onopmerkzaamheid.'

'We hebben behoefte aan mensen die zeggen waar het op staat,' zei Seymour. 'We kunnen niet zonder technici. Als mijn vliegtuig neerstort, dan wil ik iemand als Don in de cockpit hebben zitten.'

Ik zou denken dat hij liever een ervaren piloot als bestuurder zou willen hebben dan een geneticus, maar ik nam aan dat hij een punt wilde maken over emoties die rationeel gedrag in de weg stonden. Ik onthield dit voorbeeld voor toekomstig gebruik, aangezien het wat minder confronterend was dan het verhaal over de huilende baby en het pistool.

'Wil je dat je vliegtuig door iemand met asperger wordt bestuurd?' vroeg Lydia.

'Liever iemand met asperger dan iemand die dure woorden gebruikt zonder ze te begrijpen,' zei Seymour.

Judy probeerde tussenbeide te komen, maar de discussie

tussen Lydia en Seymour was inmiddels zo op stoom dat de rest van ons werd buitengesloten, terwijl ik toch het onderwerp van gesprek was. Ik was wel enigszins bekend met het syndroom van Asperger, aangezien ik zestien maanden eerder een lezing over dit onderwerp had voorbereid, omdat Gene zich hiervoor had moeten excuseren vanwege een kans op seks. Ik had zelfs een onderzoeksproject geïnitieerd waarbij werd gekeken naar genetische aanleg voor asperger bij hoogpresterende individuen. Ik had een aantal van mijn eigen karaktertrekken in de beschrijvingen herkend, maar mensen zijn te sterk geneigd overal patronen in te herkennen en daaruit verkeerde conclusies te trekken. Zo was ik ook meermaals bestempeld als schizofreen, bipolair, obsessief-compulsief en als een typische Tweeling. Hoewel ik het syndroom van Asperger niet als iets negatiefs beschouwde, had ik er geen behoefte aan nog een etiket opgeplakt te krijgen. Maar het was interessanter om naar Lydia en Seymour te blijven luisteren dan om me in de discussie te mengen.

'Moet je horen wie het zegt,' zei Lydia. 'Als er één groep is die niets van asperger begrijpt, dan zijn het wel de psychiaters. Maar oké, iemand met autisme dan. Wil je dat je vliegtuig wordt bestuurd door Rain Man?'

De vergelijking was in dit geval al net zo onzinnig als toen Mevrouw Luidruchtig hem maakte. Ik zou zeker niet willen dat Rain Man mijn vliegtuig bestuurde, noch wanneer ik een eigen vliegtuig bezat, noch wanneer ik als passagier met het vliegtuig reisde.

Lydia dacht kennelijk dat ze me van streek had gemaakt. 'Sorry, Don, ik wilde je niet beledigen. Ik ben niet degene die je een autist noemt. Dat doet hij.' Ze wees naar Seymour. 'Want hij en zijn makkers zien geen verschil tussen autisme en asperger. Rain Man of Einstein, voor hen is het allemaal hetzelfde.'

Seymour had me geen autist genoemd. Hij had me helemaal geen etiket opgeplakt, maar had me omschreven als eerlijk en technisch onderlegd, over het algemeen toch positieve eigenschappen, en essentieel voor een piloot. Om de een of andere reden probeerde Lydia Seymour in een slecht daglicht te stellen. De complexiteit van de driewegsinteractie tussen ons ging mijn interpretatievermogen inmiddels ver te boven.

Seymour richtte zich tot mij. 'Judy heeft me verteld dat je bent getrouwd. Klopt dat?'

'Correct.'

'Stop, zo is het genoeg,' zei Judy. Vier mensen. Zes interacties.

Isaac stak zijn hand op en knikte. Blijkbaar zag Seymour deze combinatie van signalen als aanmoediging om door te gaan. We waren nu alle vijf in een gesprek met verborgen motieven verwikkeld.

'Ben je gelukkig? Gelukkig getrouwd?'

Ik wist niet zeker waarom Seymour deze vragen stelde, maar ik concludeerde dat hij in beginsel een aardig persoon was die me probeerde te steunen door aan te tonen dat ten minste één persoon me leuk genoeg vond om haar leven met me te delen.

'Uitermate gelukkig.'

'Heb je contact met je familie?'

'Seymour!' zei Judy.

Ik beantwoordde Seymours vraag, die me volkomen onschuldig leek. 'Mijn moeder belt me elke zaterdag; zondag voor haar in Australië. Ik heb zelf geen kinderen.'

'Heb je belonend werk?'

'Ik ben universitair hoofddocent genetica aan Columbia. Ik beschouw mijn werk als sociaal waardevol en bovendien voorziet het me van een adequaat inkomen. Daarnaast werk ik in een bar.'

'Dus je begeeft je zonder problemen onder de mensen in een overwegend ontspannen sociale omgeving die soms ook uitdagend kan zijn vanwege de commerciële belangen. Geniet je van het leven?'

'Ja,' leek me het meest praktische antwoord.

'Dan ben je niet autistisch. Dat is mijn oordeel als deskundige. Een van de diagnostische criteria is disfunctie, maar jij geniet juist van het leven. Ga daar vooral mee door en blijf ver uit de buurt van mensen die denken dat je niet helemaal in orde bent.'

'Goed,' zei Judy. 'Kunnen we dan nu wat eten bestellen en van de lunch genieten?'

'Ach, val dood,' zei Lydia. Ze had het tegen Seymour, niet tegen Judy. 'Je moet je neus eens uit je diagnostische handboeken halen en de straat op gaan. Ga eens bij wat mensen langs om te kijken wat jouw piloten in het echte leven doen.'

Ze stond op en pakte haar tas. 'Bestel maar wat je wilt.' Ze keerde zich naar mij. 'Sorry, het is niet jouw schuld. Ik weet niet wat voor traumatische ervaring je hebt meegemaakt in je jeugd, en het zal ook niet meer ongedaan gemaakt kunnen worden. Maar laat je niet door een of andere kleine, dikke zielenknijper vertellen dat het niet uitmaakt. En doe mij en de rest van de wereld een plezier.'

Ik nam aan dat ze weer over de blauwvintonijn zou beginnen. Ik had het mis.

'Neem nooit kinderen.'

8

'Aarde aan Don. Hoor je me nog? Ik vroeg je hoe je het vindt om vader te worden.'

Dat hoefde Rosie niet te herhalen. Ik had de herinnering aan het Blauwvintonijn Incident inmiddels opzijgeschoven en deed mijn best een antwoord op haar vraag te formuleren, maar ik maakte niet veel vorderingen. Ik ging ervan uit dat Claudia's voorgestelde reactie op moeilijke persoonlijke vragen – 'Waarom vraag je dat?' – in dit geval niet zou werken. Het was wel duidelijk waarom Rosie dit vroeg. Ze wilde er zeker van zijn dat ik psychisch gezien klaar was voor de grootste en belangrijkste uitdaging van mijn leven. Maar ik was al geëvalueerd – professioneel geëvalueerd door een maatschappelijk werker die het gewend was met probleemgezinnen om te gaan – en ongeschikt bevonden.

Toen ik Rosie zeven weken eerder over de lunch had verteld, had ik me vooral gericht op de zaken die op dat moment interessant voor haar waren: het restaurant, het eten en Seymours boek over schuldgevoelens. Ik had geen melding gemaakt van Lydia's oordeel over mijn geschiktheid als vader, aangezien het niet direct relevant was en bovendien slechts de mening was van één persoon (zij het een professional).

Mijn moeder had me een nuttige regel geleerd toen ik klein was: voordat je iemand ongevraagd met interessante informatie bestookt, moet je eerst goed bedenken of die informatie de ander van streek kan maken. Dit had ze meermaals herhaald, meestal nadat ik haar met interessante informatie had bestookt. Ik was nog steeds aan het nadenken over mijn antwoord toen de deurbel ging.

'Shit. Wie is dat?' vroeg Rosie.

Ik kon met grote zekerheid voorspellen wie het was, gezien de geplande aankomsttijd van de Qantas-vlucht uit Melbourne plus de reistijd vanaf JFK International Airport. Ik drukte op de knop van het slot beneden en Rosie sprong op om de deur te openen. Even later stapte Gene uit de lift, met twee koffers en een bos bloemen, die hij meteen aan Rosie gaf. Zelfs ik kon merken dat de onderlinge dynamiek was veranderd door zijn komst. Een paar momenten geleden had ik nog moeite de juiste woorden te vinden. Nu kampte Rosie met datzelfde probleem.

Gelukkig is Gene een expert in sociale interacties. Hij stapte op me af en leek me te willen omhelzen, maar besloot me op het laatste moment toch alleen de hand te schudden, wellicht vanwege mijn lichaamstaal of omdat hij zich herinnerde dat dit ons gebruikelijke protocol was. Daarna omhelsde hij Rosie.

Gene is mijn beste vriend, maar ik vind het niet prettig om hem te omhelzen. Ik geniet eigenlijk alleen van lichamelijk contact met mensen met wie ik seks heb, een categorie die uit één persoon bestaat. Rosie mag Gene niet, maar toch slaagde ze erin hem zo'n vier seconden lang te omhelzen voordat ze zich van hem losmaakte.

'Ik kan je niet zeggen hoe zeer ik dit waardeer,' zei Gene. 'Ik weet dat je niet mijn grootste fan bent.' Hij had het uiteraard tegen Rosie. Ik heb Gene altijd gemogen, al heb ik hem wel wat immoreel gedrag moeten vergeven.

'Je bent dikker geworden,' zei ik. 'We zullen wat hardloopsessies moeten inplannen.' Ik schatte Gene's BMI op achtentwintig, drie punten hoger dan toen ik hem voor het laatst had gezien, tien maanden geleden.

'Hoelang blijf je hier?' vroeg Rosie. 'Heeft Don je verteld dat ik zwanger ben?'

'Nee, dat heeft hij niet verteld,' zei Gene. 'Dat is geweldig nieuws. Gefeliciteerd.' Hij greep dat geweldige nieuws aan als excuus om haar nog eens te omhelzen en zo de vraag over de duur van zijn verblijf te ontwijken.

Gene keek om zich heen. 'Ik stel dit echt enorm op prijs. Wat een geweldig appartement. Columbia betaalt blijkbaar beter dan ik dacht. Maar ik stoor jullie tijdens het eten.'

'Nee, nee,' zei Rosie. 'Het was niet netjes van ons om zonder jou te beginnen. Heb je al gegeten?'

'Ik heb een beetje last van jetlag. Ik weet niet precies hoe laat het volgens mijn lichaam is.'

Daar kon ik wel bij helpen. 'Dan moet je wat alcohol drinken. Om je lichaam te laten weten dat het avond is.' Ik liep naar de koelruimte om een fles pinot gris te halen terwijl Gene zijn spullen uitpakte in de ongebruikte derde slaapkamer. Rosie volgde me.

Ze staarde naar de biervaten, maar ineens leek ze misselijk te worden en snelde ze naar buiten. De geur was inderdaad veel sterker in de koelruimte. Ik hoorde de badkamerdeur dichtslaan. Toen klonk er een luid kabaal, een harde knal, maar niet vanuit de badkamer. Dit werd gevolgd door een gedreun dat ongeveer even luid klonk. Het was gedrum, van boven. Even later kwam er ook een elektrische gitaar bij. Ik had de oordoppen al klaarliggen toen Rosie terugkwam uit de badkamer, maar ik vermoedde dat haar mate van tevredenheid was afgenomen.

Ze sloot zich op in haar nieuwe werkkamer, waarop ik

mijn oordoppen indeed en mijn avondeten opat. Tweeënvijftig minuten later stopte de muziek en kon ik weer met Gene praten. Hij was ervan overtuigd dat zijn huwelijk voorbij was, maar naar mijn idee moest hij gewoon zijn gedrag aanpassen. Permanent.

'Dat was ik ook van plan,' zei hij.

'Dat is het enige logische plan. Maak een kosten-batenanalyse. Twee kolommen. Aan de ene kant heb je Claudia, Carl, Eugenie, stabiliteit, huisvesting, huishoudelijke efficiëntie, morele integriteit, fatsoen, geen klachten meer over ongepast gedrag. Grote voordelen. Aan de andere kant heb je ongebonden seks met willekeurige vrouwen. Is dat significant beter dan seks met Claudia?'

'Natuurlijk niet. Al heb ik de laatste tijd niet echt de gelegenheid gehad om het te vergelijken. Kunnen we hier later op terugkomen? Het was een lange reis.'

'We kunnen morgen verder praten. Elke dag, tot we eruit zijn.'

'Don, het is voorbij. Ik heb het geaccepteerd. Vertel me nu maar eens hoe het voelt om vader te worden.'

'Daar heb ik nog geen gevoelens bij. Daar is het nog te vroeg voor.'

'Dat moet ik je dan maar elke dag vragen tot we eruit zijn. Je bent zeker wel een beetje bezorgd?'

'Hoe weet je dat?'

'Dat zijn alle mannen. Bezorgd dat ze hun vrouw kwijtraken aan de baby. Bezorgd dat ze nooit meer seks zullen hebben. Bezorgd dat ze het niet aankunnen.'

'Ik ben niet zoals anderen. Ik verwacht dat mijn problemen vrij uniek zullen zijn.'

'En die zul je op je eigen, unieke manier oplossen.'

Dit was een zeer nuttige opmerking. Problemen oplossen

is een van mijn kwaliteiten. Maar dit hielp me niet met mijn huidige dilemma.

'Wat zeg ik tegen Rosie? Ze wil weten hoe ik me voel.'

'Zeg haar dat je ernaar uitkijkt om vader te worden. Belast haar niet met je eigen onzekerheden. Heb je port in huis?'

De muziek begon weer. Ik had geen port, maar wel Cointreau. We zaten een tijdje zwijgend naast elkaar, totdat Rosie me kwam halen. Gene was in slaap gevallen in de stoel. Dat lag waarschijnlijk comfortabeler dan op de grond. Het was zeker beter dan dakloos zijn in New York.

Rosie nam me mee naar de slaapkamer. Ze glimlachte, waarna ze me kuste.

'Dus de situatie met Gene is acceptabel?' vroeg ik.

'Nee, dat is het niet. Net zomin als die bierstank, waar we echt iets aan moeten doen als je niet wilt dat ik zowel 's ochtends als 's avonds over mijn nek ga. En je moet nodig eens met de bovenburen gaan praten over dat lawaai. Ik bedoel, je kunt een baby geen oordoppen indoen. Maar het appartement is fantastisch, buitengewoon briljant.'

'Briljant genoeg om te compenseren voor de problemen?'

'Bijna.' Ze glimlachte.

Ik keek naar de mooiste vrouw ter wereld, die rechtop in mijn bed zat, in ons bed, slechts gekleed in een te groot T-shirt, wachtend tot ik de juiste woorden zei om deze buitengewone situatie voort te kunnen zetten.

Ik ademde diep in en uit en vulde mijn longen toen nog eens om te kunnen praten. 'Ik ben zeer opgewekt over het feit dat ik vader word.' Ik gebruikte het woord opgewekt in de zin van levendig en druk, niet zozeer in de zin van vrolijk. Dus ik sprak de waarheid, wat maar goed was ook, want Rosie zou het meteen merken als ik loog.

Rosie sloeg haar armen om me heen en omhelsde me langer dan ze Gene had omhelsd. Ik voelde me een stuk beter. Ik kon mijn brein wat rust gunnen en gewoon genieten van Rosies nabijheid. Gene's advies had uitstekend uitgepakt, wat zijn aanwezigheid hier rechtvaardigde, in ieder geval voor mij. En ik zou de problemen van het lawaai, het bier en het vaderschap wel op mijn eigen manier oplossen.

Ik werd wakker met hoofdpijn, wat ik toeschreef aan de stress die de herinnering aan het Blauwvintonijn Incident had opgeroepen. Mijn leven werd steeds complexer. Naast mijn taken als professor en echtgenoot was ik nu ook verantwoordelijk voor het controleren van het bier, voor Gene en mogelijk ook voor Rosie, die waarschijnlijk nog steeds niet goed op haar gezondheid zou letten, zelfs niet in deze kritieke periode. En ik moest uiteraard ook enig onderzoek verrichten om me op het vaderschap voor te bereiden.

Er waren twee mogelijke manieren om met deze extra verantwoordelijkheden om te gaan. De eerste was het opstellen van een gedetailleerder schema, om er zeker van te zijn dat mijn tijd efficiënt werd ingedeeld, rekening houdend met de relatieve prioriteit van elke taak en de mate waarin het bijdroeg aan de belangrijkste doelen. De tweede optie was het omarmen van de chaos. Het was wel duidelijk wat de juiste keuze was. Het was tijd voor het Baby Project.

Ik vermoedde dat Rosie niet positief zou reageren op het plaatsen van een whiteboard in de woonkamer, maar ik kwam tot een briljante oplossing. De witte tegels aan de muren van mijn nieuwe bad-werkkamer waren lang en smal: ongeveer dertig centimeter hoog en tien centimeter breed. Ze boden een kant-en-klaar raster, en het oppervlak was geschikt voor whiteboardmarkers. De grootste muur bestond uit negentien kolommen van zeven tegels, slechts onderbroken door de wcrolhouder, die één tegel in beslag nam en een andere tegel blokkeerde. Een haast perfect sjabloon voor een kalender van achttien weken. Elke tegel kon in zeventien horizontale vakken worden verdeeld voor de uren dat ik wakker was, met de mogelijkheid om nog een verdere verticale verdeling te maken. De kans dat Rosie het schema zou zien was klein, aangezien ze had gezegd dat ze mijn privacy zou respecteren.

Natuurlijk had ik ook een spreadsheet of een kalenderprogramma kunnen gebruiken. Maar de muur was veel groter dan mijn beeldscherm en het invullen van mijn reeds geplande vergaderingen, aikidotrainingen en hardloopsessies voor de eerstvolgende vier weken bezorgde me een onverwacht gevoel van welbehagen.

De ochtend na Gene's aankomst reisden we samen met de metro naar Columbia. De reis was veel korter vanaf ons nieuwe appartement, dus ik had mijn vertrektijd hierop aangepast. Rosie had haar dagelijkse routine nog niet bijgesteld en was al eerder vertrokken.

Ik gebruikte de reistijd om Gene's relatieprobleem met hem te bespreken. 'Ze heeft je afgewezen omdat je haar hebt bedrogen. Meerdere keren. Nadat je had beloofd hiermee te stoppen. Daarom moet je haar ervan zien te overtuigen dat je niet langer een vreemdganger en een leugenaar bent.'

'Niet zo hard, Don.'

Ik had mijn stem verheven om dit belangrijke punt te benadrukken, en nu werden we afkeurend aangestaard, vooral Gene. Een vrouw die uitstapte bij Penn Station zei: 'Je moest je schamen.' De vrouw achter haar voegde hieraan toe: 'Smeerlap.' Het was handig dat mijn argumenten werden bekrachtigd, maar Gene probeerde van onderwerp te veranderen.

'Heb je nog over het vaderschap nagedacht?'

Ik had nog geen babygerelateerde activiteiten aan mijn nieuwe tegelschema toegevoegd, ook al waren deze activiteiten juist de reden voor het opstellen ervan. Het was mogelijk dat mijn brein in reactie op deze onverwachte situatie een primitief beschermingsmechanisme had ingeschakeld en simpelweg deed alsof het niet bestond. Ik moest twee dingen doen: de aanstaande geboorte erkennen door het aan anderen te vertellen, en daadwerkelijk wat onderzoek verrichten.

Nadat Gene zich had geïnstalleerd in zijn kantoor aan Columbia gingen we koffiedrinken met professor David Borenstein. Rosie voegde zich bij ons, in haar rol als mijn partner, niet zozeer als geneeskundestudent. David had ons erg geholpen bij onze verhuizing en bij het regelen van onze visums.

'Hoe staat het ermee, Don?' vroeg hij.

Ik wilde David net een update geven over mijn bijna voltooide onderzoek naar de genetische aanleg voor cirrose bij muizen, toen ik terugdacht aan mijn eerdere besluit om mijn aanstaande vaderschap te erkennen.

'Rosie is zwanger,' zei ik.

Iedereen viel stil. Ik wist meteen dat ik een blunder had begaan, aangezien Rosie me een trap gaf onder de tafel. Dat had duidelijk geen zin; de opmerking kon niet worden teruggetrokken.

'Nou,' zei David. 'Gefeliciteerd.'

Rosie glimlachte. 'Bedankt. We hebben het nog niet echt bekendgemaakt, dus...'

'Natuurlijk. En als hoofd van de faculteit kan ik je verzekeren dat je niet de eerste student bent die haar studie tijdelijk moet onderbreken.'

'Ik ben niet van plan mijn studie te onderbreken.' Ik herkende Rosies toon van: 'Je moet niet met me sollen.' Het leek me niet verstandig zo tegen de decaan te praten.

Maar David merkte dit niet op, of hij koos ervoor het te negeren. 'Ik ben niet de persoon met wie je dit moet bespreken,' zei hij. 'Als je er klaar voor bent, moet je maar eens met Mandy Rau gaan praten. Ken je Mandy? Zij is de studiebegeleidster. Vergeet haar niet te vertellen dat je onder Dons ziektekostenverzekering valt.'

Rosie wilde nog iets zeggen, maar David stak zijn beide handen op in een 'stop'-gebaar, waarop het gespreksonderwerp overging op Gene's plannen.

David sloeg een tweede kop koffie af. 'Sorry, ik moet gaan, maar ik wil Don nog even spreken over het cirroseonderzoek. Loop je met me mee terug? Loop gerust met ons mee, Gene.'

Gene liep met ons mee, ook al had hij geen enkele interesse in mijn onderzoek.

'Ik heb begrepen dat je in deze fase van het onderzoek geen hulp meer nodig hebt van een gastprofessor,' zei de decaan.

'Er moet nog een grote hoeveelheid data worden geanalyseerd,' zei ik.

'Precies, dat bedoel ik, het is voornamelijk rekenwerk. Ik dacht dat je daar misschien wel wat hulp bij kon gebruiken.'

'Niet als ik daarvoor een beursaanvraag moet indienen.' Over het algemeen kost het minder tijd om het werk zelf uit te voeren dan om al het papierwerk voor het aanvragen van assistentie in te vullen.

'Nee, je hoeft geen beursaanvraag in te dienen. Niet in dit specifieke geval.' Hij lachte en Gene deed mee. 'Onze faculteit heeft een postdoc te leen die goed is in statistiek. Het is een gunst aan een collega, maar dan moet ik wel zinvol werk kunnen aanbieden. Niet in de laatste plaats vanwege een mogelijke visumcontrole.'

'Meteen doen,' zei Gene.

Gene's naam stond onder talloze onderzoeken die door dit soort mensen waren uitgevoerd, theoretisch gezien onder zijn toezicht. Ik wilde mijn naam niet verbinden aan publicaties die ik niet zelf had geschreven. Maar ik was het David Borenstein verplicht mijn tijd niet te verspillen aan taken die ook door een lager opgeleid persoon konden worden uitgevoerd, zeker als diegene de ervaring ook nog eens goed kon gebruiken.

'Ze heet Inge,' zei David. 'Ze komt uit Litouwen.'

Gene liet ons alleen, en de decaan en ik liepen een tijdje zwijgend verder. Ik nam aan dat hij nadacht, een aangenaam verschil met de meeste andere mensen, die een stilte in een gesprek zagen als een gat dat ze moesten opvullen. We waren al bijna bij zijn kantoor toen hij weer iets zei.

'Don, de studiebegeleidster zal Rosie aanraden haar studie tijdelijk te onderbreken. Dat is wel zo verstandig. Maar we willen haar niet kwijt. We willen onze studenten graag aan ons binden en ze is een goede leerling. De timing is niet geweldig. Ze zal de eerste zes maanden van haar coschappen waarschijnlijk moeten opschorten en dan na de bevalling terugkeren, in het tweede semester, of het jaar erop. Ik zou het hele jaar vrij nemen. Dat geeft jullie de tijd om de zorg voor de baby te regelen, waar jij waarschijnlijk ook een rol in speelt.'

Ik had nog niet over deze praktische kwestie nagedacht, maar Davids advies leek me deugdelijk.

'Sommige vrouwen nemen een maand of twee vrij en keren dan meteen terug, waarbij ze zorgen dat ze alles wat ze hebben gemist weer inhalen. Dat lijkt me niet verstandig. Zeker niet voor jullie twee.'

'Waarom niet?'

'Jullie hebben geen ondersteuning in jullie directe omgeving. Misschien dat het had gekund als jullie ouders hier zouden wonen, of andere familieleden. Maar je kunt de zorg voor je kind niet helemaal uitbesteden. Dus ik zou haar aanraden om het hele jaar vrij te nemen. Anders zal de baby eronder lijden, zal haar studie eronder lijden en zal zijzelf eronder lijden. En ik kan je uit ervaring vertellen dat jij daar ook onder zult lijden.'

'Dat lijkt me uitstekend advies. Ik zal het tegen Rosie zeggen.'

'Zeg maar niet dat het van mij komt.'

De decaan van de medische faculteit, onze sponsor, een ervaren ouder. Wie kon ons nu beter advies geven over het combineren van een studie geneeskunde met het ouderschap dan hij? Maar ik vermoedde dat het inderdaad wel slimmer was om zijn naam niet te noemen. Rosie zou het advies van een oudere man in een machtspositie instinctief afwijzen.

Mijn voorspelling bleek te kloppen.

'Ik ben niet van plan mijn opleiding een heel jaar te onderbreken,' zei Rosie die avond toen ik Davids advies overbracht zonder de bron te noemen. We zaten te eten met Gene, ons nieuwe gezinslid, die plaats had genomen op een van de overtollige stoelen.

'Op de lange termijn stelt een jaar vertraging niets voor,' zei Gene.

'Heb jij verlof genomen toen Eugenie werd geboren?' vroeg Rosie.

'Claudia wel.'

'Vergelijk mij dan eens met jezelf en niet met Claudia. Of gaat dat je voorstellingsvermogen te boven?'

'Dus Don gaat voor de baby zorgen?'

Rosie begon te lachen. 'Dat lijkt me niet. Ik bedoel, Don moet werken. En...'

Ik was benieuwd welke andere redenen Rosie had om aan te nemen dat ik niet voor Bud zou kunnen zorgen, maar Gene onderbrak haar.

'Wie gaat er dan voor de baby zorgen?'

Hier dacht Rosie even over na. 'Ik neem hem of haar gewoon met me mee.'

Ik was verbijsterd. 'Dus je neemt Bud mee naar Columbia, naar de ziekenhuizen?' Tegen de tijd dat Bud was geboren, zou Rosie al met echte patiënten werken – mensen met talloze besmettelijke ziekten – in omstandigheden waarbij de aanwezigheid van een baby tot levensgevaarlijke situaties kon leiden. Haar aanpak leek me zowel onpraktisch als onverantwoord.

'Ik ben er nog niet helemaal over uit, oké? Maar het wordt tijd dat ze eens stilstaan bij de behoeften van vrouwen met kinderen. In plaats van ons te zeggen dat we maar thuis moeten blijven totdat het kind volwassen is.' Rosie duwde haar bord opzij. Ze had haar risotto niet opgegeten. 'Ik heb nog wat werk te doen.'

Gene en ik bleven wederom samen achter om te praten. Ik prentte me in dat ik de drankvoorraad moest bijvullen.

Gene koos het gespreksonderwerp uit voordat ik over zijn huwelijk kon beginnen.

'Voel je je al beter over het feit dat je vader gaat worden?'

Het klonk vreemd om aangeduid te worden als 'vader'. Ik dacht aan mijn eigen vader. Ik vermoedde dat hij slechts een marginale rol in mijn leven had gespeeld toen ik nog een baby was. Mijn moeder had haar baan als lerares opgegeven om drie kinderen op te voeden, terwijl mijn vader in onze ijzerhandel was blijven werken. Het was een praktische, zij het wat stereotypische taakverdeling. Aangezien mijn vader enkele van dezelfde problematische eigenschappen bezit als ik, was het waarschijnlijk wel slim om de input van mijn moeder te maximaliseren.

'Ik heb erover nagedacht. Ik vermoed dat ik maar het beste uit de buurt kan blijven, zodat ik geen problemen kan veroorzaken.' Dit strookte met Lydia's oordeel over mij na het Blauwvintonijn Incident en sloot eveneens aan op het medische adagium: *primum non nocere*, in de eerste plaats niet schaden.

'Misschien kom je daar nog mee weg ook. Rosie is een verstokte feminist, dus filosofisch gezien zou ze je het liefst in een rok hijsen, maar tegelijkertijd denkt ze dat ze Superwoman is. Australische vrouwen hebben onafhankelijkheid hoog in het vaandel staan. Ze zal het allemaal zelf willen doen.' Gene dronk zijn Midori op en schonk onze glazen nog eens vol. 'Wat vrouwen ook zeggen, zij hebben een biologische band met de baby die wij nooit zullen krijgen. Het kind zal je de eerste paar maanden niet eens herkennen. Dus daar hoef je je niet druk om te maken. Je kunt beter uitkijken naar de peuterfase, wanneer je echt contact kunt maken.'

Dit was nuttige informatie. Ik had het geluk advies te krijgen van een ervaren vader die ook nog eens het hoofd van de vakgroep psychologie was. Maar hij was nog niet klaar.

'Vergeet alles wat je psychologen hoort zeggen. Ze hemelen het ouderschap op. Maken je doodsbang dat je iets verkeerd zult doen. Als je het woord hechting hoort, ren dan zo hard mogelijk de andere kant op.'

Dit was uitermate nuttige informatie. Lydia behoorde ongetwijfeld tot de groep die Gene beschreef.

Gene vervolgde. 'Je hebt geen neefjes of nichtjes, hè?'

'Correct.'

'Dus je hebt geen echte ervaring met kinderen.'

'Alleen met Eugenie en Carl.' Ik kende Gene's kinderen bijna goed genoeg om ze aan mijn lijst met vrienden toe te voegen, maar ze waren te oud om nog babyervaring mee op te kunnen doen.

Op dat moment kwam Rosie uit haar werkkamer tevoorschijn. Ze liep naar de slaapkamer en maakte daarbij enkele handgebaren die ik interpreteerde als: 'Volgens mij hebben jullie allebei wel genoeg alcohol gedronken. Tijd om naar bed te gaan, in plaats van nog meer interessante informatie uit te wisselen.'

Gene wilde opstaan maar viel weer terug in de stoel. 'Mijn laatste tip, voordat ik omval: observeer eens wat kinderen, kijk hoe ze spelen. Je zult zien dat het net kleine volwassenen zijn, alleen kennen ze nog niet alle regels en trucjes. Niets om je druk om te maken.'

9

Rosie zat rechtop in bed toen ik de slaapkamer binnenkwam.

'Don, voordat je je kleren uittrekt... Wil je iets voor me doen?'

'Natuurlijk. Zolang daar geen mentale of fysieke coördinatie voor nodig is.' Het nog eens volschenken van mijn glas had onbedoeld tot een overdosis alcohol geleid.

'Hoe laat sluit de delicatessenzaak? Die waar je die gerookte makreel had gehaald?'

'Dat weet ik niet.' Waarom moest ik mijn kleren aanhouden om die vraag te beantwoorden?

'Ik heb wel trek in nog een portie.'

'Ik zal er later vandaag langsgaan.' Het was 00.04 uur. 'We kunnen het koud eten, als voorgerecht.'

'Ik bedoel nu. Vanavond. Met zure bommen. Die met chilipepers, als je die kunt vinden.'

'Het is veel te laat om te eten. Je spijsvertering...'

'Dat kan me niet schelen. Ik ben zwanger. Dan krijg je enorme trek in bepaalde dingen. Dat is normaal.'

Normaal was kennelijk opnieuw gedefinieerd.

Ik verwachtte dat het aanzienlijk veel moeite zou kosten om na middernacht nog gerookte makreel en zure bommen te vinden, zeker aangezien ik in mijn beschonken toestand geen gebruik kon maken van mijn fiets, maar dit was de eerste keer dat ik de kans kreeg om iets te doen wat direct met de zwangerschap te maken had.

Ik besloot lukraak door de nog onbekende buurt te joggen, maar dat leidde niet tot het vinden van gerookte makreel. Het was nog druk op straat en mijn navigatiekeuzes werden beïnvloed door de noodzaak om voetgangers te ontwijken. Ik besloot door te lopen naar Brooklyn, want ik wist dat er een goed bevoorrade delicatessenzaak aan Graham Avenue zat die dag en nacht open was. Statistisch gezien zou het me waarschijnlijk minder tijd kosten om makreel te vinden als ik in Manhattan bleef zoeken, maar ik hechtte meer waarde aan zekerheid.

Ik analyseerde het probleem terwijl ik over de Williamsburg Bridge jogde. Waarschijnlijk reageerde Rosies lichaam op een tekort, en haar verlangen werd nog eens versterkt door het belang van goede voeding tijdens de zwangerschap. Ze had de risotto met champignons en artisjokken laten staan, maar had nu trek in makreel. Mijn voorlopige conclusie was dat haar lichaam proteïne en visolie nodig had.

Ik zag twee manieren om dit probleem op te lossen, net als bij het managen van mijn steeds complexere leven. De eerste optie was het kopen van voeding al naargelang Rosies wensen, ingegeven door verlangens die waarschijnlijk pas opkwamen nadat haar lichaam een tekort had geconstateerd. Deze aanpak was echter tijdrovend en inefficiënt, zoals mijn zoektocht naar makreel al aantoonde. Of ik koos voor een meer gestructureerde aanpak, waarbij ik rekening hield met de speciale dieetvoorschriften tijdens een zwangerschap en ervoor zorgde dat alle ingrediënten tijdig in huis waren gehaald. Dit was duidelijk de betere keuze.

Toen ik om 02.32 uur thuiskwam, in de stad die nooit slaapt, had ik ongeveer twintig kilometer hardgelopen en was het me gelukt makreel, zure bommen en chocolade te bemachtigen (Rosie had altijd zin in chocolade). Rosie sliep al. Ze reageerde zelfs niet toen ik de makreel onder haar neus hield.

Toen ik ontwaakte, stonden Rosie en Gene al op het punt naar Columbia te vertrekken. Ik had wederom hoofdpijn, dit keer ongetwijfeld vanwege slaapgebrek. De juiste hoeveelheid relatief onverstoorde slaap is van cruciaal belang om optimaal te kunnen functioneren, zowel fysiek als mentaal. Rosies zwangerschap had een grote weerslag op mijn lichaam. Het vooraf inkopen van voeding die geschikt was voor zwangere vrouwen zou middernachtelijke excursies in ieder geval overbodig maken. Als kortetermijnoplossing besloot ik een dag vrij te nemen om me op het Baby Project te richten.

Ik wist de vrije dag goed te benutten, door eerst wat slaap in te halen en vervolgens aanvullende informatie op te zoeken over Rosies bewering dat er een verband bestaat tussen cortisol en depressie. Het bewijs was overtuigend, evenals het bewijs voor een verband met hart- en vaatziekten. Het was uitermate belangrijk om Rosies stressniveau zo laag mogelijk te houden, zowel voor de gezondheid van Bud als voor haar eigen gezondheid.

Na afronding van het ingeplande lichaamsonderhoud reserveerde ik de rest van de ochtend voor het opzoeken van informatie over voeding tijdens de zwangerschap. De tijd die ik hiervoor had gereserveerd bleek schromelijk ontoereikend te zijn. Er werd zoveel conflicterend advies gegeven! Zelfs na het verwerpen van artikelen die hun gebrek aan een wetenschappelijke basis duidelijk etaleerden door woorden als 'biologisch', 'holistisch' en 'natuurlijk' te gebruiken, bleef er nog een veelheid aan informatie, aanbevelingen en recepten over. Sommige richtten zich op voedsel dat men wel moest eten, andere juist op voedsel dat men moest vermijden. De twee categorieën overlapten elkaar regelmatig. Op een commerciële maar indrukwekkende website over baby's vond ik een Gestandaardiseerd Maaltijdsysteem voor elk trimester, maar de maaltijden bevatten vlees, wat Rosie onacceptabel zou vinden. Ik had meer tijd nodig, of ik moest een overkoepelend onderzoek zien te vinden. Er zouden toch wel meer mensen zijn geweest die tegen hetzelfde probleem waren aangelopen en hun bevindingen hadden gedocumenteerd.

De zwangerschapswebsites bevatten ook veel informatie over de ontwikkeling van de foetus. Rosie had duidelijk gemaakt dat ze niet op technisch commentaar zat te wachten, maar het was uitermate interessant, vooral nu ik in mijn eigen appartement een praktijkvoorbeeld kon volgen. Ik koos een van de muurtegels boven de badkuip uit en schreef er een '5' op, als aanduiding van de geschatte week van de zwangerschap, gerekend vanaf de voorgaande zaterdag. Ik zette een stip ter grootte van een sinaasappelpitje om Buds huidige lengte weer te geven en maakte er toen een tekening bij. Zelfs na veertig minuten zwoegen was het niet meer dan een grove schets in vergelijking met sommige afbeeldingen die op internet waren te vinden. Maar net als bij het tegelschema gaf het maken ervan me een onmiskenbaar gevoel van welbehagen.

Als kortetermijnoplossing voor het voedingsprobleem koos ik een willekeurig vegetarisch recept uit op een van de websites. Een rondje joggen door Trader Joe's volstond voor het verzamelen van alle benodigde ingrediënten voor een flan met tofu en flespompoen.

Ik hield een hele vrije middag over, de ideale gelegenheid om wat onderzoek te doen overeenkomstig Gene's advies. Het leek me verstandig te wachten met douchen en omkleden tot na mijn excursie, vooral aangezien er volgens de weersverwachting dertig procent kans was op regen. Ik trok mijn dunne regenjas aan over mijn hardloopoutfit en voegde hier een fietsmuts aan toe om mijn haar droog te houden.

Er bevond zich een kleine speeltuin aan 10th Avenue, slechts een paar blokken verderop. Dit was perfect. Ik kon in mijn eentje op een bankje gaan zitten om de kinderen en hun begeleiders te observeren. Een verrekijker zou handig zijn geweest, maar ik kon in ieder geval de grovere motorische handelingen volgen en zelfs wat gesprekken opvangen, zeker aangezien er veel werd geschreeuwd. Ik werd niet gestoord. De enige keer dat een kind mij benaderde werd het zelfs meteen teruggeroepen.

Ik noteerde enkele observaties in mijn notitieboekje. De kinderen verkenden hun directe omgeving maar hielden hun begeleiders goed in de gaten en keerden regelmatig naar hen terug. Ik herinnerde me een documentaire waarin dit gedrag werd benadrukt door de beelden versneld af te spelen, maar ik wist niet meer over welke diersoort dit ging. Mijn telefoon had nog voldoende geheugen beschikbaar, dus ik besloot een eigen filmpje te maken. Gene zou dit zeker interessant vinden.

Mijn opname werd verstoord door een gemeenschappelijke activiteit: de begeleiders en kinderen kwamen ongeveer twintig seconden bijeen en verplaatsten zich toen naar de andere kant van de speeltuin, waar mijn zicht op hen werd belemmerd door een eiland van struiken in het midden. Ik volgde hen en koos een nieuwe plek uit vanwaar ik ze kon observeren, maar ze hervatten hun spel niet. Ik besloot te wachten en van de gelegenheid gebruik te maken om de videoresolutie van mijn telefoon aan te passen, voor het geval dat ik de kans kreeg een langere opname te maken. Doordat ik mijn aandacht op het instellen van de camerafunctie had gericht, merkte ik niet dat er twee mannelijke, geüniformeerde politieagenten naderden.

Achteraf gezien pakte ik de situatie wellicht niet zo handig aan, maar er was hier sprake van onbekende regels binnen een niet-vertrouwd sociaal protocol onder onverwachte omstandigheden. Bovendien was ik aan het worstelen met de videoapplicatie die ik had gedownload vanwege zijn superieure compressiealgoritme, zonder te letten op de gebruikersvriendelijkheid.

'Waar denkt u mee bezig te zijn?' Dat vroeg de (enigszins) oudere politieman. Zo te zien waren ze beiden in de dertig en verkeerden ze in goede conditie, met een BMI van ongeveer drieëntwintig.

'Volgens mij ben ik de resolutie aan het instellen, maar het zou ook iets anders kunnen zijn. Het lijkt me echter onwaarschijnlijk dat u me zult kunnen helpen, tenzij u bekend bent met deze applicatie.'

'Nou, dan zullen we u niet langer lastigvallen en u weer alleen laten met de kinderen.'

'Uitstekend. Succes met de misdaadbestrijding.'

'Sta op.' Dit was een onverwachte omslag van de jongere collega. Wellicht was het een demonstratie van het 'good cop/bad cop'-protocol. Ik keek naar Good Cop om te zien of hij me tegengestelde instructies zou geven.

'Moet ik van u ook opstaan?'

Good Cop hielp me overeind. Hardhandig. Mijn afkeer van fysiek contact is instinctief, dus ik reageerde uit automatisme. Ik greep mijn belager niet vast en wierp hem ook niet op de grond, maar ik paste wel een eenvoudige aikidobeweging toe om me van hem los te maken en afstand te creëren. Hij deinsde naar achteren en Bad Cop trok zijn pistool. Good Cop haalde handboeien tevoorschijn.

Eenmaal op het politiebureau wilden de agenten dat ik een verklaring aflegde waarin ik toegaf kinderen te hebben geobserveerd in het park en me te hebben verzet bij mijn arrestatie. Ik kreeg eindelijk antwoord op de meest voor de hand liggende vraag: wat had ik verkeerd gedaan? In New York blijkt het verboden te zijn om een officiële kinderspeelplaats te betreden wanneer men niet in het gezelschap is van een kind van onder de twaalf. Blijkbaar hing er een bord aan het hek waarop dit werd aangegeven.

Ongelooflijk. Als ik daadwerkelijk een zedendelinquent was geweest die genot putte uit het observeren van kinderen, wat de politie schijnbaar vermoedde en waar de wetgevers op hadden geanticipeerd, dan zou ik dus een kind moeten kidnappen om toegang te krijgen tot de speeltuin. Good Cop en Bad Cop waren niet geïnteresseerd in dit argument, maar uiteindelijk wist ik een verslag van de gebeurtenissen te geven waarmee ze tevreden waren.

Vervolgens werd ik drie kwartier alleen gelaten in een kleine kamer. Mijn telefoon was in beslag genomen.

Toen verscheen er een oudere man, ook in uniform, met in zijn handen vermoedelijk de geprinte versie van mijn verklaring.

'Professor Tillman?'

'Gegroet. Ik wil een advocaat bellen.' De tijd in mijn eentje had me in staat gesteld mijn gedachten te ordenen. Ik herinnerde me het telefoonnummer van een strafrechtadvocaat, van een advertentie in de metro.

'Wilt u niet eerst uw vrouw bellen?'

'Het verkrijgen van deskundig advies is nu belangrijker.' Daarnaast was ik me ervan bewust dat het nieuws van mijn arrestatie tot stress zou leiden bij Rosie, vooral aangezien het probleem nog niet was opgelost en zij weinig kon doen om me te helpen.

'U mag een advocaat bellen als u wilt. Misschien hebt u die niet eens nodig. Wilt u iets drinken?'

Ik antwoordde zonder nadenken. 'Ja, alstublieft. Een tequila, puur.'

Mijn ondervrager keek me ongeveer vijf seconden aan. Hij maakte geen aanstalten om het drankje te halen.

'Weet u zeker dat u geen margarita wilt? Of een Strawberry Daiquiri?'

'Nee, een cocktail is een stuk complexer. Een tequila is prima.' Ik vermoedde dat ze geen vers sap hadden. Liever een pure tequila dan een margarita bereid met citroensiroop of zoetzure limonade.

'U komt uit Melbourne, Australië, nietwaar?'

'Correct.'

'En nu bent u professor aan Columbia?'

'Universitair hoofddocent.'

'Is er iemand die we kunnen bellen om dit te verifiëren?'

'Natuurlijk. U kunt contact opnemen met de decaan van de medische faculteit.'

'Dus u bent een aardig slimme kerel?'

Deze vraag was lastig te beantwoorden zonder arrogant over te komen. Ik knikte slechts.

'Oké, professor, vertel me dit dan eens. Als u zo slim bent, dacht u dan echt dat ik naar de kantine zou gaan om wat limoenen voor u uit te persen voor een margarita?'

'Citroenen zijn ook prima. Maar ik vroeg slechts om een

tequila. Het leek me ongepast om een ordehandhaver te vragen citrusvruchten uit te persen.'

Hij leunde achterover. 'U meent het echt, hè?'

Ik stond onder grote druk, maar ik was me ervan bewust dat ik blijkbaar een fout had gemaakt. Ik deed mijn best om me nader te verklaren. 'Ik ben gearresteerd en loop het risico een celstraf te krijgen. Ik was me niet bewust van de regels. Het was niet mijn bedoeling lollig te zijn.' Ik dacht even na. 'Ik ben ietwat sociaal incompetent,' voegde ik er toen aan toe, alleen omdat dit de kans op een gevangenisstraf en bijgevolg op slecht eten, saaie gesprekken en ongewenste seksuele avances mogelijk zou verminderen.

'Dat had ik al wel door. Hebt u echt "Succes met de misdaadbestrijding" tegen agent Cooke gezegd?'

Ik knikte.

Hij begon te lachen. 'Ik heb een neefje zoals u.'

'Is hij ook professor in de genetica?'

'Nee, maar als je iets over Spitfires uit de Tweede Wereldoorlog wilt weten, dan moet je bij hem zijn. Hij weet alles over vliegtuigen maar heeft geen idee hoe hij uit de problemen moet blijven. U deed het vast goed op school. Aangezien u nu professor bent.'

'Ik haalde uitstekende cijfers. Ik genoot niet erg van de sociale aspecten.'

'Problemen met autoriteit?'

In eerste instantie wilde ik nee antwoorden: ik hou me aan de regels en probeer geen problemen te veroorzaken. Maar ineens werd ik overvallen door herinneringen aan mijn godsdienstlerares, de directeur van mijn middelbare school en de decaan van de faculteit natuurwetenschappen, gevolgd door herinneringen aan Meneer Wijn, de conciërge van het appartement in Brooklyn en de twee agenten.

'Correct. Maar niet met kwade opzet. Het komt eerder door mijn eerlijkheid en gebrek aan tact.'

'Bent u al eens eerder gearresteerd?'

'Dit is de eerste keer.'

'En u was in de speeltuin om...' Hij keek in de papieren. 'Om het gedrag van kinderen te observeren ter voorbereiding op het vaderschap.'

'Correct. Mijn vrouw is zwanger. Ik moet mijn kennis over kinderen uitbreiden.'

'Jezus.' Hij keek weer naar de papieren, maar aan zijn ogen te zien was hij niet aan het lezen. 'Goed. Ik denk niet dat u een gevaar vormt voor kinderen, maar ik kan u niet zomaar laten gaan. Als u volgende week ineens op een school opduikt en om u heen begint te schieten, en ik heb niet ingegrepen...'

'Dat lijkt me statistisch gezien onwaarschijnlijk...'

'Zeg maar niets meer. Anders praat u uzelf nog in de problemen.' Dat leek me goede raad. 'Ik zal u naar Bellevue doorsturen, waar u door een van hun medewerkers zult worden geëvalueerd. Als hij denkt dat u geen gevaar vormt, dan gaat u vrijuit. Dan gaan we allemaal vrijuit.'

Hij gaf me mijn telefoon terug en zwaaide met de handboeien. 'Brendan is een aardige vent. Maar als u niet komt opdagen, dan zullen we niet meer zo vriendelijk zijn.'

10

Het was 18.32 uur toen ik het politiebureau verliet. Ik belde meteen naar Bellevue om een afspraak te maken. De receptioniste vroeg me de volgende dag terug te bellen tenzij het een noodgeval was. Na ongeveer vier minuten te hebben geluisterd naar mijn beschrijving van de situatie kwam ze blijkbaar tot het onherroepelijke besluit dat dit geen noodgeval was.

In de metro vroeg ik me af of ik Rosie op de hoogte moest brengen van het Speeltuin Incident. Het was nogal beschamend en het duidde op onbekendheid met de regels. Het kennen van de regels is juist een van mijn sterke punten. Rosie zou van streek zijn omdat mij zoiets akeligs was overkomen en boos worden op de politie. Kortom, ze zou gestrest raken. Mijn eerdere besluit om Rosie erbuiten te houden totdat de kwestie was opgelost was nog steeds verdedigbaar. Ik had het ergste scenario weten te voorkomen op het politiebureau. De evaluatie door Bellevue was nu nog het enige obstakel.

Ik hield mezelf voor dat er geen enkele reden was om zenuwachtig te zijn voor mijn afspraak met de psycholoog. Als jonge twintiger was ik door talloze psychologen en psychiaters ondervraagd. Mijn vriendenkring bestond onder andere uit Claudia, een klinisch psycholoog; Gene, hoofd van de vakgroep psychologie; Isaac Esler, psychiater; en

Rosie, een gediplomeerd psycholoog die nu aan het promoveren was. Ik had ervaring in het omgaan met deze professionals en voelde me bij hen op mijn gemak. Bovendien had de psycholoog geen reden om mij als gevaarlijk te bestempelen. Er was dus geen enkele reden om zenuwachtig te zijn voor de evaluatie. Dat betekende dat mijn zenuwen irrationeel waren.

Rosie was er al toen ik thuiskwam, aan het werk in haar nieuwe werkkamer. Ik had mijn halte gemist en was vervolgens de verkeerde kant op gelopen. Dat dichtte ik toe aan de verandering van locatie. Ik begon snel aan de bereiding van het avondeten. Dat zou een minder gevaarlijk gespreksonderwerp vormen dan mijn bezigheden van die dag.

'Waar was je?' riep Rosie naar me. 'Ik dacht dat we samen zouden lunchen.'

'Tofoe. Voedzaam, gemakkelijk te verteren en een bron van ijzer en calcium.'

'Hallo?' Ze kwam uit haar werkkamer tevoorschijn en kwam achter me staan terwijl ik me op het eten bleef richten. 'Krijg ik nog een kus?'

'Natuurlijk.'

Helaas was de kus niet voldoende om Rosie van haar ondervraging af te leiden, hoe hard ik ook mijn best deed om er iets interessants van te maken.

'Wat heb je allemaal uitgespookt? We zouden toch gaan lunchen?'

'Ik realiseerde me niet dat we hadden afgesproken samen te lunchen. Ik heb een dag vrij genomen. Ik heb een wandeling gemaakt. Ik voelde me niet lekker.' Dit was allemaal waar.

'Geen wonder. Je hebt de hele nacht zitten zuipen met Gene.'

'En ik heb gerookte makreel gehaald.'

'O shit. Dat was ik helemaal vergeten. Sorry. Ik heb wat eieren met azijn gegeten en ben gaan slapen.'

Ze wees naar de tofoe die ik aan het bereiden was. 'Ik dacht dat je met Dave op stap ging.'

'Dit is voor jou.'

'Dat is heel aardig van je, maar ik bestel wel een pizza.'

'Dit is gezonder. Rijk aan bètacaroteen, essentieel voor een gezond immuunsysteem.'

'Dat kan wel zo zijn, maar ik heb zin in pizza.'

Moest ik vertrouwen op haar instinctieve verlangen naar pizza of op de website die tofoe aanraadde? Als geneticus vertrouwde ik op het instinct, maar als wetenschapper stelde ik wel enig vertrouwen in gedegen onderzoek. Als echtgenoot wist ik dat het gemakkelijker zou zijn om niet in discussie te gaan. Ik zette de tofoe terug in de koelkast.

'O, en neem Gene maar met jullie mee.'

Een mannenavond bestond gewoonlijk uit Dave, mij en soms enkele oud-collega's van Dave. Het stond echter ook omschreven als 'Rosies momentje voor zichzelf'. De beide onderdelen van de definitie zouden alleen kunnen worden behouden door Gene in zijn eentje te laten eten, maar daar waren weer andere morele bezwaren tegen. De veranderingen bleven zich maar opstapelen.

Toen Gene en ik uit de lift stapten en de straat op liepen, kwam George net uit een limousine gestapt met een tas in zijn hand.

Ik onderschepte hem. 'Gegroet. Ik dacht dat je naar Engeland terug zou keren.' Een korte zoekactie op internet had geleid tot de naam van George' cruiseschip, dat een paar uur eerder was vertrokken.

'Is het een beetje te stil naar je zin? Nee, we hebben een paar maanden vrij, met dank aan Herman's Hermits. Onze impresario probeert wat optredens te regelen in New York. Hoe staat het met het bier?'

'De temperatuur is juist en stabiel. Er is sprake van een kleine lekkage die incidenteel wat stank veroorzaakt, maar daar zijn we al aan gewend. Ben je van plan vanavond te gaan oefenen?'

'Grappig dat je het vraagt. Ik heb er eerlijk gezegd niet veel zin in, maar Jimmy de bassist zei dat hij misschien langs zou wippen. Na drie dagen in New York heeft hij al niets meer te doen, dus waarom dan niet afspreken om bier te drinken en wat muziek te maken?'

'Heb je soms zin om in plaats daarvan honkbal te komen kijken?' Het idee kwam ineens in me op, als oplossing voor de geluidsoverlast die George wellicht zou veroorzaken, waar Rosie niet blij mee zou zijn. Het was misschien wel de eerste keer in mijn leven dat ik spontaan een relatief onbekende had uitgenodigd voor een sociale aangelegenheid.

'Dus jullie gaan op pad?' vroeg hij.

'Correct. Om te eten, alcohol te drinken en honkbal te kijken. En ondertussen praten we wat.'

Ik had de bar Dorian Gray in de East Village uitgekozen als onze vaste ontmoetingsplaats. Deze bood de beste combinatie van televisieschermen, geluidsniveau (cruciaal), kwaliteit van het eten, bier, prijs en reistijd voor Dave en mij. Ik introduceerde George als mijn bovenbuurman en legde uit dat Gene tijdelijk bij mij logeerde. George leek zich niet druk te maken over het feit dat er een extra, niet-betalende huurder in zijn appartement woonde.

Dave kan zich altijd goed aanpassen aan veranderingen en vond het prima dat George en Gene met ons meegingen. We bestelden hamburgers met alles erop en eraan. Op mannenavond was Dave tijdelijk ontheven van zijn dieet. Gene bestelde een fles wijn, die duurder was dan het bier dat we normaal gesproken dronken. Ik wist dat Dave zich hier zorgen over zou maken.

'Vertel eens,' zei Gene, 'waar heb jij vandaag uitgehangen? Ik heb jouw nieuwe assistente wegwijs moeten maken.'

'Dat klinkt bepaald niet als een rotklus,' zei George. 'Zeker een jonge vrouw, eh?'

'Klopt als een zwerende vinger,' zei Gene, waarbij hij zo te horen George' accent probeerde te imiteren. 'Ze heet Inge. Erg charmant.'

Gezien het primaire doel van de mannenavond, te weten het bieden van wederzijdse hulp bij persoonlijke problemen, vroeg ik me af of ik advies moest inwinnen over het Speeltuin Incident. Ik wilde een second opinion over mijn besluit om informatie achter te houden voor Rosie, maar het leek me niet verstandig om over mijn arrestatie te vertellen nu George erbij was, aangezien hij in feite mijn huisbaas was.

'Ik heb een klein probleem,' zei ik. 'Ik heb een sociale blunder begaan die mogelijk gevolgen kan hebben.' Ik voegde er niet aan toe dat deze blunder direct voortkwam uit het opvolgen van Gene's advies om kinderen te observeren.

'Goh, duidelijk verhaal,' zei Gene. 'Kun je ons er wat meer over vertellen?'

'Nee. Ik wil alleen weten of ik het Rosie moet vertellen. En zo ja, hoe.'

'Absoluut,' zei Gene. 'Een huwelijk hoort gebaseerd te zijn op vertrouwen en eerlijkheid. Dus geen geheimen.' Toen begon hij te lachen, vermoedelijk om aan te geven dat hij een grapje maakte. Dit sloot aan bij zijn gedrag als leugenaar en vreemdganger.

Ik richtte me tot Dave. 'Wat denk jij?'

Dave staarde naar zijn lege bord. 'Wat weet ik ervan? We zijn bijna blut en dat heb ik Sonia niet verteld.'

'Zit je bedrijf in koelsystemen in de problemen?' vroeg George.

'Met de koelsystemen gaat het prima,' zei Dave. 'Het zit hem vooral in de bedrijfsvoering.'

'Administratie,' zei George. 'Daar zou je natuurlijk iemand voor kunnen inhuren. Maar dan word je op een dag wakker en kom je erachter dat je voor hen hebt lopen werken in plaats van andersom.'

Ik begreep niet echt hoe dergelijke informatie ineens beschikbaar zou kunnen worden bij het ontwaken, maar ik was het wel eens met George' algemene stelling: ook ik ervoer administratief werk als een groot ongemak. Gene kon het juist uitermate goed naar zijn hand zetten.

Maar we waren afgedwaald. Ik bracht het gesprek weer terug op de hoofdvraag: moest ik het Rosie vertellen?

'Even serieus, is het noodzakelijk dat ze het weet?' vroeg Gene. 'Heeft het invloed op haar?'

'Nog niet,' zei ik. 'Dat ligt aan de eventuele gevolgen.'

'Wacht er dan mee. Mensen maken zich hun leven lang zorgen over dingen die nooit zullen gebeuren.'

Dave knikte. 'Ik neem aan dat ze niet op nog meer stress zit te wachten.' Weer dat woord.

'Inderdaad,' zei Gene. Hij keerde zich naar George. 'Wat vind jij?'

'Ik vind deze wijn verrassend smakelijk,' zei George. 'Chianti, eh?' Hij gebaarde naar onze kelner. 'Nog een fles van jullie beste chianti, meneer.'

'We hebben maar één soort chianti. Die drinken jullie nu.'

'Breng ons dan jullie beste rode wijn.'

Dave's gezichtsuitdrukking duidde op ontzetting. Ik was minder bezorgd. De beste rode wijn die ze hier schonken was waarschijnlijk niet erg duur.

George wachtte tot de wijn werd gebracht. 'Hoelang zijn jullie getrouwd?' vroeg hij.

'Tien maanden en vijftien dagen.'

'En je doet nu al dingen die ze niet mag weten?'

'Kennelijk.'

'Geen kinderen, neem ik aan.'

'Interessante vraag.' Dat hing af van de definitie van 'kind'. Als George een religieuze fundamentalist was, dan was hij wellicht van mening dat er een kind was geschapen ergens in de periode van een uur tot vijf dagen nadat ik op die levensbepalende zaterdag mijn overhemd had uitgetrokken, afhankelijk van de snelheid van de succesvolle spermatozoïde.

Gene beantwoordde de vraag terwijl ik nog aan het nadenken was. 'Don en Rosie verwachten hun eerste kind... wanneer, Don?'

De gemiddelde menselijke draagtijd bedraagt veertig weken; achtendertig weken vanaf de verwekking. Als Rosies verhaal klopte en de verwekking die dag had plaatsgevonden, dan was ze uitgerekend op 21 februari.

'Nou,' zei George, 'dat geeft dan meteen antwoord op de vraag of je haar op de hoogte moet brengen. Je kunt haar beter geen dingen vertellen die haar van streek kunnen maken.'

'Uitstekend uitgangspunt,' zei Gene.

Zelfs zonder wetenschappelijk bewijs dat er een verband bestond tussen stress en Buds toekomstige geestelijke gezondheid waren mijn metgezellen in feite tot dezelfde conclusie gekomen als ik. De informatie moest achtergehouden worden totdat het probleem was opgelost. Wat zo snel mogelijk moest gebeuren, anders zou ik zelf slachtoffer worden van een overdosis cortisol.

Gene proefde de wijn namens de groep en vervolgde zijn relaas. ‘Het misleiden van de partner is iets natuurlijks. Je kunt beter niet tegen de natuur ingaan.’

George begon te lachen. ‘Ik ben benieuwd wat je redenering daarachter is.’

Gene stak zijn standaardbetoog af, dat vrouwen de beste genen zoeken, zelfs buiten hun primaire relatie, en dat mannen zo veel mogelijk vrouwen willen bezwangeren zonder betrapt te worden. Het was maar goed dat hij dit praatje al vaak had gehouden, want ik merkte dat hij aardig beschonken was. George moest regelmatig lachen.

Dave lachte helemaal niet. ‘Dat klinkt als flauwekul. Ik heb nooit serieus overwogen Sonia te bedriegen.’

‘Hoe zal ik het zeggen?’ zei Gene. ‘Er bestaat een bepaalde hiërarchie. Hoe hoger je status, hoe meer vrouwen je tot je beschikking hebt. Een collega van ons is hoofd van het Medisch Onderzoeksinstituut in Melbourne en hij is zojuist met de broek op de enkels betrapt, bijna letterlijk. Terwijl het een vriendelijke man is.’ Gene doelde op mijn co-onderzoeker in Melbourne, Simon Lefebvre. Het was goed om te weten dat hij hem nu als een ‘vriendelijke man’ beschouwde. In het verleden had er wat ongezonde competitiviteit tussen hen bestaan.

Gene schonk het laatste restje wijn in. ‘Dus ik wil je niet beledigen, maar Don is universitair hoofddocent en ik ben hoofd van de vakgroep. Ik sta ongeveer op hetzelfde niveau als Lefebvre, maar hoger dan Don. Ik krijg waarschijnlijk niet zoveel kansen als Lefebvre, wiens toewijding aan het benutten van die kansen een voorbeeld vormt voor ons allen, maar ik krijg er meer dan Don.’

'En ik ben koelkastmonteur, wat betekent dat ik op een lager niveau sta dan jullie allebei,' zei Dave.

'Wat sociale hiërarchie betreft waarschijnlijk wel. Maar dat maakt je niet minder waardevol als persoon. Als mijn koelkast stuk is, dan zal ik niet Lefebvre bellen. Maar over het algemeen zal iemand met jouw baan minder kans hebben op seks met andere vrouwen, omdat ze gericht zijn op status, bewust dan wel onbewust. In veel opzichten ben jij waarschijnlijk een beter mens dan ik, maar binnen deze groep ben ik het alfamannetje.'

Gene keerde zich naar George. 'Sorry, meneer, dat was een overhaaste conclusie van mij. Ik neem aan dat jij niet de rector magnificus van Cambridge bent of een internationaal vermaarde voetbalspeler.'

'Te dom voor dat eerste,' zei hij. 'Was graag dat tweede geworden. Mocht naar een try-out bij Norwich, maar ik was niet goed genoeg.'

De kelner bracht de rekening. George pakte hem aan, legde een stapel biljetten neer en kwam overeind.

George, Gene en ik namen een taxi terug naar het appartementencomplex. Toen George uit de lift was gestapt, zei Gene tegen mij: 'Een gratis maaltijd. Zo zie je maar weer hoe ver iemand gaat om het alfamannetje uit te dagen. Weet je wat hij voor werk doet?'

'Hij is rockster,' zei ik.

Rosie was gehuld in haar slaapkostuum maar sliep nog niet toen ik de slaapkamer betrad.

'Hoe was je avond?' vroeg ze.

Even raakte ik in paniek, totdat ik besefte dat er geen misleiding noodzakelijk was. 'Uitstekend. We hebben wijn gedronken en hamburgers gegeten.'

‘En over honkbal en vrouwen gepraat.’

‘Incorrect. We praten nooit over vrouwen in het algemeen, alleen over jou en Sonia. Vanavond hadden we het over genetica.’

‘Ik ben blij dat ik thuis ben gebleven. Ik durf te wedden dat dat gesprek werd gedomineerd door Gene die Dave trakteerde op zijn “mannen zijn geprogrammeerd om vreemd te gaan”-praatje. Heb ik gelijk?’

‘Correct. Maar het lijkt me onwaarschijnlijk dat Dave zich nu anders zal gaan gedragen.’

‘Ik mag hopen dat niemand zich ooit anders zal gaan gedragen vanwege iets wat ze van Gene hebben gehoord,’ zei ze, waarna ze me vreemd aankeek. ‘Verzwijg je soms iets voor me?’

‘Natuurlijk. Er zijn talloze dingen die ik je niet vertel. Anders zou je een overdaad aan informatie te verwerken krijgen.’ Dit was een uitstekend argument, maar het werd tijd om van onderwerp te veranderen, zodat Rosie zich op iets anders zou richten. Ik had al een geschikte vraag bedacht tijdens de taxirit naar huis.

‘Hoe smaakte je pizza?’

‘Ik heb uiteindelijk toch de tofoe klaargemaakt. Het smaakte wel oké.’

Een paar minuten nadat ik bij Rosie in bed was gestapt, begon George te drummen. Rosie wilde dat ik naar boven zou gaan om hem te vragen daarmee op te houden.

‘Als jij niet gaat, ga ik zelf wel,’ zei ze.

Ik had drie opties: een confrontatie met mijn huisbaas, een confrontatie met mijn vrouw, of een confrontatie tussen mijn huisbaas en mijn vrouw.

George had kennelijk in zijn pyjama zitten spelen, te oordelen naar zijn verschijning toen hij de deur opendeed. Ik ben ervan overtuigd dat iedereen even vreemd is als ik wanneer ze alleen zijn. Zelf was ik uiteraard ook gekleed in mijn pyjama.

'Maak ik te veel lawaai voor jou en moeder de vrouw? En voor Don Juan?'

'Alleen voor moeder de vrouw.' Ik probeerde de omvang van mijn klacht met zevenenzestig procent te verminderen. Mijn stem leek griezelig veel op die van mijn grootvader.

George glimlachte. 'Beste avondje uit sinds mensenheugenis. Heb nota bene mijn hersenen gebruikt, en niet over voetbal gepraat.'

'Je hebt geluk gehad. Normaal gesproken praten we vooral over honkbal.'

'Verdomd interessant, dat geneticagebeuren.'

'Gene is niet altijd even accuraat.'

'Dat zal wel niet.' Hij begon te lachen. 'Geen idee hoe het komt, maar dit is de eerste keer in lange tijd dat ik weer zin heb om te oefenen. Blijkbaar heeft je maat het alfamannetje in mij wakker gemaakt.'

'Ben je aan het drummen om Gene te irriteren?'

'Mensen betalen hier grof geld voor. Jullie krijgen het gratis en voor niks.'

Ik kon geen goed tegenargument bedenken, maar George glimlachte weer.

'Ik zal nog een laatste solo voor hem spelen en dan is het wel weer mooi geweest.'

11

Rosie viel de volgende ochtend niet zo gemakkelijk te misleiden.

'Wat is er aan de hand, Don?'

'Ik voel me nog steeds niet zo lekker.'

'Jij ook al?'

'Misschien dat ik even langs de huisarts ga.'

'Ik heb een beter idee. Waarom stap je niet over op sinaasappelsap, net als ik? Je stonk een uur in de wind toen je gisteravond thuiskwam.'

'Die stank kwam waarschijnlijk weer van dat bierlek.'

'Don, ik denk dat we even moeten praten. Ik weet niet of je het allemaal wel trekt.'

'Alles is in orde. Ik ga vanmiddag weer aan het werk. Dan pak ik mijn normale schema weer op.'

'Oké. Maar ik ben ook een beetje gestrest. Mijn proefschrift is een puinhoop.'

'Je moet stress zien te vermijden. Je hebt nog acht weken de tijd. Ik raad je aan met Gene te praten. Het is immers ook niet meer dan normaal om je proefschrift met je begeleider te bespreken.'

'Op dit moment ben ik bezig met het uitwerken van de statistieken, wat niet bepaald Gene's sterkste kant is. Ik vond het al erg om één keer per maand verslag aan hem uit te moeten brengen, en dat was nog voordat hij bij ons in huis woonde en mijn man dronken voerde. En voordat hij wist dat ik in de problemen zat.'

'Ik ben zeer bedreven in statistiek. Wat gebruik je?'

'Bied je nu aan om me te helpen frauderen onder het oog van mijn begeleider? Hoe dan ook, ik moet dit zelf doen. Ik kan me alleen moeilijk concentreren. Telkens als ik een ingeving krijg, is mijn brein ineens met iets anders bezig en kan ik weer opnieuw beginnen.'

'Weet je zeker dat je niet aan vroege alzheimer of een andere vorm van dementie lijdt?'

'Ik ben zwanger. En ik heb veel aan mijn hoofd. Vandaag liep ik langs de studiebegeleidster en die zei gewoon terloops: "Ik heb het nieuws gehoord. Je kunt altijd langskomen om het te bespreken." Shit man, ik kan amper mijn hoofd bij mijn werk houden en zij begint al over iets wat nog maanden duurt.'

'De studiebegeleidster heeft vermoedelijk veel ervaring...'

'Hou maar op. Laat het voor nu maar gewoon rusten. Wat zei Gene over het vinden van eigen woonruimte? Je hebt gisteravond toch met hem gepraat?'

'Natuurlijk. Ik zal vandaag weer met hem praten.' Beide opmerkingen waren technisch gezien correct. Verdere uitweiding zou Rosie alleen maar meer stress bezorgen.

Mijn tweede poging om een afspraak te maken bij Bellevue was een regelrechte ramp. Brendan, de persoon naar wie de oudere politieagent me had doorverwezen, was met verlof wegens overspannenheid en moest eerst het cortisolgehalte in zijn lichaam weer naar normale waarden zien terug te brengen, net als Rosie, ik en zo ongeveer iedereen in New York. De komende acht dagen was er geen andere psycholoog beschikbaar. Ik besloot dat het handiger zou zijn om in eigen persoon naar de kliniek te gaan, aangezien ik ervan uitging dat er wel een cliënt zou annuleren of niet kwam opdagen.

De kliniek bevond zich ongeveer op dezelfde breedtegraad als ons appartement, maar dan aan 1st Avenue aan de oostkant van Manhattan. Ik benutte mijn fietstocht door de stad voor het bedenken van een plan van aanpak en ik wist al precies wat ik wilde zeggen toen ik bij de afdeling psychiatrie aankwam. Op het bord boven het betraliede raam van de receptioniste stond AANMELDEN.

'Gegroet. Mijn naam is Don Tillman en ik word verdacht van pedofilie. Ik wil mezelf graag op de reservelijst laten plaatsen voor een evaluatie.'

Ze keek slechts een paar seconden op van haar papieren. 'We werken niet met een reservelijst. U moet een afspraak maken.'

Ik had me voorbereid op deze wending. 'Mag ik uw manager spreken?'

'Het spijt me, maar zij is niet beschikbaar.'

'Wanneer is ze weer beschikbaar?'

'Het spijt me, meneer...' Ze wachtte even, alsof ze een reactie van mij verwachtte, en vervolgde toen. 'U zult echt een afspraak moeten maken. Dat zijn de regels. En u mag uw fiets niet mee naar binnen nemen.'

Ik legde nogmaals uit waarom een directe evaluatie noodzakelijk was, dit keer tot in detail. Dat duurde even, en ze probeerde me meerdere malen te onderbreken. Uiteindelijk slaagde ze daarin.

'Meneer, er staan nog meer mensen te wachten.'

Ze had gelijk. Er waren steeds meer toehoorders bij gekomen, die onder de indruk leken van mijn argumenten. Ik richtte mijn samenvatting tot hen. 'Statistisch gezien zal er ergens deze ochtend een psycholoog op kosten van de belastingbetaler koffie zitten te drinken en op internet zitten te surfen omdat een cliënt niet op zijn of haar afspraak is verschenen, terwijl een potentiële, psychopathische pedofiel vrij rondloopt door de straten van New York, zonder behandeling...'

'Bent u een pedofiel?' De vraag werd gesteld door een vrouw van rond de dertig in een trainingspak, met een BMI van ongeveer veertig.

'Ik word verdacht van pedofilie. Ik ben gearresteerd op een kinderspeelplaats.'

Ze richtte zich tot de receptioniste. 'Die kerel zou echt door iemand moeten worden nagekeken.' Het was duidelijk dat de andere mensen in de wachtruimte het met haar eens waren.

De receptioniste nam een lijst door en pakte de telefoon. Ongeveer een minuut later zei ze: 'U kunt over een uur bij mevrouw Aranda terecht, als u bereid bent te wachten.' Ze gaf me een formulier dat ik moest invullen. Lang leve de rationaliteit.

'Ik hoorde dat u dringend iemand wilde spreken,' zei mevrouw Aranda (geschatte leeftijd vijfenveertig, BMI tweeëntwintig), die zichzelf voorstelde als Rani. Ze luisterde aandachtig gedurende de eenenveertig minuten die ik nodig had om de situatie uit te leggen. Ik zag haar gezichtsuitdrukking gestaag verbeteren, van een frons naar een glimlach.

'Dit is zeker niet de eerste keer dat u uzelf in een lastig parket hebt gebracht?' vroeg ze toen ik klaar was.

'Correct.'

'Maar er waren eerder geen kinderen bij betrokken?'

'Alleen toen ik nog op school zat en kinderen mijn leeftijdsgenoten waren.'

Ze begon te lachen. 'U hebt u tot dusver aardig gered. Als u niet zo vreemd had gereageerd op de politie, dan zouden ze u vast gewoon op de regels hebben gewezen en u hebben weggestuurd. Maar het is niet verboden om vreemd te zijn.'

'Gelukkig maar. Anders zou ik allang tot de elektrische stoel zijn veroordeeld.' Het was maar een flauw grapje, maar Rani begon weer te lachen.

'Ik zal een verslag schrijven voor de politie, en dan staat het u vrij uw onderzoek naar kinderen te hervatten. Ik zou u aanraden eens bij familie op bezoek te gaan, wat sowieso een goed idee is. Wens uw vrouw maar succes met de bevalling.'

Er was een grote last van mijn schouders gevallen. Ik had het probleem opgelost zonder Rosie stress te bezorgen. Vanavond zou ik haar het verhaal vertellen en dan zou ze zeggen: 'Don, toen je me ten huwelijk vroeg zei ik al dat ik constante gekheid van je verwachtte. Je bent echt ongelooflijk.'

Toen besefte ik dat er iemand naar ons keek door het raam van de deur. Ik herkende haar pas toen ze Rani wenkte, die de spreekkamer verliet om zich bij haar te voegen. We hadden elkaar drieënvijftig dagen geleden voor het laatst gezien, maar haar lange gestalte, lage BMI en het daarmee gepaard gaande gebrek aan vet in haar gezicht waren onmiskenbaar. Het was Lydia van het Blauwvintonijn Incident.

Rani praatte een paar minuten met Lydia en liep toen weg. Lydia stapte de spreekkamer binnen.

'Gegroet, Lydia.'

'Ik heet Mercer. Lydia Mercer. Ik ben de senior maatschappelijk werker en ik zal uw zaak op me nemen.'

'Ik dacht dat alles was opgelost. Ik nam aan dat je me had herkend...'

Ze onderbrak me. 'Meneer Tillman, ik wil best geloven dat

onze wegen elkaar al eens hebben gekruist, maar het lijkt me beter dat u dat uit uw hoofd zet. U bent gearresteerd voor een misdrijf. Een... behoudende evaluatie van ons kan de politie ertoe verplichten verdere stappen te ondernemen. Ben ik zo duidelijk genoeg voor u?'

Ik knikte.

'Is uw vrouw zwanger?'

'Correct.'

Neem nooit kinderen, had ze gezegd. Ik had haar instructies genegeerd, zij het niet opzettelijk. Ter verdediging voegde ik eraan toe: 'Het was niet gepland.'

'En u denkt dat u toegerust bent voor het vaderschap?'

Ik dacht terug aan Gene's advies. 'Ik verwacht dat ik over het algemeen correct zal handelen, vanuit mijn instinct.'

'Net als toen u die politieagent aanviel? Hoe houdt uw vrouw zich eronder?'

'Waaronder? De baby is er nog niet.'

'Werkt ze?'

'Ze is geneeskundestudent.'

'Denkt u niet dat ze momenteel wel wat extra hulp kan gebruiken?'

'Extra in vergelijking tot wat? Rosie is een onafhankelijke vrouw.' Dat was een van Rosies kenmerkende eigenschappen. Ze zou beledigd zijn als ik zou suggereren dat ze hulp nodig had.

'Hebben jullie de zorg voor het kind al besproken?'

'Nauwelijks. Rosie richt zich momenteel op haar proefschrift.'

'U zei toch dat ze geneeskundestudent was?'

'Ze is gelijktijdig aan het promoveren.'

'Vanzelfsprekend.'

'Nee, dat is hoogst ongebruikelijk,' zei ik.

'Wie doet het huishouden, wie kookt er?'

Ik had kunnen antwoorden dat we de huishoudelijke taken hadden verdeeld en dat koken mijn verantwoordelijkheid was, maar dat zou mijn opmerking over Rosies onafhankelijkheid ondermijnen. Ik wist dit handig te omzeilen. 'Dat verschilt. Gisteravond heeft ze voor zichzelf gekookt en heb ik een hamburger gegeten in een sportcafé.'

'Zeker met uw vrienden, uw *mates?*'

'Correct. Dat hoeft u niet te vertalen. Ik ben bekend met de standaardterm.'

Ze keek weer naar het dossier. 'Heeft ze hier familie wonen?'

'Nee. Haar moeder is overleden en kan hier dus niet zijn. Haar vader kan hier niet naartoe komen omdat hij een eigen sportschool heeft waar hij aanwezig moet zijn.'

Lydia maakte een aantekening. 'Hoe oud was ze toen haar moeder stierf?'

'Tien.'

'Hoe oud is ze nu?'

'Eenendertig.'

'Professor Tillman. Ik weet niet of u hier ook maar iets van zult begrijpen, maar we hebben hier te maken met een vrouw die voor het eerst moeder wordt, een onafhankelijke, goed presterende professional, een streber zelfs, die haar eigen moeder nog voor haar elfde verloor. Iemand zonder rolmodel, zonder steun, die getrouwd is met een man die daar allemaal geen flauw benul van heeft. Snapt u, als professor, als intellectueel, wat ik hiermee probeer te zeggen?'

'Nee.'

'Uw vrouw loopt een groot risico op een postnatale depressie. Op een zenuwinzinking. Op een ziekenhuisopname. Of erger. U doet niets om dit te voorkomen en u zult het ook niet in de gaten hebben wanneer zoiets haar overkomt.'

Ik was niet bepaald blij met Lydia's opmerkingen, maar ik had respect voor haar expertise.

'U bent niet de enige onbehulpzame partner ter wereld, bij lange na niet. Maar in dit geval kan ik tenminste ingrijpen.' Ze zwaaide met het dossier. 'U gaat aan uzelf werken. U hebt een politieagent aangevallen. Ik weet niet hoe dat gebrek aan zelfbeheersing zich zal vertalen naar de thuissituatie, maar ik verwijs u door naar groepstherapie. Uw aanwezigheid is verplicht totdat de groepsleider oordeelt dat u geen gevaar vormt. En ik wil u over een maand nog eens zien. Samen met uw vrouw.'

'Wat als ik daar niet aan kan voldoen?'

'Ik ben maatschappelijk werker. U bent naar mij doorverwezen vanwege ongepast en onwettig gedrag in de buurt van kinderen. Ik ben degene naar wie men uiteindelijk zal luisteren. Ik hoef maar een verslagje te schrijven en de politie zal het weer overnemen. Of de immigratiedienst, want ik neem aan dat u geen staatsburger bent. Er bestaan bepaalde protocollen voor vaders die naar ons idee gevaarlijk zijn.'

'Wat kan ik doen om mezelf geschikter te maken?'

'Besteed eens wat aandacht aan uw vrouw, en aan hoe ze met het aanstaande moederschap omgaat.'

Lydia stond niet ingeroosterd op 27 juli, dus even hoopte ik dat dit de oplossing was voor het probleem om Rosie mee te krijgen naar de vervolgafspraak 'over een maand'. De receptioniste hield echter vol dat dit geen geldige reden was om niet te komen en plande de afspraak op 1 augustus, over vijf weken. Eerder raakte ik al gestrest van het idee acht dagen te moeten wachten op een afspraak, maar nu zou ik maar liefst vijfendertig dagen met een verhoogd stressniveau te kampen hebben en had ik geen andere keuze dan Rosie op de hoogte te brengen.

Er was nog een dringender probleem. Lydia had me erop gewezen dat Rosies geestelijke gezondheid wellicht gevaar liep. Gelukkig beschikte ik over de middelen om direct in actie te kunnen komen. Na het overlijden van mijn zus drie jaar geleden was ik bang dat dit bij mij tot een klinische depressie had geleid. Met lichtelijke tegenzin had Claudia me onderworpen aan de enige depressievragenlijst die ze op dat moment thuis had liggen: de Edinburgh Postnatal Depression Scale.

Ik was de vragenlijst blijven gebruiken voor het beoordelen van mijn emotionele gesteldheid, aangezien ik consequentheid belangrijker vond dan het feit dat ik geen pas bevallen moeder was. In deze situatie was de test het perfecte hulpmiddel: anders dan de naam deed vermoeden, stond in de begeleidende tekst vermeld dat de vragenlijst zowel tijdens de zwangerschap als na de bevalling gebruikt kon worden. Als deze test aangaf dat Rosie geen risico liep, kon ik de resultaten bij mijn volgende afspraak presenteren. Als Lydia met dit wetenschappelijke bewijs werd geconfronteerd, moest ze haar intuïtieve diagnose wel herzien. Met deze gegevens in handen hoefde ik Rosie wellicht niet eens mee te nemen.

Ik kende Rosie goed genoeg om te weten dat ze de vragenlijst waarschijnlijk niet wilde invullen, en zelfs als ze dit wel zou doen, dan zou ze wellicht liegen bij het beantwoorden van de vragen, om mij ervan te verzekeren dat ze gelukkig was. Ik zou de vragen onopvallend in een gesprek moeten verwerken. De test bestond slechts uit tien korte vragen met elk vier antwoordmogelijkheden, dus deze waren eenvoudig uit het hoofd te leren.

Maar eerst moest ik mijn gezicht weer laten zien op Columbia, na anderhalve dag afwezigheid. Voordat ik mijn nieuwe onderzoeksassistente zou ontmoeten, wilde ik nog even langs Gene gaan om de kwestie rond eigen woonruimte aan te kaarten.

Het bleek echter niet nodig een volgorde te bepalen voor deze twee taken. Ik trof Inge aan in het kantoor van Gene, waar hij zijn onderzoek naar menselijke seksuele aantrekkingskracht aan het uitleggen was. Gene's onderzoeksmethoden en bevindingen zijn op zichzelf niet humoristisch, maar hij is zeer bedreven in het opleuken ervan met anekdotes en komische observaties. Inge stond te lachen. Ik schatte zowel haar leeftijd als haar BMI op drieëntwintig. Gene stelt dat geen enkele vrouw onder de dertig onaantrekkelijk is, en Inge bekrachtigde deze bewering.

Ik nam Inge mee naar het laboratorium, zonder Gene, en stelde haar voor aan de alcoholistische muizen – allemaal tegelijk, niet individueel. Het is niet verstandig om gehecht te raken aan bepaalde muizen. Gezien haar aantrekkelijkheid en haar nationaliteit leek het me verstandig haar een subtiele waarschuwing te geven. De muizen boden daar gelegenheid toe.

'In feite doen ze tot hun dood weinig meer dan dronken worden en seks hebben. Dat komt aardig overeen met Gene's leven, op zijn taken als professor na. En hij lijdt mogelijk aan een ongeneeslijke, seksueel overdraagbare aandoening.'

'Pardon?'

'Gene is uitermate gevaarlijk en kan in sociaal opzicht beter vermeden worden.'

'Hij leek me helemaal niet gevaarlijk. Hij leek me juist erg aardig.' Inge glimlachte.

'Daarom is hij ook zo gevaarlijk. Als hij een gevaarlijke indruk zou wekken, dan zou hij een stuk minder gevaarlijk zijn.'

'Volgens mij is hij nogal eenzaam hier in New York. Hij vertelde me dat hij pas net is aangekomen. We zitten een beetje in hetzelfde schuitje. Het is toch niet tegen de regels om vanavond iets met hem te gaan drinken?'

12

Rosie was eerder thuis dan Gene, wat mij de gelegenheid gaf haar te testen op depressie. Ze gaf me een kus op de wang en zette haar tas in haar werkkamer. Ik volgde haar.

'Hoe was je week?' vroeg ik.

'Mijn week? Het is pas donderdag. Mijn dag was oké. Stefan heeft me een tutorial over meervoudige regressieanalyse gestuurd. Is een stuk duidelijker dan het studieboek.'

Stefan was een van Rosies medepromovendi geweest in Melbourne. Hij nam niet de moeite zich frequent te scheren en hij had Rosie naar het faculteitsbal vergezeld toen zij en ik nog geen stel waren. Ik vond hem irritant. Maar op dit moment had ik vooral moeite met het plaatsen van ons gesprek binnen het door de test gespecificeerde tijdvak.

'Een enkele dag geeft geen goed beeld van je algehele welzijn. Dagen kunnen verschillen. Een week geeft een betere indicatie. Het is gebruikelijk om te vragen: "Hoe was je dag?" maar het zou nuttiger zijn om te vragen: "Hoe was je week?" Dat zou de nieuwe standaard moeten worden.'

Rosie glimlachte. 'Je zou me dagelijks kunnen vragen hoe mijn dag was en daar het gemiddelde van kunnen nemen.'

'Uitstekend idee. Maar ik heb een beginpunt nodig. Dus even voor vandaag: hoe gaat het met je sinds vorige week donderdag? Wordt het je soms allemaal wat te veel?'

'Nu je het vraagt: wel een beetje. Ik voel me flink beroerd

in de ochtenden. Ik loop achter met mijn proefschrift. Dan is er nog de Gene-kwestie. De studiebegeleidster zit me op de nek, volgens mij op aandringen van David Borenstein. Ik moet een gynaecoloog zien te regelen. En gisteravond had ik het idee dat je me min of meer onder druk zette om na te denken over dingen die nog maanden duren. Dat is allemaal behoorlijk overweldigend.'

Ik negeerde alle uitleg na de standaard kwantificering 'een beetje'. Enigszins mee eens.

'Zou je zeggen dat je je minder goed staande weet te houden dan normaal?'

'Het gaat wel.'

Nul punten.

'Leiden de problemen tot minder slaap?'

'Heb ik je weer wakker gemaakt? Je weet dat ik vaak slecht slaap.'

Van 'slecht slapen' naar 'slecht slapen' betekende dus geen verandering.

Dit leek me een goed moment om een willekeurige vraag te stellen die niet gerelateerd was aan de test, om mijn bedoelingen te verhullen.

'Heb je vertrouwen in mijn bekwaamheid als vader?'

'Natuurlijk, Don. Heb jij er vertrouwen in?'

Mijn improvisatie had me in de problemen gebracht. Ik negeerde Rosies vraag en ging verder.

'Heb je gehuild?'

'Ik wist niet dat je dat had gemerkt. Alleen gisteravond, toen het me allemaal te veel werd en jij met Dave op pad was. Maar dat heeft niets te maken met jouw bekwaamheid als vader.'

Slechts eenmaal.

'Voel je je verdrietig en ellendig?'

'Nee, het gaat wel. Ik sta gewoon onder druk.'

Nee. Nul punten.

'Voel je je nerveus en bezorgd, zonder reden?'

'Misschien een beetje. Volgens mij kan ik de boel soms niet helemaal meer relativeren.' Rosie glimlachte, wat vreemd was, aangezien dit het eerste antwoord was dat op enig risico tot depressie wees. De eenvoudigste manier om 'misschien' en 'soms' te kwantificeren was door de score voor deze vraag te halveren. Eén punt.

'Voel je je bang en enigszins in paniek?'

'Zoals ik al zei: een beetje. Maar het gaat verder wel.'

Eén punt.

'Geef je jezelf onnodig de schuld van bepaalde dingen?'

'Wauw, wat ben jij opmerkzaam vanavond.'

Ik ontcijferde haar reactie. Ze zei dat ik gelijk had, dus haar antwoord was ja. Maximale score.

Ze kwam overeind en omhelsde me. 'Bedankt. Dit is erg lief van je. Toen we het gisteravond over mijn verlof hadden, dacht ik dat we niet echt op één lijn zaten...'

Ze begon te huilen! Voor de tweede keer. Maar het viel net een paar minuten buiten de tijdspanne van één week.

'Kijk je uit naar het avondeten?' vroeg ik.

Ze lachte, een uitzonderlijk snelle stemmingswisseling. 'Zolang het maar niet weer tofoe is.'

'En naar de toekomst in het algemeen?'

'Nu meer dan een paar minuten geleden.' Ze omhelsde me nogmaals, maar haar reactie impliceerde dat ze over het algemeen 'minder dan eerst' naar zaken uitkeek.

De laatste vraag was nogal precair, maar ik had een stevige basis gelegd.

'Heb je overwogen jezelf iets aan te doen?' vroeg ik.

'Wat?' Ze begon weer te lachen. 'Ik ben echt niet van plan

mezelf van kant te maken vanwege die meervoudige regressieanalyse of vanwege een of andere trut van de universiteit die nog in de jaren vijftig leeft. Don, je bent echt hilarisch. Ga nu maar gauw koken.'

Ik rekende dit onder 'kan om zaken lachen en de positieve kant ervan inzien', maar dit moest ik wel wat afzwakken als ik de volledige week in acht nam.

Negen punten. Een score van tien of hoger duidde op een risico tot depressie. Lydia's bezorgdheid was waarschijnlijk wel terecht, maar de wetenschap had me een definitief antwoord gegeven.

Toen ik naar de keuken liep, riep Rosie me na: 'Hé, Don, bedankt. Ik voel me een stuk beter. Je weet me soms echt te verbazen.'

De volgende avond kwam Gene pas om 19.38 uur thuis.

'Je bent te laat,' zei ik.

Hij keek op zijn horloge. 'Acht minuten.'

'Correct.' Het zou geen effect hebben op de kwaliteit van het avondeten, maar mijn eigen schema was nu in de war gestuurd. Het was frustrerend om de enige persoon in huis te zijn die hierdoor werd getroffen: Rosie en Gene zouden de vertraging amper opmerken. Nu Gene deel uitmaakte van ons gezin was de kans op dergelijke verstoringen significant toegenomen.

Rosie zat nog in haar werkkamer. Dit was een goed moment om de confrontatie met Gene aan te gaan.

'Ben je iets gaan drinken met Inge?'

'Ja, inderdaad. Ze is erg charmant.'

'Ben je van plan haar te verleiden?'

'Nou, nou, Don. We zijn gewoon twee volwassenen die het vrij staat om van elkaars gezelschap te genieten.'

Dat klopte technisch gezien wel, maar er waren twee redenen waarom ik moest voorkomen dat Gene nog een nationaliteit aan zijn lijst zou toevoegen.

De eerste reden was de voorwaarde die David Borenstein had gesteld en waar ik mee in had moeten stemmen om Gene's sabbatical hier te waarborgen. De decaan had geëist dat Gene zijn handen van de promovendi af zou houden, en ik vermoedde dat zijn voorwaarde ook gold voor een drieëntwintigjarige onderzoeksassistent, hoewel het voor een professor niet verboden is om seks te hebben met onderzoeksassistenten en zelfs niet met studenten, mits de student in kwestie meerderjarig is en de professor niet betrokken is bij diens beoordeling.

De tweede reden was dat Claudia Gene wellicht zou vergeven als hij zich van seks onthield. Bovendien zouden zijn onvervulde seksuele verlangens hem mogelijk weer in haar armen drijven. Ik had verwacht dat Gene bedroefd zou zijn om het stuklopen van zijn huwelijk en dat Rosie en ik hem zouden moeten troosten. Maar tot op heden had ik nog geen teken van bedroefdheid gezien bij Gene. Ik werd wederom geconfronteerd met een relationeel probleem dat zonder mijn ingrijpen niet zou worden opgelost.

In de daaropvolgende week probeerde ik de problemen rond de afspraak met Lydia aan mijn onderbewustzijn over te laten. Creatief denken wordt gestimuleerd wanneer men de zaken even laat rusten. Op zaterdagavond, na mijn gebruikelijke VoIP-telefoontje met mijn moeder, nam ik het initiatief voor een ander gesprek.

GEGROET, CLAUDIA.

Ik deed geen poging een audioverbinding te leggen, maar stuurde een tekstbericht. Het was mogelijk dat ze met een patiënt bezig was. Ik functioneerde op maximaal inlevingsvermogen, mede dankzij de afzondering in mijn bad-werkkamer, de hardlooppronde van eerder die dag en de margarita met roze grapefruit die ik aan het consumeren was. Ik liep weer helemaal op schema, en de vorige avond had ik een schets van Bud gemaakt op de tegel voor week 7.

HALLO, DON. HOE GAAT HET? stuurde Claudia terug.

Ik had mijn mening over het uitwisselen van beleefdheden bijgesteld. Ik besefte nu dat dit juist nuttig was voor iemand die moeite had met menselijke interactie.

HEEL GOED, DANK JE. EN MET JOU?

PRIMA. IK HEB AF EN TOE MIJN HANDEN VOL AAN EUGENIE, MAAR VERDER GAAT HET GOED.

LATEN WE OVERSCHAKELEN OP AUDIO, DAT IS EFFICIËNTER.

DIT IS PRIMA ZO, stuurde Claudia terug.

PRATEN IS BETER. IK KAN SNELLER PRATEN DAN TYPEN.

LATEN WE HET OP TEKSTBERICHTEN HOUDEN.

HOE IS HET WEER IN MELBOURNE?

IK BEN IN SYDNEY. MET EEN VRIEND. EEN NIEUWE VRIEND.

JE HEBT AL EEN GROOT AANTAL VRIENDEN. JE HEBT ER TOCH NIET NOG MEER NODIG?

DIT IS EEN SPECIALE VRIEND.

We waren flink afgedwaald door alle formaliteiten. Het werd tijd om ter zake te komen.

JIJ EN GENE MOETEN HET WEER BIJLEGGEN.

IK WAARDEER JE BETROKKENHEID, DON, MAAR DAAR IS HET EEN BEETJE TE LAAT VOOR.

INCORRECT. JULLIE ZIJN PAS KORTE TIJD UIT ELKAAR. JULLIE HEBBEN VEEL IN JULLIE RELATIE GEÏNVESTEERD. DENK AAN EUGENIE EN CARL. GENE'S ONTROUW IS IRRA-

TIONEEL. EENVOUDIG BIJ TE STELLEN ALS JE HET AFZET TEGEN DE KOSTEN VAN EEN SCHEIDING, HET UITEENVALLEN VAN HET GEZIN, DE EVENTUELE ZOEKTOCHT NAAR EEN NIEUWE PARTNER.

Zo ging ik nog even verder. Een van de voordelen van tekstberichten is dat de ander je niet kan onderbreken, dus mijn argumentatie vulde al snel het hele beeldscherm. Ondertussen ontving ik een bericht terug van Claudia, dankzij de asynchrone communicatiemogelijkheden van Skype.

BEDANKT, DON. ZOALS GEZEGD STEL IK JE BETROKKENHEID ERG OP PRIJS. MAAR IK MOET ERVANDOOR. HOE GAAT HET MET JOU EN ROSIE?

PRIMA. WIL JE GENE SPREKEN? IK VIND DAT JE DAT MOET DOEN.

DON, IK WIL NIET BOT OVERKOMEN, MAAR IK BEN EEN KLINISCH PSYCHOLOOG EN JIJ BENT NIET BEPAALD EEN DESKUNDIGE OP HET GEBIED VAN INTERPERSOONLIJKE RELATIES. MISSCHIEN MOET JE DIT MAAR AAN MIJ OVERLATEN.

DAT IS NIET BOT. MAAR MIJN HUWELIJK VERLOOPT VOORSPOEDIG, TERWIJL DAT VAN JOU IS STUKGELOPEN. DAAROM IS MIJN AANPAK PRIMA FACIE EFFECTIEVER.

Het duurde ongeveer twintig seconden voordat ik Claudia's reactie binnenkreeg. De verbinding was duidelijk traag.

MISSCHIEN. IK WAARDEER JE INSPANNINGEN. MAAR IK MOET GAAN. BESCHOUW JE GOEDE HUWELIJK VOORAL NIET ALS VANZELFSPREKEND.

Claudia's icoon werd oranje voordat ik een standaard afscheidsgroet kon sturen.

Ik beschouwde mijn huwelijk zeker niet als vanzelfsprekend. Na nog een week broeden op het Lydia Probleem, besloot ik de afspraak aan Rosie te presenteren als een kans om advies in te winnen over het ouderschap. Ik opperde dat idee tijdens het avondeten, waar Gene uiteraard ook bij aanwezig was, maar aangezien ik geen informatie kon verschaffen over het Speeltuin Incident, werden mijn bedoelingen verkeerd geïnterpreteerd. Rosie dacht dat mijn opmerking over onze verantwoordelijkheden als ouders verwees naar haar verlof van haar geneeskundestudie.

'Als ik een mannelijke student was die een kind kreeg, dan zouden we deze discussie niet eens voeren.'

'Die situatie verschilt in biologisch opzicht,' zei ik. 'De bevalling heeft weinig impact op de man; hij zou ondertussen gewoon kunnen werken of een honkbalwedstrijd kunnen kijken.'

'Als hij dat maar laat. In principe heb ik maar een paar dagen verlof nodig. Jij neemt al een week vrij als je verkouden bent.'

'Om de ziekte niet te verspreiden.'

'Ja, ja, dat weet ik, maar dat verandert niets aan mijn argument. Ik moet gewoon even navragen hoeveel verlof ik kan opnemen zonder mijn studie een heel jaar te hoeven uitstellen.'

Gene kwam met een fascinerende, doch verontrustende analyse. 'Als een mannelijke student geen ouderschapsverlof opneemt, dan gaat men er automatisch van uit dat zijn partner voor het kind zal zorgen, of dat nu een terechte aanname is of niet. Vind je dat Don verlof moet opnemen?'

'Nee, natuurlijk verwacht ik niet dat Don thuisblijft bij de baby...'

Ik had me nog geen voorstelling gemaakt van de zorg voor de baby, maar ik had überhaupt nog amper nagedacht over ons leven na de geboorte van Bud. Rosies oordeel over mijn bekwaamheid als vader leek overeen te komen met dat van Lydia.

Blijkbaar waren mijn gedachten van mijn gezicht af te lezen. 'Sorry, Don. Ik ben gewoon realistisch. Volgens mij zien we jou allebei niet als degene die het grootste deel van de zorg op zich zal nemen. Ik neem de baby gewoon met me mee, dat zei ik toch al.'

'Het lijkt me onwaarschijnlijk dat zoiets zal worden toegestaan. Heb je met de studiebegeleidster gesproken?'

'Nog niet.'

Ik had de decaan verteld over Rosies idee om Bud mee te nemen naar het werk en hij had duidelijk te kennen gegeven dat dit niet mogelijk was. Maar hij had me wederom aangeraden haar niet te vertellen van wie dit gezaghebbende advies afkomstig was.

Rosie richtte zich tot Gene. 'Don kan sowieso geen verlof opnemen. We hebben zijn inkomen nodig. Daarom wil ik deze studie ook afmaken. Zodat ik een baan kan vinden en niet van een ander afhankelijk ben.'

'Don is niet zomaar een ander. Hij is je partner. Zo gaat dat binnen een huwelijk.'

'En dat kan jij weten.' Na dit compliment aan Gene bood Rosie ineens om onverklaarbare redenen haar excuses aan. 'Het spijt me, zo bedoelde ik het niet. Ik heb nu gewoon geen tijd om hierover na te denken.'

Dit was een goede gelegenheid om de afspraak met Lydia ter sprake te brengen. 'Misschien heb je wat deskundige hulp nodig.'

'Stefan helpt me al,' zei Rosie.

'Met informatie over het ouderschap?'

'Nee, niet met informatie over het ouderschap. Don, er

zijn op dit moment wel vijftig dingen waar ik me druk om maak, maar die hebben allemaal niets te maken met de zorg voor een baby die pas over acht maanden komt.'

'Over tweeëndertig weken. Dat is eerder zeven maanden. We kunnen ons beter goed voorbereiden. Onze bekwaamheid als ouders laten evalueren. Door een externe partij.'

Rosie begon te lachen. 'Daar is het nu een beetje te laat voor.'

Gene moest ook lachen. 'Volgens mij is dit weer een typisch voorbeeld van Dons planmatigheid. We kunnen niet van hem verwachten dat hij zonder vooronderzoek aan een nieuw project begint, of wel, Don?'

'Correct. Waarschijnlijk zal een kort vraaggesprek volstaan. Ik zal een afspraak maken.'

'Ik heb er geen problemen mee als jij met iemand gaat praten,' zei Rosie. 'Ik vind het top dat je daaraan denkt. Maar ik kan het wel alleen af.'

13

Ons driepersoonshuishouden begon langzaam in een bepaald ritme te komen. Na het avondeten ging Rosie naar haar werkkamer terwijl Gene en ik cocktailingrediënten consumeerden.

'Wat is er aan de hand?' vroeg Gene. 'Heb je je opgegeven voor een of ander evaluatiegesprek?'

'Kon je dat uit mijn verhaal afleiden?'

'Alleen vanwege mijn deskundigheid op het gebied van subtiele menselijke communicatie. Het verbaast me dat Rosie niet heeft doorgevraagd.'

'Ik denk dat ze andere zaken aan haar hoofd heeft,' zei ik.

'Ik denk dat je gelijk hebt. Dus?'

Ik stond in tweestrijd. De EPDS-vragenlijst had aangetoond dat Rosie geen risico liep op een postnatale depressie, maar haar antwoorden duidden wel op een verhoogd stressniveau. Moest ik dat verergeren door haar het hele verhaal te vertellen, of moest ik besluiten niet aan Lydia's voorwaarde te voldoen, wat zou leiden tot een negatieve rapportage aan de politie, een eventuele arrestatie en een gevangenisstraf, wat Rosie nog veel meer stress zou bezorgen?

Gene leek mijn enige hoop te zijn. Zijn sociale vaardigheden en manipulatieve vermogens zijn veel beter ontwikkeld dan die van mij ooit zullen zijn. Misschien wist hij nog een andere oplossing waarbij ik Rosie niets hoefde te vertellen, maar ook niet de gevangenis in hoefde.

Ik vertelde hem over het Speeltuin Incident en wees hem erop dat de hele reeks gebeurtenissen werd geïnstigeerd door zijn advies om kinderen te gaan observeren. Mijn verhaal leek hem vooral te amuseren. Hier putte ik geen troost uit, aangezien ik uit ervaring weet dat dit soort vermaak voor het slachtoffer vaak gepaard gaat met schaamte of leed.

Gene schonk het laatste restje Blue Curaçao in zijn glas. 'Jezus, Don. Het spijt me als ik hier op de een of andere manier aan heb bijgedragen, maar ik kan je wel vertellen dat een ingevulde vragenlijst niet genoeg zal zijn om hiervan af te komen. Ik kan geen oplossing bedenken waarbij je Rosie niets hoeft te vertellen en ook niet de gevangenis in hoeft.' Ik kon merken dat hij niet tevreden was met zijn conclusie: als wetenschapper zag hij een onopgelost probleem als een persoonlijke belediging. Hij dronk zijn glas leeg. 'Heb je nog iets anders in huis?'

Ik liep naar de koelruimte.

'Oké,' zei hij toen ik weer terugkwam. Blijkbaar had hij tijdens mijn afwezigheid verder over het probleem nagedacht. 'Volgens mij kunnen we die Lydia maar beter serieus nemen. Wat is het verschil tussen een maatschappelijk werker en een rottweiler?'

Ik snapte de relevantie van deze vraag niet, maar Gene gaf zelf antwoord.

'De rottweiler geeft je je kind weer terug.'

Het was een grap, en volgens mij ook een vrij smakeloze, maar ik had begrepen dat er wel vaker van dit soort grappen werden gemaakt wanneer twee vrienden samen een drankje zaten te drinken.

'Jezus, Don, wat is dit voor spul?'

'Grenadine. Het is alcoholvrij. Je moet helder kunnen nadenken. En je dwaalt af. Ga verder.'

'Goed. Dus je bent verplicht om nog eens bij die maatschappelijk werker te verschijnen, samen met Rosie. Je zou een smoesje kunnen bedenken...'

'Ik zou kunnen zeggen dat ze niet kon komen vanwege zwangerschapsmisselijkheid. Zeer geloofwaardig.'

'Daar win je alleen maar wat tijd mee. En misschien voelt Lydia zich dan wel zo geprovoceerd dat ze alsnog een negatief rapport indient bij de politie. Je kunt een rottweiler maar beter niet provoceren.'

'Wilde je niet juist aantonen dat maatschappelijk werkers verschillen van rottweilers?'

'Ik wilde aantonen dat er maar een klein verschil tussen zit.'

Een klein verschil. Dat concept bracht me op een idee. 'Ik zou een actrice kunnen inhuren. Om zich als Rosie voor te doen.'

'Sophia Loren.'

'Is die niet veel ouder?'

'Grapje. Even serieus, het probleem met dat plan is dat die actrice jou niet goed genoeg kent. Terwijl de maatschappelijk werker zich daar waarschijnlijk op zal richten: kan deze vrouw wel omgaan met Don Tillman? Want je bent niet...'

Ik maakte zijn zin voor hem af: '... bepaald doorsnee. Correct. Hoelang denk je dat het zou duren om mij voldoende te leren kennen?'

'Ik zou zeggen zes maanden. Minimaal. Sorry, Don, maar alles opbiechten aan Rosie is denk ik het minste van twee kwaden.'

Ik liet het probleem nog een weekje aan mijn onderbewustzijn over: week 9 van Buds ontwikkeling. De streep op de tegel die zijn huidige lengte weergaf was inmiddels 2,5 centimeter lang, en mijn schets van zijn iets veranderde uiterlijk was een stuk beter gelukt, dankzij oefening.

Het actrice-idee was aanlokkelijk en ik kon het maar moeilijk loslaten. Om in probleemoplossende termen te spreken: ik staarde me erop blind en was niet meer in staat alternatieven te bedenken. Maar Gene had gelijk: een onbekende zou niet genoeg tijd hebben om zoveel over mij te leren dat ze diepgaande vragen van een deskundige zou kunnen beantwoorden. Uiteindelijk was er maar één persoon die me kon helpen.

Ik vertelde haar over het Speeltuin Incident en dat ik verplicht was me door een deskundige te laten evalueren. Ik probeerde duidelijk te maken dat het vermijden van stress mijn prioriteit was geweest, en dat de EPDS-vragenlijst had aangetoond dat Lydia's zorgen ongegrond waren. Toch moest ik haar wel duidelijk wijzen op de risico's van het niet meewerken.

'We moeten wel gaan, om onze ouderschapskwaliteiten te laten beoordelen en naar Lydia's advies te luisteren, anders word ik strafrechtelijk vervolgd en het land uitgezet en mag ik geen contact meer hebben met Bud.' Wellicht dat ik wat overdreef, maar in gedachten zag ik nog steeds Gene's beeld van een rottweiler voor me. Mijn training in oosterse vechtsporten had me niet op agressieve honden voorbereid.

'Wat een trut. Volgens mij gaat ze haar boekje ver te buiten.'

'Ze is een deskundige die enkele risicofactoren heeft gesignaleerd. Haar eis lijkt me redelijk.'

'Volgens mij ben je veel te aardig. Dat ben je altijd. Hoe

dan ook, ik zal mijn uiterste best doen je te helpen, dus zeg maar wat ik kan doen.'

Dat was een zeer genereus aanbod. Ik had me al afgevraagd of ik mijn plan wel moest doorzetten, maar haar reactie was duidelijk.

'Je zou je als Rosie kunnen voordoen.'

Sonia's uitdrukking leek te wijzen op geschoktheid. Ik had het plan niet met Gene besproken, maar ik wist dat hij van mening was dat accountants zeer bedreven waren in misleiding. Ik vertrouwde erop dat hij daarin gelijk had.

'Mijn god, Don.' Ze begon te lachen, maar ik bespeurde enige nervositeit. 'Je maakt zeker een grapje? Ik wilde alleen maar zeggen dat... Je meent het echt, hè? Mijn god. Ik denk niet dat ik Rosie zou kunnen spelen.'

'Vanwege morele bezwaren of omdat je niet bekwaam genoeg bent?'

'Je kent me toch? Ik ben enorm immoreel.' Dat was niet mijn indruk van Sonia, maar het kwam overeen met Gene's beeld van haar beroep. 'Maar Rosie en ik zijn totaal verschillend.'

'Correct. Maar Lydia heeft Rosie nooit ontmoet. Ze weet niet eens dat ze Australisch is. Alleen dat ze geneeskunde studeert en geen vrienden heeft.'

'Geen vrienden? En Dave en ik dan?'

'Ze spreekt alleen met jullie af als ik erbij ben. Verder heeft ze vooral contact met haar studiegroepje. En af en toe spreekt ze met Judy Esler af. Ze is hoofdzakelijk geïnteresseerd in intellectuele gesprekken.'

'Dan mag ik mijn kennis wel wat bijspijkeren. Wil je koffie?'

We waren in het appartement van Dave en Sonia. Het was zondag, maar Rosie was toch naar de universiteit gegaan, ondanks de 'weekenden vrij'-regel, en Dave was ook aan het werk. Sonia beweerde een regelmatige dosis espresso nodig te hebben vanwege haar Italiaanse afkomst, en ze bezat een professionele koffiemachine. Koffie was een uitstekend idee, maar geen prioriteit.

'Nadat we hebben besloten of je je voor Rosie gaat uitgeven.'

'Nadat ik koffie heb gedronken.'

Toen Sonia terugkeerde met mijn dubbele espresso en haar zwangerschapsvriendelijke cafeïnevrije cappuccino, leek ze een betoog te hebben voorbereid.

'Oké, Don, dus het gaat maar om één afspraak, niet meer?'

Ik knikte.

'En ik hoef geen formulieren in te vullen of dingen te ondertekenen?'

'Ik denk het niet.' Niets was uitgesloten, maar aangezien Lydia officieel slechts moest vaststellen of ik een pedofiel was, leek het me onwaarschijnlijk dat ze iets zou rapporteren over Rosie of over onze ouderschapskwaliteiten. Sonia's vaststelling dat Lydia 'haar boekje te buiten ging' was vermoedelijk correct.

'Goed dan. Ik zal het doen, om twee redenen. De belangrijkste reden is dat je zo aardig bent voor Dave. Ik weet dat hij failliet zou gaan zonder het geld dat hij van George de Drummer krijgt. Dat weet ik heus wel.'

Dave wist absoluut niet dat Sonia hiervan op de hoogte was. Hij deed er alles aan om zijn zakelijke problemen voor Sonia verborgen te houden. Wat nogal belachelijk was, gezien Sonia's beroep.

Sonia dronk haar koffie op. 'Maar ik wil niet dat je het aan Dave vertelt,' zei ze.

'Waarom niet?'

'Hij heeft al genoeg aan zijn hoofd. Je kent Dave, hij is een echte piekeraar.'

Dat was waar. Mijn reden om de situatie voor Rosie verborgen te houden was dat ik haar geen stress wilde bezorgen. Maar het zou vreselijk zijn als de oplossing voor dit probleem tot meer stress zou leiden bij Dave, resulterend in een hartaanval of een beroerte, waar hij sowieso al meer risico op liep vanwege zijn overgewicht. De geheimen stapelden zich echter wel steeds verder op, terwijl ik slecht kan liegen. Ik beloofde Sonia dat ik mijn best zou doen, maar dat ik zelfs dan waarschijnlijk minder goed zou kunnen liegen dan de gemiddelde mens. In dat opzicht had ik graag over Gene's vaardigheden beschikt, maar die vloeiden voort uit zijn persoonlijkheid, en daar zat ik dan weer niet op te wachten.

'Wat is de tweede reden?' vroeg ik.

'Dat ik die rottweiler dolgraag eens op haar plaats wil zetten,' zei Sonia, waarna ze begon te lachen.

Toen ik thuiskwam, stond Rosie onze twee vazen en de wijnkaraf te vullen met bloemen. Ze droeg een korte broek en een mouwloos T-shirt. Haar figuur verschilde niet zichtbaar van haar normale staat van perfectie.

'Ik heb een pauze nodig van mijn studie,' zei ze. 'Je had gelijk toen je zei dat ik de boel niet meer in perspectief zag.'

'Uitstekend idee,' zei ik. 'Je moet je stressniveau zo laag mogelijk houden.'

'Hoe gaat het met Sonia?' vroeg Rosie.

'Sonia maakt het uitstekend. Dave maakt zich druk om het naderende vaderschap. Wat normaal is voor mannen.'

Rosie begon te lachen. 'Hé, ik heb eens nagedacht. Over wat je vorige week zei over het inwinnen van deskundig advies. Ik reageerde mogelijk een beetje defensief. Misschien is het wel een goed idee. Als jij er behoefte aan hebt.'

'Nee, nee, ik zei het alleen voor jou. Ik heb er alle vertrouwen in. Ik ben er erg opgewekt over.'

'Oké. Nou, voor mij hoeft het ook niet. Laat maar weten als je van gedachten verandert.'

Acht dagen eerder zou ik zeker op Rosies aanbod zijn ingegaan. Maar nu leek de aanpak met Sonia me een betere oplossing. Dat was minder stressvol voor Rosie, er was minder risico op het ontsporen van de situatie doordat Rosie in discussie wilde gaan, en bovendien zou Rosie minder snel geconfronteerd worden met een negatief oordeel over mijn bekwaamheid als vader.

Ik sprak met Sonia af op haar kantoor aan de Upper East Side, in de hoop dat ik onze briefing voorafgaand aan de evaluatie kon combineren met het vergaren van meer kennis over de ontwikkelingen op het gebied van reproductieve technologie. Maar haar 'kantoor' werd vertaald als 'nabijgelegen koffiezaak'.

'Ik werk niet bij de laboratoria. Ik ben alleen maar met Dave in contact gekomen omdat ik dacht dat zijn bedrijf ons te veel in rekening had gebracht.'

'Was dat ook het geval?'

'Nee, Dave had een fout gemaakt met het papierwerk. Maar hij was er zo eerlijk over dat ik hem op koffie heb getrakteerd. In deze koffiezaak.'

'Leidend tot seks na slechts twee dates.'

'Heeft Dave je dat verteld?'

'Klopt het niet?'

'Niets van waar. We hebben gewacht tot we getrouwd waren.'

'Heeft Dave gelogen?' Ongelooflijk. Dave was altijd goudeerlijk.

Sonia begon te lachen. 'Nee, ik loog. Kon je dat niet merken?'

Ik schudde mijn hoofd. 'Ik ben zeer goedgelovig.' Het zou veel moeilijker worden om Lydia voor de gek te houden, aangezien zij waarschijnlijk maar al te vaak te maken kreeg met bijstandsfraudeurs en alimentatieontduikers, en de accountants van het ziekenhuis.

'Weet je zeker dat je haar niet hebt verteld dat Rosie Australisch is?'

'Ik heb gezegd dat ze hier geen familie heeft wonen. Ze – jij – kan overal vandaan komen, behalve uit New York.'

'Oké. Neem die depressietest eens met me door.'

'Lydia zal misschien een andere gebruiken. Ik heb er meerdere bekeken. Wat ze allemaal gemeen lijken te hebben is dat ze het risico op depressie koppelen aan gevoelens van bedroefdheid en nervositeit.'

'Is psychologie niet fantastisch? Soms vraag ik me af waarom we die mensen nog betalen.'

'Denk je dat we haar voor de gek kunnen houden?'

'Maak je geen zorgen, Don. De truc is om alleen te liegen wanneer we moeten liegen. Jij bent jij, ik ben ik, alleen dan onder een andere naam. Ik ben een gelukkig mens. En volkomen normaal.'

Ik zou Sonia bijna niet hebben herkend toen ik de enorme hal van het Bellevue-ziekenhuis binnenstapte. Ik had haar alleen in haar werkkleding gezien en af en toe in een spijkerbroek. Nu droeg ze een wijde rok met dessin en een witte blouse met ruches, waarin ze net een volksdanseres leek. Ze begroette me uitbundig.

'Ciao, Don. Wat een mooie dag, no?'

'Je klinkt vreemd. Als een komiek die doet alsof hij Italiaans is.'

'Ik bén Italiaans. Ik ben hier pas één jaar. Er woont hier geen familie, zoals je zei tegen die vrouw. Maar ik ben heel gelukkig! Door die bambino!' Ze draaide een rondje, en door de middelpuntvliedende kracht bolde haar rok op. Ze lachte.

Sonia's grootouders van haar vaders kant kwamen uit Italië, maar zelf sprak ze geen Italiaans. Als Lydia een tolk zou regelen, hadden we een probleem. Ik raadde Sonia aan het accent subtiel te houden. Maar het was een briljant idee om een buitenlandse Rosie te creëren zonder Australisch accent, aangezien dat niet authentiek zou overkomen in vergelijking met mijn accent.

'Sorry dat ik je van je studie hou,' zei Lydia nadat ze had aangegeven dat we konden plaatsnemen. 'Je hebt het vast erg druk.'

'Ik heb het altijd erg druk,' zei Sonia. Ze keek op haar horloge. Ik was onder de indruk van haar acteerprestaties.

'Hoelang ben je al in de Verenigde Staten?'

'Sinds die start van het geneeskundeprogramma. Ik kom hier voor studie.'

'En daarvoor, wat deed je toen?'

'Ik werkte bij een ivf-kliniek in Milano. Dat is waarom ik interesse kreeg in geneeskunde.'

'Hoe hebben Don en jij elkaar ontmoet?'

Probleem! Sonia keek naar mij. Ik keek naar Sonia. Als we toch een verhaal moesten verzinnen, dan kon Sonia dat maar beter doen.

'Op Columbia. Don is mijn docent. Alles gebeurt *rapido*.'

'Wanneer ben je uitgerekend?'

'December.' Dat klopte wat betreft Sonia's eigen zwangerschap.

'Was je van plan zo snel zwanger te raken?'

'Als je met ivf werkt, leer je hoe bijzonder het is om een kind te krijgen. Ik denk dat ik veel geluk heb gehad.' Sonia was het accent vergeten. Maar ze klonk zeer geloofwaardig.

'Ben je van plan tijdelijk met je studie te stoppen als de baby er eenmaal is?'

Dit was een lastige vraag. Sonia – de echte Sonia – was van plan een jaar verlof te nemen, wat Dave veel stress bezorgde vanwege de impact op hun inkomen. Als Sonia als zichzelf antwoordde en niet als Rosie, was ik gedwongen net als Dave te reageren om consequent te blijven, maar ik zou er vast niet in slagen overtuigend over te komen. Het zou beter zijn als Sonia het antwoord gaf dat Rosie zou geven. Alleen wist ze dat antwoord niet. Dus antwoordde ik voor haar.

'Rosie is van plan haar studie zonder onderbreking voort te zetten.'

'Neem je geen verlof?'

'In ieder geval een week. Wellicht langer.'

Lydia keek Sonia aan. 'Een week? Neem je maar een week vrij om een kind te krijgen?'

Lydia's overduidelijke verbazing en afkeuring strookte met het advies van David Borenstein. Sonia's verbazing klopte met haar eigen plannen om voor onbepaalde tijd met verlof te gaan en met het feit dat ze Rosie niet was. We waren het allemaal met elkaar eens, behalve Rosie, maar die was zelf niet aanwezig, dus probeerde ik haar standpunt te verdedigen.

'Een bevalling is niet veel ingrijpender dan een milde luchtweginfectie.'

'Denk je dat het baren van een kind te vergelijken is met een verkoudheid?'

'Alleen dan zonder het ziekteaspect.' In dat opzicht liep Rosies vergelijking spaak. 'Het is meer vergelijkbaar met het nemen van een week verlof om naar de honkbalfinales te gaan.' Sonia wierp me een vreemde blik toe. Deze verwijzing naar honkbal kwam ongetwijfeld voort uit het feit dat ik onbewust aan Dave dacht.

Lydia veranderde van onderwerp. 'Als Rosie fulltime studeert, dan ben jij dus de enige kostwinner.'

Rosie zou het vreselijk vinden als ik hier ja op zou antwoorden. Het antwoord dat ik gaf was tot voor kort nog waar. 'Incorrect. Ze werkt een paar avonden per week in een bar als cocktailbereider.'

'Ik neem aan dat ze daar op een gegeven moment mee zal stoppen.'

'Absoluut niet. Ze vindt het uiterst belangrijk om aan ons gezamenlijke inkomen bij te dragen.' Sonia had gelijk: ik kon het grootste deel van de vragen eerlijk beantwoorden.

'En wat is jouw rol in het geheel?'

'In welk opzicht?'

'Nou, als Rosie fulltime studeert en ook nog parttime werkt, zul jij misschien moeten helpen met de verzorging van de baby.'

'Dat hebben we besproken. Rosie heeft geen hulp nodig.'

Lydia keerde zich naar Sonia. 'Voel jij je prettig bij dit alles? Denk jij er ook zo over?'

Ik was even vergeten dat Sonia Rosie speelde. Ik had over haar gepraat alsof ze niet bij het gesprek aanwezig was. Hopelijk had Lydia dit niet opgemerkt. Maar het antwoord op Lydia's vraag was simpel: ja. Sonia zou Lydia een sluitend verhaal vertellen, dat overeenkwam met dat van mij, met het feit dat Rosie niets meer nodig had om gelukkig te zijn. Kortom, een verhaal dat strookte met de realiteit.

'Nou...'

'Voordat je antwoord geeft, wil ik eerst nog eens wat vragen over je familie,' zei Lydia. 'Mocht je moeder zelf het woord voeren?'

'Niet echt. Mijn vader bepaalde wat ze zei en deed.'

'Dus ze waren nogal traditioneel?'

'Als je bedoelt dat mijn vader 's avonds na zijn werk thuiskwam en verwachtte dat het eten klaarstond terwijl mijn moeder, die diabetes had, voor vijf kinderen moest zorgen, ja, dan waren ze traditioneel. Dat was althans het excuus.' Het Italiaanse accent was verdwenen. Sonia klonk boos.

'Zo te horen sta je op het punt om in haar voetsporen te treden.'

'Zo klinkt het inderdaad, hè? Alles draaide om mijn vaders werk. O, wat moest hij hard werken. Zo hard. Nou, ik ben anders niet met mijn vader getrouwd. Ik verwacht wel wat meer van Dave.'

'Dave?'

'Don.'

Er viel een stilte. Na deze verspreking was Lydia nu waarschijnlijk de hele situatie aan het reconstrueren, om tot de onvermijdelijke conclusie te komen dat Sonia een bedriegster was. Ik moest een verklaring bedenken voor de andere naam. Mijn hersenen draaiden op volle toeren en de oplossing was zo elegant dat het mijn natuurlijke aversie tegen liegen onderdrukte.

'Mijn tweede voornaam is David. Mijn vader heet ook Donald, dus soms word ik Dave genoemd. Om verwarring te voorkomen.' Dit idee werd ingegeven door mijn neef Barry, wiens vader ook Barry heette, waardoor mijn neef binnen de familie bekendstond onder zijn tweede voornaam, Victor.

'Nou, Don-Dave, wat vind je van Rosies opmerking?'

'Rosie?' Nu was ik helemaal in de war. Sonia, Rosie, Don, Dave, Barry, Victor. Dat was eveneens de naam van mijn grootvader. Van vaders kant. En ik zou zelf ook vader worden. Van een kind met een voorlopige naam.

'Ja, Donald-David, Rosie. Je vrouw.'

Als ik genoeg tijd had gehad, zou ik me hier wel uit hebben gered. Maar Lydia staarde me doordringend aan, dus ik gaf het enige praktische antwoord dat ik kon bedenken.

'Ik moet deze nieuwe informatie eerst verwerken.'

'Maak maar een nieuwe afspraak als je alles hebt verwerkt.' Lydia zwaaide met het politiedossier. We mochten gaan. Maar het probleem was nog niet opgelost.

Sonia moest terug naar haar werk, dus de nabespreking vond plaats in de metro.

'Ik moet het Rosie vertellen,' zei ik.

'Wat wil je dan tegen Lydia zeggen? "Hallo, dit is de echte Rosie? Ik ben niet alleen een pedofiel en een onverschillige domkop, maar ook nog eens een oplichter."'

'Ze heeft niets gezegd over onverschilligheid of domheid.'

'Als je wat minder onverschillig was geweest, zou je dat misschien wel hebben opgemerkt.' We waren bij Sonia's halte aangekomen, maar ik stapte eveneens uit. Het was wel duidelijk dat dit een cruciaal gesprek was, in beide betekenissen van het woord.

'Sorry, ik ben boos op mezelf,' zei Sonia. 'Ik heb het verknald. Ik vind het niet leuk om de boel te verknallen.'

'Het onbedoelde gebruik van Dave's naam was volkomen begrijpelijk. Ik moest ook hard mijn best doen om jou niet Sonia te noemen.'

'Dat is niet het enige. Het gaat allemaal niet zoals ik had gehoopt tussen Dave en mij. Het heeft zo lang geduurd voordat we zwanger waren, maar nu toont hij amper interesse.'

Ik wist wel waarom. Dave was gestrest door zijn werk en door de kans op een faillissement, wat zou betekenen dat Sonia weer moest gaan werken, wat niet aansloot op haar plannen, wat ertoe zou leiden dat ze Dave niet langer geschikt achtte als partner, wat zou resulteren in een scheiding, vervreemding van zijn kind en het wegvallen van de zin van zijn bestaan. We hadden deze reeks gebeurtenissen meermaals besproken.

Helaas kon ik Sonia niet vertellen hoe zijn bedrijf ervoor stond, aangezien dit de opeenvolging van de gebeurtenissen mogelijk zou versnellen. Maar nu had Sonia een andere optie genoemd die wellicht tot hetzelfde resultaat zou leiden.

Sonia vervolgde. 'Ik heb allerlei boeken gelezen en ik doe mijn best om alles goed te doen, maar hij lijkt te denken dat de zwangerschap niets met hem te maken heeft. Weet je wat hij gisteravond heeft gedaan?'

'Gegeten en geslapen?' Dat leek me het waarschijnlijkste scenario.

'Je had het niet beter kunnen verwoorden. Ik had een maaltijd gekookt uit een van die zwangerschapsboeken, met zeven van de tien superfoods. Het stond al voor hem klaar toen hij thuiskwam, maar weet je wat hij had gedaan? Hij had een hamburger gehaald. Een dubbele cheeseburger met bacon en guacamole. Terwijl hij zogenaamd op dieet is.'

'Zat er sla en tomaat op?'

'Wat?'

'Ik probeer het aantal zwangerschapssuperfoods te tellen.'

'Hij heeft hem voor mijn neus zitten opeten. En daarna ging hij naar bed. Echt zo onattent.'

Het leek me beter om hier niet op te reageren. Dave deed zijn best om zijn huwelijk te redden, waardoor hij harder moest werken, wat leidde tot stress, wat leidde tot het consumeren van hamburgers en tot uitputting, wat leidde tot gezondheids- en huwelijksproblemen. Nog meer informatie om te verwerken.

Zwijgend liepen we van de metro naar de ivf-kliniek. Sonia wilde me om onverklaarbare redenen omhelzen, maar bedacht zich op tijd. 'Zeg maar niets tegen Dave. Het komt wel weer goed tussen ons.'

'Mag ik hem dat wel vertellen? Dat het wel weer goed komt tussen jullie? Hij maakt zich wellicht ook zorgen over jullie huwelijk.'

'Heeft hij dat gezegd?'

'Correct.'

'Mijn god, wat is het toch allemaal ingewikkeld.'

'Inderdaad. Menselijk gedrag is zeer verwarrend. Ik zal Rosie vanavond over Lydia vertellen.'

'Nee, niet doen. Het is mijn schuld, en ik wil niet dat Rosie door mij van streek raakt. Zo te horen heeft ze al meer dan genoeg aan haar hoofd. De volgende keer zullen we alles goed doen.'

'Ik weet niet precies hoe we dat moeten doen.'

'Lydia en ik zeggen in feite hetzelfde. Jij moet meer nadenken over hoe je Rosie kunt steunen. Ze heeft je hulp nodig, ook al roept ze nog zo hard dat ze onafhankelijk wil zijn.'

'Waarom zou ze daarover liegen?'

'Ze liegt niet. Niet opzettelijk. Ze denkt dat ze Superwoman is. Of misschien denkt ze dat je niet wil meehelpen. Of niet kunt helpen.'

'Dus ik moet een bijdrage leveren aan het zwangerschapsproces?'

'Steun haar. Toon interesse. Sta voor haar klaar. Dat is het enige wat Lydia en ik willen zien. O, en Don?'

'Heb je nog een vraag?'

'Hoeveel superfoods bevat een hamburger? Er zat sla en tomaat op. Op allebei.'

'Acht. Maar...'

'Geen gemaar.'

Dit keer omhelsde ze me wel. Ik hield me stil, en gelukkig was het vrij snel weer voorbij.

14

Lydia had gelijk. Er waren zes weken verstreken sinds Rosies aankondiging van de zwangerschap. Maar ondanks het opstellen van het tegelschema ter ondersteuning van het Baby Project, had ik nog vrijwel niets gedaan om me voor te bereiden op de komst en het onderhoud van een kind, behalve het inkopen van de ingrediënten voor één zwangerschapsvriendelijke maaltijd en het ondernemen van een excursie die tot het Speeltuin Incident had geleid.

Gene had het mis. Onze voorouders konden misschien op hun instincten vertrouwen, maar in een wereld waar men regels opstelde voor het bezoeken van speeltuinen en waar men de keuze had tussen tofoe en pizza was dat niet voldoende. Hij had echter wel gelijk met zijn advies om het probleem op mijn eigen manier op te lossen, vanuit mijn sterktes. Maar ik moest daar nu mee beginnen en niet wachten tot na de geboorte van de baby.

Mijn zoektocht naar geschikte teksten over de praktische zaken rond een zwangerschap leverde een aanzienlijke lijst op. Ik besloot te beginnen met een gerenommeerd boek, als algemene introductie op het onderwerp. Voor meer informatie kon ik dan de meer gespecialiseerde teksten raadplegen waarnaar dit boek verwees. De verkoper van de boekwinkel op de medische faculteit raadde me de vierde druk van *In verwachting – Wat kun je verwachten?* van Murkoff & Mazel aan, waarbij hij wel opmerkte dat sommige lezers dit wat te technisch vonden. Perfect. Het boek was geruststellend dik.

Na een korte bestudering van *In verwachting* had ik zowel enkele positieve als negatieve kenmerken gesignaleerd. Het aantal onderwerpen dat werd behandeld was indrukwekkend, hoewel veel informatie irrelevant was voor Rosie en mij: we hadden geen kat wiens ontlasting wellicht tot infecties kon leiden; we waren geen cocaïnegebruikers; Rosie was niet bang dat ze een slechte moeder zou zijn. De bronvermelding was echter onder de maat, een fout die ongetwijfeld voortkwam uit het feit dat het boek voor een non-academisch publiek was geschreven. Maar ik was iemand die overal bewijs voor wilde zien.

Het eerste hoofdstuk dat ik las heette: 'Negen maanden gezond eten'. Dit bood het overkoepelende overzicht waar ik naar op zoek was, waarbij de beste onderzoeken naar voeding tijdens de zwangerschap als basis dienden voor praktische aanbevelingen. Of dat was tenminste de opzet.

De titel van het hoofdstuk herinnerde me er wederom aan dat Rosie en de foetus negen weken lang niet gezond hadden gegeten, en daarnaast nog eens drie weken lang niet volgens de regels hadden gedronken, dankzij het gebrek aan planning. Ik wist dat sommige giftige stoffen de placentabarrière konden passeren. Maar reeds geconsumeerde alcohol kon niet meer ontconsumeerd worden. Ik kon me beter richten op de zaken waar ik nog wel invloed op kon uitoefenen en accepteren dat bepaalde zaken niet meer konden worden veranderd.

Zoals verwacht werd er vooral voor lokale en biologische producten gepleit. Dit was een onderwerp waar ik al eens eerder onderzoek naar had gedaan, vanwege de mogelijke voordelen voor de gezondheid en de portemonnee. Elk zwangerschapsadvies dat zich beroept op de stelling 'natuurlijk is beter' zou moeten worden ondersteund door statistieken over kinderen die in een 'natuurlijke' omgeving opgroeien, zonder afwisselende voeding, antibiotica of steriele operatiekamers. Uiteraard vergezeld van een nauwgezette definitie van 'natuurlijk'.

De discrepantie tussen mijn uitvoerig onderzochte conclusies over biologische producten en de samenvatting in het boek was een goede waarschuwing dat ik de aanbevelingen niet zomaar moest overnemen zonder primaire bronnen te raadplegen. Maar tot die tijd had ik geen andere keuze dan erop te vertrouwen dat *In verwachting* de best beschikbare bron van informatie was. Ik bladerde het boek verder door en leerde wat interessante feitjes, waarna ik de rest van de middag besteedde aan het samenstellen van een Gestandaardiseerd Maaltijdsysteem (Zwangerschapsversie) gebaseerd op de aanbevelingen uit het boek. Deze taak werd vergemakkelijkt door Rosies afkeer van vlees en niet-duurzame vis, aangezien dit de opties beperkte. Ik was ervan overtuigd dat het resulterende menu een adequate, voedzame basis zou bieden.

Zoals wel vaker het geval is binnen de wetenschap bleek het implementeren van het Maaltijdsysteem lastiger dan het opstellen ervan. Rosies aanvankelijk negatieve reactie op de tofoe had me moeten waarschuwen. Ik moest goed beseffen dat ik dan misschien wel meer informatie had ingewonnen, maar dat dit op zichzelf niets veranderde aan Rosies opvattingen. Logisch, maar tegenintuïtief. Rosie bracht het onderwerp zelf al ter sprake voordat ik erover kon beginnen.

'Waar had je die gerookte makreel gehaald?' vroeg ze.

'Irrelevant,' zei ik. 'Hij was koud gerookt.'

'Dus?'

'Koud gerookte vis is verboden.'

'Waarom?'

'Daar kun je ziek van worden.' Ik was me ervan bewust dat mijn antwoord nogal vaag klonk. Ik had nog geen tijd gehad om me te verdiepen in het bewijs achter deze niet-gedocumenteerde bewering, maar op dit moment moest ik er maar van uitgaan dat dit het best beschikbare advies was.

'Er zijn zoveel dingen waar je ziek van kunt worden. Op dit moment voel ik me elke ochtend beroerd, maar ik heb wel trek in gerookte makreel. Dat is waarschijnlijk een signaal van mijn lichaam, om me te laten weten dat ik gerookte makreel nodig heb. Koud gerookte makreel.'

'Je kunt beter een minimaaltijd van sojabonen en zalm uit blik eten. Het fijne daaraan is dat het snel klaar is, dus je kunt meteen je honger stillen.' Ik liep naar de koelkast en pakte deel één van Rosies avondeten.

'Minimaaltijd? Wat is een minimaaltijd?'

Het was maar goed dat ik onderzoek deed naar zwangerschapsgerelateerde zaken. Het was wel duidelijk dat Rosie zich er amper in had verdiept.

'Dat is een gedeeltelijke oplossing voor het misselijkheidsprobleem. Je kunt beter zes minimaaltijden per dag eten. Ik heb al een tweede maaltijd voor je klaarstaan voor vanavond 21.00 uur.'

'En jij dan? Eet jij ook om negen uur?'

'Natuurlijk niet. Ik ben niet zwanger.'

'En hoe zit het met mijn andere vier maaltijden?'

'Die staan al voorverpakt in de koelkast. Een ontbijt plus drie maaltijden voor morgen overdag.'

'Shit. Ik bedoel, dat is heel aardig van je, maar... Je hoeft echt niet zoveel moeite te doen. Ik haal wel iets bij de kantine van de uni. Sommige dingen daar zijn best oké.'

Dit was in tegenspraak met haar eerdere klachten over de kantine.

'Je moet de verleiding zien te weerstaan. We moeten plannen, plannen en nog meer plannen. Dat is beter voor de gezondheid van zowel de moeder als de foetus.' Ik citeerde uit Het Boek. In dit geval kwam het advies van *In verwachting* overeen met mijn eigen ideeën. 'Bovendien moet je je koffieconsumptie beperken. Koffiezaken hanteren variabele hoeveelheden. Daarom raad ik je aan thuis bij het ontbijt één standaardkop koffie te drinken en op de universiteit alleen cafeïnevrije koffie te nemen.'

'Je hebt je ingelezen, of niet?'

'Correct. Ik raad *In verwachting – Wat kun je verwachten?* aan. Dat is specifiek gericht op zwangere vrouwen.'

Ons gesprek werd onderbroken door de komst van Gene, die inmiddels een eigen sleutel had. Hij leek in een goed humeur te zijn.

'Goedenavond allen, wat eten we vandaag?' Hij zwaaide met een fles rode wijn.

'Oesters uit New England als amuse, carpaccio als voorgerecht, kort gebakken New Yorkse biefstuk met een kruidenkorstje en alfalfasalade als hoofdgerecht, gevolgd door een selectie van blauwe en ongepasteuriseerde kazen, en tot slot een *affogato* met Strega-likeur.' Nu we weer waren overgestapt op een maaltijdsysteem, had ik ook maaltijden samengesteld die geschikt waren voor Gene en mij, als niet-zwangere mannen die geen pescotariërs waren.

Aangezien Rosie enigszins verbaasd keek, voegde ik eraan toe: 'Rosie krijgt een curry van peulvruchten, zonder kruiden.'

Het Boek waarschuwde voor irrationeel gedrag dat voortkwam uit hormonale schommelingen. Rosie weigerde haar minimaaltijd te nuttigen. In plaats daarvan proefde ze van elk gerecht dat Gene en ik aten, inclusief een klein hapje biefstuk (wat inging tegen haar principes om geen vlees en alleen duurzame vis te eten) en nam ze zelfs een slokje wijn.

Het voorspelbare gevolg hiervan was dat ze de volgende ochtend misselijk was. Ze zat op ons bed, met haar hoofd in haar handen, toen ik haar erop wees hoe laat het was.

'Ga maar alleen,' zei ze. 'Ik neem de ochtend vrij.'

'Het is normaal om je niet lekker te voelen tijdens de zwangerschap. Dat is vrijwel altijd een goed teken. Het niet optreden van zwangerschapsmisselijkheid wordt in verband gebracht met een hoger risico op miskramen en afwijkingen. Je lichaam is waarschijnlijk een cruciaal onderdeel aan het produceren, een arm bijvoorbeeld, en probeert de kans op beïnvloeding door giftige stoffen te minimaliseren.'

'Dat is flauwekul.'

'Flaxman & Sherman, *The Quarterly Review of Biology*, zomer 2000. "Een evolutief mechanisme om afwijkingen als gevolg van giftige stoffen tegen te gaan."'

'Don, ik waardeer je inspanningen, maar dit moet ophouden. Ik wil gewoon normale maaltijden. Ik wil eten waar ik zin in heb. Ik voel me beroerd, en van sojabonen en zalm in blik zal ik me alleen maar slechter voelen. Het is mijn lichaam, dus ik bepaal wat ik ermee doe.'

'Incorrect. Het zijn twee lichamen, en één daarvan bestaat voor vijftig procent uit mijn genen.'

'Dus ik heb anderhalve stem en jij een halve. Ik win. Ik mag gewoon gerookte makreel en rauwe oesters eten.'

De ontzetting was blijkbaar van mijn gezicht af te lezen.

'Grapje, Don. Maar ik wil niet dat jij gaat bepalen wat ik

wel en niet mag eten. Ik regel dit zelf wel. Ik zal me heus niet bezatten of me volproppen met salami.'

'Je hebt gisteravond nog pastrami gegeten.'

'Een heel klein beetje, om een punt te maken. Hoe dan ook, ik ben niet van plan nog vaker vlees te eten.'

'En schelpdieren?' vroeg ik, als test.

'Verboden, gok ik?'

'Verkeerd gegokt. Gekookte schelpdieren zijn acceptabel.'

'Hoe belangrijk is dit nu helemaal? Ik bedoel, dit is echt iets voor jou, om je zo in de details vast te bijten. Judy Esler zegt dat zij zich tijdens haar zwangerschap nooit druk heeft gemaakt om wat ze at. Volgens mij loop ik meer kans om aangereden te worden op mijn wandeling naar Columbia dan om voedselvergiftiging op te lopen van een paar oesters.'

'Ik vermoed dat je het mis hebt.'

'Dat vermoed je? Dus je weet het niet zeker?'

Rosie kende me veel te goed. Er stonden maar weinig harde feiten in Het Boek.

Rosie stond op en raapte haar handdoek van de grond. 'Maak maar een lijstje van dingen die ik niet mag eten. Maximaal tien. En geen algemene categorieën als "zoetigheid" of "hartigheid". Jij bereidt het avondeten, maar overdag eet ik wat ik wil. Met uitzondering van de dingen op je lijstje. En geen minimaaltijden.'

Ik herinnerde me wat buitengewoon onwetenschappelijk advies uit Het Boek, dat de grootste zwakte van de geneeskunde benadrukte. Het had betrekking op cafeïne: 'Iedere arts heeft hier zo zijn eigen ideeën over, dus neem contact op met uw eigen arts...' Ongelooflijk dat men individuele oordelen boven de bevindingen uit gedegen onderzoek plaatste. Maar dit bood me wel de gelegenheid een andere vraag te stellen.

'Wat heeft je arts geadviseerd met betrekking tot je voeding?'

'Ik heb nog geen afspraak kunnen maken. Ik heb het veel te druk met mijn proefschrift. Ik zal het binnenkort regelen.'

Ik was verbijsterd. Ik hoefde Het Boek niet te raadplegen om te weten dat een zwangere vrouw regelmatig bij een gynaecoloog langs hoorde te gaan. Ondanks mijn bedenkingen over de bekwaamheid van sommige medici, leed het geen twijfel dat de betrokkenheid van een deskundige statistisch gezien tot een betere uitkomst leidde. Mijn zus was overleden door medische nalatigheid, maar ze zou zeker zijn overleden als ze helemaal niet naar een arts was gegaan.

'Je bent al rijkelijk laat voor je achtwekenecho. Ik zal David Borenstein vragen wie hij aanbeveelt en een afspraak voor je maken.'

'Dat hoeft niet. Ik regel het maandag wel. Ik heb met Judy afgesproken om te gaan lunchen.'

'David is veel beter geïnformeerd.'

'Judy kent iedereen. Laat het nu alsjeblieft maar aan mij over.'

'Beloof je dat je maandag een afspraak zult maken?'

'Of dinsdag. Het zou kunnen dat ik dinsdag met Judy heb afgesproken. Ze had het verschoven, maar het zou kunnen dat we het weer naar voren hebben gehaald. Dat weet ik niet meer.'

'Je bent veel te chaotisch om een kind te krijgen.'

'En jij bent veel te obsessief. Gelukkig ben ik degene die het kind krijgt.'

En eerst was het nog: we zijn zwanger.

15

'Ik zal jullie romantisch met z'n tweetjes laten dineren,' zei Gene de volgende dinsdag toen ik zijn kantoor binnenstapte na afronding van mijn geplande werkzaamheden. 'Ik heb een date.'

Ik had verwacht dat hij samen met me naar huis zou reizen om me wat intellectuele stimulans te bieden. Nu zou ik een krant moeten downloaden om te lezen. Maar belangrijker nog, Inge was eerder vertrokken om zich voor te bereiden op een etentje in een chic restaurant. Ik bespeurde een patroon.

'Ga je met Inge uit eten?'

'Scherp opgemerkt. Ze is aangenaam gezelschap.'

'Ik had erop gerekend dat je met ons mee zou eten.'

'Rosie zal me vast niet missen.'

'Inge is erg jong. Ongepast jong.'

'Ze is boven de eenentwintig. Oud genoeg om te drinken, stemmen en af te spreken met vrijgezelle mannen. Pas maar op, Don, straks word je nog beschuldigd van leeftijdsdiscriminatie.'

'Je zou je op Claudia moeten richten. Iets aan je promiscuïteit moeten doen.'

'Ik ben niet promiscue. Ik ga maar met één vrouw tegelijk uit.' Gene glimlachte. 'Hou jij je maar bezig met je eigen problemen.'

Gene had gelijk. Rosie was blij dat hij er niet was. Toen Rosie en ik trouwden, vreesde ik dat ik een onaangename hoeveelheid tijd met een ander persoon zou moeten doorbrengen. In werkelijkheid brachten we een groot deel van onze tijd apart door vanwege werk en studie, en onze tijd samen (exclusief de momenten in bed waarop minstens een van ons – meestal ik – lag te slapen) werd nu vaak gedeeld met Gene. De mate van diepgaand contact met Rosie was momenteel verre van optimaal.

Het Boek had een bemoedigend onderwerp aangestipt, waar ik niet over had willen beginnen in het bijzijn van Gene.

'Heb je een toename van je libido opgemerkt?' vroeg ik.

'Heb jij dat opgemerkt?'

'Het komt wel vaker voor dat de geslachtsdrift toeneemt in het eerste trimester. Ik vroeg me af of dit ook bij jou het geval was.'

'Wat ben je toch hilarisch. Als ik de momenten dat ik moet overgeven of me misselijk voel even buiten beschouwing laat, dan misschien...'

Ik besefte dat onze gewoonte om niet 's avonds maar 's ochtends seks te hebben bijdroeg aan het probleem.

Na het eten trok Rosie zich terug in haar werkkamer om aan haar proefschrift te werken. Deze sessie voor het slapengaan duurde gemiddeld vijfennegentig minuten, al liep dit sterk uiteen. Na tachtig minuten maakte ik een kop fruitthee voor haar, geserveerd met enkele verse bosbessen.

'Hoe voel je je?' vroeg ik.

'Niet slecht. Behalve over de statistieken.'

'"There's a lot of ugly things in this world. I wish I could keep them all away from you",' zei ik bemoedigend. Gregory Peck als Atticus Finch. Dat was waarschijnlijk wel mijn meest effectieve citaat. Nu Gene hier woonde kreeg ik nog maar amper de gelegenheid om Gregory Peck te imiteren.

Rosie stond op. 'Goede timing. Ik denk dat ik wel genoeg narigheid heb gezien voor vanavond.' Ze sloeg haar armen om me heen en kuste me, niet begroetend maar gepassioneerd.

We werden onderbroken door een bekend geluid afkomstig van een ongebruikelijke locatie: iemand belde Gene via Skype. Ik wist niet zeker wat de regels waren voor het beantwoorden van andermans VoIP-gesprekken, maar wellicht dat Claudia belde met een noodgeval. Of een voorstel tot verzoening.

Ik betrad Gene's slaapkamer en zag het gezicht van Eugenie op het beeldscherm. De dochter van Gene en Claudia is negen jaar oud. Ik had haar niet meer gesproken sinds we naar New York waren verhuisd. Ik klikte op VIDEOGESPREK.

'Pap?' Eugenies stem klonk luid en duidelijk.

'Gegroet! Don hier.'

Eugenie begon te lachen. 'Dat zie ik, ja. Ik had het ook kunnen weten toen je "Gegroet" zei.'

'Je vader is er niet.'

'Wat doe jij in zijn huis?'

'Dit is mijn appartement. We zijn huisgenoten. Net als studenten.'

'Vet cool. Hebben pap en jij bij elkaar op school gezeten?'

'Nee.' Gene is zestien jaar ouder dan ik, maar hij zou ook niet tot mijn sociale kring hebben behoord als we wel leeftijdsgenoten waren geweest. Gene was meer het type dat met meisjes uitging, veel sportte en zich kandidaat stelde als klassenvoorzitter.

'Hé, Don.'

'Hé, Eugenie.'

'Wanneer komt pap weer naar huis, denk je?'

'Zijn sabbatical duurt zes maanden, dus formeel gezien op 24 december, maar het semester eindigt op 20 december.'

'Dat duurt nog heel lang.'

'Vier maanden en veertien dagen.'

'Hé, hou je hoofd eens opzij, Don.'

Ik keek naar het kleine venster van mijn webcam in de hoek van het scherm en zag dat Rosie achter me was komen staan. Ik boog opzij en zoomde het beeld uit. Rosie droeg haar enige onpraktische slaapkostuum. Dat was haar equivalent van mijn routine met de bosbessenmuffin, al was haar kostuum zwart en niet geel met blauwe stippen. Ze deed een dansje en Eugenie riep haar.

'Hé, Rosie, hallo.'

'Kan ze me zien?' vroeg Rosie.

'Yup,' zei Eugenie. 'Je draagt een...'

'Ik geloof je wel,' zei Rosie lachend, waarna ze de kamer verliet, mij wenkend vanuit de deuropening. Eugenie hervatte ons gesprek, maar ik was behoorlijk afgeleid.

'Heeft pap zin om naar huis te komen?'

'Natuurlijk! Hij mist iedereen enorm.'

'Zelfs mam? Heeft hij dat gezegd?'

'Natuurlijk. Maar ik ga maar eens naar bed. Het is al laat hier.'

'Mam zegt dat hij wat dingen op een rijtje moet zetten. Doet hij dat ook?'

'Hij boekt zeker vooruitgang. We hebben het advies uit mijn boek over zwangerschap opgevolgd en een mannengroep opgericht, bestaande uit een koelkastmonteur, je vader, een rockster en mij. Ik zal over een paar dagen een voortgangsrapportage uitbrengen.'

'Wat ben je toch grappig. Dat van die rockster meende je

toch niet echt... Hé, waarom lees je eigenlijk een boek over zwangerschap?'

'Om Rosie bij te staan bij de formatie van ons kind.'

'Krijgen jullie een kind? Dat heeft mam me niet verteld.'

'Waarschijnlijk omdat ze dat niet weet.'

'Is het geheim?'

'Nee, maar ik zag geen reden om die informatie met haar te delen. Ze hoeft geen actie te ondernemen.'

'Mam! Mam! Don en Rosie krijgen een kind!'

Claudia duwde Eugenie opzij, wat me nogal onbeschoft leek, en het werd me duidelijk dat het gesprek nog wel even zou duren. Ik wilde Claudia wel spreken, maar niet nu, en niet in het bijzijn van Eugenie.

'Don, dat is geweldig nieuws. Hoe voel je je?'

'Opgewekt. Punt uit,' zei ik, een combinatie van het door Gene aangeraden antwoord en Rosies formule voor de beëindiging van een gesprek.

Claudia negeerde deze hint. 'Dat is geweldig,' herhaalde ze. 'Waar is Rosie?'

'In bed. Al slaapt ze wellicht nog niet vanwege mijn afwezigheid. Het is al erg laat.'

'O, sorry. Nou, feliciteer haar maar van me. Wanneer is ze uitgerekend?'

Na een uitvoerig vragenvuur over zwangerschapsgerelateerde zaken zei Claudia: 'Dus Gene is er niet, hè? Hij had beloofd met Eugenie te praten. Waar is hij?'

'Dat weet ik niet.' Ik schakelde de camera uit.

'Ik zie je niet meer, Don.'

'Technische problemen.'

'Aha. Nou goed, ik weet niet waar hij precies mee bezig is, maar het zal Eugenie in ieder geval niet helpen met haar opdracht voor natuurkunde.'

'Ik ben zeer bedreven in natuurkunde.'

'En je bent een goed mens. Weet je zeker dat je hier tijd voor hebt?'

'Wanneer moet het klaar zijn?'

'Ze wilde het graag vanavond afkrijgen. Maar als je andere dingen...'

Het zou minder tijd kosten om een natuurkundige vraag op basisschoolniveau te beantwoorden dan om een nieuwe afspraak met Claudia in te plannen.

'Steek maar van wal.'

Eugenie verscheen weer in beeld en ik herstelde de videoverbinding. Eugenie zette deze echter weer uit.

'Wat is de opdracht?' vroeg ik.

'Er is geen opdracht. Dat zei ik alleen tegen mam. Alsof ik moeite zou hebben met natuurkunde. Tsk.'

'Tsk?'

'Ja, als in "duh". Ik ben de beste van de klas bij natuurkunde. En wiskunde.'

'Kun je differentiaalberekeningen maken?'

'Nog niet.'

'Mooi, dan ben je waarschijnlijk geen genie.'

'Hoezo mooi? Ik dacht dat het goed was om slim te zijn.'

'Slim zijn kan ik aanraden, maar een genie zijn niet. Tenzij je je alleen maar in cijfers interesseert. Professionele wiskundigen zijn meestal sociaal onbekwaam.'

'Misschien is dat de reden dat iedereen gemene dingen over me zegt op Facebook.'

'Iedereen?'

Ze begon te lachen. 'Nee, maar wel een hoop klasgenoten.'

'Kun je niet een soort filter inbouwen?'

'Ik kan ze blokkeren. Maar dat wil ik eigenlijk niet. Ik wil weten wat ze zeggen. Het zijn nog steeds min of meer mijn vrienden. Dat klinkt dom, hè?'

'Nee. Het is normaal om informatie te willen. Het is normaal dat je leuk gevonden wilt worden. Is er sprake van bedreiging of geweld?'

'Nee. Ze zeggen gewoon domme dingen.'

'Waarschijnlijk omdat ze dom zijn. Bovenmatig intelligente mensen worden vaak gepest. Omdat ze anders zijn. Dat anders zijn zit hem in hun bovenmatige intelligentie.' Ik was me ervan bewust dat ik niet al te intelligent overkwam.

'Werd jij gepest? Ik durf te wedden van wel.'

'Die weddenschap zou je winnen. In eerste instantie ging het gepaard met geweld, tot ik bedreven raakte in oosterse vechtsporten. Toen werd het subtieler. Gelukkig ben ik niet erg subtiel, dus toen het geweld stopte, werd alles een stuk beter.'

We praatten achtenvijftig minuten lang – inclusief het aanvankelijke gesprek en de interactie met Claudia – en wisselden verhalen uit over pestervaringen. Ik kon niet direct een oplossing bedenken voor haar probleem, maar als ze dezelfde mate van ontsteltenis ervoer als ik destijds, was ik het haar verplicht alle informatie te delen die haar wellicht zou kunnen helpen.

Uiteindelijk zei ze: 'Ik moet naar paardrijles. Je bent de slimste persoon die ik ken.' Wat intelligentiequotiënt betrof had ze waarschijnlijk gelijk. Wat kennis over praktische psychologie betrof had ze het mis.

'Ik zou niet op mijn advies vertrouwen.'

'Je hebt me geen advies gegeven. Ik vond het gewoon fijn om met je te praten. Kunnen we dit nog eens doen?'

'Natuurlijk.' Ik had ook van het gesprek genoten. Al dwaalden mijn gedachten regelmatig af naar de alternatieve activiteit in de aangrenzende kamer.

Ik verbrak de verbinding. Toen ik Gene's kamer wilde verlaten, piepte de computer ten teken dat er een tekstbericht was binnengekomen. WELTERUSTEN. IK <3 JOU, DON.

Rosie sliep al bijna toen ik bij haar in bed stapte.

'Zo te horen heb je fijn gechat,' zei ze.

'"To begin with, this case should never have come to trial",' zei ik als Atticus Finch die de onschuldige Tom Robinson verdedigde omdat hij tot zondebok was gemaakt vanwege een kleine genetische afwijking.

Rosie glimlachte. 'Sorry, meneer Peck, ik ben bekaf. Welterusten.'

Hoewel ik het clubje mannen waarmee ik onlangs honkbal had gekeken en hamburgers had gegeten zou omschrijven als een mannengroep, werd mijn voorstel om dit te formaliseren niet goed ontvangen door George.

'Ik zit al bij een groep,' zei hij. 'Dat heeft mijn leven verpest.'

'Dan moet je eruit stappen. Je aansluiten bij een geschiktere groep.'

'Tja, het heeft me ook veel opgeleverd. Ik sta bij ze in het krijt.' Ik besefte dat hij het over de Dead Kings had.

'Wil je niet met ons naar de honkbalwedstrijd kijken? En tussendoor over andere zaken praten?'

'Dat vind ik prima. Maar ik ga niet drummen. Dat doe ik al genoeg op mijn werk. Komen Casanova en de bolle ook?'

Het duurde maar even voordat ik die twee beschrijvingen aan Gene en Dave had gelinkt. 'Correct,' antwoordde ik.

'Ik zal me voorbereiden op een avondje doorzakken.'

16

CALCULON WIL CONTACT MET U VIA SKYPE.

Ik kende niemand met de naam Calculon. Een van de voordelen van het hebben van een gering aantal vrienden is dat je je berichten gemakkelijk kunt filteren. Ik negeerde het verzoek. De volgende avond had ik een bericht van Calculon: IK BEN HET, EUGENIE.

Ik accepteerde het contactverzoek en binnen een paar seconden werd ik gebeld op mijn computer.

'Gegroet, Eugenie.' Haar gezicht kwam in beeld.

'Ah, gadverdamme!'

Ik herkende deze reactie van eerdere gesprekken met Simon Lefebvre, mijn collega-onderzoeker in Melbourne.

'Dit is mijn werkkamer. Die heeft een eigen toilet. Dat gebruik ik momenteel alleen als stoel.'

'Raar. Dat ga ik zeker tegen mam zeggen. Alleen mag ik eigenlijk niet met je praten.'

'Waarom niet?'

'Ik heb gedaan wat je zei. Ik heb er een grapje van gemaakt.'

'Waar heb je een grapje van gemaakt?'

'Een meisje zei dat mijn vader wel iets van honderd vriendinnen had, dus ik zei: "Ja, omdat hij zo cool is. Jouw vader is zo'n loser dat hij alleen je moeder kan krijgen, en dat is een trol."'

'Je bedoelt: iemand die bruggen bewaakt?'

Eugenie begon te lachen. 'Nee, iemand die vervelend doet op social media. Pap zei dat ze dat doet. Hoe dan ook, iedereen begon dat meisje uit te lachen in plaats van mij, en toen heeft een ander meisje ons verlinkt en moesten we allemaal een week nablijven en kreeg mam een brief van school. Dus nu pest iedereen haar.'

'Je moeder?'

'Nee, het meisje dat ons heeft verraden.'

'Misschien moet je een schema opstellen, een rooster, waarop je bijhoudt wiens beurt het is om gepest te worden. Om oneerlijkheid te voorkomen.'

'Dat lijkt me geen goed idee.'

'Maar het probleem is dus opgelost?'

'We hebben een ander probleem.' Ze keek ernstig. 'Carl.'

'Wordt hij ook gepest?'

'Nee. Hij zegt dat hij pap zal vermoorden als hij ooit nog terugkomt. Vanwege die vriendinnen.'

Ik kon uit haar stem opmaken dat ze geëmotioneerd was. Er bestond een kans dat ze in huilen zou uitbarsten.

'Maar ik wil echt dat pap weer thuiskomt.'

Mijn voorspelling bleek correct. Eugenie begon te huilen.

'Het zal niet mogelijk zijn dit probleem op te lossen wanneer je zo geëmotioneerd bent,' zei ik.

'Kun jij niet met Carl praten? Hij wil pap niet spreken.'

Carls stiefmoeder is klinisch psycholoog. Zijn vader is hoofd van de vakgroep psychologie van een grote universiteit. Maar nu was ik gevraagd om hun zoon te adviseren. Don Tillman, een natuurwetenschapper die vooral verstand had van logica en theorieën en niet van interpersoonlijke relaties.

Ik had hulp nodig. Gelukkig was dit voorhanden in de persoon van Rosie.

'Gene's zoon wil hem vermoorden,' zei ik.

'Dan moet hij een nummertje trekken. Die man is echt niet te geloven. Hij is zeker weer uit met Inge?'

'Correct. Ik heb haar nog geprobeerd te waarschuwen. Wat moet ik tegen Carl zeggen?'

'Niets. Jij bent niet overal verantwoordelijk voor. Gene is degene die met Carl moet praten. Hij is Carls vader. En jouw huisgenoot. Al zes weken lang. Daar moeten we ook echt eens over praten.'

'Er zijn nog veel meer dingen waar we over moeten praten.'

'Dat weet ik, maar niet nu, oké? Dan raak ik in de war.'

Twee uur later klopte ik op haar deur, waarna ik naar binnen stapte. Er lag verfrommeld printerpapier op de grond. Door het te verfrommelen kon het niet meer hergebruikt worden en nam het meer ruimte in beslag in de prullenbak. Ik bespeurde ook enige frustratie bij Rosie.

'Heb je hulp nodig?'

'Nee, het lukt wel. Het is alleen zo verdomd irritant. Toen ik het met Stefan besprak via Skype klonk het allemaal zo logisch, maar nu niet meer. Ik weet niet of ik het wel binnen drie weken af ga krijgen.'

'Heeft dat grote gevolgen?'

'Je weet dat ik het in de vakantie moet afronden. Wat me misschien ook was gelukt als ik niet aan zwangerschapsdementie zou leiden en me niet druk hoefde te maken om Gene's problemen. En om mijn afspraak met de gynaecoloog. Die ik trouwens heb gemaakt. De echo staat gepland voor volgende week dinsdag om 14.00 uur. Is dat goed?'

'Dat is bijna twee weken te laat.'

'Mijn arts zei dat twaalf weken ook prima was.'

'Twaalf weken en drie dagen. In Het Boek staat: tussen acht en elf weken. Een gepubliceerde consensus is betrouwbaarder dan de mening van één arts.'

'Het zal wel. Ik heb nu in ieder geval een gynaecoloog. Ik ben vandaag bij haar langs geweest en ze is erg goed. We zullen de rest helemaal volgens de regels doen.'

'Volgens de meest beproefde methode? De tweede echo zou tussen de achttien en tweeëntwintig weken moeten worden gemaakt. Ik raad tweeëntwintig weken aan, aangezien we te laat zijn met de eerste.'

'Ik zal de afspraak plannen op precies tweeëntwintig weken, nul dagen en zero uren. Het heet hier trouwens een sonogram. Maar op dit moment wil ik gewoon mijn analyse afkrijgen voordat ik naar bed ga. En ik wil een glas wijn. Eentje maar.'

'Alcohol is verboden. Je zit nog in het eerste trimester.'

'Als je me geen glas wijn geeft, dan rook ik een sigaret.'

Ik wist dat ik Rosie hier niet van kon weerhouden, behalve als ik haar zou vastbinden of geweld zou gebruiken. Ik bracht een glas witte wijn naar haar werkkamer en ging in een van de overtollige stoelen zitten.

'Neem je zelf niets?' vroeg ze.

'Nee.'

Rosie nam een slokje. 'Don, heb je er water bij gedaan?'

'Het is wijn met een laag alcoholpercentage.'

'Nu in ieder geval wel.'

Ik keek toe terwijl ze een tweede slokje nam, me voorstellend hoe de alcohol de placentabarrière passeerde en hersencellen aantastte, waardoor ons ongeboren kind werd gedegradeerd van een toekomstige Einstein tot een natuurkundige die de wetenschap net niet naar een hoger plan zou tillen. Een kind dat nooit zou ervaren wat Richard Feynman had omschreven als het weten van iets over het universum wat niemand ooit had geweten. Of wellicht dat hij of zij wel op het punt zou staan een geneesmiddel voor kanker te ontdekken, gezien de geneeskundige achtergrond van Rosies familie, maar door die paar hersencellen, verwoest door een moeder die door zwangerschapshormonen tot irrationeel gedrag werd gedreven...

Rosie keek me aan. 'Je hebt je punt gemaakt. Ga maar wat sinaasappels voor me uitpersen, voordat ik van gedachten verander. En daarna kun je me laten zien hoe ik die kloteanalyse moet maken.'

Gene zat bij mij in mijn kantoor op de universiteit toen Inge een klein postpakketje kwam brengen.

'Dit lag bij de receptie, voor Don. Uit Australië,' zei ze.

Terwijl Gene en Inge plannen maakten voor de lunch, ontcijferde ik de gegevens van de afzender, opgeschreven in een slordig handschrift: Phil Jarman, gepensioneerd Australian footballer, momenteel eigenaar van een sportschool, en de vader van Rosie. Waarom had hij een pakketje naar Columbia gestuurd?

'Ik neem aan dat het voor Rosie is,' zei ik tegen Gene toen Inge weg was.

'Is het aan Rosie geadresseerd?' vroeg Gene.

'Nee, het is aan mij geadresseerd.'

'Maak het dan open.'

Het was een klein doosje, waar een ring met een diamant in zat. De diamant was vrij klein, kleiner dan de diamant op de verlovingsring die ik Rosie had gegeven.

'Had hij gezegd dat hij dit zou sturen?' vroeg Gene.

'Nee.'

'Dan zit er vast een brief bij.'

Gene had gelijk. Er zat een opgevouwen vel papier in het pakketje:

> Beste Don,
> Bijgesloten vind je een ring. Deze was van Rosies moeder. Ze zou hebben gewild dat Rosie hem kreeg.
> Het is traditie om je partner op jullie eerste trouwdag een eeuwigheidsring te geven, en ik zou vereerd zijn als je deze ring zou aannemen als cadeau van mij en Rosies moeder, om aan Rosie te geven.
> Rosie is niet de makkelijkste, en ik ben altijd bang geweest dat de man met wie ze zou trouwen niet tegen haar opgewassen zou zijn. Maar zo te horen lijkt het je tot nu toe aardig af te gaan. Zeg haar maar dat ik haar mis, en beschouw wat jullie hebben nooit als vanzelfsprekend.
> Phil (je schoonvader)
> PS: Ik heb die aikidobeweging van je inmiddels door. Als je het verknalt, zal ik persoonlijk naar New York komen om je in elkaar te timmeren.

Ik gaf de brief aan Gene. Hij las hem en vouwde hem toen weer dicht.

'Eén momentje,' zei hij. Ik zag dat hij geëmotioneerd was.

'Blijkbaar is Phil niet erg onder de indruk van me,' zei ik.

Gene stond op en begon door de kamer te ijsberen. Dat is een gewoonte die we delen: ijsberen wanneer we over lastige vraagstukken nadenken. Op zulke momenten citeerde mijn vader altijd Thoreau. 'Henry David Thoreau, Amerikaans filosoof, Don,' zei hij dan terwijl ik door onze woonkamer ijsbeerde om een wiskundig vraagstuk of een schaakprobleem op te lossen. 'Vertrouw nooit op ideeën die je hebt bedacht toen je op je gat zat.'

Gene sloot de deur. 'Don, ik wil dat je een denkoefening voor me uitvoert. Ik wil dat je je voorstelt dat jullie baby is geboren, en dat het een meisje is, en dat ze inmiddels tien jaar oud is. En op een dag krijgt Rosie een auto-ongeluk terwijl jij op de passagiersstoel zit, omdat je had gedronken. En... Ach, je weet wel hoe het verhaal verdergaat, en ik weet het ook omdat jij het me hebt verteld. Je evolutionaire instincten grijpen in, waardoor je je dochter redt in plaats van Rosie. En dan zijn jullie nog maar met z'n tweeën.'

Gene moest stoppen omdat hij te geëmotioneerd raakte. Ik bood hem een helpende hand. 'Ik ben bekend met het verhaal. Uiteraard.' Het was het verhaal van Phil, Rosies moeder en Rosie, maar dan met andere namen.

'Nee, dat ben je niet. Je kent het alleen als iets wat iemand anders is overkomen. Dat is hetzelfde als het lezen van zo'n verhaal in de krant, over een gezin uit Kansas. Ik wil dat je jezelf in die situatie verplaatst. Beeld je in dat je Phil bent. En stel je dan eens voor dat je dochter in het huwelijksbootje stapt met een of andere kerel die je neus heeft gebroken en die niet bepaald doorsnee is, en dat ze verhuist naar New York en zwanger raakt. Bedenk dan eens hoe het zou zijn om die brief te schrijven.'

'Daar is te veel verbeelding voor nodig. Er is te veel overlap. Rosie komt in beide verhalen voor, in een andere rol.'

Gene keek me aan met een uitdrukking die ik nog nooit bij hem had gezien, wellicht omdat hij nog niet eerder boos op me was geweest.

'Te veel verbeelding? Hoelang duurde het om die zwarte band te halen? Hoelang om een klotekwartel te leren uitbenen? Don, jij gaat nu zitten en je gaat je hierop concentreren, hoelang het ook duurt, totdat je Phil Jarman bént, verdomme. Totdat je met een verbrijzelde heup om die auto heen loopt om je kind eruit te halen, en dan ga jij die brief schrijven. Kom dan nog maar eens bij me aan met dat gezeur van: "Phil is niet erg onder de indruk van me."'

Ik wachtte even tot Gene weer wat was gekalmeerd. 'Waarom?'

'Omdat je straks vader wordt. En elke vader is zoals Phil Jarman.' Gene ging zitten. 'Ga nu maar een kop koffie voor ons halen. En daarna wil ik het over jullie trouwdag hebben. Want daar heb je zeker niets voor gepland?'

17

Rosies sportroutine was extreem willekeurig, in tegenspraak met het advies uit Het Boek. Haar colleges zouden over twee weken weer worden hervat, dus dit leek me het ideale moment om het probleem aan te pakken. Mijn idee was om een trainingssessie van een uur in te plannen voordat ze naar de universiteit vertrok. Dan kon ze direct vanaf de trainingslocatie doorreizen. Doordat we sinds kort dichter bij Columbia woonden, zou ze per saldo slechts zesenveertig minuten eerder hoeven opstaan.

Dat leek allemaal vrij eenvoudig, maar nieuwe initiatieven behoeven enige sturing.

Ik wekte Rosie zesenveertig minuten eerder dan normaal. Haar reactie was voorspelbaar.

'Hoe laat is het? Het is nog donker. Wat is er aan de hand?'

'Het is 06.44 uur. Het is alleen donker omdat de gordijnen nog dicht zijn. De zon is ongeveer veertig minuten geleden opgekomen, en daarvoor zal het al hebben geschemerd. Er is niets aan de hand. We gaan naar het zwembad.'

'Welk zwembad?'

'Het binnenzwembad van het Chelsea-recreatiecentrum aan West 25th Street. Je zult je zwemkleding nodig hebben.'

'Ik heb geen zwemkleding. Ik heb een hekel aan zwemmen.'

'Je bent een Australiër. Alle Australiërs houden van zwemmen. Bijna allemaal.'

'Ik ben een van de uitzonderingen. Ga maar alleen en neem een muffin voor me mee. Of het toegestane equivalent. Ik voel me wel aardig. Voor dit tijdstip.'

Ik wees Rosie erop dat ze dit tijdstip nog niet vaak bewust had meegemaakt, dat zij degene was die beweging nodig had en dat zwemmen een aanbevolen vorm van beweging was voor zwangere vrouwen.

'Zwemmen is voor iedereen een aanbevolen vorm van beweging.'

'Correct.'

'Waarom ga jij dan niet zwemmen?' vroeg ze.

'Ik hou niet van de drukte in zwembaden. Ik vind het vreselijk om water in mijn ogen te krijgen. En om kopje-onder te gaan.'

'Nou, kijk aan,' zei Rosie. 'Dan begrijp je precies hoe ik me voel. Ik zal jou niet dwingen te gaan zwemmen als jij mij niet dwingt. Misschien is dat sowieso wel een goede regel.'

Terwijl ik naar Columbia jogde, begon ik aan de Empathie voor Phil Denkoefening, waarbij ik me probeerde voor te stellen hoe het zou zijn om in zijn schoenen te staan, een aanpak die ook werd aangeraden door Atticus Finch in *To Kill a Mockingbird*. Het was een vreselijk scenario, maar het lukte me niet om te bereiken wat Gene wilde. Ik kwam tot de conclusie dat het me maanden zou kosten om de oefening onder de knie te krijgen, waarbij ik wellicht de hulp van een hypnotiseur of een barkeeper moest inschakelen, maar toen nam mijn onderbewustzijn het over.

Die nacht schrok ik wakker uit de Ergste Nachtmerrie Ooit. Ik voerde het bevel over een ruimteschip en typte instructies in op het controlepaneel. Rosie zat in de verkenningscapsule, die wegzweefde van het moederschip, maar ik kon haar niet terughalen. Het toetsenbord was erg gevoelig en mijn vingers maakten steeds fouten. Mijn frustratie veranderde in woede, waardoor ik niet meer kon functioneren.

Happend naar adem schrok ik wakker, en ik reikte opzij. Rosie lag gewoon naast me. Ik vroeg me af of Phil vergelijkbare nachtmerries had. Alleen zou hij bij het ontwaken dan tot de conclusie komen dat de werkelijkheid precies was zoals in zijn droom.

Onze trouwdag was op 11 augustus. Dit jaar viel dat op een zondag. Gene had me geïnstrueerd bij een chic restaurant te reserveren, bloemen te kopen en een cadeau te regelen dat qua materiaal aansloot bij de benaming van dat specifieke bruiloftsjaar.

'Dus dat betekent dat ik elk jaar iets moet kopen? Gedurende ons hele huwelijk?'

'Die twee dingen houden mogelijk verband,' zei Gene.

'Heb jij dat ook voor Claudia gedaan?'

'Jij krijgt de kans om van mijn fouten te leren.'

'Rosie is het met me eens dat we geen grote hoeveelheden troep nodig hebben.'

'Zoiets zei Claudia ook. Ik raad je aan dat te negeren en gewoon een cadeau van papier te kopen.'

'Mag het een verbruiksgoed zijn? Een wegwerpartikel?'

'Als het maar van papier is. En doordacht overkomt. Misschien kun je het beter eerst met mij bespreken. Ja, doe dat maar.'

Ik begon een planning te maken overeenkomstig Gene's instructies, maar die werd in de war gestuurd door een envelop die ik zaterdagochtend op de grond van mijn badwerkkamer aantrof, de dag voor onze trouwdag. Ik had de deur dichtgedaan aangezien ik bezig was met de schets van

Bud voor week 12. Waarschijnlijk was de envelop door Gene of Rosie onder de deur door geschoven om niet het risico te lopen mij te storen bij het doen van mijn behoefte. Het combineren van een werkkamer met een badkamer had zo zijn voordelen.

Het was een uitnodiging, getuige het woord UITNODIGING op de voorkant. In de envelop zat een klein, dun notitieboekje met een rode kaft. Op de eerste bladzijde had Rosie geschreven:

> Don, ik wil je zo veel mogelijk verrassen zonder je tolerantiegrens te overschrijden. Lees verder totdat je tevreden bent. Hoe minder je leest, hoe beter. Liefs, Rosie.

Kennelijk had de familie Jarman besloten met me te communiceren via handgeschreven brieven. Ik sloeg de bladzijde om.

> Morgen is onze trouwdag. Ik heb de regie in handen.

Ik had gereserveerd bij een restaurant, wat dus zou moeten worden geannuleerd. Ik voelde me nu al overrompeld en gehinderd door een initiatief dat er juist op was gericht me voor dat soort gevoelens te behoeden.

Ik wilde nog een bladzijde omslaan toen Gene aanklopte.

'Alles in orde, Don?'

Ik deed de deur open en legde de situatie uit.

'Als integer mens kun je niet het hele boekje lezen en dan net doen alsof je dat niet hebt gedaan,' zei Gene.

'Ik wilde doorlezen totdat mijn stress tot een acceptabel niveau was gedaald en dit dan aan Rosie opbiechten.'

'Niet doen. Ga gewoon de uitdaging aan. Ze zal heus geen

kwaad in de zin hebben. Ze wil je alleen maar verrassen. Daar zal ze van genieten. En jij ook, als je je een beetje ontspant.' Gene griste het boekje uit mijn handen. 'Nu heb je geen keus meer.'

Ik annuleerde de reservering bij het restaurant en begon me geestelijk voor te bereiden op het onverwachte.

Het onverwachte begon die zondag om 15.32 uur. De deurbel ging. Het waren Isaac en Judy Esler, die ik geen van beiden meer had gezien sinds het Blauwvintonijn Incident. Ze gingen naar de 'Search for the Unicorn'-tentoonstelling in het Metropolitan Museum of Art en vroegen zich af of ik soms zin had om mee te gaan.

'Ga maar,' zei Rosie. 'Ik zie Judy al elke week. Ik kan de tijd goed gebruiken om aan mijn proefschrift te werken.'

We namen de metro naar de tentoonstelling, die matig interessant was, maar het werd me al snel duidelijk dat de excursie vooral diende om vast te stellen of onze vriendschap nog intact was na het Blauwvintonijn Incident. Judy was verreweg het meest aan het woord.

'Ik stond echt van Lydia's gedrag te kijken. Ze is daarna niet meer naar de boekenclub geweest, terwijl we al drie bijeenkomsten hebben gehad. Het spijt me echt, Don.'

'Excuses zijn niet noodzakelijk,' zei ik. 'Jij hebt niets verkeerd gedaan. Ik was degene die geen rekening hield met bepaalde voedselvoorkeuren. Rosie zou ook protesteren als ik blauwvintonijn zou bestellen.'

Het leek me verstandiger om hun niet te vertellen dat ik Lydia daarna nog had ontmoet voor een professionele evaluatie. Hoe dan ook, we hadden dringender zaken te bespreken.

'Heb je Rosie ingelicht over Lydia's oordeel van mij?' vroeg ik.

'Ik heb haar verteld wat Lydia zei. En dat Isaac haar op haar nummer heeft gezet.'

'Dat deed Seymour,' zei Isaac.

'Ik weet zeker dat jij het was. Maar dat doet er verder niet toe. Lydia heeft zo haar eigen problemen. Ik dacht dat zij en Seymour goed bij elkaar zouden passen. Hij is pas gelukkig als hij iemand heeft om voor te zorgen en zij zou in hem een eigen privétherapeut vinden. En die kan ze goed gebruiken, dat hebben jullie wel gemerkt.'

Judy had geen antwoord gegeven op mijn vraag, of had in ieder geval niet de informatie verstrekt die ik zocht.

'Heb je iets tegen Rosie gezegd over Lydia's opmerking betreffende mijn bekwaamheid als ouder?' vroeg ik.

'Ik kan me niet herinneren dat Lydia daar iets over heeft gezegd. Wat zei ze dan?'

Ik wist mezelf net op tijd tegen te houden. 'Wat een interessante schilderijen.'

Judy merkte kennelijk niet dat ik van onderwerp was veranderd. Ik werd er steeds beter in.

Ik kwam thuis om 18.43 uur, na onderweg één grote rode roos te hebben aangeschaft, voor ons eenjarig jubileum. Toen ik de deur opende, besefte ik dat Rosie misschien wel met de Eslers had afgesproken dat zij me mee zouden nemen zodat ze een verrassing kon voorbereiden. Ik had gelijk, en mijn ergste vermoedens werden bewaarheid. Rosie stond in de keuken.

Ze was aan het koken, of in ieder geval voedsel aan het bereiden. Of dat probeerde ze tenminste. Tijdens onze eerste date had Rosie opgebiecht dat ze 'voor geen meter kon koken' en ik had geen enkel tegenbewijs gezien. De coquilles uit de oven waren haar meest recente culinaire ramp, op de avond van het Sinaasappelsap Incident, toen ik niet in staat was de boel te redden, eerst vanwege een zenuwinzinking en toen vanwege een vrijpartij.

Net toen ik naar de keuken wilde lopen om advies te geven en haar te helpen, kwam Gene uit zijn kamer tevoorschijn. Hij duwde me de gang op en trok de deur achter ons dicht.

'Je wilde Rosie zeker gaan helpen in de keuken?'

'Correct.'

'En dan zou je beginnen met de vraag: "Heb je hulp nodig, lieverd?"'

Hier dacht ik even over na. Ik zou eerder de situatie inschatten en zelf vaststellen wat er moest gebeuren, wat niet meer dan passend was wanneer een gekwalificeerd persoon de rampplek betrad.

Gene sprak verder voordat ik een antwoord kon formuleren. 'Wacht daar nog even mee en bedenk eerst eens wat belangrijker is: de kwaliteit van één maaltijd of de kwaliteit van jullie relatie. Als je voor dat tweede kiest, dan zal je zo een van de beste maaltijden van je leven voorgeschoteld krijgen, klaargemaakt zonder enige hulp van jou.'

Ik had me automatisch op de maaltijd gericht. Maar ik snapte Gene's redenering.

'Goed gedaan, die roos,' zei Gene.

We liepen weer naar binnen.

'Alles goed met jullie?' vroeg Rosie.

'Natuurlijk,' zei ik en ik gaf haar de roos zonder verdere toelichting.

'Don had hondenpoep aan zijn schoen. Ik heb het tapijt gered,' zei Gene.

Rosie zei dat ik me formeel moest kleden, wat betekende dat ik mijn overhemd met kraag en mijn nette, niet waterdichte jasje moest aantrekken. De leren schoenen waren ook vereist.

'Ik dacht dat we thuis zouden eten,' zei ik vanuit de slaapkamer.

Gene kwam de kamer weer binnen.

'Ik ga er nu vandoor. Kleed je alsof je naar een restaurant met kledingvoorschriften gaat. Doe gewoon alles wat ze van je vraagt. Reageer overal enthousiast op. Daar pluk je nog jaren de vruchten van.'

Ik zocht mijn nette kleding op.

'Ga maar vast naar het balkon,' riep Rosie. Ik had me teruggetrokken in mijn werkkamer, om de kans op het schaden van onze relatie te minimaliseren. Rationeel gezien was het oplopen van een voedselvergiftiging het ergste wat ons kon overkomen, leidend tot een trage en pijnlijke dood. Ik begon opnieuw. Statistisch gezien was een onsmakelijke maaltijd de waarschijnlijkste uitkomst. Zulke maaltijden had ik al vaak genoeg genuttigd, soms ook als gevolg van eigen fouten, dat moest ik toegeven. Ik had dergelijke mislukkingen zelfs aan Rosie geserveerd. Maar ik voelde me nog steeds gespannen, hoe irrationeel dat ook was.

Het was 19.50 uur. Rosie had een kleine tafel buiten gezet – een van de overtollige meubelstukken uit haar overvolle werkkamer – en had hem gedekt voor twee personen, als in een restaurant. Ik schatte de temperatuur op tweeëntwintig graden Celsius. Er was meer dan genoeg licht. Ik ging zitten.

Toen verscheen Rosie. Ik was verbluft. Ze droeg de fenomenale witte jurk die ze slechts één keer eerder had gedragen: op onze bruiloft. In tegenstelling tot de stereotype bruidsjurk was deze elegant – om een technische term te gebruiken – als een computeralgoritme dat met slechts een paar regels code een indrukwekkende uitkomst wist te genereren. De uitstraling van eenvoud werd versterkt door het weglaten van de sluier die ze er twaalf maanden geleden wel bij had gedragen.

'Je zei dat je die jurk nooit meer zou kunnen dragen,' zei ik.

'Thuis kan ik dragen wat ik wil,' zei ze, wat in tegenspraak was met de instructies die ze mij had gegeven betreffende mijn outfit. 'Hij zit een beetje krap.'

Ze had gelijk wat betreft de krapte, vooral bij het bovenste gedeelte. Het effect was spectaculair. Het duurde even voordat ik besefte dat ze twee glazen in haar handen hield. Dat merkte ik pas toen ze er een aan mij gaf.

'Ja, in die van mij zit ook champagne,' zei ze. 'Ik neem maar een klein beetje, maar ik zou gerust een heel glas kunnen drinken, vrijwel zonder risico's voor de baby. Henderson, Gray & Brocklehurst, 2007.' Ze glimlachte breed en hief haar glas. 'Gefeliciteerd met onze trouwdag, Don. Zo is het begonnen, weet je nog?'

Ik moest hard nadenken. Onze relatie had zich flink verdiept tijdens ons eerdere bezoek aan New York, maar we hadden toen niet op een balkon gedineerd... Natuurlijk! Ze doelde op de Balkon-Maaltijd in mijn appartement in Melbourne tijdens onze eerste date. Wat een briljant idee om dat te reproduceren. Ik hoopte dat ze zich niet aan de kreeftsalade had gewaagd. Het was van cruciaal belang dat de prei niet te lang werd gebakken, anders werd hij bitter... Ik riep mezelf tot de orde, waarna ik mijn eigen glas hief en het eerste zei wat in me opkwam.

'Op de meest perfecte vrouw ter wereld.' Ik had geluk dat mijn vader er niet bij was. 'Perfect' is absoluut en kent geen overtreffende trap, evenmin als 'uniek' of 'zwanger'. Mijn liefde voor Rosie was zo sterk dat het mijn brein had aangezet tot het maken van een grammaticale fout.

We dronken champagne en zagen de zon ondergaan boven de Hudson. Rosie serveerde schijfjes tomaat met buffelmozzarella, olijfolie en verse basilicum. Alles smaakte precies zoals het hoorde. Misschien zelfs beter. Ik was me ervan bewust dat ik glimlachte.

'Zelfs ik kan wel wat plakjes kaas en tomaat opstapelen,' zei Rosie. 'Maak je geen zorgen, ik heb me niet aan moeilijke dingen gewaagd. Ik wil gewoon hier met jou kletsen en naar de lichtjes kijken.'

'Zijn er nog specifieke onderwerpen die je wilt bespreken?' vroeg ik.

'Eentje, maar daar kom ik straks nog wel op. Het lijkt me fijn om gewoon wat te kletsen. Maar ik zal eerst de volgende gang gaan halen. Ik hoop niet dat je hysterisch wordt.'

Rosie keerde terug met een bord vol dunne, rode plakjes bestrooid met kruiden. Ik keek nog eens goed. Tonijn! Sashimi van tonijn. Rauwe tonijn. Rauwe vis stond uiteraard op de lijst van verboden voedingsmiddelen. Ik werd niet 'hysterisch'. Na een korte beschouwing besefte ik dat Rosie geheel onzelfzuchtig mijn favoriete eten had bereid, ook al kon zij er zelf niet van meegenieten.

Ik wilde net mijn dankbaarheid betuigen toen ik zag dat ze twee sets eetstokjes had meegenomen. Ik voelde mijn paniek toenemen.

'Ik zei nog dat je niet hysterisch moest worden,' zei ze. 'Weet je wat nu precies het probleem is met rauwe vis? Ik zou er ziek van kunnen worden, zoals je zei. Maar dat kan altijd, of ik nu zwanger ben of niet, en dat is nog nooit gebeurd. Maar dan nog zou het de foetus niet direct schaden, in tegenstelling tot bijvoorbeeld toxoplasmose of listeria. Kwik is wel een risicofactor, maar niet in deze hoeveelheid. Tonijn is een uitstekende bron van omega-3-vetzuren, die in verband worden gebracht met een hoger IQ. Hibbeln e.a., "De consumptie van zeevruchten door zwangere vrouwen en de neurologische effecten op het kind", *The Lancet*, 2007. En het is blauwvintonijn. Eén keer in je leven een paar gram zal toch niet al te schadelijk zijn voor het milieu.'

Ze glimlachte, pakte een plakje tonijn met haar eetstokjes en doopte het in de sojasaus. Ik had gelijk. Ik was met de meest perfecte vrouw ter wereld getrouwd.

Rosies voorspelling dat het fijn zou zijn om gewoon wat te kletsen bleek correct. We praatten over Gene en Claudia en Carl en Eugenie en Inge, over Dave en Sonia en wat we zouden doen als ons pseudohuurcontract werd opgezegd. George had beloofd een opzegtermijn van drie maanden te hanteren. We kwamen verder niet tot conclusies, maar ik werd me er wel van bewust dat Rosie en ik niet genoeg tijd hadden vrijgemaakt om te praten sinds we in New York waren gearriveerd en het druk kregen met werk en studie. We begonnen geen van beiden over de zwangerschap. In mijn geval kwam dat doordat het de bron van een recent conflict was geweest. Dat was wellicht ook Rosies reden.

Rosie liep af en aan naar de keuken om eten te halen, alles correct bereid. We aten gefrituurde krabkoekjes, gevolgd door een hoofdgerecht uit de oven.

'Gestreepte zeebaars *en papillote*,' zei ze. 'Oftewel "in papier", aangezien het ons papieren jubileum is.'

'Ongelooflijk. Je hebt een gepast cadeau gevonden en het is ook nog eens een wegwerpartikel.'

'Ik weet dat je niet van prullaria houdt. Dus dan koesteren

we de herinnering.' Rosie wachtte gespannen af terwijl ik de vis proefde.

'Lekker?' vroeg ze.

'Heerlijk.' Dat was het ook.

'Juist,' zei ze. 'Dat brengt me op het ene onderwerp dat ik wilde bespreken. Het is verder niets dramatisch of zo. Maar ik kan dus wel koken. Ik zal het niet elke avond doen en jij bent er beter in dan ik, maar als het moet kan ik best een recept volgen. En het is niet erg als het af en toe mislukt. Ik waardeer het dat je zoveel voor me doet, maar ik ben dus niet helemaal hulpeloos en incompetent. Ik vind het erg belangrijk dat je dat weet.'

Rosie nam een slokje uit mijn wijnglas en vervolgde haar relaas. 'Ik weet dat ik hetzelfde bij jou doe. Weet je nog die avond dat ik je alleen in de cocktailbar achterliet en bang was dat je het niet zou redden zonder mij? Maar het ging prima, toch?'

Kennelijk wist ik me niet op tijd te herstellen.

'Wat is er gebeurd?' vroeg ze.

Er was geen reden om het verhaal over Mevrouw Luidruchtig en ons daaruit voortvloeiende ontslag na zeven weken nog geheim te houden. Ik vertelde haar wat er was gebeurd en we moesten er allebei om lachen. Dat was een enorme opluchting.

'Ik wist wel dat er iets was gebeurd,' zei Rosie. 'Ik wist dat je iets voor me verborgen hield. Maar je kunt me alles vertellen, daar hoef je je echt geen zorgen over te maken.'

Dit was een beslissend moment. Moest ik Rosie vertellen over het Speeltuin Incident en over Lydia? Vanavond voelde ze zich ontspannen en inschikkelijk. Maar misschien dat ze zich morgenochtend wel zorgen zou gaan maken, haar vrolijkheid verdreven door stress. Ik liep immers nog altijd het risico gerechtelijk vervolgd te worden.

Dus besloot ik maar van de gelegenheid gebruik te maken om een leugen van een derde partij tegen het licht te houden. 'Geloofde je Gene toen hij zei dat ik hondenpoep aan mijn schoen had?'

'Natuurlijk niet. Hij heeft je mee naar buiten gesleurd om je te zeggen dat je me mijn gang moest laten gaan in de keuken. Of om je de bloem te geven die je mij cadeau hebt gedaan. Heb ik gelijk?'

'Wel over dat eerste. De bloem heb ik zelf gekocht.' Ik zou Gene uiteraard wel hebben geloofd als ik in Rosies schoenen had gestaan, maar het verbaasde me niet dat zij zijn leugen had doorzien.

'Denk je dat Gene weet dat je hem niet geloofde?' vroeg ik.

'Dat lijkt me wel. Ik ken jullie immers langer dan vandaag.'

'Waarom nam hij dan de moeite een leugen te bedenken die toch niemand zou geloven en waar niemand zich beter door zou voelen?'

'Gewoon uit beleefdheid,' zei ze. 'Ik denk dat ik zijn inspanningen ergens wel op prijs stelde.'

Sociale protocollen. Ondoorgrondelijk.

Nu was het mijn beurt om voor een verrassing te zorgen. Ik liep naar binnen. Gene was inmiddels terug en was zo vrij geweest om wat van de overgebleven champagne uit de koelkast te pakken.

Ik keerde terug naar het balkon en haalde de ring van Rosies moeder uit mijn zak. Ik pakte Rosies hand en schoof hem om haar vinger, zoals ik ook had gedaan met die andere ring op dezelfde dag een jaar eerder. Ik schoof hem om dezelfde vinger, volgens traditie. Het idee is dat de eeuwigheidsring het afdoen van de trouwring symbolisch verhindert. Dat leek aan te sluiten op Phils bedoelingen.

Het duurde even voordat Rosie de ring herkende en in tranen uitbarstte. Ondertussen had Gene met zijn ene hand een volle doos confetti over ons uitgestrooid en met zijn andere hand een aantal foto's gemaakt met zijn telefoon.

18

Op dinsdagavond stond er een gezamenlijke maaltijd gepland. Ik herinnerde Rosie daar 's ochtends aan, aangezien ik vermoedde dat haar onvermogen zich aan afspraken te houden werd verergerd door haar zwangerschap.

'Vergeet jij niet dat de echo voor vandaag gepland staat?' zei ze.

De problemen hadden zich opgestapeld. Ik had een lijst gemaakt bestaande uit acht cruciale punten.

1. De Woonruimte voor Gene Kwestie. Een discussie waar Gene uiteraard ook bij moest worden betrokken.
2. De Lijst van Verboden Voedingsmiddelen. Ik had hem op Rosies bureau gelegd, maar ze had hem nog niet officieel goedgekeurd.
3. Rosies bezwaar tegen het onderbreken van haar studie. Dit moest zo snel mogelijk worden opgelost zodat hier duidelijkheid over kwam.
4. Een sportroutine voor Rosie, een nog openstaand punt na het falen van het zweminitiatief.
5. Rosies proefschrift, waarmee ze achterliep op schema, waardoor andere activiteiten mogelijk in de war werden gestuurd.
6. Gene en Claudia's Huwelijks-probleem. Ik had geen vooruitgang geboekt en had Rosies hulp nodig.

7. De Carl en Gene Kwestie. Gene moest met Carl praten.
8. Directe actie betreffende Rosies stressniveau. Yoga en meditatie werden algemeen beschouwd als goede manieren om te ontspannen.

Alleen het opstellen van de lijst gaf me al het gevoel dat ik significante vooruitgang boekte. Ik deelde geprinte exemplaren uit aan Gene en Rosie toen ze plaatsnamen voor het avondeten (wilde garnalen, gevolgd door gegrilde vis met een laag kwikgehalte en een salade zonder alfalfakiemen).

Rosie reageerde niet positief. 'Verdomme, Don. Ik heb twee weken om mijn proefschrift af te krijgen. Ik zit hier niet op te wachten.'

Er viel een stilte van ongeveer twintig seconden.

'Als ik zo eens naar de lijst kijk, lijkt het erop dat ik heb bijgedragen aan punt 8,' zei Gene. 'Ik heb me zo op mijn problemen met Carl gericht dat ik niet meer aan jou heb gedacht. Ik besefte niet dat je zo onder druk stond vanwege je proefschrift.'

'Wat denk je dat ik de hele tijd in mijn werkkamer heb zitten uitspoken? Waarom heb ik geen sociaal leven, denk je? Heeft Don je niet verteld dat ik achterloop?' De woorden klonken agressief, maar ik bespeurde een verzoenende toon.

'Niet echt, nee. Blijkbaar hebben Don en jij een hoop te bespreken, over verlof en beweging en verboden voedingsmiddelen. Ik haal wel een hamburger en zal morgen meteen op zoek gaan naar woonruimte.'

Gene gaf Rosie haar zin, maar ze verwierp zijn aanbod, om onverklaarbare redenen.

'Nee, nee, sorry. Eet met ons mee. Dat gedoe over voedingsmiddelen en beweging kunnen we wel een andere keer bespreken.'

'We moeten het nu bespreken,' zei ik.

'Het kan wel wachten,' zei Rosie. 'Vertel ons eens over Carl, Gene.'

'Hij geeft mij de schuld van onze breuk.'

'Stel dat je het nog eens over kon doen?' vroeg Rosie.

'Voor Claudia zou ik niets veranderen. Maar als ik had geweten wat voor invloed het zou hebben op Carl...'

'Helaas valt het verleden niet te veranderen,' zei ik, in een poging het gesprek weer terug te brengen op het vinden van praktische oplossingen.

'Misschien helpt het om spijt te betuigen,' zei Rosie.

'Ik denk niet dat Carl daar genoegen mee neemt,' zei Gene.

We hadden in ieder geval één punt van de lijst besproken, al was het nog niet opgelost. Ik vinkte het af op hun exemplaren van de lijst.

Verder boekten we geen vooruitgang. Rosie haalde een grote envelop uit haar tas en gaf hem aan Gene. 'Dit heb ik vanmiddag gedaan.'

Gene haalde een vel papier uit de envelop en gaf het meteen aan mij. Het was een echofoto, vermoedelijk van Bud. Voor een leek verschilde deze niet van de foto's uit Het Boek, waar ik goed mee bekend was. De foto was minder duidelijk dan de schets die ik vijf dagen eerder op de tegel van week 12 had getekend. Ik gaf de foto weer aan Rosie.

'Ik neem aan dat je dit allemaal al hebt gezien,' zei Gene.

'Nee, dat heeft hij niet,' zei Rosie. Ze keerde zich naar mij. 'Waar was je vandaag om twee uur?'

'In mijn kantoor, bezig met het doornemen van een onderzoeksprotocol voor Simon Lefebvre. Is er iets mis?'

'Was je de echo vergeten?'

'Natuurlijk niet.'

'Waarom was je er dan niet?'

'Was mijn aanwezigheid vereist?' Het zou vast interessant zijn geweest, maar ik zou niet weten welke rol ik daar te vervullen had. Ik was nog nooit met Rosie mee geweest naar een doktersafspraak, en zij ook niet met mij. En haar eerste afspraak met de gynaecoloog had al een week geleden plaatsgevonden, wat vermoedelijk het moment was geweest waarop ze meer informatie had gekregen over het verloop van de zwangerschap. Als ik dan toch mee had moeten gaan naar een afspraak, dan leek dat mij de meest relevante afspraak om bij te wonen, om er zeker van te zijn dat we allebei dezelfde informatie kregen. Maar voor die afspraak had ze me niet uitgenodigd. De echoscopie was een technische procedure die werd uitgevoerd door deskundigen, en ik wist uit ervaring dat zij liever niet werden gestoord door toeschouwers die afleidende vragen stelden.

Rosie knikte langzaam. 'Ik heb je nog geprobeerd te bellen, maar je telefoon stond uit. Ik dacht dat je misschien een ongeluk had gehad of zo, maar toen herinnerde ik me dat ik je alleen twee keer had verteld hoe laat en waar het was, zonder daar duidelijk bij te zeggen: "Benut die informatie om te zorgen dat jij er ook bij aanwezig bent."'

Wat grootmoedig van Rosie om de schuld voor dit misverstand op zich te nemen.

'Was er sprake van enige afwijkingen?' vroeg ik. Met bijna dertien weken zouden eventuele afwijkingen aan de neurale buis op de echo zichtbaar moeten zijn. Ik nam aan dat Rosie het me wel zou hebben verteld als er problemen waren, overeenkomstig het normale protocol, zoals ze me ook op de hoogte zou brengen als ze haar telefoon was kwijtgeraakt in de metro. Het Boek had geïmpliceerd dat afwijkingen statistisch gezien onwaarschijnlijk waren. Hoe dan ook, ik kon pas in actie komen als er een probleem was geïdentificeerd.

'Nee, er zijn geen afwijkingen. Maar wat als die er wel waren geweest?'

'Dat is natuurlijk afhankelijk van de aard van de afwijking.'

'Natuurlijk.'

'Goed nieuws, dus,' zei Gene. 'Sommige mensen bereiden zich voor op elk mogelijk scenario, terwijl anderen zich er pas druk om maken als het zover is. Zoals Don.'

'Ik heb nog een punt voor op de lijst,' zei Rosie. 'Ik was vergeten het je te vertellen. Ik heb morgenavond een bijeenkomst van mijn studiegroep. Hier.'

'Het semester is nog niet begonnen,' zei ik. 'Je moet je op je proefschrift richten.'

'Dat proefschrift gaat toch niet lukken. Ik kan het nooit binnen tien dagen afkrijgen.'

'Het komt wel goed,' zei Gene. 'Ik zorg wel dat je uitstel krijgt.'

Rosie schudde haar hoofd. 'Dit is Columbia. Er gelden hier regels.'

'Voor gewone stervelingen. Ontspan je nu maar.'

Rosie zag er niet ontspannen uit. 'Ik heb iemand van het bestuur gesproken. Ze was niet bepaald behulpzaam.'

Gene glimlachte. 'Ik heb het al met Borenstein besproken. Het is geen probleem, zolang je het maar hebt ingeleverd voor aanvang van je coschappen.'

De bijeenkomst van de studiegroep zou mijn schema flink verstoren, maar Rosie was overbelast. Ik moest haar steunen in deze veranderlijke tijden die voor ons allebei zwaar waren, zoals Het Boek aanraadde. 'Ik zal rekening houden met meer eters. Hoeveel mensen komen er?'

'Maak je geen zorgen. We bestellen wel een pizza. Eén keer kan geen kwaad.'

'Ik maak me geen zorgen. Maar het kost me geen enkele

moeite een veel betere maaltijd voor jullie te bereiden.'

'Misschien kunnen jullie je mannenavond morgen houden.'

'Dat is een veel ernstigere verstoring van mijn schema dan het koken voor meer mensen.'

'Het is alleen... Jij bent een van de docenten, en dit is de eerste keer dat ze hier komen. Ze hebben je nog nooit ontmoet.'

'Er zal toch ooit een eerste ontmoeting moeten plaatsvinden. Op deze manier kan ik ze allemaal tegelijk ontmoeten.'

'Het zijn onbekenden. Je vindt het niet leuk om nieuwe mensen te ontmoeten.'

'Het zijn geneeskundestudenten. Bijna wetenschappers. Pseudowetenschappers. Ik kan fascinerende discussies met ze voeren.'

'Daarom heb ik liever dat je de deur uit gaat. Alsjeblieft.'

'Denk je dat ik me vervelend zal gedragen?'

'Ik wil gewoon even het huis voor mezelf hebben.'

'Geen probleem,' zei Gene. 'Ik neem Don wel mee.'

Rosie glimlachte. 'Sorry dat ik je hier zo mee overval. Bedankt voor je begrip.' Dit was aan Gene gericht.

George belde net toen Gene en ik de volgende avond naar de bar wilden gaan. 'Don, waarom komen jullie anders niet gezellig naar boven? We kunnen wel een pizza bestellen. Er zijn een paar dingen die ik aan Gene het Genie wil vragen.'

Ik belde Dave. Zolang we de honkbalwedstrijd konden kijken en George alles betaalde, was de locatie niet belangrijk.

Tijdens de pauze in de zevende inning richtte George zich tot Gene. 'Ik heb eens nagedacht over wat je zei over genetica. Flink nagedacht, mag ik wel zeggen. Je verhaal verklaart nog steeds niet waarom mijn ene zoon een drugsverslaafde is en de andere twee niet.'

'Twee woorden: andere genen. Ik weet het natuurlijk niet zeker, maar ik denk dat hij een teveel aan genen heeft die zijn lichaam aansporen om door te gaan met dingen die hem een fijn gevoel geven. Nu is dat geen probleem in een omgeving zonder verdovende middelen.'

George leunde achterover en Gene vervolgde. 'We zijn allemaal geprogrammeerd – genetisch geprogrammeerd – om door te gaan met dingen die voor ons werken, en om dingen die niet werken te vermijden.'

'Ayahuasca,' zei George. 'Eén keer geprobeerd, nooit meer.'

'Meestal werken de dingen die we doen goed genoeg. Mensen vallen in herhaling. De meeste psychologen zijn het met dat principe eens, maar in feite stamt het rechtstreeks uit de genetica.'

Ik stelde de voor de hand liggende vraag. 'Hoe weten mensen de eerste keer wat ze moeten doen?'

'Ze doen hun ouders na. In de oertijd waren dat per definitie succesvolle mensen. Zij waren erin geslaagd zich voort te planten. Als je het gedrag van individuen wilt begrijpen, dan is "herhalende patronen" de magische formule.'

'Vertel mij wat,' zei George. 'Ik ben drummer. Herhalende patronen. Zelfde liedjes, zelfde boot, zelfde reis.'

'Waarom blijf je ermee doorgaan?' vroeg ik.

'Dat is een goeie vraag,' zei George. 'Ik heb dit appartement gekocht met het idee dat ik hier zou gaan wonen en een bar zou vinden waar ik één keer in de week een solo-optreden kon geven. Ik speel ook een beetje gitaar. Ik wilde weer eigen liedjes gaan schrijven. Elk jaar neem ik mezelf voor dat te gaan doen, maar elk jaar stap ik weer op die kloteboot.'

Hij zette zijn bierglas neer. 'Willen de heren soms overstappen op wijn? Ik heb een kist chianti gekocht.'

George pakte een fles Sassicaia 2000, wat officieel geen chianti is, maar wel uit dezelfde streek komt.

'Jezus,' zei Gene. 'Een beetje te chic voor bij een pizza.'

'De beste pizza ter wereld,' zei ik om het te vergoelijken, en iedereen begon te lachen. Het was een onbeduidend maar bijzonder aangenaam moment, en ik vond het jammer dat Rosie er niet bij was.

George zocht een kurkentrekker maar vond er geen. De oplossing was simpel.

'Ik haal de mijne wel.' Mijn kurkentrekker, geselecteerd na uitvoerig onderzoek, zou minstens even goed of beter zijn dan die van George, als hij er al een bezat.

Ik liep naar beneden en opende de deur van ons appartement, verwachtend een kamer vol geneeskundestudenten aan te treffen. De woonkamer was leeg. Rosie lag in de slaapkamer te slapen. Het licht brandde nog en er lag een boek opengeslagen op bed. Op de grond lag één kleine pizzadoos. Het bonnetje lag erbovenop: $14,50. PIZZA TRICARNE MET HAM, SALAMI EN CHORIZO.

19

'Is er een probleem?' vroeg ik Rosie de volgende ochtend.

'Dat wilde ik net aan jou vragen,' zei ze. 'Je hebt meer dan een uur in je badkamer gezeten.'

Het overtekenen van de echofoto van Bud op tegel 13 was een stuk moeilijker dan het reproduceren van een lijntekening van internet. Maar het leek me logischer om de daadwerkelijke afbeelding te gebruiken. Rosie had gelijk: het zou interessant zijn geweest om de bewegende beelden te zien.

'Er is geen probleem,' zei ik. 'Ik heb de tegels een onderhoudsbeurt gegeven.'

Ik had ook het Vleespizza Incident geanalyseerd. Ik zag vijf mogelijkheden:

1. Rosies studiegroep had de pizza opgegeten. Dat verklaarde echter niet waarom de doos in de slaapkamer lag.
2. Rosie had een verhouding met een carnivoor. Dat zou de locatie van de doos verklaren, maar ze zouden het bewijs dan toch zeker hebben verstopt.
3. De doos was verkeerd gelabeld en bevatte in werkelijkheid een vegetarische pizza.
4. Er was per abuis een pizza met vlees bezorgd. Rosie had het vlees eraf gehaald en de rest van de pizza op-

gegeten. Deze theorie was plausibel, maar er lag geen vlees in de prullenbak.

5. Rosie had haar principes als pescotariër opzijgezet. Dit leek me hoogst onwaarschijnlijk, al was dit wel al eerder gebeurd toen Gene en ik biefstuk hadden gegeten en zij een hapje had geproefd.

Verbazingwekkend genoeg bleek de onwaarschijnlijkste optie de juiste. Er was helemaal geen bijeenkomst van haar studiegroep geweest. Rosie had 'gewoon wat tijd voor zichzelf nodig'. Ze had tegen me gelogen in plaats van hier simpelweg om te vragen. En ze had een pizza met vlees besteld.

Ik kon haar deze leugen niet kwalijk nemen. Ik maakte me schuldig aan veel ernstiger, langduriger bedrog betreffende de situatie met Lydia, grotendeels om dezelfde redenen: om Rosie te behoeden voor stress en zowel haar als Bud te beschermen tegen de schadelijke effecten van een te hoog cortisolgehalte. Rosie had me niet willen kwetsen met de mededeling dat ze het appartement even voor zichzelf wilde hebben. Ik had talloze alternatieve oplossingen kunnen aandragen, en dat zou ik ook hebben gedaan. Misschien had ze daarom wel besloten te liegen, zodat ze daar niet naar hoefde te luisteren.

Het leek erop dat Gene gelijk had. Misleiding hoorde bij het leven van sociale wezens, helemaal wanneer men getrouwd was. Ik vroeg me af of Rosie nog andere informatie voor me achterhield.

Het opzijzetten van haar vegetarisme was nog veel interessanter.

'Ik had gewoon zin in vlees. Ik heb ze wel gevraagd de salami eraf te laten,' zei ze.

'Ik vermoed dat je een tekort aan proteïne of ijzer hebt.'

'Het was geen gekke trek. Ik had er gewoon zin in. Ik heb het helemaal gehad met luisteren naar anderen. Weet je waarom ik pescotariër ben?'

Duurzaam pescotarisme was een van de basisrestricties van het Rosie Totaalpakket, waar ik al van op de hoogte was sinds onze eerste ontmoeting. Ik had dat pakket in zijn geheel geaccepteerd, in tegenspraak met de gedachte achter het Echtgenote Project, dat zich had gericht op het bij elkaar optellen van individuele eigenschappen.

'Ik neem aan om gezondheidsredenen.'

'Als ik me zo druk zou maken om mijn gezondheid, dan zou ik niet roken. Dan zou ik wel naar het zwembad gaan. En dan zou duurzaamheid niet uitmaken.'

'Dus je eet geen vlees vanwege morele bezwaren?'

'Ik probeer iets goeds te doen voor de planeet. Maar ik leg mijn denkbeelden niet aan andere mensen op. Ik zeg er niets van als ik jou en Gene een halve koe zie verorberen. Ik heb tenminste nog het excuus dat ik voor twee moet eten.'

'Dat is volkomen aanvaardbaar. Proteïne...'

'Fuck proteïne. Fuck mensen die me zeggen wat ik moet eten en wanneer ik moet bewegen en hoe ik moet studeren en dat ik naar yogales moet gaan, wat ik toch al doe met Judy. En nee, geen Bikram-yoga, maar zwangerschapsvriendelijke yoga. Dat kan ik zelf wel uitzoeken.'

Ik vermoedde dat Rosie hier abusievelijk het meervoud 'mensen' gebruikte. Maar dat was beter dan 'Fuck you', wat ze duidelijk wel bedoelde.

Ik gaf haar een verklaring. 'Ik probeer je te helpen bij de formatie van de baby. Je leek niet genoeg tijd te hebben voor het nodige onderzoek, vanwege je proefschrift en het feit dat de zwangerschap ongepland was.' Ik had eraan kunnen toevoegen dat ik hiertoe was aangezet door Lydia en Sonia, een deskundige en een vrouw die zelf ook zwanger was, en dat ik dit nooit zou hebben gedaan als zij het niet hadden gezegd, maar dan zou ik mijn bedrog moeten opbiechten. Mijn bedrog had me flink in de problemen gebracht. Dat was niet echt een verrassing.

Ik had eraan kunnen toevoegen dat ik geen advies meer had gegeven over eten, beweging of studie sinds het Trouwdag Diner, wat een hoogtepunt in onze relatie was geweest. Waarom was Rosie juist nu zo van streek?

'Ik snap dat je probeerde te helpen,' zei ze. 'Heus wel. Maar laat ik één ding duidelijk stellen: mijn lichaam, mijn werk, mijn problemen. Ik zal me niet bezatten, ik zal geen salami eten en ik kom er wel, op mijn eigen manier.'

Ze liep naar haar werkkamer en gebaarde dat ik haar moest volgen. Ze haalde Het Boek uit haar tas.

'Is dit het boek dat je hebt zitten lezen?' vroeg ze.

'Dat lijkt me duidelijk.' Ik had niet gemerkt dat zij het had gepakt.

'Je had je een paar dollar kunnen besparen door mijn exemplaar te lenen. Ik vind het toch wat te basic. Ik red me wel, Don.'

'Heb je geen enkele assistentie nodig?'

'Blijf maar gewoon doen wat je altijd doet. Ga naar je werk, eet rundvlees, word dronken met Gene. Maak je geen zorgen. We komen er wel uit.'

Ik zou blij moeten zijn met deze uitkomst. Ik werd ontheven van een zware last, op een moment dat ik al genoeg andere dingen aan mijn hoofd had. Maar ik had hard mijn best gedaan om me in Rosie te verplaatsen, en nu kreeg ik het onbestemde gevoel dat ze niet blij was met me, ondanks haar opmerking.

Haar oplossing voor de voedingskwestie – en in feite voor

alle kwesties rond de zwangerschap die ik als gezamenlijk project had gezien – was om het in haar eentje op te lossen. Ik wist nu in ieder geval welke instructies ik kon aanhouden voor de vervolgafspraak met Lydia.

'Je bent aan het overcompenseren,' zei Gene. 'Weet je wat mijn arts zei over dat boek dat je hebt zitten lezen? "Geef dat maar aan iemand die je haat." Ze doen enorm gewichtig over allerlei details, maar als je naar het grotere geheel kijkt, heb je in feite amper invloed op de uitkomst.'

Dit was onze tweede mannenavond in vijf dagen, bevorderd door de nabijheid van George' appartement met uitstekende voorzieningen voor het kijken van honkbal en het drinken van bier. Rosie had niet geprotesteerd.

'Wat is dat grotere geheel dan?' vroeg George.

'Dat heb ik al eerder gezegd,' zei Gene. 'Iemands lot wordt bepaald door zijn genen. Jullie grootste bijdrage was het leveren van een beetje DNA.'

Dave was het hier duidelijk niet mee eens. 'Alle boeken zeggen dat genen alleen maar het begin zijn. De opvoeding heeft grote invloed,' zei hij.

Gene glimlachte. 'Natuurlijk zeggen ze dat. Anders zou niemand nog boeken over opvoeden kopen.'

'Je hebt het zelf ook gezegd. Kinderen imiteren het gedrag van hun ouders.'

'Alleen voor dat kleine stukje dat overblijft nadat de genen hun werk hebben gedaan,' zei Gene. 'Laat ik een voorbeeld geven uit een vakgebied waar ik wel het een en ander van weet. Je vrouw is toch van Italiaanse afkomst?'

'Haar grootouders komen uit Italië. Zij is hier geboren.'

'Perfect. Italiaanse genen, Amerikaanse opvoeding. Oké, nu ga ik voorspellen dat ze een theatraal karakter heeft. Een beetje luidruchtig, een beetje flamboyant, met een hang naar drama. Raakt in paniek als ze onder druk staat, wordt hysterisch bij noodgevallen.'

Dave zei niets.

'Vraag een psycholoog naar culturele stereotypes en hij zal zeggen dat deze allemaal voortkomen uit de opvoeding,' zei Gene. 'Cultureel bepaald.'

'Correct,' zei ik. 'De evolutie van gedragskenmerken verloopt veel langzamer dan de vorming van geografische groepen.'

'Behalve als er sprake is van selectieve voortplanting. Als een bepaald kenmerk als seksueel aantrekkelijk wordt beschouwd – om genetische of culturele redenen, dat maakt verder niet uit – dan zullen mensen met dat kenmerk zich vaker voortplanten. Italiaanse mannen zijn dol op theatrale vrouwen. Ergo, het theatrale gen krijgt de overhand. De persoonlijkheid van je vrouw was al voor haar geboorte bepaald.'

Dave schudde zijn hoofd. 'Je zit er helemaal naast. Sonia is een accountant. Volkomen beheerst.'

'Ik denk niet dat ik dit kan. Het is totaal onlogisch. Het is het tegenovergestelde van wat ik eerder tegen haar heb gezegd.' Sonia raakte steeds gespannener naarmate onze afspraak met Lydia naderde. Ze leek het moeilijk te vinden haar eigen persoonlijkheid opzij te schuiven.

'Het is heel simpel. Je zegt gewoon dat je je hebt vergist, dat je geen hulp wilt.'

'Denk je dat ze dat zal geloven?' vroeg Sonia.

'Het is de waarheid. Als je Rosie zou zijn.'

'Als je eens wist hoe wanhopig graag ik zou willen dat Dave wat meer interesse toonde. Het heeft vijf jaar geduurd, maar nu lijkt hij het kind niet eens te willen.'

'Wellicht heeft hij het te druk met zijn werk. Met het onderhouden van jullie gezin.'

'Nou, er is anders niemand die op zijn sterfbed zou willen dat hij meer tijd op kantoor had doorgebracht.'

Ik zag niet in hoe Sonia's opmerking bijdroeg aan de discussie. Dave was niet stervende, en hij werkte ook niet op kantoor. Ik stuurde het gesprek weer de juiste kant op.

'Aangezien jij de vorige keer voor problemen zorgde, en aangezien ik beter bekend ben met Rosies standpunt, stel ik voor dat ik Lydia van de benodigde informatie voorzie en dat jij dit slechts beaamt.'

'Ik wil niet te passief overkomen, anders denkt ze straks nog dat ik door jou word onderdrukt. Ze ziet me toch al als een of andere boerentrien.'

Dat leek me een logische conclusie van Lydia, gezien Sonia's kleding en accent. Vandaag droeg Sonia een conventioneel mantelpakje, aangezien ze rechtstreeks uit haar werk kwam. Dit leek me al net zomin passen bij een geneeskundestudent.

'Goed punt. Misschien moet je net als Rosie reageren: boos dat ik haar de les probeerde te lezen.'

'Was Rosie boos?'

Nu ik dat woord eenmaal had uitgesproken, besefte ik dat het waar was. Ik hoefde geen expert te zijn in het interpreteren van lichaamstaal om vast te stellen dat 'Fuck mensen die me zeggen wat ik moet eten' een agressieve opmerking was.

'Correct.'

'Is alles oké tussen jullie?'

'Natuurlijk.' Dat was niet gelogen, als men het woord 'oké' in dezelfde zin gebruikte als bij het omschrijven van een maaltijd of een optreden: 'Het toneelstuk was wel oké, niet geweldig.' Ik schatte Rosies huidige mate van tevredenheid met mij op 'niet geweldig'.

'Ik zal mijn best doen, Don. Maar als je Dave weer spreekt, kun je hem dan laten weten dat ik niet zoals Rosie ben? Misschien kun je hem je boek geven, als jij het toch niet meer nodig hebt. Ik zou het geweldig vinden als hij eerder naar huis zou komen om vegetarische curry voor me te maken.'

De afspraak met Lydia verliep niet volgens plan. Ik was pas bij punt vijf op mijn gedetailleerde lijst van situaties waarbij Rosie hulp had geweigerd toen Lydia me onderbrak en Sonia aansprak.

'Waarom wilde je geen advies van Don?'

'Ik laat me door geen enkele man vertellen wat ik met mijn lichaam moet doen.' Dit zei Sonia op kalme toon, maar na een korte stilte vertrok ze haar gezicht in een schijnbaar boze uitdrukking en sloeg ze met haar vuist op tafel. '*Bastardos!*'

Lydia keek verbaasd, hopelijk vanwege Sonia's felle reactie en niet vanwege haar gebruik van een Spaans woord. 'Zo te horen heb je wat slechte ervaringen gehad.'

'In mijn dorp is er veel onderdrukking door het patriarchaat.'

'En je kwam uit een dorp in Italië?'

'*Si*. Een klein dorp. *Poco*.' Sonia gaf de omvang van het dorp aan door haar duim en wijsvinger ongeveer twee centimeter uit elkaar te houden.

'En is je kijk op mannen veranderd door je werk bij een ivf-kliniek en je studie aan Columbia?'

'Ik wil niet dat Don bepaalt wat ik moet eten en hoeveel ik moet bewegen en hoe laat ik naar bed moet.'

'Want dat doet hij nu wel, naar jouw idee?'

'Si. Dat wil ik niet.'

'Dat begrijp ik wel.' Lydia keerde zich naar mij. 'Begrijp jij dat ook, Don?'

'Volkomen. Rosie heeft mijn hulp niet nodig.' Ik wees er maar niet op dat dit mijn oorspronkelijke standpunt was geweest, voordat Lydia had geëist dat ik me meer met Rosie zou bemoeien.

'Rosie, de vorige keer dat we elkaar spraken, liet je duidelijk merken dat je wel wat hulp zou willen van Don.'

'Nu ik die heb gekregen, heb ik besloten dat het niet zo'n goed idee is.'

'Dat begrijp ik wel. Don, ondersteuning bieden betekent niet dat je de ander de les moet lezen. Als ik zo vrij mag zijn: het probleem ligt bij jou. In plaats van Rosie te vertellen hoe ze een goede moeder moet zijn, kun je je misschien beter voorbereiden op jouw rol als behulpzame vader.'

Natuurlijk! De baby zou twee ouders hebben, maar ik had al mijn aandacht gericht op de prestaties van een van hen. Het verbaasde me dat ik dat probleem niet eerder had onderkend, maar als wetenschapper moest ik toegeven dat een doorbraak meestal pas achteraf overduidelijk leek. Bovendien had ik vooral mijn best gedaan om te voorkomen dat Lydia een negatief rapport over me zou schrijven, waarbij ik ervan uit was gegaan dat er geen daadwerkelijke problemen waren met mijn bekwaamheid als ouder. Maar recente kritiek van Rosie bewees dat Lydia's oorspronkelijke oordeel juist was. Mijn respect voor haar was significant toegenomen.

Ik sprong overeind. 'Briljant! Probleem opgelost. Ik moet mijn vaderschapskwaliteiten verder ontwikkelen.'

Lydia behield haar professionele kalmte. Ze keerde zich naar Sonia. 'Wat vind je daarvan? Denk je dat Don begrijpt wat dat inhoudt?'

Sonia knikte. 'Ik ben heel blij. Ik ben blij met alle dingen die hij me heeft geleerd over de zwangerschap omdat ik het te druk had met mijn studie, maar nu zal ik zorgen dat hij zich alleen nog maar bezighoudt met zijn rol als *papà.*'

Lydia pakte het politiedossier dat op haar bureau lag en glimlachte.

'Nou,' zei ze, 'onze tijd zit erop. Ondersteuning bij het ouderschap was nooit het officiële doel van deze sessies. Daar zullen ze je bij het Goede Vaders Programma mee verder helpen. Ik krijg daar nog wel een verslag van.'

Ze doelde op de praatgroep waar ze me tijdens onze eerste afspraak naar had doorverwezen om te bepalen in hoeverre ik gewelddadig was. Het programma waarvoor ik me had ingeschreven startte pas over zeven weken.

Ze zwaaide met het politiedossier. 'Maar wat het ouderschap betreft: als jullie elkaar blijven herinneren aan wat jullie vandaag hebben gezegd...'

'Uitstekend,' zei ik. 'Een hoogst productieve sessie. Ik zal zo snel mogelijk een volgende afspraak inplannen.'

'Ze zou je vrijuit hebben laten gaan,' zei Sonia.

'Dat vermoedde ik al. Maar haar bijdragen waren zeer nuttig.'

'Ze heeft nog steeds dat politiedossier in handen. Kunnen we – kun jij – geen andere therapeut vinden?'

'Een aanzienlijk percentage van deskundigen is incompetent. Bovendien kent ze ons inmiddels.'

'Ons. Jou en Rosie, de Italiaanse dorpeling.'

'Dat maakt niet uit. Haar inzicht in de situatie was verbijsterend. Ze heeft het probleem opgelost.'

20

Achteraf gezien had ik op het juiste spoor gezeten met het observeren van de kinderen in de speeltuin. Als ik niet was gestoord – en gearresteerd – vanwege een juridisch detail, dan zou ik de benodigde achtergrondinformatie over het vaderschap hebben opgedaan. Ik besefte nu dat ik daar mijn aandacht op moest richten.

Recente ervaringen wezen erop dat ik de fase voorafgaand aan de geboorte niet kon negeren. Sonia was een goed voorbeeld van een vrouw die ontevreden was met de mate van betrokkenheid van haar partner gedurende de zwangerschap. Na enige reflectie concludeerde ik dat er minstens vier domeinen waren waarbinnen ik actie kon ondernemen en mijn vaardigheden kon ontwikkelen zonder dat Rosies zelfstandigheid daarbij in het gedrang kwam:

1. Het opdoen van kennis betreffende de omgang met zeer jonge kinderen. Het Boek vermeldde duidelijk dat mannen zich moesten bekwamen in taken omtrent de zorg voor de baby, om hun partner te ontlasten. Rosie had schamper gereageerd op mijn rol als verzorger, maar Het Boek was een heel andere mening toegedaan (evenals Sonia en Lydia).
2. Het verwerven van alle benodigdheden, ook voor het kindveilig maken van de omgeving. De baby moest

worden beschermd tegen scherpe voorwerpen, giftige stoffen, alcoholdampen en oefensessies van George' band.
3. Het opdoen van kennis betreffende verloskundige observaties en procedures. Het Boek hamerde op het belang van regelmatige doktersafspraken. Rosie was in dit opzicht nogal chaotisch en vertrouwde te veel op haar eigen medische expertise. Bovendien zou zich een noodgeval kunnen voordoen.
4. Het bedenken van een niet-opdringerige aanpak van het voedingsprobleem. Ik vertrouwde er niet op dat Rosie zich zonder richtlijnen aan een dieet kon houden. Het bestellen van een pizza met vlees wees erop dat ze zich bij haar keuzes niet alleen door rationele analyses liet leiden.

Het laatste punt was het gemakkelijkst. Rosie had impliciet ingestemd met een lijst van verboden voedingsmiddelen. Ik ging er maar van uit dat het voedsel dat Rosie buitenshuis kocht geen enkele voedingswaarde bezat en zorgde ervoor dat onze maaltijden alle voorgeschreven voedingsstoffen bevatten, in gepaste hoeveelheden.

Ik zou variëren met de precieze ingrediënten van het Gestandaardiseerde Maaltijdsysteem (Zwangerschapsversie) door telkens verschillende vissoorten en groene groenten te selecteren, zodat Rosie het onderliggende systeem niet zou opmerken. Ze zat inmiddels in het tweede trimester van de zwangerschap, wat betekende dat Bud minder risico liep op schade door giftige stoffen die ze wellicht binnenkreeg via haar niet-gemonitorde maaltijden. Het zware werk zat erop (al had onze relatie daar wel enigszins onder geleden), dus nu kon ik me wat meer ontspannen.

De vooruitzichten waren een stuk positiever.

Rosies colleges voor het najaarssemester waren weer begonnen. Ze had een werkgroep op zaterdagochtend en vertelde me dat ze de rest van de dag op Columbia zou blijven, aangezien ze daar dan toch al naartoe was gereisd.

Ik begon mijn dagje alleen met het maken van een schets van Bud op ware grootte – het formaat van een appel – op tegel 15. Het Boek vermeldde dat Buds oren waren gemigreerd van zijn nek naar zijn hoofd, en zijn ogen zaten nu in het midden. Het zou fascinerend zijn om dit met Rosie te bespreken, maar ze was niet aanwezig. Bovendien was ik haar waarschuwing over het verschaffen van technisch commentaar nog niet vergeten.

Het logische beginpunt voor de verwerving van benodigdheden was de kinderwagen: alle baby's hebben een kinderwagen nodig, en ik achtte mezelf beter in staat mechanische voorwerpen uit te kiezen dan Rosie. Mijn fiets was het resultaat van een drie maanden durend evaluatieproces, culminerend in het selecteren van het meest geschikte basismodel en het opstellen van een lijst met aanpassingen. Ik verwachtte dat ik deze aanpak grotendeels kon overnemen.

Aan het eind van deze bevredigende dag – die ik slechts hoefde te onderbreken om boodschappen te doen, te lunchen en mezelf te ontlasten – had mijn zoektocht op internet een reeks vereisten voor de ideale kinderwagen opgeleverd, plus een lijst van beschikbare modellen, die geen van alle perfect waren maar allemaal potentie hadden, na enige aanpassingen. Ik had het bevredigende gevoel dat ik vooruitgang had geboekt, maar ik besloot dit niet met Rosie te delen. Nog iets om haar mee te verrassen.

Er was nog een ander onderdeel van de babyuitzet dat veel crucialer was, in ieder geval met betrekking tot de tijd die het zou kosten om een oplossing te bedenken en uit te werken. Rosie had me gewezen op het probleem rond de geluidsoverlast van onze bovenbuurman. Ik had haar echter niet op de hoogte gesteld van de precieze overeenkomst met George, waarin was vastgelegd dat hij onbeperkt mocht oefenen, op elk moment van de dag.

Het Skype-gesprek ving volgens planning aan om 19.00 uur lokale tijd in New York, 09.00 uur zondagochtend in Australië.

'Hoe is het weer daar, Donald?' vroeg mijn moeder.

'Weinig veranderingen sinds vorige week. Nog steeds zomer. Het weer is normaal voor eind augustus.'

'Wat zie ik daar op de achtergrond? Zit je op het toilet? Bel anders maar terug wanneer je klaar bent.'

'Dit is mijn werkkamer. Het biedt veel privacy.' Rosie was thuis en ik wilde niet dat ze meeluisterde terwijl ik de tweede verrassing regelde.

'Dat mag ik hopen. Hoe was je week?'

'Prima.'

'Gaat alles goed?'

'Prima.'

'En met Rosie?'

'Prima.'

Als we via tekstberichten hadden gecommuniceerd, had ik mezelf kunnen vervangen door een eenvoudig computerprogramma. De Prima-applicatie. Die was wellicht nog beter dan ik in het afwisselen van prima's met een 'goed' of een 'uitstekend'. Maar deze avond/ochtend zou ik ons vaste patroon moeten doorbreken.

'Ik moet pap even spreken.'

'Wil je je vader spreken?' De geluidskwaliteit was uitstekend – prima – maar waarschijnlijk wilde mijn moeder dit ongewone verzoek nogmaals bevestigd hebben. 'Is alles in orde?'

'Natuurlijk. Ik heb een bouwkundig probleem.'

'Ik zal hem halen.' In plaats van hem te halen, riep mijn moeder: 'Jim! Donald aan de lijn. Hij heeft een probleem.'

Mijn vader verspilt geen tijd aan het uitwisselen van beleefdheden.

'Wat is het probleem, Don?'

'Ik heb een geluiddichte wieg nodig.' Oordoppen boden in principe een eenvoudige oplossing, maar ik had me gerealiseerd dat het afschermen van de baby van elk geluid mogelijk een negatieve invloed zou hebben op zijn ontwikkeling.

'Interessant. Ik neem aan dat zuurstof het probleem is.'

'Correct. Voor de communicatie bestaan elektronische oplossingen...'

'Dat weet ik, dus dat hoef je me niet te vertellen. Maar ik kan zo gauw geen geluiddicht materiaal bedenken dat wel lucht doorlaat.'

'Ik heb wat onderzoek gedaan. Er bestaat een project in Korea...'

'Zuid-Korea, bedoel je.'

'Correct. Ze hebben een materiaal ontwikkeld dat ondoordringbaar is voor geluid maar wel lucht doorlaat.'

'Ik neem aan dat je dit op internet hebt gevonden. Stuur je moeder de link maar door. Ik weet voorlopig genoeg om aan de slag te kunnen. Ik geef je je moeder weer. Adele!'

Mijn moeders gezicht verscheen voor dat van mijn vader. 'Waar ging dat allemaal over?'

'Don heeft wat hulp nodig bij het ontwerpen van een wieg.'

'Een wieg? Een babywieg?' 'Babywieg' leek me een tautologie. Mijn vader wees mijn moeder hierop.

'Dat kan me niet schelen,' zei ze. 'Don, is het voor een vriend?'

'Nee, nee, het is voor Rosies baby. Onze baby. Die moet beschermd worden tegen lawaai, maar moet wel kunnen ademen.'

Mijn moeder reageerde hysterisch: je had het me eerder moeten vertellen, natuurlijk is het relevant, we spreken elkaar verdorie elke zondag, wanneer is ze uitgerekend, wat zal je tante dit leuk vinden, gaat alles goed met Rosie, ik hoop dat het een meisje is, nee, dat meende ik niet, dat floepte er gewoon uit, ik dacht aan Rosie, dat meisjes makkelijker zijn, weet je al wat het wordt, is het niet geweldig wat er tegenwoordig allemaal mogelijk is? Talloze vragen en observaties waardoor het gesprek uiteindelijk nog eens acht minuten langer duurde dan de tijd die ik had ingepland voor de bespreking met mijn vader. Ik heb geleerd dat tranen niet per definitie op verdriet duiden, en al was mijn moeder begrijpelijkerwijs wel teleurgesteld dat we nu in New York woonden en niet in Melbourne of Shepparton, toch leek ze blij met de situatie.

Ik besteedde bijna twee weken aan het doornemen van *Dewhursts handboek voor verloskunde en gynaecologie* (achtste druk) en aan het bekijken van video's op internet, waarna ik besloot dat deze materialen moesten worden aangevuld met praktijkervaring. Het was als het lezen van een boek over karate: wel nuttig, maar niet genoeg om je voor te bereiden op een gevecht. Als staflid van de medische faculteit verkeerde ik in de gelukkige positie toegang te kunnen krijgen tot ziekenhuizen en klinieken.

Ik plande een afspraak met David Borenstein in zijn kantoor.

'Ik wil graag een baby ter wereld brengen.'

De uitdrukking op het gezicht van de decaan was moeilijk te interpreteren, maar 'enthousiast' was niet een van de opties.

'Don, toen ik je in dienst nam, had ik wel gerekend op wat ongewone verzoeken. Dus nu kan ik wel alle praktische en wettelijke bezwaren tegen dit verzoek opsommen, maar misschien kun je me gewoon vertellen waarom je een baby ter wereld wilt brengen?'

Ik begon uit te leggen dat het belangrijk was om op alle mogelijke noodgevallen voorbereid te zijn, maar de decaan onderbrak me lachend.

'Laat ik het zo zeggen: de kans dat jij deze baby hier in Manhattan ter wereld moet brengen zonder enige medische ondersteuning is significant kleiner dan de kans dat je goed je best zult moeten doen om het kind op te voeden als het eenmaal is geboren. Want die kans is honderd procent. Ben je het daarmee eens?'

'Uiteraard. Ik heb een apart subproject...'

'Dat zal best. Maar je hebt me op een idee gebracht. Hoe doet Inge het? Hoelang werkt ze nu al voor je?'

'Elf weken en twee dagen.' Ze was begonnen op de dag van het Speeltuin Incident, de dag die had geleid tot mijn tweede ontmoeting met Lydia, tot het rekruteren van Sonia als actrice en tot mijn verplichte deelname aan een praatgroep voor gewelddadige mannen. De dag dat alle misleiding was begonnen.

'Hoe doet ze het?'

'Ze is zeer bekwaam. Ik heb mijn aanvankelijke standpunt over onderzoeksassistenten moeten bijstellen.'

'Dan wordt het misschien tijd dat jij iets anders gaat doen.'

'Heb je nog een ander geneticaproject lopen?'

'Niet precies. Ik heb je hier niet naartoe gehaald omdat je een expert bent op het gebied van muizenlevers en zelfs niet omdat je een deskundig geneticus bent. Ik heb je naar Columbia gehaald omdat ik erop kan vertrouwen dat jij een wetenschapper bent die zich slechts op de wetenschap richt.'

'Vanzelfsprekend.'

'Dat is helemaal niet vanzelfsprekend. Negentig procent van de wetenschappers heeft een verborgen agenda, of het nu draait om het bewijzen van iets wat ze al denken te weten, of om het krijgen van subsidie, of een promotie, of om hun naam onder een artikel te kunnen zetten. Deze lui vormen daarop geen uitzondering.'

'Welke lui?'

'De lui met wie ik jou wil laten samenwerken. Ze doen onderzoek naar hechtingshormonen en de verschillende manieren waarop vaders en moeders deze beïnvloeden.'

'Daar weet ik niets van. Ik begrijp de titel niet eens.' Het woord 'hechting' herkende ik wel, en ik herinnerde me Gene's advies om 'snel de andere kant op te rennen', maar ik liet David verder vertellen.

'Dat geeft niet. De onderliggende vraag is: heeft een baby baat bij het hebben van een vader en een moeder, in vergelijking met het hebben van slechts één ouder, of twee moeders, of twee vaders? Wat denk jij, Don?'

'Ik weet nog steeds niets over dat onderwerp. Hoe kan ik er dan een mening over hebben?'

'Dat is precies de reden dat ik jou wil aanwijzen als vertegenwoordiger van de medische faculteit bij dit project. Om er zeker van te zijn dat de opzet en de uitkomsten van het onderzoek net zo onbevooroordeeld zijn als jij bent.' Hij glimlachte. 'En je krijgt de kans om met enkele baby's te spelen.'

De decaan maakte niet eens een afspraak. We liepen meteen naar het New York Instituut voor Hechting en Ontwikkeling in de Kindertijd, dat vier blokken verderop was gevestigd. Daar werden we door drie vrouwen begroet.

'Briony, Brigitte en Belinda: ik wil jullie voorstellen aan professor Don Tillman.'

'Het B-team,' zei ik, bij wijze van grapje. Niemand lachte. Het was een bemoedigend teken dat ze niet geneigd waren overal een patroon in te zien, maar in mijn hoofd labelde ik hen als B1, B2 en B3. Ik was op dit project gezet om de objectiviteit te waarborgen, dus het was belangrijk dat ik geen persoonlijke band opbouwde met de andere onderzoekers.

'Don is een van mijn mensen,' vervolgde de decaan. 'Hij is een devoot katholiek en een toegewijde aanhanger van de Tea Party-beweging.'

'Ik hoop dat u een grapje maakt,' zei B1. 'Dit project heeft al genoeg...'

'Het was een grapje,' zei David. 'Al zou het niet uit moeten maken. Don is een van mijn mensen. Zijn persoonlijke overtuiging heeft geen invloed op zijn oordeel.'

'Die twee dingen zijn onlosmakelijk met elkaar verbonden. Maar laten we daar nu niet over discussiëren. Als u een objectief oordeel wilt, had u beter een computer kunnen sturen.' Weer B1. Zij leek de leider van het team te zijn.

'Don is minder gemakkelijk uit te schakelen. Zoals jullie waarschijnlijk nog wel zullen merken.'

'U weet dat er alleen vrouwen aan dit project werken? En dat we een substantiële subsidie krijgen van de Stichting Vrouwen voor Vrouwen?'

'Het wás een project met alleen maar vrouwen,' zei de decaan. 'Don verandert dat plaatje, zoals je ziet. Ik meen dat de subsidie afhangt van de goedkeuring van de onderzoeksopzet en de uitwerking door het College van Artsen en Chirurgen. Ik kan me niet voorstellen dat er seksebeperkingen zijn opgelegd aan onze kandidaat. Ik weet zeker dat men dat hoogst ongepast zou vinden. Ik wil dat Don er alles aan doet om ervoor te zorgen dat het werk aan de wetenschappelijke eisen voldoet. Dat is in ieders belang.'

'Heeft hij toestemming om met kinderen te werken?' vroeg B1.

'Zijn hun moeders niet de hele tijd aanwezig?'

'Ik neem aan dat het antwoord nee is. Hij moet eerst een Verklaring Omtrent Gedrag aanvragen. Wat volgens mij wel even kan duren.'

B1 keek me ongeveer zeven seconden aan.

'Wat vindt u ervan als een kind door twee vrouwen wordt opgevoed?'

In wetenschappelijk opzicht stond haar vraag naar mijn idee gelijk aan de vraag: 'Wat vindt u van kalium?'

'Ik beschik niet over relevante kennis. Dit valt buiten mijn vakgebied.'

Ze keerde zich naar de decaan. 'Leek enige kennis over gezinsmodellen u niet relevant?'

'Ik zou denken dat die kennis al ruimschoots aanwezig is binnen jullie team. Ik heb Don uitgekozen omdat hij iets te bieden heeft waar jullie wellicht behoefte aan hebben.'

'En dat is?' De vraag was aan mij gericht.

'Wetenschappelijke accuratesse.'

'O,' zei ze. 'Nou, dat kunnen we zeker wel gebruiken, aangezien wij maar psychologen zijn.' Ze keek me weer onderzoekend aan. Nog eens zeven seconden. 'Hebt u homoseksuele vrienden?'

Ik wilde haar net zeggen dat ik die niet had – niet vanwege

enige vooroordelen over seksuele geaardheid, maar omdat ik maar zeven vrienden had, inclusief George – maar de decaan kwam tussenbeide. 'Ik zal jullie verder laten kennismaken. Ik regel wel een Verklaring Omtrent Gedrag voor Don. Ik kan me niet voorstellen dat dit een probleem zal zijn.'

Het Lesbische Moeders Project was veel interessanter dan het onderzoek naar de genetische aanleg voor cirrose bij muizen, waar ik de afgelopen zes jaar mee bezig was geweest. De aanleiding voor het project was een Israëlisch onderzoek waarin een verschil in reactie was geobserveerd op mannelijke en vrouwelijke ouders. Het oxytocinegehalte van baby's ging omhoog bij het knuffelen met de moeder, maar niet bij het knuffelen met de vader, en het ging omhoog bij het spelen met de vader, maar niet bij het spelen met de moeder. Zeer interessant. Maar de daadwerkelijke motivatie voor het project leek een krantenartikel te zijn getiteld: ONDERZOEK BEWIJST DAT KIND VADER ÉN MOEDER NODIG HEEFT. Iemand had in rode pen het woord ONZIN naast het artikel geschreven. Dat was een uitstekend begin. Wetenschappers horen zich wantrouwig op te stellen tegenover onderzoeksresultaten.

Ik las de oorspronkelijke publicatie maar vond geen bewijs dat het onderzoek onzin was. Het krantenartikel gaf zoals verwacht een onnauwkeurige interpretatie, maar de algemene conclusie dat vaders en moeders een andere invloed hadden op baby's werd ondersteund door de gepubliceerde onderzoeksresultaten.

Het oorspronkelijke onderzoek was alleen gericht op heteroseksuele stellen. Het B-team zou onderzoek doen naar lesbische stellen. Hun hypothese was dat de secundaire moeder dezelfde verhoging van het oxytocinegehalte teweeg zou brengen als de vader wanneer zij met het kind zou spelen.

Dit leek allemaal eenduidig, dus ik vroeg me af waarom de decaan de moeite had genomen mij erbij te halen. Maar het observeren van het praktijkonderzoek zou me de perfecte achtergrondinformatie bieden voor het vaderschap, aangenomen dat ik mezelf gelijkstelde aan een lesbische secundaire ouder. Het onderzoek zelf zou uitwijzen of die vergelijking gerechtvaardigd was.

Het enige probleem was de Verklaring Omtrent Gedrag, die de decaan zou regelen. Als Lydia een negatief rapport over mij zou indienen, had dit naast het risico op vervolging en uitzetting nu nog een derde gevolg, namelijk beroepsmatige imagoschade.

Ik nam aan dat Rosie wel geïnteresseerd zou zijn in het Lesbische Moeders Project en onder de indruk zou zijn van het feit dat ik kennis opdeed over baby's en het ouderschap. Na een week intensief inlezen, in aanvulling op mijn verdere bestudering van de verloskunde, wist ik er voldoende over om het te kunnen bespreken.

Ik was van plan het onderwerp tijdens het avondeten aan te kaarten. Rosie besteedde nu zoveel tijd aan haar studie en haar proefschrift dat de maaltijden en de metroritjes in de ochtend zo langzamerhand onze enige momenten samen waren, naast de tijd die we in bed doorbrachten.

Gene en ik hadden al een halve fles wijn leeggedronken voordat Rosie zich bij ons aan tafel voegde. Ze had een glas in haar hand.

'Sorry, jongens, ik moest even iets afmaken, anders zou ik de draad kwijtraken.' Ze schonk een half glas wijn voor zichzelf in. 'Ik wil weer even een uurtje mens zijn.'

‘Ik ben net aan een nieuw onderzoeksproject begonnen,’ zei ik. ‘De basis is een publicatie van...’

‘Don, zullen we het nu niet over genetica hebben? Ik wil gewoon even relaxen.’

‘Het valt niet onder de genetica. Het valt onder de psychologie.’

‘Waar heb je het over?’

‘Ik ben gevraagd voor een onderzoeksteam op het gebied van de psychologie, om de wetenschappelijke accuratesse te waarborgen.’

‘Want dat kunnen de psychologen niet zelf?’ vroeg Rosie.

Gene vertrok zijn gezicht en schudde zachtjes maar kordaat zijn hoofd.

‘Correct,’ zei ik.

‘Fantastisch,’ zei Rosie. ‘Ik moet ook maar eens wat wetenschappelijke accuratesse aan mijn proefschrift gaan toevoegen, in plaats van mijn tijd te verspillen aan het drinken van een glaasje wijn met mijn man en mijn begeleider.’

Ze nam haar glas mee naar haar werkkamer.

‘Je bemoeit je met haar vakgebied, Don. En niet voor het eerst,’ zei Gene nadat Rosie de deur had dichtgedaan.

‘Hoe kunnen we nu een interessante discussie voeren als we geen gemeenschappelijke interesses vaststellen?’

‘Dat weet ik niet, Don. Maar Rosie heeft het niet zo op genetici die psychologen voorschrijven wat ze moeten doen. Een goed voorbeeld daarvan: ik. Een tweede voorbeeld: jij.’

Ik legde uit dat het Lesbische Moeders Project me waardevolle kennis over het ouderschap zou opleveren.

‘Mooi,’ zei Gene. ‘Dan kun je haar de les lezen over psychologie én over het moederschap.’ Hij hief meteen zijn handen in de lucht. ‘Dat was sarcastisch bedoeld. Ga haar vooral niet vertellen wat ze moet doen als moeder. Als je iets van het project opsteekt, is dat mooi meegenomen, maar verras haar maar met je vaardigheden in plaats van haar om de oren te slaan met je kennis.'

Gene raadde me aan het Lesbische Moeders Project niet meer ter sprake te brengen.

21

Het Goede Vaders Programma startte op woensdag 9 oktober, aan de Upper West Side. Net als bij de Pedofilie Evaluatie stond ik ervan versteld hoelang het had geduurd voordat er hulp werd geboden aan een potentieel gevaarlijk persoon.

Ik had tegen Rosie gezegd dat ik een mannenavond had georganiseerd, en om de mate van misleiding te minimaliseren had ik Dave uitgenodigd om mee te gaan. Gene ging uit eten met Inge.

'Ik moet eigenlijk overwerken,' zei Dave. 'Ik heb nog zo'n stapel papierwerk liggen.'

Ik kon uiteraard niet zien welke gebaren Dave maakte om de hoogte van de stapel aan te duiden, maar ik had een sterk argument.

'Ik raad je aan iets babygerelateerds te doen,' zei ik. 'Sonia is niet blij met je gebrek aan interesse. Ze denkt dat dit komt doordat je je te veel op je werk richt. Wat je nu bewijst.'

'Heeft ze dat gezegd? Wanneer?'

'Dat kan ik me niet herinneren.'

'Don, je kunt veel over jou zeggen, maar niet dat je snel iets vergeet.'

'We hebben koffiegedronken.'

'Dat heeft ze me niet verteld.'

'Waarschijnlijk heb je er niet naar gevraagd. Of had je het te druk met je werk. Ik zie je om 18.47 uur op het perron van lijn A in de richting van 207th Street, dan gaan we er samen naartoe. De reistijd naar de locatie bedraagt naar schatting dertien minuten.'

'Dat dacht ik al.'

De bijeenkomst werd gehouden in een zaal naast een kerk. Er voegden zich nog veertien mannen bij Dave en mij, waaronder de organisator, leeftijd ongeveer vijfenvijftig, geschatte BMI achtentwintig, uiterlijke bijzonderheden: de combinatie van een wijkende haargrens met zeer lang haar en een baard. Het was een warme avond en hij droeg een T-shirt, waardoor zijn vele tatoeages zichtbaar waren.

Hij stelde zich voor als Jack en vertelde dat hij lid was geweest van een motorclub, in de gevangenis had gezeten en zich vroeger had misdragen tegenover vrouwen. Het was een vrij lange introductie, waarbij echter wat belangrijke informatie achterwege werd gelaten. Ik nam aan dat hij zich slechts bescheiden opstelde. Toen hij vroeg of er nog vragen waren, stak ik mijn hand op.

'Wat zijn uw professionele kwalificaties?'

Hij begon te lachen. 'De universiteit van de straat. De leerschool van het leven.'

Ik had wel wat meer informatie gewild over de precieze vakken die hij daar had gevolgd, maar ik wilde het vragenrondje niet domineren. Er bleken echter geen verdere vragen te zijn, dus toen was het onze beurt om ons voor te stellen. Iedereen noemde slechts zijn naam. Sommigen mompelden zo zacht dat Jack meerdere keren moest vragen of ze hun naam konden herhalen voordat hij ze op zijn lijst kon aanvinken. Toen Dave aan de beurt was, schudde Jack zijn hoofd.

'Je staat niet op de lijst. Geen zorgen, ze maken er wel vaker een zooitje van. Spel je naam maar voor me, langzaam graag.'

Dave voorzag hem van de gevraagde informatie.

'Bechler. Joegoslavisch?'

'Servo-Kroatisch, volgens mij. Ver terug.'

'We krijgen hier best veel Serven. Zit blijkbaar in de genen. Niet dat ik stereotypes wil bevestigen. Zijn er nog meer Serven?'

Niemand stak zijn hand op.

'Is je vrouw zwanger?'

'Ja.'

'Wie heeft je hierheen gestuurd?'

Dave wees naar mij.

Jack keek me enige seconden aan. 'Ben jij zijn kameraad?'

'Correct.'

'En je hebt hem meegenomen omdat je dacht dat het hem goed zou doen?'

'Correct.'

'Slimme zet, Don. Als we allemaal zo goed op onze kameraden zouden passen als Don hier, dan zouden er een stuk minder moeders op de eerste hulp belanden en een stuk minder baby's dood worden geschud door mannen die zichzelf daarna nooit meer in de spiegel durven aankijken.'

Dave leek meer door elkaar geschud dan de hypothetische baby.

'Goed,' zei Jack. 'Jullie zijn hier allemaal met een reden, inclusief Dave. Jullie hebben allemaal iets gedaan waar jullie waarschijnlijk spijt van hebben. Daar wil ik meer over horen, en ik wil weten hoe jullie er nu over denken. Wie begint?'

Er viel een stilte. Jack keerde zich naar Dave. 'Dave, jij lijkt me...'

Ik onderbrak hem. Ik moest voorkomen dat Dave ontmaskerd zou worden als niet-gewelddadige oplichter.

'Ik wil wel beginnen.'

'Oké, Don. Vertel ons eens wat je hebt gedaan.'

'Welk incident?'

'Zo te horen zijn er meerdere geweest.'

Dat was correct. Er hadden drie incidenten plaatsgevonden in mijn volwassen leven, maar de frequentie ervan was recentelijk toegenomen.

'Correct. Twee in de afgelopen maand. Als gevolg van de zwangerschap.'

'Dat is niet best, Don. Misschien zijn die ervaringen nog wat te vers om nu bij stil te staan. Ik denk dat je beter wat verder terug kunt gaan, naar een incident waar je wat meer over na hebt kunnen denken. Begrijp je wat ik bedoel?'

'Natuurlijk. U veronderstelt dat ik de recente gebeurtenissen wellicht nog niet in een bredere context kan plaatsen en dat mijn analyse mogelijk wordt vertroebeld door emoties.'

'Ja. Dat. Dus ga maar wat verder terug.'

'Ik ging naar een restaurant. Mijn kledingkeuze werd bekritiseerd. Er volgde een discussie die escaleerde, waarna twee beveiligingsmedewerkers me in bedwang probeerden te houden. Daarop heb ik hen uitgeschakeld, met zo min mogelijk geweld.'

Een van de andere mannen onderbrak me. 'Heb je twee uitsmijters uitgeschakeld?'

'Je komt uit Australië, of niet?' vroeg een andere deelnemer. 'Heb je twee Australische uitsmijters uitgeschakeld?'

'Correct en correct. Ik heb ze uitgeschakeld ter zelfverdediging.'

'Twee gasten dissen zijn outfit en bam. Bam, bam, bam.'

De deelnemer onderstreepte zijn gebam met stootbewegingen.

'Er was geen gebam voor nodig. Ik paste een low-impact worp en een simpele greep toe.'

'Judo?'

'Aikido. Ik ben ook bedreven in karate, maar aikido is veiliger in dit soort situaties. Ik heb ook aikido toegepast op mijn buurman die mijn kleding had verpest...'

'Kom niet aan de outfit van deze kerel.' De deelnemer moest lachen.

'... en op de politieagent...'

'Heb je een agent neergehaald? Toch niet hier? In New York? Waar was zijn partner?'

Jack onderbrak hem. 'Ik neem aan dat dit wel gevolgen heeft gehad voor Don. Ik weet niet wie dat gevecht heeft gewonnen, maar je werd na afloop zeker wel gearresteerd?'

'Correct.'

'En toen?'

'Een totale ramp. Kans op gerechtelijke vervolging, uitzetting, geen contact met mijn kind, beperkingen op het werken met kinderen, verplichte bijeenkomsten... En ik ben gedwongen mijn vrouw te misleiden, wat veel stress oplevert en onvoorspelbare gevolgen heeft.'

'Je schaamde je zeker te veel om je vrouw te vertellen wat je had gedaan? Dat je weer in de problemen was geraakt?'

Ik knikte. Hoewel ik de informatie vooral voor Rosie had verzwegen om haar geen stress te bezorgen, school er wel enige waarheid in Jacks opmerking.

Jack sprak tot de groep. 'Dat klinkt toch niet zo slim, hè? We worden allemaal wel eens boos en dan gaan we de fout in. Maar waarom? Wat maakt ons zo boos?'

Weer stak niemand zijn hand op. Ik kon me wel in Jack verplaatsen. Dit was net als de eerste les van het semester met nieuwe studenten. Als collega-docent voelde ik me verplicht Jack te helpen.

'Om woede te kunnen begrijpen moet men eerst agressie begrijpen, en de evolutionaire waarde hiervan,' begon ik, waarna ik nog ongeveer een minuut verder sprak. Ik was nog niet eens bij de uitleg over de evolutie en internalisering van woede toen Jack me onderbrak.

'Zo is het wel weer genoeg, professor.'

Het feit dat hij me aansprak bij mijn formele titel was bemoedigend. Op dit moment was ik ongetwijfeld de beste leerling van de klas, en zo te oordelen zou daar niet snel verandering in komen.

'We nemen even pauze, en daarna wil ik graag wat meer van de rest horen. Don, jij hebt je sticker al verdiend, dus houd nu je bek maar.'

Iedereen begon te lachen. Ik was wederom de lolbroek van de klas.

De meeste deelnemers liepen naar buiten, en al snel werd de reden voor de pauze duidelijk. Een aantal van hen, waaronder Jack, was nicotineverslaafd. Ik stond op de binnenplaats een kop oploskoffie te drinken met Dave.

Een van de deelnemers, een man van rond de drieëntwintig met een BMI van ongeveer zevenentwintig – door spiermassa, niet door vet – kwam op ons af, liet zijn sigaret op de grond vallen en trapte hem uit met zijn laars.

'Wil je ons wat worpen laten zien?' vroeg hij.

'We gaan zo weer naar binnen,' zei ik. 'Van sporten zullen we het erg warm krijgen, wat nogal oncomfortabel is, en onaangenaam voor de rest.'

Hij begon wat te schaduwboksen. 'Kom op. Ik wil zien wat je in huis hebt. Of zijn het alleen maar praatjes?'

Dit was niet de eerste keer dat iemand me had uitgedaagd mijn vaardigheden in oosterse vechtsporten te demonstreren. Ik hoefde geen advies in te winnen bij Jack om te weten dat het onverstandig was om te sparren met een onbekende tegenstander bij slecht licht en zonder bescherming. Gelukkig wist ik hier een standaardoplossing voor. Ik zette een paar passen naar achteren om wat ruimte te creëren, trok mijn schoenen en mijn overhemd uit om het transpiratieprobleem te minimaliseren en voerde vervolgens een stijloefening uit die ik had voorbereid voor het behalen van mijn derde dan in karate. Deze duurde vier minuten en negentien seconden. De deelnemers kwamen in een kring om me heen staan en keken toe. Toen ik klaar was, applaudisseerden ze en slaakten ze waarderende kreten.

Jack kwam naast me staan en sprak tot de groep. 'Dit ziet er allemaal mooi uit, maar niemand is onverslaanbaar.' Zonder enige waarschuwing nam hij me in een wurggreep. Deze werd kundig uitgevoerd en ik nam aan dat hij hem al vele malen succesvol had toegepast. Ik vermoedde echter dat dit de eerste keer was dat hij hem op iemand met een vierde dan in aikido toepaste.

De beste verdediging is preventie, dus ik probeerde hem automatisch te blokkeren zodat hij me niet in zijn greep kon krijgen. Maar halverwege mijn manoeuvre waarbij hij uitgeschakeld op de grond zou eindigen, besloot ik Jack zijn gang te laten gaan. Hij wilde een punt maken en mijn actie zou zijn les ondermijnen. Ik ging ervan uit dat Jack me een paar seconden zou vasthouden om de effectiviteit van de techniek te demonstreren en me daarna weer zou loslaten.

Maar voordat hij dit kon doen, zei een vreemde stem: 'Zo is het genoeg. Laat hem los. Nu.' De stem klonk vreemd doordat het Dave was die zijn Marlon Brando/Woody Allen-stem had opgezet. Jack liet me los, keek naar Dave en knikte.

Dave stond te trillen op zijn benen.

We keerden terug naar de zaal, waar ik Jacks instructies opvolgde en mijn bek hield. De rest zei niet veel. Jacks advies over zelfbeheersing bestond uit twee principes die talloze keren werden herhaald:

1. Niet dronken worden (of methamfetamines consumeren).
2. Weglopen.

Dit was totaal niet van toepassing op mijn interactie met de politie, maar er bestond wel een duidelijk verband met mijn zenuwinzinkingsprobleem, al was ik bij het recentste voorval weggerend in plaats van weggelopen. Maar wat als het niet mogelijk was om weg te lopen? Wat als ik me in een reddingssloep bevond na schipbreuk te hebben geleden? Of in een ruimtestation? Ik had Jacks advies nodig, maar hij had me opgedragen mijn mond te houden.

'Vraag hem eens wat je moet doen als je niet weg kunt lopen,' zei ik zachtjes tegen Dave.

'Nee.'

'Dat is goed voor je zelfvertrouwen,' zei ik. Dave trilde niet meer.

Hij stak zijn hand op. 'Wat moet je doen als je niet weg kunt lopen?'

'Waarom zou je niet weg kunnen lopen?' vroeg Jack.

Dave zweeg. Ik wilde hem net helpen toen hij zei: 'Stel dat ik een woedeaanval krijg terwijl ik op de baby pas. Dan kan ik niet weggaan, want ik moet op het kind letten.'

'Dave, als je weg kunt lopen, moet je dat doen. Op zo'n moment is het beter om even bij de baby uit de buurt te zijn.

Maar je moet dan wel snel weer zien te kalmeren. Dus haal diep adem en probeer een ontspannen situatie voor de geest te halen. Praat tegen jezelf, blijf een woord of spreuk herhalen waar je rustig van wordt.'

Jack liet ons allemaal een kalmerende spreuk bedenken, die we vervolgens moesten herhalen. Dave begon 'Kalm, kalm' te itereren. Dat woord had juist een tegengesteld effect op mij: het deed me denken aan mensen die me de mond probeerden te snoeren. De man aan mijn andere zijde begon te mompelen in een taal die ik niet herkende, maar een van de woorden riep een bepaalde associatie op doordat het klonk als Ramanujan, de naam van een vooraanstaande wiskundige uit India. Het Hardy-Ramanujangetal is het kleinste natuurlijke getal dat op twee verschillende manieren kan worden uitgedrukt als de som van twee positieve derdemachten. Wiskunde. De onbetwistbare wereld van de rationaliteit. Terwijl Jack rondliep, herhaalde ik de naam van dat getal op dezelfde toon als mijn mompelende buurman. De techniek leek het gewenste effect te hebben: ik voelde me duidelijk meer ontspannen. Dit onthield ik voor toekomstig gebruik.

Aan het eind van de les vroeg Jack me nog even te blijven. 'Ik wil je nog iets vragen. Had je los kunnen komen uit die wurggreep?'

'Ja.'

'Laat eens zien.'

Hij nam me in de wurggreep en ik demonstreerde drie technieken om los te komen, zonder hem daadwerkelijk hard te raken. Ik liet hem ook zien hoe hij kon voorkomen zelf in de wurggreep genomen te worden en hoe hij kon zorgen dat zijn tegenstander minder gemakkelijk los kon komen.

'Bedankt. Goed om te weten,' zei hij. 'Dat had ik niet moeten doen, je weet wel, daarbuiten. Slecht voorbeeld. Het oplossen van een probleem door middel van geweld.'

'Welk probleem?'

'Laat maar. Er is geen probleem. Heb je ooit een vrouw of een kind geslagen?'

'Nee.'

'Dat dacht ik al. Je hebt een agent voor schut gezet, waarna ze je met het wetboek om de oren hebben geslagen. En mijn tijd weer eens hebben verknoeid. Heb je ooit de eerste klap uitgedeeld in een gevecht?'

'Alleen op school. Daarna hebben er nog drie confrontaties plaatsgevonden, waarbij ik geen klappen heb uitgedeeld, behalve bij het incident met mijn schoonvader op een sportschool, maar toen droegen we een gepaste uitrusting.'

'Je schoonvader. Jezus. Wie heeft er gewonnen?'

'Er was geen scheidsrechter bij aanwezig, maar hij had een gebroken neus.'

'Kijk me eens recht in de ogen en zeg me dat je nooit een vrouw of een kind zult slaan. Nooit.'

Dave had meegeluisterd. 'Vraag hem maar niet om je recht in de ogen te kijken.'

'Kom op,' zei Jack.

Ik keek Jack recht in de ogen terwijl ik de belofte herhaalde.

'Jezus, ik snap wat je bedoelt,' zei Jack tegen Dave. Maar hij lachte erbij. 'Als ik iemand vrijstelling geef voor de rest van de cursus en hij gaat weer de fout in, dan zit ik diep in de problemen, maar volgens mij hoef ik daar bij jou niet bang voor te zijn. Het lijkt me beter voor ons allebei.'

'Dus ik hoef niet terug te komen?'

'Je mag niet terugkomen. Ik zal tegen je maatschappelijk werker zeggen dat je bent geslaagd.'

Hij keerde zich naar Dave. 'Ik kan je niet dwingen om terug te komen, maar denk er eens over na. Volgens mij worstel je met wat behoorlijk gevaarlijke gedachten.'

Voordat we ieder naar huis terugkeerden, maakten Dave en ik nog een tussenstop bij een bar, aangezien het verdacht zou zijn als ik terugkwam van een mannenavond zonder naar alcohol te stinken. Dave had Sonia evenmin over het Goede Vaders Programma verteld.

'Ik zie geen enkele reden om het niet aan Sonia te vertellen,' zei ik.

'Het lijkt me beter om haar erbuiten te houden. Mannenzaken.'

Sonia wist natuurlijk wel van het Goede Vaders Programma, maar dat kon ze Dave niet vertellen zonder te verklappen dat ze zich voor Rosie had uitgegeven.

Toen ik thuiskwam, lag Rosie in bed, maar ze sliep nog niet.

'Hoe was je avond?' vroeg ze.

Ik had een deel van het probleem aangaande het Speeltuin Incident opgelost en bovendien nieuwe kennis opgedaan. Dave had zijn zelfvertrouwen vergroot door zich in een conflict te mengen, hoewel hij wel twee hamburgers nodig had gehad om van de schrik te bekomen.

Ik wilde Rosie er alles over vertellen, maar het verhaal leidde onherroepelijk terug naar het Speeltuin Incident en naar Lydia. De kans dat de onthulling stress zou veroorzaken was inmiddels afgenomen, maar ik maakte me nu vooral zorgen dat een volledige verklaring zou uitwijzen hoe Lydia over mijn bekwaamheid als vader dacht, wat Rosies eigen twijfels mogelijk zou aanwakkeren.

'Uitstekend,' zei ik. 'Niets te melden.'

'Ik ook niet,' zei ze.

Door mijn vechtsportdemonstratie moest ik denken aan Carl en zijn verrassingsaanvallen. Dat was een vast ritueel geweest tussen ons wanneer ik op bezoek ging bij Gene en Claudia, en het resulteerde steevast in het immobiliseren van Carl en enige schade aan decoratieve voorwerpen. Maar nu bestond de kans dat Carl zijn aanvallen op zijn vader zou richten.

'Heb je Carl al gesproken?' vroeg ik Gene de volgende avond.

Gene had een fles port gekocht, wat drie voordelen bood ten opzichte van het drinken van cocktailingrediënten:

1. Beschikbaarheid. We hadden vrijwel de gehele drankvoorraad geconsumeerd, behalve George' bier.
2. Betere smaak. Sommige cocktailingrediënten zijn op zichzelf niet erg smakelijk.
3. Lager alcoholpercentage. Ik had vastgesteld dat alcohol vermoedelijk de oorzaak was van mijn terugkerende hoofdpijn in de ochtend.

'Carl wil niet met me praten. Ik heb het geprobeerd, geloof me. Er valt gewoon op geen enkele manier te ontkomen aan het feit dat ik zijn moeder heb bedrogen.'

'Er is altijd wel een manier.'

'Misschien na verloop van tijd. Maar dat is mijn probleem, niet dat van jou.'

'Incorrect. Rosie wil je weg hebben, dus ik moet je vragen te vertrekken. De beste oplossing zou zijn dat je terugkeert naar Claudia, maar dat kan pas als we dit probleem met Carl hebben opgelost.'

'Bied Rosie maar mijn excuses aan. Ik ben hard op zoek naar woonruimte. Ik zou er alles voor overhebben om de kwestie met Carl op te lossen, maar ik kan het verleden niet veranderen.'

'We zijn wetenschappers,' herinnerde ik hem. 'We zouden ons niet moeten laten tegenhouden door problemen. Als we maar hard genoeg nadenken, zal zich vanzelf een oplossing aandienen.'

22

De protocollen voor het Lesbische Moeders Project waren eenvoudig te beoordelen. De enige duidelijke tekortkoming was het ontbreken van een controlegroep van heteroseksuele stellen of niet-verwante volwassenen.

'Bij het oorspronkelijke onderzoek hebben ze niet gekeken naar stellen van hetzelfde geslacht,' zei B2.

B1 had me laten weten dat al het contact met het team via B2 zou verlopen, die onlangs haar doctoraat had behaald.

'Dat was een oriënterend onderzoek,' zei ik.

'Dit is ook een oriënterend onderzoek. Wij hebben recht op een gelijke beoordeling.'

Ik had een Verklaring Omtrent Gedrag gekregen voor het werken met kinderen, vermoedelijk doordat Agent Margarita zijn rapport nog niet had ingediend, in afwachting van het advies van Lydia, dus ik had nu toestemming om de experimenten te observeren.

Het B-team had een kleine woonkamer nagebouwd, compleet met een bank en leunstoelen. Het protocol was kinderlijk eenvoudig: B3, de verpleegster, nam een speekselmonster om het oxytocinegehalte van de baby te meten. Vervolgens werd de baby geknuffeld door een van zijn moeders. Hierna nam B3 nog wat speeksel af. Enige tijd later keerde de moeder terug om het protocol te herhalen, maar dit keer speelde ze met de baby in plaats van hem te knuffelen. Vervolgens werd het gehele experiment herhaald met de tweede moeder.

'Wat zijn de eerste resultaten?' vroeg ik aan B1.

'Jij zou toch zeker moeten weten dat het ongepast is om conclusies te trekken op basis van de eerste ruwe data. Moet je geen muizen ontleden of zo? Even serieus, er komt vanmiddag een vrouwenorganisatie op bezoek, dus het zou fijn zijn als jij hier dan niet rondhangt.'

B3 had meegeluisterd. 'Zal ik je op een kop koffie trakteren?' vroeg ze.

'Het is 15.13 uur. Cafeïne heeft een halveringstijd van...'

Ze liep weg maar onderschepte me even later buiten voor de deur. 'Wil je weten wat de eerste resultaten zeggen? Dan zie ik je in de koffiebar.'

Geheimen, geheimen, geheimen. Rosie wist niet waarom ik aan dit project meewerkte. Ze wist niets over het Speeltuin Incident, noch over Lydia of de Goede Vaders Evaluatie. Gene had Claudia jarenlang bedrogen. En nu wilde B3 informatie delen die B1 niet prijs wilde geven. Er was een tijd geweest dat ik een leven zonder geheimen had geleid. En dat geen van mijn relaties gevaar had gelopen, hoe weinig dat er toen ook waren geweest. Ik vermoedde dat er een verband tussen deze twee zaken bestond.

'Ik neem het speeksel af en ik moet alle resultaten invoeren,' zei B3. 'Dat eerste moet ik doen omdat ik de verpleegster ben. Dat tweede ook. En dat is ook de reden dat ik de koffie moet halen. Maar je hoeft geen doctor te zijn om de uitslag te kunnen interpreteren. Het oxytocinegehalte gaat omhoog bij het knuffelen, maar verandert niet bij het spelen. Bij beide moeders niet. Het lijkt erop dat die stijging bij het spelen alleen bij vaders optreedt. Nu gaan ze de manier van spelen aanpassen, zodat het meer op knuffelen lijkt. Maar niet wanneer jij erbij bent, natuurlijk. En ze vinden wel een reden om de eerste resultaten buiten beschouwing te laten.'

Ik liep mee terug met B3.

'Misschien moet je morgen maar terugkomen,' zei ze. 'Briony is een beetje prikkelbaar vandaag.' B1.

In een sociale situatie zou ik de subtiele hint dat ik niet welkom was wel hebben opgepikt. Maar dit was wetenschap. Soms is het wel handig om immuun te zijn voor subtiliteit.

Toen ik terugkeerde werd er net een groep van dertien vrouwen verwelkomd. B1 en B2 negeerden me, maar een van de vrouwen (leeftijd ongeveer vijfenzestig, BMI zesentwintig) stapte rechtstreeks op me af.

'Ben jij de excuusman?' Ze begon te lachen.

Ik antwoordde met de woorden van David Borenstein. 'Ik ben aangesteld door de decaan om ervoor te zorgen dat het onderzoek niet wordt beïnvloed door lesbische politiek.'

Ze lachte weer. Ik bespeurde welgezindheid. 'Waar heb je die taak aan te danken? Deel je het bed met de dochter van de decaan?'

B1 onderbrak ons en wees naar een vrouw met een baby in een kinderwagen van doorsnee kwaliteit. 'Als de baby wakker is, zal deze vrouw met haar kind gaan spelen, en dan zullen we het oxytocinegehalte van de baby meten. Zij is de niet-biologische moeder, en we hebben ontdekt dat het oxytocinegehalte van de baby stijgt wanneer zij met het kind speelt. Net als bij de vaders in het Israëlische onderzoek.'

'Het Israëlische onderzoek bevatte geen controlegroep van niet-verwante mannen of vrouwen, dus er is niet bewezen dat het oxytocinegehalte alleen stijgt bij mannen en vrouwen die de ouders of verzorgers van het kind zijn.'

B1 keek me aan zoals Rosie keek wanneer ze wilde zeggen: 'Hou je bek.' Ik vermoedde dat B1 hetzelfde bedoelde. Maar de situatie was anders. Wetenschap draait om integriteit en transparantie.

'Wat gebeurt er met het oxytocinegehalte van de baby als een niet-verwante man of vrouw met hem speelt?' vroeg Mevrouw Welgezind.

'Precies!' zei ik.

B1 kwam tussenbeide. 'Dat maakt geen deel uit van het onderzoek. Bovendien kunnen we niet toestaan dat er onbekende mannen langskomen om met de baby's te spelen.'

De baby in de kinderwagen begon te huilen. Ik moest snel in actie komen, voordat het knuffel- of speelproces begon. Ik rende naar de kinderwagen.

'Is het goed als ik even met uw baby speel?' vroeg ik aan de moeder. 'Ik maak deel uit van het onderzoeksteam en ik ben in het bezit van een Verklaring Omtrent Gedrag voor het werken met kinderen.'

'Oké.' Ze glimlachte. 'Ik dacht dat ik met hem moest spelen, maar waarom ook niet. Zolang u hem maar niet van streek maakt.'

Ik had geen idee hoe een baby zou reageren op een lange, volwassen man. Ik had er nog nooit een vastgehouden, behalve misschien mijn broer. Ik kon me vaag herinneren dat mijn moeder Trevor in mijn handen had geduwd en dat ik hem zo snel mogelijk weer aan haar had teruggegeven.

Ik besefte dat het van cruciaal belang was om de baby niet te laten vallen of bang te maken. Ik loste beide problemen op door op mijn rug te gaan liggen voordat de moeder hem aan mij gaf. Ik liet hem over me heen kruipen en hield hem vast zodat hij niet zou vallen. Mijn instinctieve afkeer van menselijk contact werd niet geactiveerd. Het was erg amusant, en de baby maakte hilarische geluiden. Sommige bezoekende vrouwen maakten foto's. Dit ging nog een minuut of twee door, waarna ik om me heen keek op zoek naar B3. Ik gebaarde naar haar en ze zette de videocamera neer.

'Tijd voor een speekselmonster.' Ik vermoedde dat mijn eigen oxytocinegehalte ook was gestegen, maar alleen dat van de baby was relevant.

'Nee,' zei B1. 'Dit valt niet binnen het protocol.'

'Incorrect,' zei ik. 'Het protocol is aangepast om geen waardevolle informatie buiten te sluiten, aangezien het hier om een oriënterend onderzoek gaat. Anders zal het protocol niet door de medische faculteit worden goedgekeurd.'

Mevrouw Welgezind glimlachte en knikte.

B3 opende de mond van de baby en nam een speekselmonster. De moeder liet me nog een minuut lang met de baby spelen.

De kinderwagen die ik had besteld arriveerde toen ik niet thuis was. Rosie had hem uitgepakt en stond erop dat we hem terugstuurden.

'Don, je weet dat ik niet erg meisjesachtig ben en dat ik niet van tierelantijntjes houd, maar dit lijkt wel een of andere industriële, militaire... tank. De Hummer onder de kinderwagens.'

'De veiligste kinderwagen ter wereld.' Dat bedoelde ik letterlijk. Het basismodel was de veiligste kinderwagen die verkrijgbaar was, en daar had ik nog talloze extra's aan laten toevoegen ter verdere verbetering. Ik was ervan overtuigd dat Bud niet gewond zou raken als de kinderwagen zou omvallen en dat hij/zij een botsing met een langzaam rijdende auto zou overleven, vooral als hij/zij ook de helm droeg die ik er als accessoire bij had gekocht. De enige minpunten waren het grotere formaat en de lastigere toegang tot de baby. En de kosten, uiteraard.

'Is vormgeving belangrijker dan veiligheid?' vroeg ik.

Rosie negeerde de vraag. 'Don, ik waardeer het dat je je best doet, echt waar, maar dit is gewoon niets voor jou, of wel? Baby's zijn niet echt jouw ding. Kinderwagens, grote metalen kinderwagens met rubberen bumpers, dat is meer jouw ding.'

'Dat weet ik niet. Ik heb met geen van beide veel ervaring.'

De kans dat ik meer babyervaring zou kunnen opdoen via het Lesbische Moeders Project leek steeds kleiner te worden. De door mij voorgestelde aanpassing van het protocol, waarbij elke baby een 'kruipen over Don'-ervaring zou ondergaan, moest door de moeders worden goedgekeurd. Ondanks het aanvankelijke succes hadden ze allemaal geweigerd. Ik gaf B2 en B3 mijn telefoonnummer, voor het geval dat er iemand van gedachten veranderde.

'Reken daar maar niet op,' zei B2.

Maar B3 stuurde me een sms-bericht: OXYTOCINEGEHALTE TORENHOOG NA JOUW INTERVENTIE. HOOGSTE RESULTATEN NA SPELEN. EN DAT TERWIJL JIJ EEN ONBEKENDE BENT!

Dit impliceerde dat mijn sekse invloed had gehad op het resultaat, maar doordat het slechts om een enkel geval ging, had het geen andere waarde dan dat het aanspoorde tot verder onderzoek.

B1 nam contact op met David Borenstein, zonder mij een kopie van de e-mail te sturen.

'Lees het maar even vluchtig door,' zei de decaan, wijzend naar zijn beeldscherm.

Ik ben het niet gewend om dingen vluchtig door te lezen. Bij vluchtig doorlezen worden sommige woorden overgeslagen. Wat als ik een 'niet' oversloeg? Het was een lange e-mail, maar vooral de woorden 'onprofessioneel', 'verstorend' en 'onopmerkzaam' sprongen eruit.

'Ze wil dus dat je van het onderzoek wordt gehaald, en ze zegt dat ze dat ene resultaat buiten beschouwing zullen laten omdat het niet binnen het protocol paste, en dat het geen waardevolle waarneming was, maar dat het het gevolg was van een opzettelijke interventie, blablabla.'

'Zei ze wat de uitkomst was?'

'Ze impliceerde dat ze het monster niet hebben getest. Daar geloof ik niets van. Als er een laag gehalte uit was gekomen, zou ze het resultaat meteen in het onderzoek hebben opgenomen.'

'Wat onwetenschappelijk.'

'Inderdaad. Het is maar goed dat ik jou erop heb gezet, nietwaar?'

'Sommige mensen hechten wellicht meer waarde aan gepast sociaal gedrag dan aan de wetenschappelijkheid van het onderzoek.'

De decaan begon te lachen. 'Professor Tillman, ik moet toegeven dat je een uitstekend wetenschapper bent, maar soms vraag ik me af hoe Rosie het met je uithoudt.'

Rosie hield het niet meer zo goed met me uit.

Een van de merkwaardigheden van dieren, ook van ons mensen, is dat we ongeveer een derde van ons leven slapend doorbrengen. Er bestaat geen praktische oplossing voor deze inefficiëntie. Als twintiger had ik een aantal experimenten uitgevoerd om te bepalen hoeveel slaap ik minimaal nodig had. Ik kwam tot de conclusie dat ik zeven uur en acht minuten slaap per nacht moest inplannen, in een volkomen donkere kamer, en dat ik nooit meer amfetaminen moest slikken.

Hoe ouder we worden, hoe minder vast we slapen. Dit kan evolutionair verklaard worden door het feit dat jonge jagers en strijders vroeger een goede nachtrust nodig hadden, terwijl oudere stamleden als bewaker optraden en dus al van het minste geluid wakker moesten worden.

In slaaptermen was Rosie nu al een bewaker. Ze werd regelmatig wakker en verergerde dit probleem door naar het toilet te gaan en een kop warme chocolademelk te maken, waardoor ze uiteraard in een vicieuze cirkel terechtkwam. Vóór haar zwangerschap ging Rosie soms vroeg naar bed, als ze uitgeput of dronken was, terwijl ze op andere dagen bleef doorleren tot na 01.00 uur 's nachts, waarna ze opgewekt het bed in stapte en zelfs nog een gesprek wilde aanknopen. Om 01.00 uur 's nachts! Soms had ze ook zin in seks, waarop ik mijn routine aanpaste en extra slaaptijd inplande voor de volgende nacht.

Ik was het inmiddels gewend om te worden gewekt en slaagde er over het algemeen in binnen een paar minuten weer in slaap te vallen. Maar het cumulatieve effect kon niet worden genegeerd, dus ik werd gedwongen mijn bedtijd dertien minuten te vervroegen.

De zwangerschap verergerde het probleem. Zoals voorspeld door Het Boek hadden de groeiende baby en de placenta de capaciteit van Rosies blaas verminderd. En Rosie was gaan snurken. Niet luid, maar hard genoeg om storend te zijn. Ik moest mijn bedtijd wederom aanpassen.

Om 03.14 uur voerden we een discussie over dit probleem.

'Je had geen warme chocolademelk moeten drinken. Dan volgt een herhaling van het toiletprobleem. En dan neem je nog een warme chocolademelk...'

'De warme chocolademelk helpt me om in slaap te komen.'

'Onzin. Chocolade bevat cafeïne. Cafeïne is een pepmiddel met een halveringstijd van vierenhalf uur. Het is niet verstandig om na 15.00 uur nog koffie te drinken of chocolade te eten. Ik zou dat nooit...'

'Jij zou dat nooit doen. Dat weet ik. Maar ik wel. Het is mijn lichaam, weet je nog?'

'Cafeïne staat op de lijst van verboden voedingsmiddelen.'

'Ik mag twee koppen koffie. Ik drink geen koffie meer, dus de chocolade compenseert dat.'

'Heb je uitgerekend hoeveel cafeïne de chocolademelk bevat?'

'Nee. En dat ga ik ook niet doen. Ik weet wel een betere oplossing voor jouw probleem. En dat van mij.'

Rosie trok het dekbed van het bed en liep de kamer uit.

Nu kwam mijn eigen lichaam in opstand en weigerde het te gaan slapen. Ik gebruikte deze tijd om over Rosies vertrek na te denken. Was het voor één nacht of was het permanent? Rationeel gezien was het een goede oplossing voor dit tijdelijke probleem. Na de zwangerschap kon Rosie weer normaal gaan slapen. Maar tot die tijd zouden we een extra bed nodig hebben. Toen besefte ik dat we op dit moment helemaal geen plek hadden waar Rosie kon slapen: er stond geen ander bed in huis. Of ze moest bij Gene in bed zijn gekropen.

Ik sprong overeind en sloop in de richting van Gene's kamer. Ik zag de deur van Rosies werkkamer openstaan en keek naar binnen. Ze lag met opgetrokken benen in een leunstoel, met het dekbed over zich heen. Ze bewoog niet. Ik keerde terug naar de slaapkamer, sleepte het matras van het bed en manoeuvreerde het naar Rosies werkkamer, die aanzienlijk groter was dan onze slaapkamer. Rosie werd wakker.

'Don? Wat ben je aan het doen?'

'Ik creëer een tijdelijke slaapplek.'

'O. Ik dacht...'

Ze maakte haar zin niet af, maar strompelde van de stoel naar het matras en ging liggen. Ik legde het dekbed over haar heen en keerde terug naar de slaapkamer, waar ik erin slaagde in slaap te vallen op de gestoffeerde matrasbodem. Het lag uiterst aangenaam, en mijn karateleraar zou het ongetwijfeld zien als een goede oefening. Ons bed was een compromis geweest tussen Rosies persoonlijke voorkeur voor zachtheid en de optimale stevigheid die in wetenschappelijke studies werd aangeraden. Ik had nu een opstelling gevonden die voor ons beiden bevredigender was.

Rosie was het hier kennelijk mee eens, aangezien ze vanaf dat moment elke nacht in haar werkkamer sliep, dus ik kon mijn oorspronkelijke bedtijd weer aanhouden.

23

Ik had wederom die nachtmerrie over het ruimteschip. Voor zover ik me kon herinneren was hij precies hetzelfde, met dezelfde fatale afloop. Alleen lag Rosie nu niet naast me toen ik wakker werd.

Gene maakte zich ook zorgen over de verandering in onze slaapsituatie, die hij pas twee dagen later opmerkte. Volgens zijn analyse stond Rosies vertrek naar een andere kamer gelijk aan het afwijzen van mij.

'Denk even praktisch na, Don. Waarom slapen mensen samen?'

'Voor seks.' Dat was altijd het waarschijnlijkste antwoord op een vraag van Gene over menselijke motivatie. 'Maar dat is evolutionair gezien niet noodzakelijk nu ze zwanger is.'

'Niet zo snel, vriend. Mensen verhullen hun vruchtbaarheid ter bevordering van aanhoudende intimiteit. Dat doen ze om allerlei redenen. We zijn dan misschien niet monogaam, maar ons leven draait wel om het bestendigen van relaties, dus Rosie stuurt je hiermee een duidelijke boodschap.'

'Wat heb ik verkeerd gedaan?'

'Geloof me, Don, je bent echt niet de eerste man die zich dat afvraagt. Meestal wanneer hij bij thuiskomst merkt dat de televisie ineens weg is.'

'We hebben geen televisie.'

'Dat is me ook opgevallen, ja. Wiens idee was dat?'

'Een televisie is niet noodzakelijk. Andere media bieden hoogwaardiger nieuws, zonder reclame. Films kunnen op een groter scherm in de bioscoop worden bekeken, en voor alle andere zaken hebben we ieder een eigen computer.'

'Dat vroeg ik niet. Wiens idee was het?'

'Het was een voor de hand liggend besluit.'

'Heeft Rosie ooit gezegd dat ze een televisie wilde kopen?'

'Misschien. Maar haar argumentatie was zwak. Wil je nu beweren dat ons huwelijk in zwaar weer verkeert doordat we geen televisie bezitten? Als dat zo is, dan kan ik...'

'Ik vermoed dat er wel wat meer aan de hand is. Maar als je een duidelijk antwoord wilt op de vraag: "Wat heb ik verkeerd gedaan?" dan kan ik je dat wel vertellen. De echo. Je had mee moeten gaan. Dat was het moment waarop Rosie zich begon af te vragen of je eigenlijk wel vader wilt worden. Niet of je wel bekwaam bent, wat weer een heel andere kwestie is, maar of het je überhaupt iets interesseert.'

'Hoe weet je dat zo zeker?'

'Ik ben hoofd van een vakgroep psychologie. Bovendien heb je me al over je eigen twijfels verteld, waar Rosie ook vast wel iets van heeft gemerkt, en ik weet dat Rosie een problematische relatie had met haar eigen vader.'

'Dat probleem is opgelost.'

'Don, problemen uit de kindertijd worden nooit opgelost. Daarmee verdienen psychotherapeuten juist hun brood.'

'Wat als je het mis hebt en er helemaal geen probleem is? Misschien creëer ik juist een probleem door te reageren op een niet-bestaand probleem. Zoals wanneer je struikelt over de laatste traptrede omdat je dacht dat je al beneden was.'

Gene stond op, liep naar de deur van zijn kantoor, keek naar buiten en liep toen weer terug. 'Er bestaat een gezegde onder wijnkenners: één blik op het etiket is meer waard dan twintig jaar ervaring.'

'Dat is een nogal onduidelijke verwijzing.'

'Rosie heeft het me verteld. Ze zei dat het even niet lekker liep tussen jullie en dat ze niet zeker wist of je wel vader wilde worden.'

'Heeft ze jou informatie gegeven over de staat van ons huwelijk? Uit zichzelf?'

'Ik heb het haar gevraagd. Stefan heeft me erop gewezen.'

Stefan! Dus nu deelde Rosie ook al cruciale informatie met hem, in plaats van met de persoon die er het meeste mee kon.

Hoewel de communicatie frustrerend indirect was verlopen, gaf de informatie over de Echografie Blunder me wel uitstekende input om mijn bekwaamheid als toekomstige vader te vergroten en Rosie te laten zien dat ik wel degelijk geïnteresseerd was in het vaderschap.

Gene wees me erop dat ik de echoscopieafspraak had moeten bijwonen en me in de procedure en de mogelijke uitkomsten had moeten verdiepen. Gelukkig had ik nog een tweede kans. Rosie had ingestemd met een precieze datum voor de tweede echo: tweeëntwintig weken, nul dagen en zero uren na de theoretische start van haar draagtijd, die bij de eerste afspraak was vastgesteld op maandag 20 mei. Ik rekende de datum uit – 21 oktober – en hield die hele dag vrij in mijn planning. Deze keer zou ik voorbereid zijn.

Ik ploos Het Boek uit op zoek naar andere kwesties die mogelijk ook tot blunders konden leiden, of die een goede gelegenheid boden om mijn blunder te vergoeden. Er was één voor de hand liggende gelegenheid: de bevalling. De overeenkomsten met het echo-onderzoek waren opvallend:

1. Het vond plaats in een specialistische instelling.
2. Het was een cruciaal moment voor het vaststellen van eventuele problemen.
3. De kans op problemen was klein, maar de bezorgdheid hierover groot.
4. De partner werd geacht aanwezig te zijn, ook al speelde hij of zij geen rol bij de procedure.

Uit Het Boek en aanvullend onderzoek concludeerde ik dat mijn taak nog het beste viel te omschrijven als 'het verminderen van de ongerustheid van de partner'. Dit kon worden bereikt door grondige kennis op te doen over het geboorteproces, zodat de partner te allen tijde op de hoogte kon worden gehouden van wat er gebeurde terwijl zij zich concentreerde op het uitvoeren van de procedure. Ik ben goed in het verwerven van kennis. Als geneeskundestudent beschikte Rosie wel over enige basiskennis, maar ik wilde een expert worden op het gebied van bevallingen, inclusief alle mogelijke complicaties en uitkomsten. Ik ploos *Dewhursts handboek voor verloskunde en gynaecologie* verder uit en deed nogmaals een poging praktijkervaring op te doen.

Na verscheidene verzoeken om te assisteren bij – of in ieder geval mee te kijken met – een daadwerkelijke geboorte, gaf David Borenstein me uiteindelijk de contactgegevens van dr. Lauren McTighe, die in Connecticut was gevestigd.

Ze belde op een zaterdagavond, toen we met onze mannengroep bij George zaten en net onze afhaalpizza hadden genuttigd. Ik legde de situatie uit aan mijn kameraden en tot mijn verbazing was Dave niet de enige die mee wilde, maar besloten George en Gene ook mee te gaan.

'Jullie hebben die kennis niet nodig,' zei ik.

'Zo kunnen we onze band nauwer aanhalen,' zei George. 'Daar draait zo'n groep als deze toch om?'

Ik belde Lauren terug om na te vragen of het geen probleem was als zij meekwamen.

'Als je wilt. Maar je kunt ze maar beter wel op de complicaties wijzen. Het loopt misschien niet goed af.'

We hielden een taxi aan en ik gaf de chauffeur het adres van Dave zodat we zijn auto konden ophalen.

'Kom op, man,' zei George. 'Het was toch een noodgeval?'

'Een stuitgeboorte,' zei ik. 'Kennelijk zijn er nog meer complicaties. Ik verwacht er veel van te leren.'

'We gaan meteen naar Lakeville, Connecticut,' zei George tegen de taxichauffeur. 'Ik wil dat u daar op ons wacht en ons weer terugbrengt.'

'Ik rijd niet verder dan...'

George, die voorin zat, gaf de chauffeur een rolletje geld dat bij elkaar werd gehouden met een elastiekje. Zwijgend telde de chauffeur de briefjes. Hij had geen bezwaren meer.

Het was moeilijk te geloven dat George zoveel rijkdom had vergaard in de korte periode dat de Dead Kings populair waren geweest, bijna vijftig jaar geleden. Ik was ervan uitgegaan dat hij het grootste gedeelte aan verboden middelen had verspild, als echte rockster. Dit was een goede gelegenheid om hem hiernaar te vragen.

'Hoe kom je aan al dat geld?'

'Dat vind ik nou zo leuk aan jou, Don. Lekker direct.'

De meeste mensen vinden mijn directheid juist niet leuk.

'Eerlijke vraag, eerlijk antwoord,' zei George. 'Alimentatie.'

Gene begon te lachen. 'Laat me raden. Je moest zo hard werken om je vier ex-vrouwen te betalen dat je er zelf ook nog wat aan hebt overgehouden. Of een van hen is overleden en heeft je genoeg nagelaten om vorstelijk van te kunnen leven.'

'Dat komt aardig in de buurt,' zei George. 'Mijn eerste vrouw is drie jaar geleden overleden. Kanker. Ik verliet haar toen de band wat meer naam begon te maken. Dacht dat ik beter kon krijgen, als rockster. Is me nooit gelukt. Ik zou kunnen zeggen dat ze allemaal hetzelfde waren, maar het echte probleem was dat ik dezelfde bleef. Als je bij vier vrouwen tegen hetzelfde probleem aanloopt, moet je je misschien toch eens afvragen of het niet aan jou ligt.'

'Ik snap niet zo goed hoe jij daarvan hebt geprofiteerd,' zei Gene. 'Je gaat me toch niet zeggen dat ze je al haar geld heeft nagelaten?'

'Dat zeg ik wel. Of niet alles, maar genoeg. Na de scheiding moest ik twee derde van mijn inkomen aan haar afstaan. Toen we een aantal hits hadden gescoord begon dat aardig aan te tikken. Ik smeet mijn eigen deel over de balk terwijl zij vastgoed kocht. Toen ze stierf, liet ze de helft aan mij na.'

'Erg gul van haar,' zei Gene.

'Het was ik of onze zoon. Hij heeft zijn deel er al doorheen gejaagd. Dat heeft ze vast zien aankomen, dus heeft ze mij wat nagelaten zodat ik hem uit de brand kon helpen. Ze was geen heilig boontje, maar ik heb nooit een betere vrouw gevonden. Knoop dat maar goed in je oren, Donald.'

Ik had het goed in mijn oren geknoopt. George' advies was duidelijk, als ik het generaliseerde en vervolgens op mijn situatie toepaste. Als het niet lukte met Rosie, dan zou het met niemand lukken. Als mijn huwelijk strandde, dan zou ik het niet nog eens met een ander proberen. Ik kon kiezen uit Rosie, of de rest van mijn leven zonder partner. En zonder kind.

De reis duurde twee uur en zestien minuten, acht minuten langer dan mijn navigatieapplicatie had ingeschat.

'Jullie zijn net op tijd,' zei Lauren (leeftijd ongeveer vijfenveertig, BMI drieëntwintig). 'Ik heb geprobeerd het uit te stellen tot jullie er waren, maar ze begint aardig uitgeput te raken, dus ik had niet veel langer kunnen wachten. Dit is Ben.'

Ze wees naar een man in een geruit overhemd (leeftijd ongeveer veertig, BMI dertig) die een paar meter verderop stond. Hij kwam naar ons toe en we schudden elkaar de hand, zoals gebruikelijk was. Hij had zeer klamme handen. Ik stelde stress vast. Dit was een goede gelegenheid om mijn geruststellingstechnieken te oefenen.

'De overlevingskans van de moeder is bijna honderd procent, al kan de moeizame bevalling tijdelijk tot verminderde vruchtbaarheid leiden. De overlevingskans van de kleine is ongeveer vijfentachtig procent.'

Ben leek opgelucht. 'Niet slecht,' zei hij. 'Laten we duimen.'

George keek naar de moeder. 'Arm wijfje,' zei hij.

Lauren was briljant! Het is altijd fascinerend om een competente deskundige aan het werk te zien. Ze legde precies uit wat ze deed en gaf aanvullende informatie over alternatieve mogelijkheden en procedures. George hield een halogeenlamp omhoog die werd aangedreven door de accu van Laurens auto terwijl ik haar assisteerde bij het draaien van het kalf. De koe stond in een afgesloten veekraal en kon dus niet weglopen.

Het werk was vrij onsmakelijk, maar door mijn ervaring met het ontleden van muizen wist ik welke instelling hiervoor was vereist. Bovendien woog de onsmakelijkheid niet op tegen de intellectuele stimulans. Het was uitermate interessant!

Gene stond met Ben te praten. Dave, die zich niet zo lekker voelde, zat in de taxi.

'Oké,' zei Lauren. 'We hebben de tractor nodig.'

Lauren stak haar hand in de koe en vertelde dat ze een ketting rond de poten van het ongeboren kalf aan het vastmaken was. George gaf de lamp aan Gene en begon te praten tegen de moeder, die angstige geluiden maakte.

Ben bevestigde het andere uiteinde van de ketting aan de tractor, waarna het trekken begon. Bij een menselijke geboorte zou de tractor worden vervangen door een verlostang. Of er zou een keizersnede worden uitgevoerd, wat waarschijnlijker was. Niettemin waren er talloze anatomische overeenkomsten, en de driedimensionale ervaring was van onschatbare waarde.

'Oké, Don, je moet me helpen het kalf te vangen.' Gelukkig had men hier niet zo'n goed coördinatievermogen voor nodig als voor het vangen van een bal. Lauren en ik hoefden slechts het gewicht van het kalf op te vangen terwijl het naar buiten kwam. En daar kwam het, vergezeld van grote hoeveelheden vloeistof die ons beiden doorweekten. Het kalf was erg glibberig, maar we slaagden erin hem niet uit onze handen te laten vallen. Zijn ene poot stond in een vreemde hoek, maar hij ademde wel. De moeder stond nog overeind.

'Gebroken poot,' zei Lauren. 'Wat wil je doen?'

'Wat denk jij?' vroeg Ben.

'Ik vrees dat we hem beter kunnen laten inslapen, tenzij je hem met de hand wilt grootbrengen.'

Dave stapte wankelend uit de taxi. 'Maak hem niet af. Als het moet, neem ik hem wel mee naar huis.'

Aanvankelijk leek dit me een briljant idee. Het immuunsysteem van de baby van Dave en Sonia zou worden versterkt door samen te leven met een boerderijdier. Maar bij nader inzien leek het grootbrengen van een mank kalf in een appartement in New York toch verscheidene problemen met zich mee te brengen.

Ben glimlachte. 'Ik sta bij jullie in het krijt. Hoe heet je ook alweer?'

'Dave.'

'Oké, Dave, mag ik je voorstellen aan Dave het Kalf. Hij heeft zijn leven aan jou te danken. En aan Lauren, aan jullie allemaal. Mijn vrouw zal hem de fles geven. Ze zal jullie elke dag vervloeken.'

24

Na het plegen van een telefoontje om inlichtingen in te winnen liet George de taxichauffeur een tussenstop maken bij een bar in White Plains. Het was 22.35 uur en we hadden nog niet gegeten. Ik droeg geleende kleren van Ben de Boer, aangezien mijn eigen kleren doorweekt waren geraakt tijdens de geboorte van Dave het Kalf.

'Vanavond drinken we bier,' zei George. Hij bestelde er vier. We sloegen ze snel achterover en George bestelde nog een rondje.

'Ik zal jullie een geheim verklappen,' zei hij. 'Opkomen voor dat arme kalf was goed voor mijn karma. Het maakt een beetje goed dat ik niet bij de geboorte van mijn eerste kind was.'

'Het kind met de spaarzame moeder?' vroeg Gene.

'Die, ja. Ik was op tournee.' Hij zweeg even. 'Ze belden naar het hotel, maar ik was met een groupie. Zo ging dat in die tijd.'

Ik was verbijsterd. 'Je had seks met een andere vrouw terwijl je echtgenote jullie zoon aan het baren was?'

'Hoe wist je dat het een jongen was?'

'Dat heb je eerder gezegd. En het staat op internet.'

'Ze weten verdorie ook alles van me. Behalve dan wat ik jullie net heb verteld.'

'Laten we allemaal een geheim delen,' zei Gene. 'Eentje per

persoon. Vertel ons eens een geheim van jou, Don.'

'Een geheim?' In de zestien weken sinds het Speeltuin Incident hadden de geheimen zich gestaag opgestapeld, maar het leek me niet verstandig daar iets van te onthullen nu ik een biertje op had. Aan de andere kant leek George' keuze om zijn moreel verachtelijke daad met ons te delen een gebaar van kameraadschap te zijn, een gebaar dat ons allemaal in staat stelde een immorele of illegale actie te delen en de anderen hierover om advies te vragen, in de wetenschap dat ons gedrag waarschijnlijk lang niet zo beschamend was als dat van George. Het was een subtiel sociaal gebaar, maar het had me wat tijd gekost om het te interpreteren.

'Dan ga ik wel eerst,' zei Gene. 'Maar dit blijft onder ons, oké?'

George dwong ons een belachelijke vierpersoonshanddruk uit te voeren.

'Raad eens met hoeveel vrouwen ik naar bed ben geweest.'

'Met minder dan ik,' zei George. 'Als je ze kunt tellen, zijn het er minder.'

'Met meer dan ik,' zei ik.

Gene begon te lachen. 'Doe eens een gok.'

Ik dacht terug aan Gene's wereldkaart, met een punaise voor elke nationaliteit. Daar telde ik nog eens vijftig procent bij op, om rekening te houden met meerdere vrouwen van dezelfde nationaliteit en met zijn meer recente veroveringen.

'Zesendertig.'

'Je zit er helemaal naast.' Gene nam nog een slok van zijn bier en stak toen zijn hand op. 'Vijf.'

Ik was verbijsterd. Was dit gelogen? Als Gene nu niet loog, dan moest hij hier in het verleden herhaaldelijk over hebben gelogen. Misschien wilde hij wel als het minst promiscue overkomen omdat hij George toch niet kon overtreffen.

Dave leek ook verbijsterd te zijn. Verbijstering was kennelijk de gepaste reactie. 'Vijf?' zei hij. 'Ik bedoel, dat is...'

'... minder dan bij jou, zeker?' Gene glimlachte.

'Ik ga niet vreemd, maar...'

Het waren er maar vier meer dan mijn aantal! 'En jullie open huwelijk dan? En je wereldkaart?'

'Dat open huwelijk is nooit van de grond gekomen. Mijn eerste minnares bleek wat problemen te hebben. Van het verontrustende soort. Dat had ik al genoeg meegemaakt met mijn eerste vrouw.'

'Het sop is de kool niet waard,' zei George.

'In ieder geval niet op deze leeftijd,' zei Gene.

'En de wereldkaart dan?' vroeg ik nogmaals. Gene had vierentwintig punaises op zijn kaart geprikt voordat hij tijdelijk tot inkeer was gekomen en hem van de muur had gehaald. 'En Mevrouw IJsland?'

'Ik neem ze mee uit eten. Als ze instemmen met een diner voor twee, dan telt dat wat mij betreft als een date. Je gaat niet met een getrouwde man uit eten als je hem niet ziet zitten. En ik had makkelijk verder kunnen gaan, als ik dat had gewild.'

Dit was ongelooflijk. Gene had zijn gedrag erger laten lijken dan het was, maar die overdrijving had rampzalige gevolgen gehad. Ik wees hem hierop.

'Claudia heeft je uit huis gezet omdat je seks zou hebben gehad met Mevrouw IJsland. Maar je hebt haar alleen op een etentje getrakteerd. Correct?'

'Nou, ik moest haar haast van me af slaan. Ze was... Hoe zei je dat ook alweer, George?'

'Geen heilig boontje?'

Gene moest lachen.

Ik bracht de discussie weer op het goede spoor. 'Als je

Claudia nu gewoon de waarheid vertelt, dan zal ze je terugnemen en zijn alle problemen opgelost.'

'Zo simpel is het niet.'

'Waarom niet?'

We keken allemaal naar Gene, zonder iets te zeggen, als een stel therapeuten. Ik zou willen dat ik de problemen met Rosie kon oplossen door gewoon de waarheid te vertellen.

'Ik betwijfel of Claudia me nog zou willen als ik anders blijk te zijn dan ze dacht. Dat is deels de reden dat ze zich tot me aangetrokken voelt.'

'Ze voelt zich tot je aangetrokken omdat je vreemdgaat?' vroeg ik. 'Al die theorieën... jouw theorieën...'

'Vrouwen voelen zich aangetrokken tot mannen die populair zijn bij andere vrouwen. Ze willen eraan herinnerd worden dat andere vrouwen hun partner begeerlijk vinden. Kijk maar naar George. Al die aandacht heeft jou er niet van weerhouden nog drie echtgenotes te vinden.'

'Als ik niet zo in de spotlights had gestaan, had ik er misschien aan eentje genoeg gehad. Maar Don heeft een punt: je hebt niets te verliezen bij het opbiechten van de waarheid.'

'Het is meer dan dat. We hebben het te lang op zijn beloop gelaten, tot het niet meer te redden viel. Terugkijkend zou ik zeggen dat het begon na de geboorte van Eugenie. Ik ging dat spelletje spelen, ook al ging ik niet tot het uiterste. Je kunt een huwelijk niet negen jaar lang verwaarlozen en dan verwachten dat het weer goed komt. Hoe dan ook, ik heb inmiddels een ander gevonden.'

'Wie?'

'Dat weet je best. Oké, dat was mijn geheim.' Hij keerde zich naar Dave. 'Hoe zit het met jou?'

Dave keek Gene aan. 'Jij zult de implicaties hiervan wel begrijpen: de baby is niet van mij.'

We waren zo verbijsterd dat we weer in onze rol als therapeut vervielen en afwachtten tot Dave verder zou praten.

'Toen we dat hele ivf-traject in stapten, bleek ik wat problemen te hebben. Sommige hadden met mijn gewicht te maken, andere niet. Dus uiteindelijk werd het een eitje van haar en een zwemmertje van een andere kerel.'

Ik nam aan dat 'zwemmertje' een synoniem was voor sperma en niet voor penis.

'Nu vraag ik me af of al die dingen waar Sonia over klaagt, dat ik zo vaak weg ben en zoveel overwerk, soms voortkomen uit het feit dat ik geen tijd wil steken in een kind dat niet mijn genen draagt. Ik bedoel, onbewust.' Hij keek naar Gene. 'Zoals jij zei.'

'Shit, Dave,' zei Gene. 'Er is niets mis met hard werken om voor brood op de plank te zorgen.'

'Grappig,' zei Dave. 'Voordat jij me vertelde hoe dat genetische gebeuren precies in elkaar zit, was ik bang dat Sonia me zou verlaten. Nu besef ik dat ik net zo weinig met onze baby te maken heb als met Dave het Kalf. En als zij dat ook doorkrijgt, wat moet ze dan nog met mij?'

Gene begon te lachen. 'Sorry, ik lach niet om jou. Ik lach om de complexiteit van de hele situatie. Sonia zal je daar echt niet om verlaten, geloof me. Het mooie aan de mens is dat we een brein hebben dat ons instinct kan onderdrukken. Als we willen.'

Ik had zo geïnteresseerd naar de onthullingen van George, Gene en Dave geluisterd – verbijsterende onthullingen – dat ik geen tijd had gehad om over die van mij na te denken. George hielp me uit de brand.

'Don heeft ons zijn geheim laatst al verklapt, toen hij vertelde dat zijn huwelijk niet lekker liep. Kun je ons een update geven?'

'Ik ben me aan het verdiepen in het geboorteproces. Verder beschik ik inmiddels over deskundige kennis betreffende de hechting van baby's aan homoseksuele en heteroseksuele stellen, en de invloed die die heeft op hun oxytocinegehalte. En ik heb een afspraak met een therapeut om mijn voortgang te bespreken.'

'En hoe staat de relatie er nu voor?' vroeg George.

'Mijn relatie met Rosie?'

'Die, ja.'

'Die is onveranderd. Ik heb nog niet de gelegenheid gekregen om mijn nieuwe kennis toe te passen.'

In de taxi op weg naar huis zaten we zwijgend naast elkaar. Twee gedachten hielden me bezig: Gene's leugens hadden hem zijn huwelijk gekost. En het opbiechten van de waarheid kon zijn huwelijk nu niet meer redden.

Toen de lift op mijn verdieping stopte, vroeg George of ik nog even de tijd had om boven iets te controleren.

'Het is erg laat,' zei ik, hoewel ik vermoedde dat ik moeilijk in slaap zou kunnen komen. Ik had niet genoeg alcohol gedronken om tegenwicht te bieden aan de adrenalinestoot veroorzaakt door de opwinding rond Dave het Kalf, en hoewel ik mijn oorspronkelijke bedtijd weer aanhield, sliep ik onrustig nu ik geen matras meer had.

'Het duurt maar een paar minuten,' zei hij.

'De alcohol zal mijn beoordelingsvermogen beïnvloeden. Ik kan er beter morgenochtend naar kijken.'

'Oké,' zei George. 'Dan zal ik maar wat gaan oefenen op mijn drumstel om te ontspannen.'

Gene hield de liftdeur open. 'George wil je even onder vier ogen spreken,' zei hij. 'Dat vind ik niet erg. Drink er maar eentje op mij.'

Ik had geen andere keuze dan George te volgen naar zijn appartement. Hij schonk twee grote glazen eenentwintig jaar oude Balvenie-whisky in.

'Op je gezondheid,' zei hij. 'Ik had gezegd dat ik niet bij een mannengroep wilde horen, maar jij hebt ons bij elkaar gehouden. De rest van ons zou niet eens de moeite nemen als jij ons niet elke week zou bellen om te zorgen dat we het in onze agenda zetten.'

'Wil je zeggen dat we de groep beter kunnen ontbinden? Dat ik er als enige iets uithaal?'

'Integendeel. Ik wil alleen maar zeggen dat iemand het voortouw moet nemen met dit soort dingen, anders valt de groep uit elkaar. Zonder Mr. Jimmy zou het dertig jaar geleden al afgelopen zijn geweest met de Dead Kings. En dan zouden we allemaal een stuk slechter af zijn.'

Ik dronk mijn whisky op. Ik nam aan dat George zijn boodschap had overgebracht, maar hij schonk onze glazen nog eens vol. Ik vermoedde dat een tweede glas het slaapprobleem wel zou kunnen oplossen, al werd het dan misschien een probleem om overeind te komen.

'Weet je nog dat ik zei dat iedereen alles van me weet?' zei hij.

Ik knikte.

'Dat was gelogen. Mijn zoon, degene die ik niet geboren heb zien worden, die is drugsverslaafd. Dat is geen geheim. Weet je wat het geheim is? Het is mijn schuld. Ik heb het veroorzaakt. Hij dronk niet, rookte niet. Hij was een jazzdrummer. Een verdomd goeie drummer.'

'Denk je dat jouw tekortkomingen als ouder hem ertoe hebben gedreven verdovende middelen te gebruiken?'

'Het zat hem niet in de genen, dat kan ik je wel vertellen.' George nam de tijd om zijn glas whisky leeg te drinken. Ik hield me aan de therapeutenregel en zei niets. George schonk zijn glas nog eens vol. 'Ik heb hem ermee laten kennismaken. Ik heb hem aangespoord. Ik zei dat hij bang was om dingen te proberen, bang om het leven te omarmen. Gene kan je wel vertellen waarom ik dat heb gedaan.'

'Ik dacht dat het een geheim was. Wil je dat ik het aan Gene vertel?'

'Nee. Maar als je dat wel zou doen, dan zou Gene je zeggen dat ik hem tot mijn niveau wilde verlagen. Onbewust, denk ik. Maar ook weer niet zo onbewust.'

George was nu duidelijk van streek. Ik hoopte dat het niet nodig zou zijn om mijn arm – of armen – om hem heen te slaan.

'Dus daar heb je het dan,' zei hij. 'Jij bent de enige die dit weet, buiten mij en hem. Hij heeft geen kwaad woord over me gezegd.'

'Heb je hulp nodig bij het oplossen van dit probleem?'

'Als dat het geval was, zou jij de eerste persoon zijn die ik zou vragen. Maar daar is het te laat voor. Ik wilde het gewoon vertellen aan iemand die het zou zien voor wat het was. Als ik toch veroordeeld moet worden, dan liever door iemand die ik respecteer.' Hij hief zijn glas alsof hij wilde proosten en sloeg toen de inhoud achterover. Ik volgde zijn voorbeeld.

'Bedankt hiervoor,' zei hij. 'Ik sta bij je in het krijt. Als je een oplossing vindt voor drugsverslaving moet je het me maar laten weten voordat je de Nobelprijs ophaalt. Als ik moest gokken wie die klus zou kunnen klaren, dan zou ik mijn geld op jou inzetten.'

Er brandde geen licht in ons appartement toen ik terugkwam van George. Ik had mijn natte kleren uit de vuilniszak gehaald, mijn tanden gepoetst en mijn planning voor de volgende dag gecontroleerd toen ik ineens een idee kreeg. Ik voelde de behoefte om meteen in actie te komen.

Gene sliep al en was niet blij dat ik hem wekte.

'We moeten Carl bellen,' zei ik.

'Wat? Wat is er aan de hand? Is er iets met Carl gebeurd?'

'Er zou iets kunnen gebeuren. Hij zou verdovende middelen kunnen gaan gebruiken. Vanwege zijn geestelijke gesteldheid.'

Gene had een reden gegeven voor het niet opbiechten van de waarheid aan Claudia, al had deze niet erg overtuigend geklonken. Maar het was duidelijk dat zijn leugen ertoe had geleid dat Carl hem haatte. Haat leidt tot stress, wat tot gezondheidsproblemen kan leiden, zowel geestelijk als lichamelijk. Tieners zijn zeer kwetsbaar. Het was te laat om George' zoon te redden, maar we verkeerden wel in de positie om Carl te redden.

'Zijn geestelijke gesteldheid komt voort uit een incorrecte aanname over jouw gedrag. Dat moet je rechtzetten.'

'Dat komt morgen wel.'

'Het is 02.14 uur, 17.14 uur in Melbourne. Een perfect moment om te bellen.'

'Ik heb niets aan.'

Dat was waar. Gene had in zijn ondergoed liggen slapen, een ongezonde keuze. Ik begon hem te vertellen over het risico op tinea cruris, maar hij onderbrak me.

'Oké, laten we het dan maar doen. Maar laat de webcam uit.'

Calculon was online. Ik legde contact en ze haalde Carl erbij. Ik bleef via tekstberichten communiceren.

GEGROET, CARL. GENE (JE VADER) WIL JE SPREKEN.

NEE, BEDANKT. SORRY, DON, IK WEET DAT JE ALLEEN MAAR PROBEERT TE HELPEN.

HIJ WIL IETS OPBIECHTEN.

IK WIL NIETS MEER HOREN OVER DE DINGEN DIE HIJ HEEFT UITGESPOOKT. WELTERUSTEN.

WACHT. HIJ HEEFT GEEN SEKS GEHAD MET ANDERE VROUWEN. DAT WAS GELOGEN.

WAT?

Dit leek me het perfecte moment om de webcam in te schakelen. Carls gezicht vulde het scherm. Hij had zich al een tijdje niet geschoren, naar de trant van Stefan, en hij zag eruit als iemand die in staat was zijn vader te vermoorden.

'Wat bedoel je daarmee?'

Ik gaf Gene een stomp tegen zijn arm, wat naar mijn idee een standaardteken was om aan te geven dat hij iets moest zeggen.

'Shit, dat doet pijn, Don.'

'Geef Carl de informatie.'

'Eh, Carl, je moet weten dat ik niet met al die vrouwen naar bed ben geweest. Het was gewoon opschepperij. Niet tegen Claudia zeggen.'

Er viel een stilte. Toen zei Carl: 'Wat ben je toch een loser,' waarna hij de verbinding verbrak.

Gene wilde opstaan van de rand van het bad, maar was waarschijnlijk zo dronken dat hij achteroverviel, boven op mijn kleren die doordrenkt waren met bovien vruchtwater. Ze roken niet erg aangenaam. Gene leek zich niet te hebben bezeerd en gezien mijn positie op het toilet was het praktischer om hem zelf overeind te laten komen.

Rosie was schijnbaar gewekt door de kreet die Gene had geslaakt toen hij in de badkuip viel. Ze opende de deur naar de bad-werkkamer en keek ons allebei vreemd aan, vermoedelijk vanwege Gene's pogingen om uit het bad te klauteren en vanwege mijn vreemde kleding – de broek van Ben de Boer zat te ruim en werd opgehouden door een stuk touw. Gene droeg uiteraard nog steeds alleen zijn ondergoed.

Rosie keek snel weg van Gene en keerde zich naar mij. 'Leuke avond gehad?' vroeg ze.

'Voortreffelijk,' antwoordde ik. Het ondersteunen bij de bevalling van het grote zoogdier was een belangrijke stap in het herstellen van onze relatie.

Rosie leek geen interesse te hebben in een verder gesprek. Gene viel weer in de badkuip.

'Sorry,' zei ik tegen Gene. 'Ik had de avond niet voortreffelijk mogen noemen. We lijken niet echt vooruitgang te hebben geboekt met Carl.'

'Volgens mij heb je het mis,' zei Gene. 'Hij heeft gewoon wat tijd nodig om erover na te denken.'

Ik stond op, maar Gene was nog niet klaar.

'Don, over niet al te lange tijd krijg je zelf een kind. Dan zul je wel begrijpen hoe ver je zou gaan om je relatie met hem of haar te beschermen.'

'Natuurlijk. Ik heb jou juist aangemoedigd je uiterste best te doen om de problemen met Carl op te lossen.'

'Als je ooit doorkrijgt wat ik heb gedaan, dan hoop ik dat je het in ieder geval begrijpt. Zelfs als je het me niet vergeeft.'

'Wat bedoel je?'

'Carl zou dat verhaal nooit hebben geloofd, tenzij het van jou kwam.'

'Waarom ben je niet op je werk?' vroeg Rosie de daaropvolgende maandagochtend. Het was 09.12 uur en ze was haar ontbijt aan het klaarmaken. Het zag er gezond uit, wat waarschijnlijk ook onvermijdelijk was, aangezien er alleen zwangerschapsvriendelijke etenswaren in de koelkast stonden. Haar figuur was aan het veranderen, zoals verwacht.

Momenteel kwam het overeen met de tekeningen in Het Boek behorende bij de vijfde maand van de zwangerschap. Ik zag nieuwe variaties van de prachtigste vrouw ter wereld. Het was als het luisteren naar een nieuwe uitvoering van een van je favoriete liedjes. 'Satisfaction' gezongen door Cat Power.

'Ik heb de hele dag vrij genomen. Om bij de tweede echografie aanwezig te kunnen zijn,' zei ik. Ik had dit nog niet eerder verteld, om de impact van mijn grotere betrokkenheid te maximaliseren. Een verrassing.

'Ik heb helemaal niets gezegd over een echo,' zei Rosie.

'Krijg je die niet dan?'

'Ik heb hem vorige week al gehad.'

'Eerder dan gepland?'

'Met tweeëntwintig weken. Waar jij een paar maanden geleden op aandrong.'

'Correct. Vorige week zat je op eenentwintig weken en een onbekend aantal dagen.' Tweeëntwintig weken en nul dagen, dat hadden we afgesproken.

'Verdomme,' zei Rosie. 'Als ik je meevraag dan kom je niet opdagen, en nu vraag ik je niet en heb je een hele dag vrij genomen.' Ze draaide zich om en vulde de waterketel. 'Eigenlijk had je geen zin om mee te komen, of wel, Don? De vorige keer ben je ook niet geweest.'

'Dat was een vergissing. Die wilde ik rechtzetten.'

'Waarom?'

'Het is gebruikelijk dat de man aanwezig is bij echografische onderzoeken. Ik was me niet bewust van die conventie. Het spijt me dat ik een fout heb gemaakt.'

'Ik wil niet dat je meekomt omdat het gebruikelijk is.'

'Wilde je niet dat ik meekwam?'

Rosie schonk kokend water over een zakje 'kruidenthee'

(in werkelijkheid was het geen kruidenthee maar fruitthee, zonder cafeïne).

'Don, we zitten duidelijk niet op één lijn. Het is niet jouw schuld, maar je vindt het allemaal niet erg interessant, of wel?'

'Incorrect. De menselijke voortplanting is uitermate interessant. De zwangerschap heeft me aangespoord kennis op te doen...'

'De baby schopt, wist je dat? Beweegt heen en weer. Ik heb ons kindje gezien op het scherm. Ik voel het wanneer ik in bed lig.'

'Uitstekend. Het is normaal om vanaf ongeveer achttien weken beweging te voelen.'

'Dat weet ik,' zei ze. 'Ik maak het zelf mee.'

Ik nam me voor de informatie op de tegel voor week 18 te noteren. Toen Gene in de badkuip was gevallen had hij een aantal van mijn eerdere schetsen weggeveegd, maar de recentere tegels waren intact. Rosie keek me aan alsof ze nog meer verwachtte.

'Een goede indicatie dat alles normaal verloopt. Wat de echo zou moeten bevestigen.' Dat was een aanname. 'Verloopt alles inderdaad normaal?'

'Leuk dat je het vraagt. Alle onderdelen zitten waar ze volgens de planning zouden moeten zitten.' Ze nam een slok van haar fruitthee. 'Ze kunnen zien of het een jongen of een meisje is, wist je dat?' zei ze.

'Niet altijd. Dat ligt aan de positie.'

'Nou, de baby lag in de juiste positie.'

Ik had een idee. 'Zullen we naar het Museum of Natural History gaan? Het is minder druk op een doordeweekse dag.'

'Nee, bedankt. Ik moet nog wat lezen. Ga jij maar. Wil je weten of we een jongen of een meisje krijgen?'

Ik zag niet in wat we op dit moment aan die informatie zouden hebben, behalve dat we dan seksespecifieke producten konden kopen, maar ik wist zeker dat Rosie dat seksistisch zou vinden. Mijn moeder had al gevraagd wat voor kleur sokjes ze moest aanschaffen.

'Nee,' zei ik.

Ik kan Rosies gezichtsuitdrukkingen beter interpreteren dan die van andere mensen, doordat ik hier meer ervaring mee heb. Ik stelde bedroefdheid of teleurstelling vast, in ieder geval een negatieve reactie.

'Ik ben van gedachten veranderd. Ja. Wat is het geslacht?'

'Dat weet ik niet. Ze konden het wel zien, maar ik wilde het niet weten.'

Rosie had een verrassing voor zichzelf geregeld. Dat loste het probleem met de sokjes op.

Ik pakte mijn rugzak uit mijn bad-werkkamer. Op weg naar buiten hield Rosie me tegen. Ze pakte mijn hand en legde hem op haar buik, die nu zichtbaar uitstak. 'Voel eens, de baby trapt.'

Ik voelde en bevestigde haar waarneming. Het was alweer even geleden dat ik Rosie had aangeraakt, en in mijn hoofd ontstond het idee om een driedubbele espresso en een bosbessenmuffin te kopen. Maar dat stond allebei op de lijst van verboden voedingsmiddelen.

25

Rosie had haar proefschrift afgerond. Overeenkomstig het gebruik om mijlpalen te vieren had ik een diner voor twee geregeld bij een prestigieus restaurant, na te hebben geïnformeerd of ze ook een zwangerschapsvriendelijke maaltijd konden bereiden. Op Rosies verzoek had ik de viering uitgesteld zodat ze zich eerst kon richten op de voorbereidingen voor een dermatologie-examen, dat ze die middag had.

Onze relatie was niet significant veranderd sinds het Tweede Echografie Misverstand. Die zaterdag had ik de schets op tegel 26 voltooid – of beter gezegd, op twee aangrenzende tegels. Bud paste niet langer op een enkele tegel.

Ik reisde niet meer mee met Rosie in de metro. Nu het koeler werd, had ik een hardlooproute uitgestippeld van en naar Columbia, door Hudson River Park. We hadden geen seks meer gehad. Toen ik begin twintig was, had ik een huis gedeeld met andere studenten. Onze huidige situatie voelde vergelijkbaar.

Rosie zat al in haar werk-slaapkamer toen Gene en ik thuiskwamen. 'Hoi jongens. Hoe was jullie dag?' riep ze.

'Interessant,' riep ik terug vanuit de woonkamer terwijl ik het controlepaneel van de gekoelde bierkamer opende om het systeem te controleren en twee monsters tapte voor een smaaktest. 'Inge heeft een statistisch significante afwijking aangetroffen bij groep 17B.' Na Rosies aanvankelijke reactie op het Lesbische Moeders Project en Gene's advies om me niet met Rosies vakgebied te bemoeien, leek het me veiliger om mijn verslag te beperken tot het muizenleveronderzoek. 'Ze paste een rangtekentoets van Wilcoxon toe... Eén moment... Ik ben het bier aan het controleren.'

Gene maakte van de gelegenheid gebruik om het gesprek over te nemen. 'Hoe ging je examen?'

'Mijn geheugen lijkt verdomme wel een zeef. Van sommige dingen wist ik zeker dat ik ze had geleerd, maar ik kon ze me gewoon niet meer herinneren.'

Ik keerde terug met twee volle bierglazen en gaf er een aan Gene. Het koelsysteem werkte perfect en ik vroeg me af wanneer George zou beseffen dat hij mijn diensten niet langer nodig had.

Ik bevond me weer binnen gehoorafstand van Rosie. 'De analyse wees op een onverwacht...'

'We hadden het over Rosies examen,' zei Gene.

In plaats van hem erop te wijzen dat we daarvoor al over het muizenonderzoek hadden gesproken en dat we die discussie nog niet hadden afgerond, paste mijn brein zich snel aan zodat ik kon deelnemen aan het gesprek over het examen.

'Verslechtering van cognitieve functies is een veelvoorkomende bijwerking van een zwangerschap. Je moet om een herkansing vragen.'

'Omdat ik zwanger ben?'

'Correct. Het wetenschappelijke bewijs is overtuigend.'

'Nee.'

'Dat lijkt me een onredelijke reactie. Wat ook een bekende bijwerking is van een zwangerschap.'

'Ik had alleen een slechte dag, oké? Ik heb waarschijnlijk wel een voldoende gehaald. Vergeet het maar gewoon.'

Mensen kunnen geen dingen op commando vergeten. Iemand opdragen om iets te vergeten is vergelijkbaar met iemand opdragen om niet aan een roze olifant te denken, of bepaalde voedingsmiddelen niet te kopen.

Had de verslechtering van cognitieve functies tijdens de zwangerschap een bepaalde evolutionaire waarde, of kwam het doordat bepaalde voedingsstoffen werden omgeleid naar de baby? Dat laatste leek me waarschijnlijker. Ik dacht hier verder over na – terwijl Gene ondertussen de standaardopmerkingen maakte die docenten gebruiken om studenten rustig te houden in de periode tussen het examen en de uitslag – waarna ik een samenvatting van mijn conclusie presenteerde.

'Het zakken voor het examen heeft waarschijnlijk positieve gevolgen voor de ontwikkeling van de baby.'

'Wat? Don, ga je omkleden voor het etentje.'

Rosie liep terug naar haar werk-slaapkamer, vermoedelijk om zich zelf ook om te kleden. Gene voelde echter nog steeds de behoefte om te praten, waarschijnlijk als gevolg van een overdosis koffie of residuale opwinding veroorzaakt door Inge.

Hij riep naar Rosie. 'Denk eens aan je proefschrift. Dat examen is maar één klein onderdeel van je studie. Dat proefschrift staat voor zes jaar hard werken. Misschien dat het de feeststemming vanavond ten goede komt als ik alvast verklap dat het zal worden goedgekeurd, en dat je hooguit nog wat kleine aanpassingen hoeft te doen. Het stuk levert een belangrijke bijdrage aan het vakgebied, of ik het nu wel of niet eens ben met je filosofieën. Mijn harde opstelling was alleen bedoeld om je op de juiste koers te houden. Dus ga lekker uit eten en geniet ervan.'

'Kom je niet met ons mee?' riep Rosie terug.

'Ik bestel wel een pizza.'

'Ik ging ervan uit dat je met Inge zou eten,' zei ik.

'Niet elke avond. Nog niet.'

'Ik dacht dat je met ons mee zou gaan. Jij hebt hier een grote rol bij gespeeld,' zei Rosie.

'Nee, gaan jullie maar lekker samen.'

'Ik meen het, ik wil dat je meegaat. Ik wil je er graag bij hebben vanavond. Alsjeblieft.'

Rosie zorgde voor een probleem, een totaal onverwacht probleem. Ze had continu geklaagd over Gene, als begeleider, als logé en als mens in het algemeen, dus ik was ervan uitgegaan dat ze hem er niet bij wilde hebben nu ze, zoals ze zelf regelmatig had gezegd, 'eindelijk van die zak was verlost'. Ik had een tafel voor twee gereserveerd en het restaurant was erg populair. Ik legde de situatie uit, zonder de negatieve opmerkingen over Gene te noemen, maar Rosie stond erop.

'Onzin. Ze kunnen er best een extra stoel bij zetten. Ze zullen ons heus niet wegsturen.'

Gezien mijn eerdere gesprek met de restaurantmedewerkers vermoedde ik dat Rosies tweede opmerking waarschijnlijk wel klopte.

Het restaurant aan de Upper East Side bevond zich op loopafstand, hoewel Gene en Rosie wat moeite leken te hebben met de laatste twintig blokken. Ze zouden allebei aan hun conditie moeten werken. Ik stelde dit voor aan Rosie, als mogelijke besteding van de tijd die was vrijgekomen nu ze haar proefschrift en haar examen had voltooid.

Er stond een gastvrouw vlak bij de ingang, achter een lessenaar. Ik sprak haar op gebruikelijke wijze aan. 'Goedenavond. Ik heb gereserveerd op naam van Tillman.'

Het was net alsof ik zei: 'Uw restaurant wordt geteisterd door een pestepidemie.' Ze liep snel weg.

'Waar heeft zij last van?' zei Rosie. 'Je hebt een jasje aan.'

Dat was waar, al hanteerde dit restaurant geen officiële kledingvoorschriften. Ik besefte dat dit een verwijzing was naar de avond dat Rosie en ik voor het eerst uit eten waren geweest. De reeks gebeurtenissen, die begon met het niet mogen betreden van een restaurant vanwege enige verwarring omtrent de definitie van 'jasje', had uiteindelijk geleid tot een relatie. Er was sindsdien veel veranderd.

Mevrouw Pestepidemie keerde terug met een formeel geklede persoon die naar ik aannam de hoofdkelner was.

'Professor Tillman. Welkom. We hadden u al verwacht.'

'Uiteraard. Ik heb gereserveerd. Voor dit tijdstip. Dit exacte tijdstip.'

'Ja. Dat was voor twee personen, klopt dat?'

'Correct. Was. Nu voor drie.'

'Nou, we zitten erg vol. En de chef heeft naar ik heb begrepen nogal wat moeite moeten doen om aan uw specifieke wensen te kunnen voldoen.'

'Vol' is absoluut en kent geen overtreffende trap. Ik was blij dat mijn vader er niet bij was. Maar het zou buitengewoon onbeleefd zijn om Gene weg te sturen nu hij helemaal naar het restaurant was gelopen. Ik maakte aanstalten te vertrekken. 'Dan zoeken we een ander restaurant,' zei ik tegen de hoofdkelner.

'Nee, nee, in hemelsnaam, we vinden er wel wat op. Als u even wilt wachten.'

Er arriveerde een koppel en hij richtte zijn aandacht op hen. 'Reservering voor twee om acht uur,' zei de man. Het was nu 20.34 uur.

Ze noemden geen naam, maar de hoofdkelner herkende

ze blijkbaar, want hij zette een vinkje op zijn lijst. Ik keek nog eens goed. Het was Mevrouw Luidruchtig, van de avond dat ik was ontslagen bij de cocktailbar!

Ze was duidelijk zwanger. Voor zover ik kon bepalen was ze niet dronken. Het opofferen van mijn baan om haar baby te beschermen tegen foetaal alcoholsyndroom berustte in ieder geval niet op een misverstand.

Haar metgezel zei iets tegen haar. 'De truffelbrie is echt stervenslekker.'

Stervenslekker. Zijn woordkeuze was mogelijk van voorspellende aard. Ik had geen andere keuze dan me in hun gesprek te mengen. 'Ongepasteuriseerde kaas kan listeria bevatten en kan dus beter worden vermeden tijdens de zwangerschap. Anders breng je de foetus mogelijk in gevaar. Alweer.'

Ze keek me aan. 'Jij! De cocktailnazi! Wat doe jij hier?'

Het antwoord was logisch, en ik hoefde dit ook niet te geven, want de hoofdkelner onderbrak ons.

'We serveren vandaag een speciale proeverij. Een van onze gasten had nogal ongewone wensen, dus uiteindelijk heeft de chef besloten deze maaltijd voor alle gasten te bereiden.' Hij wierp me een vreemde blik toe en sprak op langzame toon verder. 'Om niet helemaal door te draaien.'

'Staat de truffelbrie wel op het menu? En de sashimi van kreeft?' vroeg Mevrouw Luidruchtig.

'De brie wordt vanavond vervangen door een ambachtelijke, lokaal geproduceerde schapenkaas, en de kreeft zal worden gekookt in bouillon, op smaak gebracht met...'

'Laat maar zitten.'

'Madame, als ik zo vrij mag zijn: ik denk dat het menu van vanavond bijzonder goed aansluit op uw... situatie,' zei de hoofdkelner.

'Mijn situatie? Jezus.' Ze trok haar partner mee naar de deur. 'We gaan wel naar Daniel.'

Tot tweemaal toe had ik de baby van deze vrouw gered, of dat had ik in ieder geval geprobeerd. Ik zou het verdienen om zijn peetvader te worden. Ik hoopte maar dat Daniel op de hoogte was van de risico's van voedselvergiftiging tijdens de zwangerschap.

Rosie stond te lachen. Gene schudde zijn hoofd. Maar dit loste wel ons probleem op.

'U hebt nu twee plaatsen beschikbaar,' zei ik tegen de hoofdkelner. 'Wat betekent dat het ook iets minder vol zit in het restaurant.'

We werden naar een tafel bij het raam geleid.

'Ze hebben me gegarandeerd dat al het eten geschikt is voor een zich ontwikkelende baby, volgens de meest strikte richtlijnen, en dat de voedingswaarde perfect in balans is. En dat het erg smakelijk zal zijn.'

'Hoe kunnen ze dat garanderen?' vroeg Rosie. 'Chefs zijn niet op de hoogte van die dingen. Niet in dezelfde mate van... detail als jij.'

'Deze inmiddels wel.' Ik had twee uur en acht minuten met ze gebeld om alles uit te leggen, gevolgd door enkele aanvullende telefoontjes. Dat vonden Gene en Rosie hilarisch. Toen hief Gene zijn glas champagne om te proosten op Rosies succes, en volgens traditie hieven Rosie en ik ook ons glas met respectievelijk mineraalwater en champagne.

'Op de toekomstige dr. Jarman,' zei Gene.

'Dr. dr. Jarman,' merkte ik op. 'Na afronding van je studie geneeskunde zul je twee doctorstitels hebben.'

'Nou,' zei Rosie, 'dat is een van de dingen die ik je wilde vertellen. Ik wil mijn studie uitstellen.'

Eindelijk! Ze was tot rede gekomen. 'Een verstandig besluit,' zei ik.

Het eten arriveerde.

'Vitamine A,' zei ik, 'in de vorm van kalfslever.'

'Je neemt mijn breuk met het pescotarisme wel erg serieus, hè?' zei Rosie.

'Als je de impact op het milieu zo veel mogelijk wilt beperken, moet je het hele dier eten,' zei ik. 'En het smaakt heerlijk.'

Rosie nam een hap. 'Het smaakt niet slecht. Oké, het is lekker. Heerlijk. Wat er verder ook gebeurt, je zult mij niet horen zeggen dat je een slechte smaak hebt.'

Na de suikervrije petitfours van johannesbrood en de cafeïnevrije koffie vroeg ik om de rekening en bracht Gene het gesprek weer op Rosies plannen.

'Ga je fulltime thuiszitten met de baby? Word je dan niet gillend gek?'

'Ik zal een parttime baantje zoeken zodat we onszelf kunnen onderhouden. Ik denk nog over een paar opties na. Misschien ga ik wel een tijdje naar huis. Naar Australië.'

Die opmerking bevatte een tegenstrijdigheid: 'zodat "we" onszelf kunnen onderhouden', 'misschien ga "ik" wel een tijdje naar huis'. Even hoopte ik nog dat Rosie een grammaticale fout had gemaakt, maar die hoop ging in rook op toen ik besefte dat 'we' betrekking had op haar en Bud. Als 'we' naar Rosie en mij zou verwijzen, of naar Rosie, mij en Bud, dan was het voor onze gezamenlijke zelfredzaamheid niet nodig dat Rosie een baan zou zoeken. Bovendien had ze een eventuele terugkeer naar Australië niet met mij besproken. Ik was verbijsterd. De kelner bracht de rekening en ik legde automatisch mijn creditcard op tafel.

Rosie haalde diep adem en keek naar Gene, en toen naar

ons allebei. 'Dat brengt me dan denk ik op het andere punt dat ik wilde bespreken. Ik bedoel, ik denk niet dat het een geheim is – je hebt niet veel geheimen voor elkaar als je in hetzelfde huis woont...'

Ze zweeg even toen Gene opstond en naar de kelner gebaarde, die terugkeerde naar onze tafel met mijn creditcard op een zilveren dienblad. Ik berekende de fooi en vulde die in, maar Gene pakte het dienblad van me af voordat ik mijn handtekening kon zetten.

'Wat is dat voor fooi?' vroeg hij.

'Achttien procent. De aanbevolen hoeveelheid.'

'Op de kop af, aan de cijfers achter de komma te zien.'

'Correct.'

Gene streepte mijn bedrag door en schreef iets anders op.

Rosie wilde iets zeggen. 'Ik moet jullie echt vertellen...'

Gene onderbrak haar. 'Ik denk dat we ze vanavond wel wat meer verschuldigd zijn. Ze hebben ons een bijzondere en ietwat gekke avond bezorgd.' Hij hield zijn koffiekopje in de lucht. Ik had nog nooit iemand een toost zien uitbrengen met een koffiekopje, maar ik volgde zijn voorbeeld. Rosie liet haar kopje staan.

'Op Don, die erg veel moeite in deze avond heeft gestoken en die ons leven net dat beetje gekker maakt.'

Er viel een stilte. Rosie tilde langzaam haar koffiekopje op om met Gene en mij te proosten. Niemand zei iets.

Toen we het restaurant verlieten, werden we belaagd door flitsende camera's. Een groep – een horde – fotografen nam foto's van Rosie!

Toen riep een van hen: 'Da's de verkeerde. Sorry, jongens.'

We namen een taxi naar huis en gingen ieder naar onze eigen slaapkamer.

26

De volgende avond bevestigde Gene mijn analyse. Rosie was van plan ons huwelijk te beëindigen.

'Ze zette alleen niet door omdat ze er gisteravond in het restaurant aan werd herinnerd waarom jullie überhaupt iets met elkaar hebben gekregen. Maar dat is niet het probleem.'

'Inderdaad. Het ligt niet aan mijn geschiktheid als partner. Het probleem is mijn geschiktheid als vader.'

'Ik vrees dat je gelijk hebt. Claudia zou zeggen dat die twee dingen onlosmakelijk met elkaar verbonden zijn, maar Rosie lijkt ze los van elkaar te bekijken.'

Rosie lag in bed. Rosie, die me had aangemoedigd verder te kijken dan mijn beperkingen, die mijn leven beter had gemaakt dan ik me ooit had kunnen voorstellen. Ik zat met mijn beste vriend op een balkon in Manhattan, kijkend over de Hudson naar de lichtjes van New Jersey, terwijl de mooiste vrouw ter wereld en mijn toekomstige kind binnen lagen te slapen. Maar ik was ze bijna kwijtgeraakt. Ik liep nog steeds het risico ze kwijt te raken.

'Het probleem is dat de dingen die Rosie zo leuk vindt aan je ook precies de dingen zijn die haar het idee geven dat je te... anders bent om een goede vader te kunnen zijn,' zei Gene. 'Ze is dan misschien wel bereid om risico's te nemen met haar relaties, maar geen enkele vrouw neemt risico's met haar kinderen. Uiteindelijk zal het erop neerkomen dat je haar moet overtuigen dat je... doorsnee genoeg bent om een goede vader te kunnen zijn.'

Dat klonk als een overtuigende analyse. Maar de oplossing bleef hetzelfde. Harder werken aan mijn vaderschapskwaliteiten.

Hoewel ik enorme vooruitgang had geboekt, dankzij mijn bestudering van de verloskunde, aangevuld met de ervaring van het ter wereld brengen van Dave het Kalf en met mijn werk aan het Lesbische Moeders Project, waren mijn nieuwe vaardigheden niet zichtbaar geweest voor Rosie doordat er nog geen baby was om ze op toe te passen. Andere initiatieven, zoals de kinderwagen, hadden een onverwacht negatieve uitwerking gehad.

Ik verwachtte dat de situatie na de bevalling zou verbeteren, maar ik stond nu voor de uitdaging om de resterende veertien weken van de zwangerschap door te komen zonder dat Rosie me zou afwijzen. Eén onopzettelijke fout kon het verschil maken, en gezien mijn aanleg voor het maken van dergelijke fouten, was het van het grootste belang dat ik een buffer creëerde.

Ik had deskundig advies nodig om een optimaal overlevingsplan op te kunnen stellen.

Dave was geschokt. 'Jij en Rosie? Je maakt een grapje. Ik bedoel, ik wist wel dat jullie wat problemen hadden, maar niet erger dan Sonia en ik.'

'Ze heeft de baby boven onze relatie gesteld. Waardoor ons huwelijk uiteen dreigt te vallen.'

George begon te lachen. 'Sorry, ik lach je niet uit. Maar welkom in de echte wereld. Ik zou niet meteen denken dat jullie huwelijk voorbij is alleen omdat ze zich gedraagt zoals iedere andere vrouw. Dat zit in hun genen, of niet, Gene het Genie?'

'Ik zal geen Nobelprijs winnen met de onthulling dat vrouwen inderdaad geprogrammeerd zijn om zich op de baby te richten. Maar ik denk wel dat Don in de problemen zit.' Gene keek me aan. 'En dat is begonnen toen hij niet aanwezig was bij de echo.'

'Shit,' zei Dave. 'Daar heb ik vrij voor genomen, en ik neem nooit vrij. Je hebt echt iets gemist, Don.'

'Ik heb er een foto van gezien,' zei ik defensief. Ik had inderdaad geblunderd.

'Dat is niet hetzelfde. We konden de baby zien bewegen en, nou ja, na al die moeite was hij daar dan eindelijk.' Dave vertoonde tekenen van ontroering.

George haalde een fles wijn onder de tafel vandaan en ik pakte mijn flesopener. Het honkbalseizoen was allang afgelopen, dus we zaten bij Arturo's Pizza in Greenwich Village. Dankzij George' extreem hoge fooien hoefden we ons niet aan de regels te houden en konden we zijn belachelijk dure Toscaanse wijnen meenemen, die hij nu naar eigen zeggen prefereerde boven Engels bier. De korte onderbreking van het gesprek gaf me de tijd om na te denken.

Gene proefde de wijn.

'Wat vind je?' vroeg George.

'Van de wijn? O, het is een van de tien beste wijnen die ik ooit heb geproefd. En dat terwijl ik hier met drie maten in een pizzatent zit. Ik had niet de diavolo moeten bestellen. Maar wat Don en Rosie betreft...'

Gene liet zijn wijn rondgaan in het glas, dat te klein was om een goede wijn echt te kunnen appreciëren.

'Het heeft geen zin om de kwestie te verzoeten voor Don. Rosie denkt niet dat hij het zal redden als vader. Weet je nog wat ik zei over herhalende patronen? Rosie komt uit een eenoudergezin, dus misschien ziet zij dat ook wel als haar lot.'

Gene's inzicht bood geen praktische oplossing. Ik kon het verleden niet veranderen.

Dave had gezwegen terwijl hij het laatste stuk van onze eerste gedeelde pizza opat.

'Ik doe mijn best om mijn koelingsbedrijf tot een succes te maken. Het is net als met honkbal,' zei hij. 'Het enige wat ik kan doen, is proberen te presteren, elke dag opnieuw, en hopen op goede resultaten. En hopen dat Sonia haar vertrouwen in mij niet verliest. Het enige wat Don kan doen, is zijn beste beentje voorzetten en hopen dat Rosie bijdraait.'

Dave had gelijk. Ik moest alles op alles zetten om de beste vader te worden die ik kon zijn. Ik had al een begin gemaakt. Ik had zo succesvol met een baby geïnterageerd dat ik zijn oxytocinegehalte had laten stijgen, zonder dat Rosie dit wist. Maar ik moest meer doen.

42,8 procent van mijn vrienden had input gegeven op onze crisis, inclusief mijn nieuwe vriend George. Ik had het volgende uit hun opmerkingen gedistilleerd: 'Er is een probleem,' en 'Niet opgeven.'

Ik besloot de Eslers niet te bellen. Ik wilde niet dat zij ook op de hoogte zouden zijn van het feit dat we problemen hadden, naast Rosie, Gene, George, Dave, Sonia en Stefan(!).

Dus bleef alleen Claudia over. De beste psycholoog ter wereld.

Dit keer zette ze het geluid aan toen ik verbinding met haar maakte via Skype, in plaats van alleen via tekstberichten te communiceren. Ik had nog niet vastgesteld welke factor haar voorkeur bepaalde, maar de snelheid van gesproken communicatie stelde me in staat het probleem binnen een uur uit te leggen.

Claudia gaf haar analyse vrijwel meteen nadat ik klaar

was. 'Ze is op zoek naar de perfecte liefde. Ze heeft een idealbeeld gevormd van iets wat ze heeft verloren voordat ze kon begrijpen dat liefde nooit perfect is.'

'Dat is te abstract.'

'Haar moeder stierf toen ze tien was. Ze heeft niet de kans gekregen om erachter te komen dat haar moeder – of de liefde van haar moeder – misschien niet perfect was. Dus ging ze op zoek naar een perfecte vader, die uiteraard niet bestond, en vervolgens vond ze een perfecte echtgenoot.'

'Ik ben niet perfect,' zei ik.

'Dat ben je wel, op je eigen manier. Jij gelooft meer in de liefde dan wij allemaal. Er bestaat geen grijs gebied voor jou.'

'Wil je beweren dat ik niet in gradaties kan denken? Dat mijn brein op de een of andere manier volgens de booleaanse logica functioneert?'

'Je zou nooit vreemdgaan, of wel?'

'Natuurlijk niet.'

'Waarom niet?'

'Dat hoort niet.' Ik besefte wat ik hiermee zei. 'Tenzij je een open relatie hebt, uiteraard.'

'Laten we daar niet over beginnen, Don. Dit gaat over jou en Rosie. Maar op een gegeven moment zal Rosie erachter zijn gekomen dat jij ook maar een mens bent. Je vergeet eens een belangrijke datum, je kunt haar gedachten niet lezen.'

'Het is onwaarschijnlijk dat ik een specifieke datum zou vergeten. Maar gedachtelezen is niet mijn sterkste punt.'

'Dus nu start ze een nieuwe zoektocht naar de perfecte liefde.'

'Herhalende patronen,' zei ik.

'Van wie heb je dat? Nee, laat maar, dat kan ik wel raden. Maar in dit geval klopt het. En uit je verhaal maak ik op dat jij voor haar geen deel uitmaakt van die perfecte liefde. Gewoon jezelf zijn werkte waarschijnlijk prima voor jullie samen, maar het zal een stuk minder goed werken als er een baby bij komt. Zo ziet zij het tenminste.'

'Omdat ik geen doorsnee vader ben.'

'Wie weet. Maar doorsnee is in dit geval misschien niet genoeg. Ze heeft een verstoord beeld van een vader. Ze had veel problemen met haar eigen vader, toch?'

'De problemen met Phil zijn opgelost. Ze zijn nu vrienden.' Terwijl ik dit zei, dacht ik terug aan Gene's opmerking over problemen uit de kindertijd.

'Dat verandert niets aan het verleden. Het verandert niets aan haar onderbewustzijn.'

'Wat moet ik dan doen?'

'Dat is altijd het lastigste deel.'

Ik kwam steeds meer tot de conclusie dat onderzoekspsychologen eens wat meer aandacht zouden moeten besteden aan het daadwerkelijk oplossen van problemen.

'Blijf je best doen om een goede vader te zijn. Probeer de kwestie eens met Rosie te bespreken. Maar niet in mijn bewoordingen.'

'Hoe kan ik het bespreken zonder de bewoordingen te gebruiken waarin jij het me hebt uitgelegd?' Dat was hetzelfde als uitleggen wat genetica was zonder over DNA te mogen beginnen.

'Goed punt. Misschien moet je maar gewoon je best blijven doen om haar te laten merken dat je toegewijd bent.'

Oftewel: er is een probleem. Niet opgeven.

'En Don...'

Ik wachtte tot Claudia haar zin zou afmaken.

'Zeg dit maar niet tegen Gene, maar ik ben inmiddels met iemand anders. Ik heb een relatie met een nieuwe man. Dus ik denk niet dat je je nog langer bezig hoeft te houden met de vraag hoe je Gene en mij weer bij elkaar kunt brengen.'

Het gesprek leek afgerond te zijn, dus ik verbrak de verbinding.

Claudia was kennelijk nog niet klaar. Ze stuurde me twee tekstberichten.

VEEL SUCCES, DON. TOT DUSVER HEB JE ONS ALLEMAAL POSITIEF VERRAST.

Toen: VOLGENS MIJ KEN JE DE NIEUWE MAN IN MIJN LEVEN WEL. SIMON LEFEBVRE, HOOFD VAN HET MEDISCH ONDERZOEKSINSTITUUT.

De dataverzamelingsfase van het Lesbische Moeders Project was afgerond, en ik had de eerste versie van het verslag gelezen. Op mijn verzoek had B3, de behulpzame verpleegster, me de ruwe data gestuurd, waarop ik een eigen analyse had losgelaten. De resultaten waren fascinerend en leverden zeker een nuttige bijdrage aan het vakgebied. Het verslag kon op talloze punten verbeterd worden, dus ik stuurde mijn aantekeningen naar B2. Ze reageerde niet, maar B1 eiste een afspraak met de decaan, die me uitnodigde daar ook bij aanwezig te zijn.

'Don eist dat we ook de gegevens opnemen die zijn verzameld voordat de protocollen waren vastgesteld. Dat is misleidende informatie.'

'Dat is de interessantste data,' zei ik. 'Daarin wordt vastgesteld dat geen van de twee moeders het oxytocinegehalte van de baby kan laten stijgen in spelsituaties.'

'Dat komt doordat de oorspronkelijke spelsituaties op mannen waren ingesteld. De moeders voelden zich er niet bij op hun gemak. Dat voelden de baby's aan. We moesten de omstandigheden geschikter maken voor vrouwen.'

'Maar nu is het protocol te classificeren als knuffelen,' zei ik.

'Jij hebt het niet gezien. Je was er niet bij.'

Dat tweede gedeelte was waar. E-mails om me op de hoogte te brengen van de planning waren niet aangekomen, en de ICT-specialisten die ik had ingeschakeld konden niet achterhalen wat er was misgegaan, ondanks meerdere vervolgonderzoeken en escalatie. Gelukkig had B3 een efficiëntere oplossing bedacht.

'Ik heb videobeelden toegestuurd gekregen.'

'Wie...'

'Maakt dat wat uit?' vroeg David. 'Don heeft het recht om die beelden te bekijken.'

'Hij beschikt niet over voldoende expertise om het verschil tussen spelen en knuffelen vast te kunnen stellen.'

'Dat klopt,' zei ik. 'Ik heb de videobeelden naar een deskundige gestuurd ter analyse.'

'Wie? Naar wie heb je de videobeelden gestuurd?'

'Naar de oorspronkelijke onderzoekers in Israël, dat lijkt me evident. Zij bevestigden dat het tweede protocol als knuffelen zou moeten worden geclassificeerd. Dus jullie onderzoek stelt vast dat de secundaire ouder, indien dit een vrouw is, de aanmaak van oxytocine door het kind stimuleert door te knuffelen en niet door te spelen. Dat verschilt duidelijk van de resultaten met mannelijke secundaire ouders. Dus dat is interessant.'

Het leek erop dat B1 niet begreep wat ik hiermee wilde zeggen, want ze stond op en keek me aan met een uitdrukking die ik voorlopig bestempelde als boos.

Ik gaf een toelichting. 'Dus het onderzoek is uitermate geschikt voor publicatie. De onderzoeker die ik sprak via Skype was zeer geïnteresseerd.'

'Wat Don heeft gedaan is volkomen onethisch,' zei B1. 'Het doorspelen van onze resultaten aan andere onderzoekers.'

'Naïef, misschien, maar niet onethisch. Dit is de medische faculteit van Columbia, een open instelling die samenwerkt met onderzoekers van over de hele wereld. Wij staan achter Don.'

Nadat B1 was vertrokken, prees de decaan me om mijn vasthoudendheid. 'Ze probeerden je buiten te sluiten, Don. Ik denk dat de meeste onderzoekers er niet meer achteraan zouden zijn gegaan. Maar jouw volharding heeft positief uitgepakt voor ons.'

Het was kouder geworden, zoals gebruikelijk was voor begin december. De schetsen van Bud namen inmiddels vier tegels in beslag. Met negenentwintig weken zou hij/zij nu indien nodig in de buitenwereld kunnen overleven, gezien de medische hulp die we hier in New York ter beschikking hadden.

Ons huwelijk hield nog stand, in huisgenootmodus.

Voorafgaand aan de examenperiode had Rosie haar studiegroep in ons appartement uitgenodigd, ter viering van het eind van de colleges, en van haar studieonderbreking.

'Dit is waarschijnlijk de laatste keer dat ik die mensen zie,' zei ze. 'We hebben verder weinig met elkaar gemeen. De meesten van hen zijn jonger dan ik.'

'Slechts een paar jaar. Het zijn allemaal volwassenen.'

'Amper. En ze hebben niets met baby's en zo. Hoe dan ook, als jij en Gene soms zin hebben om uit te gaan met Dave...'

'We hebben gisteravond nog een mannenavond gehad. Dave krijgt al kritiek omdat hij te weinig aandacht besteedt aan Sonia en bovendien moet hij zijn administratie doen. Gene heeft een date met Inge.'

'Een date.'

'Correct.' Het had weinig zin om een verdektere term te gebruiken. Gene had opgebiecht dat hij verliefd was op Inge. George vond dat het leeftijdsverschil niet uitmaakte, en Dave had er geen mening over. Gene's visum gaf hem toestemming om na zijn sabbatical nog een maand in de VS te blijven voor een vakantie, en hij was van plan in die tijd op zoek te gaan naar een permanente aanstelling in New York.

'En George dan?' Rosie had George nog niet ontmoet.

Haar opeenvolgende suggesties voor alternatieven konden maar op één ding wijzen. Ik had iets geleerd van het Lesbische Moeders Project.

'Wil je me er niet bij hebben?'

'Het is mijn studiegroep.'

'Dit is ook mijn appartement. Deze bijeenkomst met je studiegroep is een sociale aangelegenheid. Ik ben je partner. Nemen anderen ook hun partner mee?'

'Misschien.'

'Uitstekend. Bij dezen bevestig ik mijn aanwezigheid.'

De decaan zou onder de indruk zijn geweest.

27

Gene gaf me wat richtlijnen voor het geven van een feestje.

'Luide muziek, zacht licht, zout eten, genoeg drank. Schoon overhemd en spijkerbroek. De schoenen die je droeg bij Dave het Kalf, als je ze hebt schoongemaakt. Stop je overhemd niet in je broek. De ongeschoren look is prima. Schud handjes, serveer hapjes, serveer drankjes, breng Rosie niet in verlegenheid.'

'Waarom denk je dat ik haar in verlegenheid zou brengen?'

'Dat weet ik uit ervaring. En ze heeft het me zelf gezegd. Niet met zoveel woorden, maar ze probeerde me over te halen mijn date met Inge af te zeggen zodat ik jou mee de deur uit kon nemen. Mooi niet. Dit wordt de klapper.'

'De klapper? Ben je van plan seks te hebben met Inge?'

'Geloof het of niet, maar tot dusver is het allemaal buitengewoon kuis gebleven tussen ons. Maar mijn instinct als deskundige zegt me dat dit de avond wordt.'

Ik trof de benodigde maatregelen voor het feest. Toen ik thuiskwam bevestigde Rosie dat alles volgens plan verliep.

'Wat moeten we met zoveel drank?' vroeg ze. 'Ik moest tekenen voor vijf kratten sterkedrank. We kunnen zulke uitspattingen niet betalen.'

'De bezorging was gratis. En we kregen volumekorting. Uitgaande van je eerdere gedrag zul je na de geboorte van

Bud weer onmatig gaan drinken.'

'Ik heb iedereen gevraagd zelf iets mee te brengen. We zijn maar studenten.'

'Ik niet,' zei ik.

'En Don, ik denk erover om naar Australië terug te verhuizen, weet je nog? Voordat de baby er is. Dan zal ik hier niet meer zijn om alles op te drinken.'

Ik had mijn wekelijkse gesprek met mijn moeder een halfuur vervroegd vanwege het feest en besloot te liegen om haar geen emotionele schade te berokkenen.

'Is het al aangekomen?' vroeg mijn moeder.

'Afgelopen dinsdag,' antwoordde ik naar waarheid.

'Je had moeten bellen. Je vader was in alle staten. Het kostte een vermogen om het te versturen. God mag weten wat hij er al aan heeft uitgegeven. Hij heeft halve nachten met mensen in Korea aan de telefoon gehangen – in Korea – en toen de dozen aankwamen, moest hij allerlei papieren over patenten en geheimhoudingsplicht tekenen, en natuurlijk moest hij alles woord voor woord nalezen – je weet hoe je vader is. Hij heeft er dag en nacht aan gewerkt. Trevor heeft al weken in zijn eentje in de winkel gestaan... Ik denk dat je even met hem moet praten.' Ze draaide zich om en riep: 'Jim, het is Donald.'

Mijn moeders gezicht werd vervangen door dat van mijn vader. 'Is dit wat je voor ogen had?' vroeg hij.

'Het is uitstekend. Perfect. Ongelooflijk. Ik heb het getest. Voldoet aan alle eisen.' Ook dat was waar.

'Wat vindt Rosie ervan?' vroeg mijn moeder op de achtergrond.

'Die is helemaal tevreden. Ze vindt pap de beste uitvinder ter wereld.'

Dit was een leugen. Ik had de wieg niet aan Rosie laten zien. Hij stond in Gene's kast. Na het probleem met de kinderwagen was de kans groot dat ze niet positief zou reageren op mijn vaders verbazingwekkendste project ooit.

De eerste gasten die arriveerden voor het studiegroepsfeest waren een stel, wat mijn besluit om er ook bij aanwezig te zijn rechtvaardigde. Rosie stelde hen voor.

'Josh, Rebecca, Don.'

Ik schudde ze de hand. 'Ik ben Rosies partner,' zei ik. 'Wat willen jullie drinken?'

'We hebben bier meegenomen,' zei Josh.

'Er staat al bier koud in de koelkast. Laten we dat drinken zodat jullie bier eerst weer op temperatuur kan komen.'

'Bedankt, maar het is Engels bier. Ik heb zes maanden in een pub in Londen gewerkt. Heb de smaak te pakken gekregen.'

'We hebben zes authentieke ales op de tap.'

Hij begon te lachen. 'Je maakt een grapje.'

Ik liet hem de koelruimte zien en tapte een glas Crouch Vale Brewers Gold. Rebecca volgde ons en ik vroeg haar of ze ook bier wilde of liever een cocktail had. Ik was bekend met deze sociale protocollen en ik voelde me erg op mijn gemak toen ik een Ward 8 voor haar mixte en een paar trucjes uitvoerde met de cocktailshaker.

Er arriveerden meer gasten. Ik mixte cocktails al naargelang hun wensen en ging rond met de gezouten Padrón-pepers en edamamebonen. Rosie zette de muziek die ik had uitgekozen af en verving deze door een meer hedendaags album. Het geluidsniveau bleef hoog, de verlichting gedempt, de alcoholconsumptie gelijkmatig. De mensen leken het naar hun zin te hebben. Gene's formule werkte. Tot dusver wees niets erop dat ik iemand in verlegenheid had gebracht.

Om 23.07 uur werd er aangeklopt. Het was George. In de ene hand hield hij een fles rode wijn en in de andere een gitaarkoffer.

'Dit is zeker jullie wraak? Een oude man wakker houden. Mag ik binnenkomen?'

George was feitelijk onze huisbaas. Het leek me onverstandig hem de toegang te weigeren. Ik stelde hem voor, nam zijn wijn in ontvangst en bood hem een cocktail aan. Tegen de tijd dat ik terugkeerde met zijn martini waren alle gasten gaan zitten en was George aan het spelen en zingen. Een ramp! Het was muziek uit de jaren zestig, vergelijkbaar met de muziek die Rosie eerder had afgezet. Ik ging ervan uit dat George' optreden niet in de smaak zou vallen bij jonge mensen.

Ik had het mis. Voordat ik een manier kon bedenken om George stil te krijgen, begonnen Rosies gasten te klappen en mee te zingen. Ik richtte me op het bijvullen van de glazen.

Gene kwam thuis tijdens George' optreden. Ons appartement was gevuld met jonge mensen, onder wie een significant aantal vrijgezelle vrouwen, die een stuk ongeremder waren door de alcohol. Ik was bang dat hij zich wellicht ongepast zou gedragen, maar hij verdween meteen naar zijn slaapkamer. Ik nam aan dat zijn libido was bevredigd.

Het feest eindigde om 02.35 uur. Een van de laatsten die vertrok was een vrouw die zich had voorgesteld als Mai, leeftijd ongeveer vierentwintig, BMI ongeveer twintig. We spraken elkaar in de bierkamer, waar ik de sterkedrank opzocht voor haar laatste cocktail.

'Je bent totaal niet zoals ik had verwacht,' zei ze. 'Om eerlijk te zijn dachten we allemaal dat je nogal een nerd zou zijn.'

Dit was een belangrijke mijlpaal. Binnen deze afgebakende situatie was ik er kennelijk in geslaagd een cool jong persoon (en blijkbaar ook haar medestudenten) ervan te overtuigen dat mijn sociale vaardigheden binnen het normale spectrum vielen, ondanks hun vooroordeel over mij. Maar ik vroeg me wel af hoe dat vooroordeel was ontstaan.

'Waarom dachten jullie dat ik een nerd zou zijn?'

'We dachten gewoon... Nou ja, je bent getrouwd met Rosie, de enige persoon ter wereld die naast haar studie geneeskunde ook nog aan het promoveren is. En het feit dat ze gewoon zegt wat ze denkt, en dat we haar moeten overhalen om eens iets sociaals te doen... En toen was het ineens van: o ja, ik krijg een kind, maar laat me eerst mijn proefschrift even afronden. We dachten dat ze wel een partner zou uitkiezen die net als zij was. Niet iemand zoals jij, met zo'n appartement en cocktails en muzikale vrienden en een retro-overhemd.'

Ze nam een slok van haar cocktail. 'Dit is fantastisch. Mag ik eens vragen: krijgt ze nog hulp bij dat praktijkprobleem?'

'Welk praktijkprobleem?'

'Sorry. Ik moet me er niet mee bemoeien. Maar we hebben het erover gehad omdat we willen helpen. Ze gebruikt de zwangerschap duidelijk als excuus om eronderuit te komen.'

'Waar onderuit?'

'Haar coschappen. Ik bedoel, ze wil de psychologie in, dus als ze wat hulp krijgt om zich erdoorheen te slaan, dan hoeft ze na volgend jaar nooit meer een patiënt aan te raken. Ik heb begrepen dat het iets te maken heeft met een jeugdtrauma, een auto-ongeluk of zoiets, waardoor ze niets meer moet hebben van eerstehulpafdelingen.'

Rosie had erbij gezeten in de auto toen haar moeder was

verongelukt en Phil zwaargewond was geraakt. Het leek me niet meer dan logisch dat de confrontatie met andermans verwondingen traumatische herinneringen opriep. Maar dat had ze mij nooit verteld.

De maandagochtend na het feest zei Inge dat ze me dringend moest spreken, waarna ze aanbood me op een kop koffie te trakteren. 'Het is meer een persoonlijke kwestie,' zei ze.

Ik begrijp niet waarom persoonlijke en sociale onderwerpen per se in een koffiezaak moeten worden besproken, met iets te drinken erbij, terwijl wetenschappelijke onderwerpen zowel op de werkvloer als in een koffiezaak kunnen worden aangesneden. Maar we verplaatsten ons naar een andere locatie en kochten koffie zodat het gesprek kon beginnen.

'Je had gelijk over Gene. Ik had naar je moeten luisteren.'

'Heeft hij je proberen te versieren?'

'Nog erger. Hij zegt dat hij verliefd op me is.'

'En dat gevoel is niet wederzijds?'

'Natuurlijk niet. Hij is nog ouder dan mijn vader. Ik zag hem als een mentor, en hij behandelde me als een gelijke. Maar ik heb nooit de suggestie gewekt dat... Niet te geloven dat hij er zo naast zat. Niet te geloven dat ík er zo naast zat.'

Die avond klopte ik op de deur van Rosies kamer en stapte naar binnen. Ik had verwacht dat ze op haar computer bezig zou zijn, maar ze lag op het matras. Ze was ook niet aan het lezen. Het gebrek aan afleidingen bood me de ideale kans om een belangrijk onderwerp aan te snijden.

'Mai vertelde me dat er een probleem was met je coschappen. Een fobie voor patiëntencontact. Klopt dat?'

'Verdomme. Ik heb je al verteld dat ik stop met mijn studie. De reden maakt niet uit.'

'Je zei dat je je studie zou onderbreken. David Borenstein...'

'Fuck David Borenstein. Ik ga mijn studie inderdaad onderbreken. Misschien kom ik wel terug, misschien ook niet. Op dit moment heb ik het nogal druk met mijn examens en met het krijgen van een kind.'

'Als iets je ervan weerhoudt je doel te bereiken, dan moet je een manier zien te vinden om dat obstakel te overwinnen.'

Ik kon me inleven in Rosie en was in staat haar te helpen. Ik had voor vrijwel dezelfde situatie gestaan toen ik tijdens mijn studie was overgestapt van informatica naar genetica. Mijn afkeer van het idee om dieren te moeten aanraken nam evenredig toe met het formaat van het dier. Het was irrationeel maar instinctief, en dus lastig te overwinnen.

Ik had me zelfs tot hypnotherapie gewend, maar ik schreef mijn genezing toe aan het Red de Kat Incident, waarbij ik de kitten van een huisgenoot had moeten redden omdat deze in het toilet was gesprongen – een dubbel zo onaangename taak. Ik had geleerd dat ik me in geval van nood geestelijk kon afsluiten voor fysieke sensaties. Toen ik eenmaal bekend was met deze mentale staat, wist ik die zodanig te reproduceren dat ik muizen kon ontleden en kon assisteren bij het ter wereld brengen van een kalf. Ik was ervan overtuigd dat ik in actie kon komen bij een medisch noodgeval, en dat ik dit Rosie ook kon leren.

Ik wilde dit uitleggen, maar ze hield me tegen. 'Vergeet het maar gewoon, oké? Als ik het echt zou willen, dan had ik er wel een oplossing voor gevonden. Het boeit me gewoon niet zoveel.'

'Wil je naar een theatervoorstelling? Vanavond?'

'Welke theatervoorstelling?'

'Dat is een verrassing.'

'Dus je hebt geen kaartjes of iets? Heb je niets... gepland staan?'

'Ik heb een bezoek aan het theater gepland staan. Samen. Als stel.'

'Sorry, Don.'

Gene was de volgende bij wie ik langsging. Hij lag ook in zijn kamer op bed. Ons huishouden was collectief depressief.

'Zeg maar niets,' zei hij. 'Inge heeft je gesproken, hè?'

Gene verzocht me niets te zeggen, maar stelde me vervolgens een vraag. Ik besloot dat het eerste werd opgeheven door het tweede.

'Correct.'

'Jezus, hoe kan ik haar nog onder ogen komen? Ik heb me compleet voor schut gezet.'

'Correct. Gelukkig was zij net zo onopmerkzaam en had ze niet in de gaten dat jouw interacties bedoeld waren om haar te verleiden. Ik raad je aan...'

'Het is al goed, Don, ik heb geen advies van jou nodig over etiquette.'

'Incorrect. Ik heb veel ervaring met het omgaan met schaamte voortvloeiend uit het verkeerd interpreteren van andermans intenties. Ik ben een deskundige op dat gebied. Ik raad je aan je excuses aan te bieden en toe te geven dat je een kluns bent. Ik heb haar aangeraden haar excuses aan te bieden voor het niet duidelijk maken van haar intenties. Zij voelt zich eveneens beschaamd. Niemand weet er verder van, behalve ik.'

'Bedankt. Dat waardeer ik.'

'Wil je mee naar een theatervoorstelling? Ik heb kaartjes,' vroeg ik.

'Nee, ik denk dat ik maar thuisblijf.'

'Slecht besluit. Je kunt beter met me meegaan naar het theater. Anders zul je over je fout blijven piekeren, zonder er iets mee op te schieten.'

'Goed dan. Hoe laat?'

Don Tillman. Adviseur.

Voordat we vertrokken maakte ik een maaltijd voor Rosie en zette ik de twee andere porties in de koelkast zodat Gene en ik die later konden eten. Ik had wat moeite met het afscheuren van een stuk huishoudfolie, als gevolg van een slecht ontworpen houder. Rosie stond op van de tafel en trok een nieuw stuk van de rol.

'Niet te geloven dat je niet eens een stuk huishoudfolie kunt pakken. Hoe kun je dan ooit een luier verschonen? Kun je niet voor één keer eens normaal zijn?' Ze draaide zich om. Gene had zich inmiddels bij ons gevoegd.

'Het spijt me. Dat meende ik niet. Vergeet die opmerking maar. Soms frustreert het me gewoon dat jij alles anders doet.'

'Dat is niet waar,' zei Gene. 'Don is niet de enige man die moeite heeft met huishoudfolie. En die dingen niet kan terugvinden in de koelkast. Ik kan me nog herinneren dat je vriend Stefan eens in woede uitbarstte omdat iemand de suiker uit de koffiekamer had meegenomen. Hij stond wel vijf minuten te tieren, en tegen de tijd dat hij klaar was had de halve vakgroep zich verzameld, starend naar de suikerpot, die pal voor zijn neus stond.'

'Wat heeft Stefan hiermee te maken?' vroeg Rosie.

WIL JIJ OF ROSIE SOMS EEN DIENST DRAAIEN? Jamie-Paul sms'te me de volgende avond vanuit de wijnbar die voorheen een cocktailbar was.

HEEFT MENEER WIJN ME VERGEVEN? stuurde ik terug.

WIE IS MENEER WIJN? HECTOR IS WEG.

Rosie bood aan met me mee te gaan, maar Jamie-Paul had 'jij of Rosie' gezegd, en 'of' werd in het Engels standaard gebruikt als verbindingswoord tussen twee elementen die elkaar uitsloten.

Het zou niet helemaal hetzelfde zijn als eerst, deels omdat Rosie er niet bij was, maar Jamie-Paul vertelde me dat er langzaam weer wat oude klanten opdoken die om cocktails vroegen. Meneer Wijn was ontslagen toen de broer van de eigenaar een whisky sour had besteld en geen van de medewerkers bleek te weten hoe ze die moesten bereiden. Over vijftien dagen was het al Kerstmis en het was druk in de bar – vandaar dat ze mij om hulp vroegen. Ik liet Rosie en Gene thuis achter met de maaltijd die ik voor ze had gekookt.

Het voelde goed om cocktails te bereiden, waanzinnig goed. Ik was er bedreven in en de mensen stelden mijn bekwaamheid op prijs. Niemand bekommerde zich om mijn mening over homostellen met kinderen en het kon ze ook niet schelen of ik kon raden hoe ze zich voelden en of ik een stuk huishoudfolie kon afscheuren. Na mijn dienst werkte ik onbetaald door, tot sluitingstijd, zodat ik in mijn eentje door de sneeuw naar huis kon wandelen en in feite een verlaten appartement zou betreden aangezien de andere bewoners al lagen te slapen.

Het liep niet helemaal zoals gepland. Toen ik een briefje aan het schrijven was om Gene en Rosie te laten weten dat ze me niet moesten wekken voor 09.17 uur, ging Rosies deur open. Haar figuur was duidelijk veranderd. Ik werd overvallen door een gevoel dat ik niet kon benoemen: een combinatie van liefde en verontrusting.

'Je bent wel erg laat,' zei ze. 'We hebben je gemist. Maar

Gene was aardig. We hebben het op dit moment allemaal moeilijk.'

Ze gaf me een kus op de wang, om de reeks tegenstrijdige signalen compleet te maken.

28

Ik kreeg de kans om mijn blunder betreffende de twee gemiste echografische onderzoeken recht te zetten.

De zwangerschapscursus zou plaatsvinden in het ziekenhuis waar Rosie zou bevallen. Ik was vastbesloten hierbij aanwezig te zijn en goed te presteren. Het Goede Vaders Programma, dat ik al na één bijeenkomst succesvol had afgerond, vormde de maatstaf.

Dave was al naar zwangerschapscursus geweest. 'Het is vooral bedoeld voor de vaders,' zei hij. 'Het gaat over wat je kunt verwachten, hoe je je partner kunt steunen, dat soort dingen. De vrouwen weten dit allemaal al. De mannen zetten zichzelf en hun vrouw voor schut door hun gebrek aan kennis.'

Ik zou Rosie niet voor schut zetten.

'Ik ga er alleen naartoe omdat het erbij hoort,' zei Rosie in de metro op weg naar het ziekenhuis. 'Ik heb nog overwogen niet te komen, gewoon om ze uit te dagen. Wat willen ze dan doen? Me niet laten bevallen? Bovendien zal de baby waarschijnlijk toch niet daar geboren worden.'

'Het zou onverstandig zijn om ook maar enig risico te nemen met zoiets cruciaals.'

'Ja, ja. Maar zoals ik al zei, je had niet mee hoeven komen. Het zou discriminerend zijn voor alleenstaande moeders als ze zouden eisen dat de vaders meekwamen.'

'De vaders worden geacht aanwezig te zijn,' zei ik. 'De vaders krijgen meer informatie over wat ze kunnen verwachten, in een bemoedigende, niet-bedreigende, gezellige sfeer.'

'Goh, fijn,' zei Rosie. 'Niet-bedreigend is goed. We zouden niet willen dat het op een karatedemonstratie uitliep.'

Rosies opmerking was volkomen uit de lucht gegrepen, aangezien ze niet op de hoogte was van de twee gelegenheden waarop ik hier in New York oosterse vechtsporten had toegepast ter zelfverdediging. Waarschijnlijk verwees ze naar het Jas Incident tijdens onze eerste date, zoekend in haar recentelijk nogal selectieve geheugen naar gebeurtenissen die mij in een slecht daglicht stelden, ook al had het incident haar destijds geamuseerd en was ze daarna zelfs met me mee naar huis gegaan.

In de foyer stond een koffiekan, een selectie inferieure instantdranken (waaronder dranken met cafeïne) en een schaal met zoete koekjes die zeker niet voorkwamen op de lijst van zwangerschapssuperfoods. We waren drie minuten te vroeg, maar er waren al ongeveer achttien aanwezigen. De vrouwen waren allen zwanger, in verscheidene stadia. Ik zag zo op het oog geen lesbische secundaire moeders.

Een groep van drie mensen stelde zich aan ons voor: twee zwangere vrouwen en een man. De vrouwen heetten Madison (geschatte leeftijd achtendertig, BMI niet geschat vanwege zwangerschap, maar onder normale omstandigheden waarschijnlijk laag) en Delancey (ongeveer drieëntwintig, BMI onder normale omstandigheden waarschijnlijk boven de achtentwintig). Ik attendeerde ze erop dat Madison en Delancey allebei straatnamen in New York waren. Mijn brein werkte op maximaal vermogen, vandaar dat ik deze interessante patronen opmerkte. De man – de echtgenoot van Madison, leeftijd ongeveer vijftig, BMI ongeveer achtentwintig – heette William.

'Er bestaat ook een William Street,' zei ik.

'Het is niet bepaald een ongewone naam,' zei William terecht. 'Hebben jullie al een naam uitgekozen voor jullie jongen of meisje?'

'Nog niet,' zei Rosie. 'We hebben het er nog niet eens over gehad.'

'Mazzelaar,' zei William. 'Bij ons gaat het over niets anders.'

'En jullie?' vroeg Rosie aan Delancey.

'Madison en ik hebben er veel over gepraat, maar het wordt een meisje, dus ik noem haar Rosa, naar mijn moeder. Zij was ook een alleenstaande ouder.' Herhalende patronen.

De naam Rosa leek op Rosie. Als haar achternaam Jarmine was, dan zou haar naam een anagram zijn van 'Rosie Jarman'. En als ze Mentilli heette, dan zou haar naam een anagram zijn van 'Rosie Tillman', maar dat was alleen interessant geweest als Rosie mijn achternaam had aangenomen toen we trouwden.

'Ik zou jullie aanraden geen naam te kiezen die wordt geassocieerd met jullie culturele achtergrond. Om vooroordelen te voorkomen,' zei ik.

'Volgens mij ben jij hier degene met vooroordelen,' zei Madison. 'Dit is New York, niet Alabama.'

'Het onderzoek van Bertrand & Mullainathan naar discriminatie bij sollicitaties was gebaseerd op informatie uit Boston en Chicago. Het lijkt me niet verstandig dat risico te nemen.'

Er kwam nog een idee in me op, ongevraagd. 'Jullie zouden jullie kind Wilma kunnen noemen. Een combinatie van William en Madison.'

'Die naam verdient inderdaad wel een comeback,' zei William. 'Al sinds de prehistorie. Wat vind jij, Mad?' Hij moest lachen. Ik deed het goed – extreem goed – in sociaal opzicht.

'Hoe kennen Madison en jij elkaar eigenlijk?' vroeg Rosie aan Delancey.

Madison gaf antwoord. 'Delancey is mijn beste vriendin. En onze werkster.'

Hun relatie klonk uitermate efficiënt. Het was interessant dat de letters van Madisons naam een anagram vormden van het woord 'domina's', het meervoud van 'domina', een goede omschrijving van Madisons rol in hun relatie. De eerste twee lettergrepen van Delancey's naam vormden een anagram van het woord 'dalen', het meervoud van 'dal', een positie waar Delancey zich in leek te bevinden. De eerste twee letters van hun beide namen vormden het woord 'made', wat rijmde op 'gade', de rol van William ten opzichte van Madison. Het rijmde ook op 'rollade', 'salade', 'chocolade' en 'karbonade'. Wat zou het interessant zijn om een maaltijd te bereiden waarbij alle gerechten op elkaar rijmden.

Mijn overijverige gedachtestroom werd onderbroken door de late binnenkomst van de organisatrice. Voordat ze zou worden afgeleid door haar educatieve taken bracht ik haar op de hoogte van de problemen met de catering, tot in detail.

Rosie onderbrak me. 'Volgens mij heeft ze de boodschap wel begrepen, Don.'

'O, ik ben allang blij dat er een vader bij is die meer weet over voeding tijdens de zwangerschap. De meesten hebben geen idee.' Haar naam was Heidi (leeftijd ongeveer vijftig, BMI zesentwintig) en ze leek erg aardig.

De educatieve component begon met een voorstelronde, gevolgd door een video van daadwerkelijke bevallingen.

Toen een van de mannelijke cursisten opstond van zijn stoel en gehaast de zaal verliet, nam ik zijn plaats in op de eerste rij. Ik had al talloze online video's bekeken die de meest voorkomende situaties en complicaties behandelden, maar het grotere scherm bood een duidelijk voordeel.

Na afloop vroeg Heidi: 'Zijn er nog vragen?' Ze liep naar het whiteboard dat vooraan in de hoek stond.

Terugdenkend aan het advies van Jack de Biker hield ik aanvankelijk mijn bek om anderen de kans te geven iets te vragen.

De eerste vraag kwam van een vrouw die zich voorstelde als Maya. 'Over de stuitgeboorte: zouden ze normaal gesproken geen keizersnede uitvoeren?'

'Dat klopt. In dit geval denk ik dat ze het pas opmerkten toen de weeën al zo ver waren gevorderd dat het daarvoor te laat was. En zoals we allemaal hebben gezien liep het nog steeds goed af.'

'Er is mij verteld dat ik een keizersnede zal krijgen tenzij de baby draait. Ik wilde heel graag een natuurlijke bevalling.'

'Nou, er zijn risico's verbonden aan een natuurlijke bevalling bij een stuitligging.'

'Hoe groot zijn die risico's?'

'Ik ken niet alle feiten en cijfers...'

Gelukkig kende ik die wel. Ik liep naar het whiteboard en gebruikte de rode en zwarte markers om te illustreren hoe de navelstreng bekneld kon raken bij een stuitgeboorte, waarna ik een overzicht gaf van de factoren die meespelen bij het besluit om een keizersnede uit te voeren. Heidi stond met open mond naast me.

Maya was in verwachting van haar derde kind, waardoor het risico minder groot werd. 'Je bekken en je vagina zullen al goed opgerekt zijn.'

'Bedankt voor het delen van die informatie, vriend,' zei haar echtgenoot.

Toen ik klaar was, begon iedereen te applaudisseren.

'Ik neem aan dat u gynaecoloog bent,' zei Heidi.

'Nee, ik ben gewoon een vader die inziet dat hij een waardevolle en bevredigende rol kan vervullen tijdens de zwangerschap.'

Ze begon te lachen. 'Je bent een voorbeeld voor ons allemaal.'

Ik hoopte dat Rosie, die achterin zat, dit ook had meegekregen.

We bespraken verscheidene onderwerpen en over de meeste zaken kon ik wel uitweiden. Ik was me bewust van Jacks advies, maar naast Heidi was ik kennelijk de enige in de zaal die goed op de hoogte was. Alles leek uitermate goed te verlopen. We kwamen op het onderwerp borstvoeding, waar ik meer onderzoek naar had gedaan in aanvulling op de informatie uit Het Boek.

'Het zal niet altijd gemakkelijk zijn, maar als vaders moeten jullie achter jullie partners keuze voor borstvoeding staan,' zei Heidi.

'Of niet,' voegde ik eraan toe, aangezien het woord 'keuze' impliceert dat er een alternatief is.

'Don, je zult het vast met me eens zijn dat borstvoeding altijd de voorkeur heeft.'

'Niet altijd. Er zijn talloze factoren die invloed kunnen hebben op dat besluit. Ik adviseer een spreadsheet op te stellen.'

'Maar een van de belangrijkste factoren is het feit dat borstvoeding het immuunsysteem van het kind versterkt. We zouden wel een heel goede reden moeten hebben om ons kind het best mogelijke immuunsysteem te ontzeggen.'

'Inderdaad,' zei ik.

'Goed, laten we verdergaan,' zei Heidi.

Maar ze had een cruciaal punt buiten beschouwing gelaten!

'Het immuunsysteem wordt optimaal versterkt wanneer de moeders hun baby's met elkaar delen. In de oudheid gaven moeders elkaars kinderen borstvoeding.' Ik wees naar de Straatnaam Vrouwen. 'Madison en Delancey zijn beste vriendinnen, wonen in hetzelfde huis en zijn in dezelfde periode uitgerekend. Als zij het immuunsysteem van hun kind zo veel mogelijk willen versterken, dan zouden zij dus ook elkaars baby borstvoeding moeten geven.'

Ik zette deze discussie voort met Rosie in de metro op weg naar huis, al zou Rosie het waarschijnlijk eerder een monoloog dan een discussie hebben genoemd, aangezien alle bijdragen van mij kwamen.

'Tepelkloven zijn naar verluidt erg pijnlijk, maar moeders worden geacht toch door te gaan met het geven van borstvoeding om het immuunsysteem te versterken. Deze sociale conventie, een geconstrueerde sociale conventie, is genoeg om moeders ervan te weerhouden...'

'Don, hou alsjeblieft gewoon je mond,' zei Rosie.

Een paar minuten later bood Rosie haar excuses aan, tijdens de wandeling van het metrostation naar huis. 'Sorry dat ik zei dat je je mond moest houden. Ik weet dat je nu eenmaal zo bent en dat je daar niets aan kunt doen. Maar je zette ons echt voor schut.'

'Dat had Dave al voorspeld. Dat is normaal.'

Maar het leek me onwaarschijnlijk dat er bij Dave's cursus ook iemand was geweest die had gezorgd voor een publieke breuk tussen twee beste vriendinnen en de beëindiging van hun werkrelatie, en voor een ongestructureerde discussie tussen vrijwel alle cursisten, wat niet strookte met de belofte dat de cursus 'niet-bedreigend' zou zijn.

Blijven presteren, had Dave gezegd. Als ik zijn honkbalanalogie doortrok, dan liep ik het gevaar uit het team te worden gezet. Ik had hulp nodig van de coach: mijn therapeut.

'Ik ben niet je therapeut, Don.'

Ik onderschepte Lydia toen ze aan het einde van de dag uit de kliniek stapte. Ik was er niet in geslaagd een afspraak te maken en bespeurde enige tegenwerking. Ze sloeg mijn aanbod op koffie af en stond erop dat we terug zouden gaan naar haar kantoor boven. Ik was alleen gekomen.

Ik vertelde haar alles, behalve over Sonia's Rosie-impersonatie. Of beter gezegd, ik was van plan haar alles te vertellen, maar de beschrijving van de Zwangerschapscursus Rel, waar ik mee begon in antwoord op haar vraag: 'Waarom ben je naar me toe gekomen?' nam negenendertig minuten in beslag en was nog niet voltooid toen ze me onderbrak. Ze begon te lachen. Ik had me niet kunnen voorstellen dat Lydia ooit lachte, maar nu zat ze ongepast te lachen om een situatie die mijn huwelijk tot op de rand van de afgrond had gebracht.

'Mijn god. Borstvoedingsfanatici, vrouwen die beste vriendinnen zijn met hun werkster. Weet je wat David Sedaris hierover zou opmerken? Geen van die vrouwen is bevriend met de werkster van iemand anders.'

Dat was een interessante observatie, maar het droeg niet bij aan het oplossen van mijn probleem.

'Goed,' zei Lydia. 'We zijn niet al te best van start gegaan, jij en ik, en dat is deels mijn schuld. We hebben wel degelijk mensen zoals jij nodig. Ik kan je vertellen dat ik na onze eerste sessie al een ontlastend rapport bij de politie heb ingediend. Het enige kind voor wie jij een gevaar vormt, is dat van jezelf.'

Ik was geschokt. 'Vorm ik een gevaar voor mijn eigen kind?'

'Ik vreesde dat er wel een zeker risico bestond. Daarom gebruikte ik dat politierapport om je te dwingen terug te komen. Ik wilde er zeker van zijn dat je geen gevaar vormde. Geef me maar aan als je wilt, maar ik deed het met een goede reden, en nu ben je vrijwillig teruggekomen.' Ze keek naar de klok. 'Wil je een kop koffie?'

Dit sociale signaal ging bijna aan me voorbij doordat het zo onverwacht kwam. Ze wilde ons gesprek voortzetten.

'Ja, dank je.'

Ze verliet de kamer en keerde terug met twee koffie.

'Ik ben officieel klaar voor vandaag. Ik was een uur geleden al officieel klaar. Maar ik wil je iets vertellen. Dat zal misschien een paar dingen ophelderen.'

Lydia nam een slok van haar koffie en ik volgde haar voorbeeld. De kwaliteit was zoals te verwachten viel van koffie uit een kantine. Toch bleef ik drinken, en Lydia begon met haar uitleg.

'Ongeveer een jaar geleden verloor ik een patiënt. Ze had een postnatale psychose. Weet je wat dat is?'

'Natuurlijk. Treft één op de zeshonderd pas bevallen vrouwen, veelal zonder voorgeschiedenis. Komt vaker voor bij *primagravidae*. Moeders van eerstgeborenen,' legde ik uit.

'Bedankt voor de uitleg, doctor,' zei ze. 'Hoe dan ook, ik verloor haar en de baby. Ze doodde de baby en pleegde daarna zelfmoord.'

'Had je haar psychose niet geconstateerd?'

'Ik heb er niets van gemerkt. De echtgenoot had niet gemeld dat er iets mis was. Hij was... onopmerkzaam, zo onopmerkzaam dat hij niet doorhad dat zijn vrouw psychotisch was.'

'En je dacht dat ik wellicht net zo onopmerkzaam was?'

'Ik weet dat je je uiterste best doet. Maar ik dacht dat Rosie misschien risico liep op een depressie en dat jij dat niet zou opmerken.'

'Postnatale depressie komt voor bij tien tot veertien procent van de pas bevallen vrouwen. Maar ik ben een expert in het afnemen van de Edinburgh Postnatal Depression Scale.'

'Heeft ze de vragenlijst ingevuld?'

'Ik heb haar de vragen gesteld.'

'Geloof me, Don, je bent geen expert. Maar ik heb Rosie ontmoet. Ze is opvallend kranig, waarschijnlijk als gevolg van haar kindertijd in Italië. Ze weet hoe ze met je om moet gaan. Ze houdt duidelijk van je, haar studie geeft haar leven richting en structuur, ze heeft haar problemen met haar familie opgelost en ze heeft een goed netwerk van vrienden.'

Het duurde even voordat ik me herinnerde dat ze het over Sonia had.

'Wat als ze niet zou studeren? En geen vrienden had? En niet van me hield? Zelfs de steun van een onopmerkzame echtgenoot is toch beter dan niets?'

Lydia dronk haar koffie op en kwam overeind. 'Gelukkig verkeren jullie niet in die positie. Maar paradoxaal genoeg is het voor de vrouw erger om zo'n echtgenoot te hebben dan om helemaal geen steun te krijgen. De kans is groot dat hij haar ervan weerhoudt zelf actie te ondernemen. Naar mijn mening – en die wordt ondersteund door meerdere onderzoeken – zou ze beter af zijn zonder hem.'

29

De volgende dag bracht ik in mijn eentje door op mijn werk, waar ik een oplossing probeerde te bedenken voor het probleem dat voortkwam uit Lydia's observaties. Ik deed wat aanvullend onderzoek naar de wenselijke kwaliteiten van een vader.

NIET-GEWELDDADIG stond boven aan de lijst. Mijn daden hadden geleid tot arrestatie en doorverwijzing naar een antigewelddadigheidscursus. Mijn zenuwinzinking viel vrijwel niet te onderscheiden van de woede-uitbarstingen die Jack de Biker met ons had besproken. Ik zag mezelf niet als een gevaar voor anderen, maar ik nam aan dat de meeste gewelddadige mensen zichzelf niet als zodanig zagen.

DRUGSGEBRUIK, GEEN. Mijn alcoholconsumptie zat al aan de hoogste dagelijkse limiet die ik had kunnen vinden maar was tijdens de zwangerschap nog eens significant toegenomen. Dit was ongetwijfeld een reactie op stress. Jack de Biker had gelijk: waarschijnlijk zorgde dit ervoor dat ik gevoeliger was voor een zenuwinzinking.

EMOTIONELE STABILITEIT. Eén woord. Zenuwinzinking.

ONDERKENNING VAN BEHOEFTEN VAN KIND. Eén woord. Empathie. Mijn grootste zwakte als mens.

ONDERKENNING VAN EMOTIONELE BEHOEFTEN VAN PARTNER. Zie voorgaande.

REFLECTEREND VERMOGEN. Op wetenschappelijk gebied was mijn reflecterend vermogen waarschijnlijk goed ontwikkeld, maar het feit dat ik geen oplossing had kunnen vinden voor mijn relatieprobleem suggereerde dat ik het niet in mijn privéleven kon toepassen.

STEUN UIT OMGEVING. Dit was het enige positieve punt binnen een verder rampzalige opsomming van tekortkomingen. Mijn familie woonde in Australië, maar ik had het geluk veel steun te krijgen van Gene, Dave, George, Sonia, Claudia en de decaan. En ik kreeg natuurlijk ook professionele hulp van Lydia.

EERLIJKHEID stond niet op de lijst maar was uiteraard wel gewenst. Ik had gehoopt dat ik Rosie over het Speeltuin Incident kon vertellen nadat alle problemen waren opgelost. Maar het was een voorbeeld van vreemd gedrag, en vreemd gedrag was niet langer acceptabel.

Ik maakte een spreadsheet waaruit al snel bleek dat er meer negatieve dan positieve punten waren. Ik was apert ongeschikt als vader, en het werd steeds duidelijker dat mijn rol als partner ook overbodig was geworden.

Aanvullend onderzoek bevestigde dat het niet ongebruikelijk was dat relaties stukliepen tijdens een zwangerschap of kort na de bevalling. De aandacht van de vrouw verplaatste zich vanzelfsprekend naar de baby, ten koste van de aandacht voor de partner, terwijl de mannelijke partner de verantwoordelijkheden van het vaderschap juist wilde ontlopen. Dat eerste was bij ons zeker gebeurd. En hoewel ik bereid was de verantwoordelijkheden van het vaderschap op me te nemen, was ik door zowel een professionele therapeut als door mijn vrouw onbekwaam verklaard. En nu ook door mezelf.

Mijn onderzoek gaf me wat richtlijnen voor een scheiding: snel en eenduidig handelen leidde tot betere resultaten dan ellenlange discussies. Dit kwam overeen met de methode van relatiebeëindiging uit twee van de films die ik tijdens het Rosie Project had bekeken: *Casablanca* en *The Bridges of Madison County*. In navolging van deze voorbeelden bereidde ik een korte speech van negen pagina's voor waarin ik de situatie uiteenzette en aantoonde dat mijn conclusie onvermijdelijk was. Het was een pijnlijke taak, maar het formuleren van mijn betoog hielp me mijn gedachten op orde te krijgen.

Terwijl ik naar huis jogde, met de speech paraat, liet ik mijn gedachten de vrije loop. Ik was zestien maanden en drie dagen met Rosie getrouwd geweest. Verliefd worden op Rosie was zonder twijfel het mooiste wat me ooit was overkomen. Ik had mijn uiterste best gedaan om de situatie te handhaven, maar ik had altijd al het vermoeden gehad dat er een of andere kosmische fout was gemaakt die uiteindelijk ontdekt zou worden – wat Dave ook dacht over zijn relatie met Sonia – en dan zou ik weer alleen zijn. En nu was dat gebeurd.

Het was natuurlijk niet de schuld van de kosmos, maar van mijn eigen tekortkomingen. Ik had simpelweg te veel fouten gemaakt en de problemen hadden zich opgestapeld.

Ik vertrok wat vroeger van mijn werk om eerder thuis te zijn dan Gene. Rosie lag wederom op haar matras. Dit keer lag ze wel te lezen, maar in een amoureuze formuleroman, van het soort dat mijn tante las. Ik had Rosie kennelijk zo ongelukkig gemaakt dat ze haar toevlucht zocht in fantasieverhalen.

Ik stak mijn betoog af. 'Rosie, het lijkt me duidelijk dat het niet goed gaat tussen ons. Er is een fout...'

Ze onderbrak me. 'Zeg maar niets meer. Begin niet over

fouten. Ik ben degene die zwanger is geraakt zonder dit met jou te bespreken. Ik denk dat ik wel weet wat je wilt zeggen. Ik denk er hetzelfde over. Ik weet hoe hard je je best hebt gedaan, maar deze relatie heeft altijd gedraaid om twee onafhankelijke mensen die samen veel lol hadden, niet om een conventioneel gezin.'

'Waarom ben je dan zwanger geraakt?'

'Waarschijnlijk omdat het krijgen van een kind zoveel voor me betekent, en ik dacht toen nog dat we wel samen een gezin konden stichten. Ik heb er niet goed over nagedacht.'

Rosie zei nog meer, maar mijn vermogen om spraak te verwerken, vooral opmerkingen over emoties, werd gehinderd door mijn eigen emoties. Ik besefte dat ik de hoop had gekoesterd dat Rosie het niet met me eens zou zijn – dat ze misschien zelfs zou moeten lachen om een bepaalde fout in mijn redenering – en dat alles weer normaal zou worden.

Uiteindelijk zei ze: 'Wat doen we nu?'

'Jij gaf aan dat je terug wilt keren naar Australië,' zei ik. 'Ik zal uiteraard alimentatie betalen voor Bud, zoals gebruikelijk is.'

'Ik bedoel op dit moment. Kan ik hier blijven?'

'Natuurlijk.' Ik zou Rosie niet op straat zetten. Ze had geen echte vrienden in New York, behalve Judy Esler. Maar ik wilde niet dat de Eslers al van onze scheiding zouden weten. Ik koesterde nog steeds de irrationele hoop dat het probleem zou worden opgelost. 'Ik blijf zolang wel bij Dave en Sonia logeren.'

'Dat zal niet lang nodig zijn. Ik zal zo snel mogelijk een vlucht naar huis boeken. Voordat ik niet meer mag vliegen.'

Rosie bleef volhouden dat het te laat was om die avond nog naar Dave te gaan, dus bleef ik in het appartement slapen.

Midden in de nacht werd ik gewekt door Rosies ritueel van toiletteren en warme chocolademelk drinken. Toen ging de deur open. In het licht van de woonkamer, waar het nooit helemaal donker was, zag ze er interessant uit, in zeer positieve zin. Haar figuur was nog meer veranderd en ik vond het jammer dat ik dit niet nauwer had kunnen volgen.

Ze zou terug naar huis vliegen. Ik zou een paar dagen bij Dave en Sonia blijven logeren en dan in mijn eentje in het appartement gaan wonen. Misschien zou ik op een gegeven moment ook terugvliegen naar Australië. Dat maakte weinig verschil. Het maakte me nooit veel uit waar ik woonde, al was ik blij met mijn baan bij Columbia, met David Borenstein, Inge, het B-team en met Gene, voor zolang hij hier was.

Ergens op de wereld zou een kind van mij rondlopen, maar mijn rol zou weinig verschillen van de rol van spermadonor. Ik zou Rosie geld sturen om bij te dragen in de kosten, en wellicht dat ik mijn bijbaan als cocktailbereider weer zou oppakken, voor wat extra inkomsten en voor de sociale contacten. Zelfs in New York leefde ik efficiënt. Mijn leven zou weer worden zoals het voor de komst van Rosie was geweest. Het zou beter zijn door de veranderingen die ik had doorgevoerd op aanmoediging van Rosie en door mijn nieuwe kijk op de wereld. Het zou slechter zijn omdat ik wist dat het ooit nog veel beter was geweest.

Zonder iets te zeggen stapte Rosie bij me in bed. Ze bewoog zich anders nu ze het extra gewicht van Bud en de placenta met zich meetorste, iets naar achteren gebogen om te steunen op haar staartbeen, dat daar bij vrouwen ook voor is bedoeld. Het leek mij dat ze toestemming zou moeten vragen. Het was niet eens in me opgekomen om bij haar in bed te stappen nadat ze naar haar werkkamer was verhuisd. Maar ik was niet van plan bezwaar te maken.

Ze sloeg haar armen om me heen, en ik zou willen dat ik eraan had gedacht een noodvoorraad bosbessenmuffins in te vriezen. Maar tot mijn verbazing was het inleidende ritueel niet eens noodzakelijk.

De volgende ochtend werd ik niet op mijn normale tijd wakker. Rosie lag nog naast me. Ze zou te laat komen voor haar zaterdagochtendcollege.

'Je hoeft niet te gaan,' zei ze.

Ik analyseerde deze zin. Ze gaf me een keuze. Maar ze suggereerde niet dat ze de plannen voor haar terugkeer naar Australië zou wijzigen. En ze zei niet: 'Ik wil dat je blijft.'

Ik stopte wat spullen in een tas, en nadat ik meer dan een uur had gezwoegd op het maken van een nauwkeurige schets van Bud op tegel 31, nam ik de metro naar Dave's huis.

Toen Sonia thuiskwam van een bezoek aan haar ouders, wilde ze dat Dave me terugbracht naar mijn appartement. Meteen. Dave had me al geïnstalleerd in zijn werkkamer, wat tevens de slaapkamer was voor hun baby in ontwikkeling, die over tien dagen werd verwacht.

'Ze is zwanger,' zei Sonia. 'En we hebben allemaal onze ups en downs. Nietwaar, Dave?' Ze keerde zich naar mij. 'Je kunt haar niet in de steek laten alleen omdat jullie ruzie hebben gehad. Het is aan jou om jullie relatie te laten slagen.'

Ik controleerde de uitdrukking op Dave's gezicht. Hij keek verbaasd. Iedere psycholoog, inclusief Rosie, zou het ermee eens zijn dat het slagen van een relatie een gezamenlijke verantwoordelijkheid was.

'We hebben geen ruzie gehad. Ik heb erover gepraat met een therapeut. Het is duidelijk dat ik een negatieve invloed heb op Rosie. Ze gaat terug naar Australië. Daar zal ze de juiste steun krijgen.'

'Jij bent de juiste steun.'

'Ik ben niet geschikt voor het vaderschap.'

'Dave, breng Don naar huis. Help hem dit recht te zetten.'

Het was 19.08 uur toen we bij ons appartement aankwamen. Gene was thuis, aangezien hij geen dates meer had met Inge.

'Waar heb jij uitgehangen?' vroeg hij. 'Je nam je telefoon niet op.'

'Die zit in mijn tas. Die bij Dave ligt. Ik woon nu bij Dave.'

'Waar is Rosie?'

'Ik ging ervan uit dat ze hier zou zijn. Op zaterdag is ze meestal voor 13.00 uur weer thuis.'

Ik legde de situatie uit. Gene was het met Sonia eens dat we het moesten proberen bij te leggen.

'Ik heb mijn best gedaan om de relatie te laten slagen,' zei ik. 'En Rosie volgens mij ook. Het probleem is inherent aan mijn persoonlijkheid.'

'Ze draagt jouw kind, Don. Daar kun je niet aan ontkomen.'

'Volgens jouw eigen theorie selecteren vrouwen de man met de beste genen als biologische vader, maar staat dit los van hun keuze door wie ze hun kind willen laten opvoeden.'

'Eén ding tegelijk, Don. Zoals ik al tegen Dave zei: het is maar een theorie. Het belangrijkste is nu dat we Rosie vinden. Waarschijnlijk zit ze haar verdriet weg te drinken in een of andere bar.'

'Denk je dat ze alcohol zou consumeren?'

'Zou jij dat niet doen?'

'Ik ben niet zwanger.'

Als Gene gelijk had, dan was er sprake van een noodgeval.

Misschien was er een aanwijzing te vinden in haar werkkamer.

Ik liep naar binnen en zag dat haar computer nog aanstond. Er stond een Skype-bericht op het scherm. Van iemand met de Skype-naam 34, tijdzone Melbourne, Australië.

IK ZEI TOCH DAT IK ALTIJD VOOR JE KLAARSTA. HOU JE TAAI. IK HOU VAN JE.

Ik hou van je! Ik opende het programma en las het voorafgaande gesprek:

ALLES IS NAAR DE KLOTEN. HET IS AFGELOPEN TUSSEN DON EN MIJ.

WEET JE DAT ZEKER?

WEET JE ZEKER DAT JE ME NOG WILT HEBBEN? MET EEN BABY EN ALLES?

Op dat moment kwam Rosie binnen. Ze leek niet dronken te zijn.

'Hallo, Dave. Don, wat doe je in mijn kamer?'

Het was wel duidelijk wat ik aan het doen was. 'Is er een andere man?' vroeg ik.

'Als je het dan toch wilt weten: ja.' Ze keerde Dave en mij de rug toe en keek uit het raam. 'En hij zegt dat hij van me houdt. Ik denk dat ik hetzelfde voel voor hem. Sorry, maar je vroeg het zelf.'

Herhalende patronen. Rosies moeder was met iemand naar bed geweest, maar was getrouwd met een ander, die haar trouw bleef ook al dachten ze allebei dat Rosie verwekt was door die eerste man. Rosie had me voorgelogen, net zoals ik Rosie had voorgelogen. En ongetwijfeld met dezelfde reden: om stress te vermijden.

Dave nam me mee terug naar zijn appartement. Hij had ons gesprek gehoord. We wisten geen van beiden iets zinnigs te zeggen. Ondanks de aannemelijkheid – en misschien zelfs de onvermijdelijkheid – van wat ik zojuist had vernomen, was ik totaal verbijsterd. Het leed geen twijfel wie die andere man was: Stefan, Rosies conventioneel aantrekkelijke studiegenoot. Rosie had toegegeven dat hij achter haar aan had gezeten in Melbourne, toen wij nog geen relatie hadden. Hij was tweeëndertig geweest toen ik hem ontmoette en zou nu dus vierendertig kunnen zijn. Ze had hém om hulp gevraagd bij haar statistische berekeningen, niet mij. En nu had ze hem uitgekozen om haar te helpen met het opvoeden van Bud. Hij leek me ook wel dom genoeg om een veranderend getal uit te kiezen als schermnaam.

30

Dave's werkkamer, nu mijn slaapkamer, was een regelrechte ramp! Zijn bureau lag bedolven onder de papieren, de zeven opgestapelde brievenbakjes puilden uit en de kartonnen dozen met tabbladen die hij gebruikte als alternatief voor een dossierkast liepen gevaar uit te scheuren doordat ze zo propvol zaten. Het was wel duidelijk waarom zijn bedrijf failliet dreigde te gaan.

Mijn colleges zaten erop voor dit jaar. De analyse van de gegevens voor het muizenonderzoek werd deskundig uitgevoerd door Inge, en het Lesbische Moeders Project had mijn hulp niet langer nodig. Dit zou de perfecte gelegenheid zijn geweest voor enkele gezamenlijke activiteiten met Rosie. In plaats daarvan had ik zeeën van vrije tijd. Ik bood Dave aan zijn administratie op orde te brengen.

Dave was wanhopig genoeg om zijn bedrijf toe te vertrouwen aan een geneticus met een afkeer van administratief werk. En ik was wanhopig op zoek naar afleiding van mijn levendige voorstellingen van Rosie met Nummer 34.

'Kopieën van facturen gaan in deze map,' zei Dave.

'Maar je hebt ze al op je computer staan. Je hoeft ze niet te printen.'

'Wat als de computer ontploft?'

'Dan val je terug op de back-up, uiteraard.'

'Back-up?' zei Dave.

Het kostte me slechts twee dagen hard doorwerken, zonder te lunchen, om het systeem op orde te krijgen.

'Waar zijn alle mappen?' vroeg Dave.

'Die staan in de computer.'

'En de papieren mappen dan?'

'Vernietigd.'

Dave keek verbaasd, geschokt zelfs. Correctie: totaal van slag.

'Sommige van die papieren kwamen van klanten: bestellingen, machtigingen, schetsen. Dat stond alleen op papier.'

Ik vertelde hem over de scanfunctie van het apparaat dat ik voor $89,99 had aangeschaft en wees hem op het overgebleven probleem.

'Je stelt elke factuur afzonderlijk op. Heb je daar geen programma voor?'

'Dat is te moeilijk in gebruik.'

Ik vond computerprogramma's zelden moeilijk in gebruik, maar ik stuitte wel op wat problemen omtrent boekhoudingsregels, aangezien ik geen accountant was. Toen Dave op pad was voor een klus schakelde ik de professionele hulp van Sonia in, die inmiddels was gestopt met werken in afwachting van de bevalling. Ze was niet bekend met het programma, maar was wel in staat al mijn boekhoudkundige vragen te beantwoorden.

'Ik snap niet waarom Dave me niet om hulp heeft gevraagd. Hij zegt altijd dat hij alles onder controle heeft, maar dat is dus duidelijk niet zo.'

'Toen hij hier eenmaal over had gelogen – om jou geen stress te bezorgen – werd het waarschijnlijk steeds moeilijker voor hem om deze langdurige misleiding op te biechten.'

'Getrouwde stellen zouden geen geheimen voor elkaar moeten hebben. Dat heb ik Dave ook gezegd,' zei de vrouw die zich had voorgedaan als een Italiaanse geneeskundestudent en me had gevraagd dit voor Dave te verzwijgen omdat hij een piekeraar was.

'Kun je een overzicht van debiteuren voor me printen?' vroeg Sonia toen het systeem was ingesteld en alle gegevens waren ingevoerd. 'Ik wil weten hoeveel we nog moeten krijgen.'

Dit overzicht kon via het menu worden opgevraagd.

'$418,12 van recente facturen.'

'En van achterstallige facturen?'

'$9245, van vier facturen. Allemaal van meer dan honderdtwintig dagen geleden.'

'Jezus,' zei ze. 'Allejezus. Geen wonder dat hij geen kinderwagen wilde kopen. Als die facturen al vier maanden oud zijn, dan zijn er waarschijnlijk problemen met het geleverde werk. Kun je me de facturen laten zien? De achterstallige?'

'Natuurlijk.'

Sonia keek even naar het scherm en wees toen naar de telefoon van het pas aangeschafte vier-in-éénapparaat.

'Werkt die?'

'Uiteraard.'

Sonia hing achtenvijftig minuten aan de telefoon en paste een verscheidenheid aan tactieken toe die gericht waren op het opwekken van schuldgevoelens, medelijden, angst, en in één geval simpelweg op het kenbaar maken van het probleem. Ze was ongelooflijk. Dat zei ik haar toen ze klaar was.

'Ik ben de helft van mijn tijd bezig met het regelen van dit soort zaken voor andere mensen die te veel geld hebben uitgegeven aan hun kinderwens. Iets waar ik me wel in kan verplaatsen. Vergeleken met die situaties is dit een peulenschil.'

'Gaan ze betalen?'

'De wijnbar aan West 19th Street moet eerst met de eigenaar bellen. Er is daar inmiddels een wijziging geweest in het management en het lijkt erop dat de vorige manager er een puinhoop van heeft gemaakt. Maar de andere drie zijn geregeld. Die hadden alleen een duwtje in de rug nodig.'

Sonia bracht het onderwerp subtiel ter sprake tijdens het avondeten.

'Ik heb wat geld nodig om mijn creditcard af te betalen. Heb jij nog wat?'

'Nu even niet,' zei Dave. 'Ik wacht nog op wat betalingen. Iedereen is traag met betalen, maar er is niets mis met het geleverde werk.'

'Hoeveel zouden we nog moeten krijgen, zei je?'

'Meer dan genoeg,' zei Dave. 'Maak je maar geen zorgen.'

'Ik maak me wel zorgen. Als we geld nodig hebben, moet ik misschien maar weer gaan werken nadat de baby er is. Parttime.'

'Dat is niet nodig. Ik moet gewoon nog wat betalingen binnenkrijgen.'

'Vertel me maar hoeveel we nog moeten krijgen, dan bepaal ik wel of het nodig is.'

Dave haalde zijn schouders op. 'Je kent me, ik hou het niet precies bij. Twintig-, dertigduizend. Meer dan genoeg.'

De volgende ochtend was Sonia boos vanwege Dave – niet op Dave, aangezien hij al vroeg aan het werk was gegaan. Ze richtte haar woede op mij.

'Hij is hele dagen en avonden de deur uit, maar hij verdient geen cent. Is hij wel echt aan het werk? Misschien gaat hij wel naar de bibliotheek, zoals die mannen die hun baan verliezen maar het niet aan hun vrouw durven te vertellen. Is dat wat er aan de hand is, Don?'

Dat leek me onwaarschijnlijk. Dave had zijn klussen met

me besproken, tot in detail. Hij leek meer dan genoeg werk te hebben, maar misschien vroeg hij er te weinig voor, of loog hij over de tevredenheid van zijn klanten. Ik had me al eerder in mijn vrienden vergist. Ik wist nog steeds niet zeker of een belangrijke karaktereigenschap van Gene in werkelijkheid slechts een verzinsel was. Claudia bleek een relatie te hebben met Simon Lefebvre. En Rosie was verliefd op een andere man.

'Als ik weer aan het werk moet, dan mag hij thuisblijven om voor de baby te zorgen. Misschien dwingt dat hem om wat meer interesse te tonen.'

Ik trok me terug in Dave's werkkamer om me over het probleem te buigen. Het zou kunnen dat Dave niet alle facturen in de computer had ingevoerd. Dit was ook het geval geweest, maar dat probleem had ik al opgelost. Er ontbraken maar twee kleine facturen. Hoe meer ik erover nadacht, hoe vreemder het leek dat Dave zijn factuuradministratie wel bijna helemaal op orde had.

Op dat moment ging er figuurlijk een lampje branden. De logische verklaring was niet dat Dave ongewoon zorgvuldig was geweest in dit specifieke aspect van zijn administratie. Nee! Dave was stelselmatig laks. Hij had de facturen helemaal nooit opgesteld.

Ik opende de map met gescande offertes en begon ze aan de facturen te koppelen. Ik had gelijk. Het grootste deel van zijn werk was nooit ingevoerd in de computer en dus ook niet aan de klanten gefactureerd. Er waren grenzen aan wat ik kon doen om de situatie recht te zetten. Het opstellen van facturen vereiste boekhoudkundige kennis waar ik niet over beschikte. Als ik fouten maakte in de facturering, dan zou Dave wellicht incompetent of onbetrouwbaar overkomen.

Gelukkig had ik een gekwalificeerde accountant tot mijn beschikking. Sonia en ik waren tot 15.18 uur bezig met het opstellen van alle facturen: de btw-tarieven varieerden per staat, arbeid en materialen werden apart gefactureerd en Dave had een verscheidenheid aan inconsequente toeslagen en kortingen gerekend.

Sonia maakte opmerkingen variërend van meelevend tot berispend: 'Mijn god, wat is dit ingewikkeld. Geen wonder dat hij het opzij heeft gelegd. Achtduizend dollar. Van drie maanden geleden! We hebben op geleend geld van George geleefd. Dave is een volslagen idioot.'

Toen we klaar waren, hadden we een stapel enveloppen klaarliggen om te posten en hadden we talloze andere facturen per e-mail verstuurd.

'Laat me eerst eens het totaal aan crediteuren zien. Ik wil weten wat we nog moeten betalen voordat ik al te enthousiast word.'

Ik keek het na: $0,00.

'Typisch Dave,' zei Sonia. 'We kunnen amper eten kopen, maar Dave Bechler zorgt er wel voor dat hij zijn koelkastleveranciers niet met cashflowproblemen opzadelt. Laat me nu eens het totaal aan debiteuren zien. Ik was te zenuwachtig om het bij te houden.'

'$53.216,65,' zei ik. 'Dave's schatting van twintig- tot dertigduizend klopte niet. En het totaal is al afgenomen omdat twee van de facturen waar je over hebt gebeld inmiddels zijn betaald.'

Sonia begon te huilen.

'Hoopte je op meer?' vroeg ik.

Sonia moest lachen door haar tranen heen. Hoe kon men in vredesnaam wijs worden uit zo'n verscheidenheid aan emoties?

'Ik neem een kop koffie om het te vieren,' zei ze. 'Echte koffie.'

'Je bent zwanger.'

'Goh, je hebt het gemerkt.'

Het viel niet te missen. Sonia was enorm. Dat zou haar toch voldoende moeten herinneren aan het feit dat ze haar cafeïne-inname moest beperken.

'Hoeveel koffie heb je vandaag al gehad?'

'Ik ben Italiaans. Ik drink de hele tijd *caffè*.' Ze begon te lachen.

'Ik nuttig wel een alcoholisch drankje met Dave wanneer hij thuiskomt.' Ik toonde me solidair met Dave, zelfs al was hij er niet bij.

'Dave heeft dit veroorzaakt.' Het huilen leek te zijn gestopt. 'Don, je hebt mijn leven gered.'

'Incorrect. Ik...'

'Ik weet het, ik weet het. Don, ik kon het je eerder niet vragen omdat Dave erbij was, maar die therapeut die had vastgesteld dat je niet bij Rosie paste, dat was Lydia, of niet?'

Irritant genoeg bestaat er in veel talen geen ondubbelzinnig antwoord op vragen die in de ontkennende vorm worden gesteld. Dit probleem zou eenvoudig kunnen worden opgelost door het bedenken van een equivalent voor het Franse woord *si* ('Ja, dat was inderdaad Lydia'). Maar ik hoefde geen antwoord te geven, want het viel kennelijk al van mijn gezicht af te lezen.

'Don, Lydia kent Rosie niet eens. Ze kent mij.'

'Dat is juist het probleem. Ze achtte me geschikt voor het ouderschap met jou, maar niet met iemand als Rosie. Lydia gaf een perfecte omschrijving van haar.'

'Mijn god, Don, je begaat een grote vergissing.'

'Ik luister naar het best beschikbare advies. Objectief, op onderzoek gestoeld, deskundig advies.'

Sonia nam geen genoegen met het overduidelijke bewijs

dat Rosie me niet meer wilde, bewijs dat werd ondersteund door Lydia's oordeel.

'Mijn spreadsheet wijst op...'

Ik interpreteerde Sonia's gezichtsuitdrukking als: 'Rot toch op met die stomme spreadsheet van je. Wil jij, gevoelsmatig gezien, als gezond, volwassen mens, de rest van je leven met Rosie en de Baby Under Development doorbrengen, of laat je dat besluit liever door een computer nemen, als een sneue nerd?'

'... bepaalde verbeterpunten. Maar ik denk niet...'

'Je denkt te veel na. Neem haar mee uit eten om erover te praten.'

31

Gene, Inge en ik hadden in totaal zeven verbindingen met de website van Momofuku Ko: ieder van ons via een laptop en een mobiele telefoon, en nog een verbinding via de desktopcomputer in mijn kantoor op Columbia. Ik gaf hun instructies, die gericht waren op het maximaliseren van de kans om een tafeltje te bemachtigen zodra het reserveringssysteem werd opengesteld.

Gene had Sonia's idee om Rosie mee uit eten te nemen toegejuicht. 'Of jullie dit nu kunnen oplossen of niet, jullie worden wel de ouders van een kind. Ze lijkt verder niet veel vrienden te hebben, op haar Joodse mama na dan, die praktisch elke dag langskomt.' Ik nam aan dat hij Judy Esler bedoelde.

Tijdens ons eerste gezamenlijke bezoek aan New York, een jaar en acht maanden geleden, had Rosie een etentje geregeld bij Momofuku Ko, en dat was de beste maaltijd van mijn leven. Rosie was eveneens onder de indruk geweest.

Om 10.00 uur precies drukten we allemaal op de reserveringsknop. De beschikbare tijdstippen op de net opengestelde dag kwamen tevoorschijn en we kozen ieder verschillende tijden uit, zoals afgesproken.

'Weg,' zei Gene. Iemand had zijn tijdstip al bemachtigd. 'Ik probeer de tweede optie.'

'De mijne is ook al weg,' zei Inge.

'De tweede ben ik ook misgelopen,' zei Gene.

'Weg,' zei Inge.

Mijn aanvragen werden ook geweigerd. We hadden gefaald, als simpele mensen die zich waagden aan een taak die beter door een computerprogramma kon worden uitgevoerd.

Ik ververste het scherm. Het was mogelijk dat iemand met een vergelijkbare strategie meerdere reserveringen had weten te bemachtigen en er nu weer een zou vrijgeven. Ik ververste nog eens. Zonder succes.

'Wat is er eigenlijk mis met die?' vroeg Inge, die over mijn schouder had meegekeken. Ze wees naar het scherm.

Ik had me zo gericht op de net opengestelde tijdstippen voor over tien dagen dat ik een enkel, niet-gereserveerd tijdstip, vandaag om 20.00 uur, over het hoofd had gezien. Dat had er waarschijnlijk al de hele tijd gestaan. Ik klikte erop, en het reserveringsprogramma reageerde met een verzoek om mijn creditcardgegevens. Ik had een reservering voor twee personen voor vanavond!

'Geloof me, ze zal geen andere plannen hebben,' zei Gene. 'Ik zal voor de zekerheid met haar afspreken om samen te eten, en dan kun jij aankomen en haar verrassen.'

'Wat is er met je overhemd gebeurd?' vroeg Sonia.

'Een wasongelukje.'

'Het ziet eruit als een tie-dyeoverhemd. Zo kun je niet de deur uit.'

'Het is zeer onwaarschijnlijk dat het restaurant me de toegang zou weigeren. Als mijn overhemd nu vuil was, of als ik het niet had gewassen, of...'

'Het gaat niet om het restaurant. Het gaat om Rosie.'

'Rosie kent me.'

'Dan wordt het hoog tijd dat je eens wat minder voorspelbaar wordt. Op een positieve manier.'

'Ik leen wel...'

'Je gaat geen overhemd van Dave lenen. Heb je Dave de laatste tijd wel eens goed bekeken?' Dave's gewichtsverliesproject verliep net zo slecht als mijn huwelijk.

Ik maakte een tussenstop bij Bloomingdale's voordat ik naar het appartement ging. Er waren wel andere verkooppunten voor mannenkleding die meer op de route lagen, maar het zou niet efficiënt zijn om in een onbekende winkel te moeten navigeren. Deskundig verkoopadvies leidde tot de aanschaf van een nieuwe spijkerbroek die beter aansloot op mijn veranderde taillemaat. Ik schatte mijn huidige BMI op vierentwintig, een toename van twee punten. Dit was volkomen onverwacht. De herinvoering van een variant op het Gestandaardiseerde Maaltijdsysteem zorgde ervoor dat mijn koolhydraatconsumptie wederom streng werd gereguleerd. De hoeveelheid beweging die ik kreeg in de vorm van hardlopen, fietsen en vechtsporttrainingen was gelijk gebleven, en door het koude weer had ik juist extra calorieën moeten verbranden. Ik hoefde slechts een paar seconden na te denken om de veranderde waarde te identificeren: alcohol. Nu had ik nog een reden om mijn alcoholinname te beperken.

Toen ik het appartementencomplex naderde, kwam er uit de andere richting een man van ongeveer mijn leeftijd aanlopen, met in beide handen een kop koffie. Hij glimlachte en wachtte tot ik de toegangscode van de voordeur had ingevoerd. De laboratoria en computerruimten van de universiteit kenden eenzelfde beveiliging, en tijdens de verplichte training die we hadden gekregen was dit exacte scenario aan bod gekomen.

'Ik zal je koffie wel voor je vasthouden,' zei ik. 'Dan kun jij de code invoeren en ben ik niet medeplichtig aan een overtreding van de veiligheidsregels.'

'Doe geen moeite,' zei hij. 'Het sop is de kool niet waard.' Hij maakte aanstalten om weg te lopen.

Het leek erop dat ik een poging tot inbraak had voorkomen. Maar als ik de politie niet inschakelde, zou deze man ongetwijfeld terugkomen, om misbruik te maken van een minder plichtsgetrouwe huurder. Misschien was hij wel een moordenaar, een verkrachter, of iemand die ongestraft een van de vele huisregels zou overtreden. En Rosie bevond zich in het gebouw!

Toen ik mijn telefoon van mijn riem losmaakte om het alarmnummer te bellen, kwam er nog een andere mogelijkheid in me op. Het accent van de man klonk bekend, evenals de metafoor waarmee hij de kosten tegen de baten had afgezet.

'Wilde je bij George op bezoek gaan?' riep ik hem na.

Hij kwam terug. 'Dat was het plan.'

'Je kunt hier aanbellen. Hij woont op de bovenste verdieping.'

'Dat weet ik. Ik wilde bij zijn deur aankloppen.'

'Je kunt beter aanbellen. Als hij je niet wil zien, dan hoeft hij de deur niet open te doen.'

'Je hebt me door.'

Ik had het juiste besluit genomen. Je zou gemakkelijk vergeten dat George een rockster was, of in ieder geval een voormalig rockster, wat betekende dat hij kon worden lastiggevallen door handtekeningenjagers en andere stalkers.

'Ben je een fan van de Dead Kings?' vroeg ik.

'Niet echt. Ik heb ze wel genoeg gehoord in mijn jeugd. George is mijn vader.'

Ik ben niet goed in het herkennen van gezichten, en mensen hebben te sterk de neiging overal patronen in te herkennen, omdat het gevaarlijker is om belangrijke patronen over het hoofd te zien. Maar ik zag een duidelijke gelijkenis in zijn magere gezicht en lange, kromme neus.

'Ben jij de drugsverslaafde?'

'Volgens mij gebruiken ze hier de term "herstellende verslaafde". Ik heet George.'

'Ook George?' zei ik.

'Eigenlijk George IV. Het begon bij mijn overgrootvader George. Dus mijn ouwe heer is George III. Ken je hem?'

'Correct.'

'Dan vind je het vast wel passend. De waanzin van George III. En ik ben George IV, de prins-regent. Zo noemde mijn familie me vroeger. De Prins.'

Het was mogelijk dat de Prins een bedrieger was, een inventieve handtekeningenjager, maar ik was ervan overtuigd dat ik George tegen hem kon beschermen als dat nodig was. Aangenomen dat hij niet gewapend was.

'Ik zal je op wapens fouilleren en daarna naar boven brengen,' zei ik. De formulering klonk natuurlijk, al was deze mogelijk gebaseerd op visueel entertainment en niet op eigen ervaring.

De Prins begon te lachen. 'Je neemt een loopje met me.'

'Dit is Amerika,' zei ik, naar ik hoopte op gezaghebbende toon, waarna ik hem fouilleerde. Hij droeg geen wapens.

George was niet thuis of deed in ieder geval niet open. Het was inmiddels 19.26 uur en ik moest op een reistijd van vijfendertig minuten rekenen naar het restaurant.

Ik kon de Prins echter niet zonder toezicht in het gebouw achterlaten.

'Ik stel voor je vader te bellen.'

'Doe geen moeite. Ik ben hier morgen niet meer. Ik kwam gewoon op goed geluk langs.'

'Als hij nee zegt, dan leidt dat tot hetzelfde resultaat als wanneer je nu vertrekt. Dan zien jullie elkaar niet.'

'Dat is niet hetzelfde. Bij lange na niet. Maar ga je gang.'

George nam zijn telefoon niet op.

'Dan ga ik maar,' zei de Prins.

'Kan ik George een boodschap doorgeven?'

'Zeg hem maar dat het niet zijn schuld was. We zijn zelf verantwoordelijk voor ons eigen leven.'

Ik wilde de Prins niet laten vertrekken. George leek van streek door het leed dat hij zijn zoon had berokkend. Het zou hem goeddoen om rechtstreeks van hem te horen dat het niet zijn schuld was. Maar ik kon geen goede manier bedenken om de Prins in het gebouw te houden zonder zelf te blijven of de veiligheidsregels te overtreden.

'Ik raad je aan later terug te komen.'

'Bedankt. Misschien doe ik dat wel.'

Ik wist honderd procent zeker dat de Prins loog en niet zou terugkeren. Het voelde vreemd om zo zeker te zijn van iets waar ik geen concreet bewijs voor had. Kennelijk had ik bepaalde informatie onbewust verwerkt, dat moest wel. Ik probeerde nog steeds te bedenken wat dit dan kon zijn geweest toen ik bij mijn eigen appartement aanklopte.

Rosie deed open en ze zag er verbluffend mooi uit. Ze droeg make-up en pas aangebrachte parfum, en een strakke jurk die haar nieuwe figuur accentueerde. Gene stond achter haar.

Ze glimlachte. 'Hallo, Don, wat doe jij hier? Ik dacht dat Gene me mee uit eten zou nemen.' Ze glimlachte weer.

'Dat klopt,' zei ik. 'Ik kwam alleen het bier controleren. Maar ik zie geen tekenen van lekkage. Inspectie voltooid.'

Ik rende terug naar de lift en wist de deuren nog net open te houden met mijn voet. Gene kwam me achterna.

'Wat maak je me nu, Don? Waar ben je mee bezig?'

'Het is een noodgeval. Ik ben niet beschikbaar. Rosie ging ervan uit dat jij haar mee uit eten zou nemen. Ze zal niet merken dat er iets is veranderd.'

'Ik ga niet met Rosie naar Momofuku Ko.'

Ik had geen tijd om hierover te discussiëren.

Toen we op de begane grond waren aangekomen, keek ik verwoed om me heen totdat ik de Prins op de stoep een taxi zag aanhouden. Ik begon te rennen toen er eentje voor hem stopte en kon hem nog net op tijd van het geopende portier wegtrekken. De chauffeur was niet blij met mijn tussenkomst en reed weg, terwijl ik de Prins nog altijd vasthield.

'Waar ben je mee bezig?' zei de Prins verbaasd, in dezelfde bewoording als Gene.

'Ik wil je op een etentje trakteren,' zei ik. 'Bij Momofuku Ko. Het beste restaurant ter wereld. Laten we daar wachten tot je vader terug is.'

Ik had het verband gelegd toen Rosie de deur had geopend en me overweldigde met haar schoonheid. Ik werd overspoeld door een golf van pijn: het besef dat ik haar kwijt zou raken en het gevoel dat het leven niet meer de moeite waard zou zijn. Het was een heftige emotie en een irrationele conclusie, en beide zouden weer wegebben, zoals ook was gebeurd toen ik als twintiger op het randje van een diepe depressie had gebalanceerd maar dit weer te boven was gekomen. En dat herkende ik in de Prins. Hij stond ook op de rand van de afgrond. Hij had gezegd dat hij er morgen niet meer zou zijn.

Mijn besluit om hem achterna te gaan was gebaseerd op mijn minst ontwikkelde vaardigheid. Het was mogelijk dat ik de laatste kans op het redden van mijn huwelijk had verspeeld. Rosie en Gene zouden vast zeggen dat ik het mis had. Maar de gevolgen van een vergissing waren te ernstig.

Ik liet de Prins los.

'Ik ga helemaal nergens mee naartoe totdat je me meer uitleg hebt gegeven,' zei hij. 'Wie ben je?'

'Ik leg het onderweg wel uit. Het belangrijkste is nu dat we de metro halen. Gereserveerde tafels worden vijftien minuten na de geplande aankomsttijd vrijgegeven.'

Ik trachtte te bedenken hoe ik mijn depressiehypothese kon bevestigen zonder er direct naar te vragen. Ik probeerde me te herinneren hoe ik me in die zwarte periode had gevoeld, zodat ik een vraag kon bedenken die mogelijk een eerlijk antwoord zou opleveren. Dat was niet erg aangenaam.

'Alles in orde?' vroeg de Prins.

'Gewoon wat nare herinneringen die bovenkomen,' zei ik. 'Ik ben ooit eens zo depressief geweest dat ik overwoog zelfmoord te plegen.'

'Vertel mij wat,' zei hij.

Ik sms'te Gene om door te geven dat ik gebruik zou maken van de reservering, voor het geval dat hij van gedachten was veranderd en Rosie toch mee uit eten wilde nemen. De Prins en ik arriveerden twaalf minuten te laat, drie minuten voor de deadline. Ik zou liever met Rosie uit eten zijn gegaan, maar dan zou zich het probleem voordoen dat ik niet wist wat ik moest zeggen. Ondanks Sonia's aanmoedigingen had ik nog steeds geen oplossing gevonden voor ons Huwelijksprobleem.

Maar uit eten gaan met de Prins bleek fascinerend te zijn.

'George vertelde me dat hij je heeft overgehaald om drugs

te gebruiken, waardoor je uiteindelijk verslaafd bent geraakt.'

'Heeft hij je dat verteld?'

'Correct.'

'Wat openhartig van hem. Dan kan ik je denk ik wel het hele verhaal vertellen.'

De kelner kwam langs om te vragen wat we wilden drinken. De Prins bestelde een biertje. Blijkbaar stond zijn afkickprogramma wel alcohol toe, dus ik raadde de sake aan, aangezien dit beter bij het eten paste. Voor mezelf bestelde ik een sodawater.

'Pap leidde dus dat rock-'n-rollleventje, en ik was precies het tegenovergestelde. Behalve dan in het drummen. Maar geen verdovende middelen voor mij.' De Prins paste een aparte intonatie toe op die laatste zin, alsof hij een superheld uit een tekenfilm imiteerde. 'Maar ik meende het. Toen zei hij: "Je kunt toch niet door het leven gaan zonder ooit een keer high te worden. Zonder te weten hoe dat voelt." En ik was zo'n enorme nerd – je snapt me wel – dat ik besloot dat het dan maar meteen de best mogelijke ervaring moest worden, als ik het dan toch een keer zou proberen.'

'Je deed onderzoek naar drugs?'

'Dat klinkt belachelijk, ik weet het.'

Het klonk volkomen logisch. Ik vroeg me af waarom ik me tot alcohol en cafeïne had gewend zonder gedegen onderzoek te doen naar de alternatieven – of naar de gevolgen van die twee. Het waren legale drugs, maar dat waren sigaretten ook. Legaliteit was toch zeker minder belangrijk dan het risico op overlijden. Amfetamines vormden een uitzondering, aangezien die naar mijn mening een duidelijk, gericht doel dienden. Ik vertelde hem over mijn eigen experiment als student, dat tot het verpesten van een examen had geleid.

'De professor liet me het essay zien dat ik opnieuw nagekeken wilde hebben, maar er viel niets van te maken. Eén grote woordenbrij!'

De Prins begon te lachen. 'Hoe dan ook, ik besloot dat lsd de beste keuze was, vanwege de kwaliteit van de ervaring. En de veiligheid en alles.'

'Je koos lysergeenzuurdiethylamide? Als beste drug?'

'Ik nam één pilletje lsd. En je weet toch dat iedereen zegt dat je van één keer niet verslaafd raakt? Nou, ik ben degene die ze bij voorlichtingscampagnes moeten inzetten. Want het was gewoon de beste, meest fantastische ervaring van mijn leven. En ik wilde niets liever dan dat gevoel herbeleven. Maar weet je wat?'

'Nee.'

'Dat lukte niet. Niet consequent, in ieder geval. Ik had bad trips, middelmatige trips, allerlei ongein, en toen begon ik andere dingen te gebruiken. Ik probeerde van alles. Lange tijd. Maar nooit bereikte ik datzelfde effect. Dus begon ik er afstand van te nemen. En op dat punt zit ik nu. Ik neem alleen nog dit.'

Hij hief zijn glas sake in de lucht. Ik dronk momenteel geen alcohol, vanwege mijn recente voornemen. Het was interessant om de stemming van de Prins te zien omslaan toen de drank eenmaal greep op hem kreeg. Ik besefte dat Rosie waarschijnlijk hetzelfde had ervaren wanneer Gene en ik weer eens dronken raakten, nu zij tijdelijk geen alcohol mocht.

'Dus je hebt het probleem opgelost,' zei ik.

'Behalve dan dat ik de beste jaren van mijn leven heb verspild. Geen partner, geen kinderen, geen baan.'

'Geen baan?' Dat was rampzalig. 'Een baan is noodzakelijk. Die andere zaken zijn optioneel, maar je hebt wel een baan nodig.'

'Ik ben drummer. Een middelmatige drummer. Weet je hoeveel middelmatige drummers er rondlopen? Ik dacht dat ik hier misschien een kans had, maar dat werd niets.'

Mijn telefoon trilde. Het was Gene.

ZIT MET ROSIE IN CAFÉ WHA? WAAR HANG JIJ GVD UIT?

Ik sms'te Gene terug en hij nodigde me uit ook naar het café te komen. Of beter gezegd, hij droeg me op ook te komen.

'Heb je zin in wat muziek?' vroeg ik de Prins. Hij bleef mijn prioriteit, en hoewel zijn emotionele gesteldheid sterk verbeterd leek te zijn, wist ik uit eigen ervaring dat het probleem nog niet was opgelost.

'Waarom ook niet? Misschien komt de band niet opdagen en mag ik een paar uur lang drumsolo's geven.'

Ik verzocht de Prins zijn mond te houden. Ik wilde nadenken. Een wandeling biedt een goede gelegenheid om na te denken, net als andere repetitieve activiteiten. Helaas was de wandeling naar Greenwich Village niet lang genoeg om een oplossing te bedenken voor het probleem van de Prins.

De zaal bevond zich beneden. Toen we binnenstapten, begreep ik waarom Gene had gekozen voor een café met livemuziek, wat niets voor hem was. Op het drumstel van de band stond de naam DEAD KINGS. George zat op de drumkruk.

Ik keek naar de Prins.

'Wist je dat hij hier moest spelen?' vroeg hij.

'Nee. Dit is een gevolg van menselijke interconnectiviteit.'

Hoewel ik George meermaals had horen oefenen, had ik hem nog nooit zijn meest karakteristieke repetitieve activiteit zien uitvoeren. We bleven een tijdje bij de ingang staan om alles in ons op te nemen. De Prins keek naar zijn vader en ik zocht naar Rosie en Gene. Door het grote aantal bezoekers slaagde ik er niet in hun te vinden.

Ik vroeg de Prins naar zijn mening over de drumkwaliteiten van zijn vader.

'Beter dan eerst.'

'Beter dan jij?'

'Hij past goed bij de Dead Kings. Het draait niet alleen maar om techniek. Het gaat erom hoe je samenspeelt. De mensen hadden altijd veel kritiek op Ringo, maar hij was een prima drummer voor de Beatles.'

We bleven nog drie nummers bij de ingang wachten. Onder het luisteren rondde mijn brein het proces van probleemoplossing af. Ik nam me voor mijn studenten niet meer te bekritiseren om het luisteren van muziek tijdens het studeren.

De zanger kondigde een korte pauze aan en ik zag hoe George naar een tafeltje vlak voor het podium liep. Rosies rode haar viel niet te missen. Ik gebood de Prins op me te wachten en liep naar hen toe. George en Gene waren blij me te zien, Rosie wellicht wat minder.

'Goh, wat aardig van je om ook langs te komen,' zei ze. 'Ik hoorde dat je al hebt gegeten.'

'Correct. Ik moet Gene even spreken.'

'Uiteraard.'

Ik trok Gene mee en legde hem uit wat ik wilde bereiken. Ik had een theoretische oplossing bedacht, maar de bijbehorende sociale protocollen waren te complex om door mijzelf uitgevoerd te kunnen worden. Gene was uiteraard vol vertrouwen.

'Ik praat wel met George. Praat jij maar met hoe-heet-hij-ook-alweer.'

'De Prins.'

'De Prins. Juist. Ik zal dit voor je doen, onder twee voorwaarden, Don. Ten eerste moet je echt je best doen om het weer goed te maken met Rosie.'

'Ik heb mijn uiterste best gedaan.'

'Daar leek het vanavond anders niet op. Ten tweede moet je een regel overtreden.'

Er liep een rilling over mijn rug. Gene eiste een hoge tol. Hij wees naar een bord: VERBODEN TE FILMEN OF FOTOGRAFEREN.

'Pak je telefoon. Dit moment moet worden vastgelegd.'

Gene keerde terug naar zijn tafel. Ik zag hem praten met George, die verwoed om zich heen begon te kijken. Maar de timing was perfect. De band verzamelde zich weer en George moest het podium op.

Ze speelden één liedje, waarna George, die een eigen microfoon had, een mededeling deed.

'Mijn zoon is hier vanavond ook. Ik heb hem al heel lang niet meer gezien. Hij heet ook George, en de laatste keer dat ik hem hoorde spelen was hij stukken beter dan ik.' Er werd geapplaudisseerd en de Prins zwaaide. George wenkte hem, maar hij wilde niet naar voren komen, dus ik gaf hem een duwtje en zei hem dat ik hem indien nodig helemaal naar voren zou duwen.

De Prins stapte het podium op, en George stond zijn plek achter het drumstel aan hem af. De band begon te spelen en George en ik schoven aan bij Rosie en Gene. George hield zijn aandacht op het podium gericht. De Prins leek bekwaam. Toen het liedje was afgelopen, wilde George overeind komen. Ik legde mijn telefoon neer – die ik had gebruikt om opnamen te maken met behulp van de videoapplicatie die tot mijn arrestatie had geleid – en ging voor hem staan.

'De wijziging in bezetting is permanent,' zei ik. 'De Prins heeft een baan nodig en jij moet loskomen van dat herhalende patroon van die Atlantische cruises.' Ik bespeurde enige weerstand. 'Bovendien kan dit dienen als vergoeding voor het tijdelijk verwoesten van zijn leven.'

George ging weer zitten en schonk een glas wijn voor zichzelf in.

'En aangezien hij een betere drummer is dan jij, zullen de gasten aan boord van het cruiseschip van hoogwaardiger amusement kunnen genieten.'

32

'Rosie, ik moet iets met je bespreken.'

Ik was naar het appartement gekomen om het bier te controleren. Het koelsysteem functioneerde uitstekend. Vóór mijn vertrek naar Dave was een wekelijkse controle in principe voldoende geweest. Maar het was ongewoon warm voor december, dus het leek me verstandiger om vaker langs te komen. Bovendien kon ik van de gelegenheid gebruikmaken om de schets van Bud voor week 32 op de tegels te tekenen. Zijn of haar ontwikkeling bleef interessant, ook al had ik er inmiddels minder mee te maken. Ik was nu al zo ver gekomen dat het me niet meer dan logisch leek om de veertig weken vol te maken.

'Mijn deur zat niet voor niets dicht, Don. Je maakt het me niet bepaald gemakkelijk door twee keer per dag langs te komen.'

Gene had aangegeven dat Rosie momenteel niet openstond voor een verrassingsdiner – zelfs niet voor een gepland diner – of voor het bespreken van onze relatie.

'Ik vrees dat je haar wat tijd moet gunnen,' had hij gezegd.

Maar dit ging niet over onze relatie. 'Het is een wetenschappelijke vraag. Ik denk dat je het wel interessant zult vinden, aangezien je overweegt om je weer op de psychologie te richten.'

'Laat mij maar bepalen hoe interessant ik het vind.'

Ik vertelde haar over het Lesbische Moeders Project. Ik had geen enkele reden om dit nog langer voor haar te verzwijgen. Het werd tijd om alle achtergehouden informatie met haar te delen. Dit was de eerste en minst riskante stap. Mijn deelname aan dit project was niet illegaal, onethisch of vreemd.

'Dat is het project waar je al eens eerder over was begonnen, toch?' zei Rosie. 'Daarna heb je het er nooit meer over gehad.'

'Ik wilde me niet met jouw vakgebied bemoeien.'

'Je bedoelt dat je me niet wilde vertellen dat je je met mijn vakgebied aan het bemoeien was.'

'Correct. Het probleem is dat ze de resultaten niet willen publiceren.'

'Wat is daar volgens jou de reden voor?' vroeg Rosie.

'Als ik dat wist, dan zou ik je niet wakker hebben gemaakt om het je te vragen.'

'Misschien hebben ze daar wel voor gekozen omdat sommige mensen wetenschappelijke bevindingen uit hun verband rukken om hun gelijk te halen.'

'Heb je het over Gene?' vroeg ik.

'Ook. Kijk, deze wetenschapsters willen duidelijk maken dat een kind net zo goed door twee vrouwen kan worden opgevoed als door een heterostel.' Ze ging rechtop in bed zitten. 'Ze willen geen resultaten publiceren die iets anders suggereren.'

'Dan proberen zij toch ook hun gelijk te halen?'

'Maar dat is van een heel andere orde dan wanneer een of andere ouwe lul met vastgeroeste denkbeelden hun bevindingen aangrijpt als bewijs dat kinderen zonder vader achtergesteld zijn. En dat is een kwestie die me op dit moment na aan het hart ligt. Dus je hoeft van mij even geen rationele reactie te verwachten.'

'Maar de resultaten wijzen er niet op dat het kind per definitie een vader nodig heeft,' zei ik. 'Beide moeders kunnen het oxytocinegehalte van de baby laten stijgen. Het enige verschil is dat de onconventionele secundaire ouder daar een onconventionele methode voor moet gebruiken. Maar ik voorzie verder geen problemen voor het kind.'

'*The Wall Street Journal* zal daar heel anders over denken.'

Ik stond op het punt te vertrekken, maar Rosie was nog niet uitgepraat. 'Don, ik vlieg morgen terug naar huis. Judy brengt me naar JFK. Ik vlieg tegen het goedkoopste tarief. Zonder restitutie.'

Ik wilde net weer naar ons appartement afreizen om het bier te controleren toen Sonia me tegenhield.

'Als dat nog een uurtje kan wachten, dan kom ik met je mee.'

'Waarom?'

'Zodat we eerst bij Lydia kunnen langsgaan.'

'Ze heeft aangegeven dat ze niet beschikbaar is voor verdere consulten. En het is zondag. Zondagavond.'

'Dat weet ik. Ik heb haar gebeld. Om haar te vertellen dat jij en Rosie – jij en ik – uit elkaar zijn naar aanleiding van wat ze tegen je heeft gezegd. Ze was een beetje overdonderd: ze dacht dat ze je er juist van had overtuigd bij mij te blijven – bij Rosie.'

'Ze heeft slechts objectief advies gegeven.'

'Nou, ze voelt zich anders wel verantwoordelijk. Ze is haar boekje te buiten gegaan en dat weet ze. Ik heb met haar afgesproken bij jouw appartement. Ik kon niet hier afspreken, vanwege Dave. Ik heb hem gezegd dat ik je naar Rosie breng om haar nog een keer te spreken voordat ze naar huis vliegt. Ik heb uiteraard niets gezegd over Lydia.'

'En Rosie dan?'

'Gene gaat met haar op pad.'

'Is Gene hierbij betrokken?'

'Iedereen is erbij betrokken, Don. We vinden allemaal dat jullie een grote fout maken, en als jij alleen naar Lydia wilt luisteren, dan zorgen we er wel voor dat zij je dat zal vertellen. Ik zal Rosie spelen – ik zal Rosie zíjn – en Lydia zal ons vertellen dat we bij elkaar moeten blijven. En als ze dat heeft gedaan, ga jij jullie Huwelijksprobleem oplossen. Begrijpen wij elkaar?'

Sonia en ik arriveerden bij het appartement, twee minuten voor Lydia's verwachte aankomsttijd. Ik besefte dat Sonia nog nooit bij ons op bezoek was geweest. Het was niet in me opgekomen om haar en Dave uit te nodigen voor een etentje. Dat was waarschijnlijk een sociale blunder.

'Mijn god, wat stinkt hier zo?' vroeg ze. 'Ik moet er bijna van overgeven. Ik voel me al de hele dag beroerd.'

'Bier. We hebben een kleine lekkage waar we niet bij kunnen komen. Dave legt de schuld bij de klusjesman die het plafond heeft vervangen.'

Sonia glimlachte. 'Typisch Dave. Hoe houdt Rosie dit uit?'

'Mensen raken snel gewend aan geuren,' zei ik. 'Het is pas sinds kort gebruikelijk om je regelmatig te wassen. Vroeger wasten mensen zich soms maandenlang niet, en dat leverde ook geen problemen op. Behalve ziekten, uiteraard.'

Lydia arriveerde op tijd.

'Mijn god, wat stinkt hier zo?' vroeg ze.

'Bier,' zei Sonia. 'Mensen raken snel gewend aan geuren. Het is ook pas sinds kort gebruikelijk om je regelmatig te wassen.'

'Ik neem aan dat de hygiëne in je geboortedorp niet van hetzelfde niveau was als hier in New York.'

'Dat klopt. Het is maar goed dat Don een schoonmaakfreak is, anders zou de baby...'

De blik die ik Sonia toewierp was bedoeld om haar eraan te herinneren dat ze zich voordeed als Rosie, die mijn eigenaardigheden niet zou prijzen en die niet in een klein Italiaans dorpje met slechte hygiëne was opgegroeid. Nu was Sonia dat zelf ook niet. Ik vermoedde dat de situatie al snel verwarrend zou gaan worden.

Op dat moment begon een van de Georges te drummen.

'Wat is dat?' vroeg Lydia.

Dat was een logische vraag, aangezien de eerste slagen gemakkelijk konden worden verward met geweerschoten. Maar toen werd het drummen ritmischer en kwamen er een bas en twee elektrische gitaren bij. Waarschijnlijk gaf dit wel voldoende antwoord op Lydia's vraag, en dat was maar goed ook, aangezien ze mijn antwoord toch niet zou kunnen verstaan.

We deden nog ongeveer drie minuten ons best om te communiceren in rudimentaire gebarentaal. Zo te zien vroeg Lydia: 'Hoe kan de baby zo slapen?' en Sonia antwoordde: 'Schedel, dag-dag, vogel, kangoeroe, nee, nee, nee, spaghetti eten.'

De muziek stopte. Sonia zei: 'Ik denk erover om terug te keren naar Italië.'

'Als je nu eens blijft? Als jij en Don nu eens proberen dit geschil op te lossen?'

Ik leidde hun naar Gene's kamer, waar ik het cadeau van mijn vader had opgeborgen.

'Mijn god, het is een doodkist,' zei Lydia. 'Een doorzichtige doodkist.'

'Doe niet zo belachelijk,' zei Sonia. 'Volgens mij zoek je gewoon naar redenen om Don te bekritiseren.'

'Wat is het dan? Een ruimteschip?'

De geluiddichte wieg was niet geschikt voor ruimtereizen, aangezien hij lucht doorliet. Ik stelde het alarm op mijn telefoon in, en zodra hij begon te rinkelen, legde ik hem in de wieg en sloot het deksel. Het geluid was niet langer te horen.

'Maar als de telefoon zou moeten ademen, dan is dat mogelijk,' zei ik.

'Wat als-ie huilt?' vroeg Lydia.

'De telefoon?' Ik besefte dat ik haar verkeerd had begrepen en wees op de microfoon en de zender in de wieg. 'Rosie zal met een koptelefoon op slapen. Ik zal oordoppen indoen, waardoor ik zelf niet door de baby word gestoord.'

'Fijn voor jou,' zei Lydia. Ze keek om zich heen. 'Slaapt hier nog iemand anders?'

'Mijn vriend. Zijn vrouw heeft hem eruit gezet wegens immoreel gedrag en nu woont hij hier samen met Rosie.'

'In de babykamer.'

'Correct.'

'Rosie,' zei Lydia. Sonia wierp een blik op de deur voordat ze besefte dat Lydia het tegen haar had. 'Voel jij je hier prettig bij?'

Sonia's reactie suggereerde dat ze zich helemaal niet prettig voelde. Ze keerde terug naar de woonkamer en keek verwoed om zich heen. Ik stelde paniek vast.

'Ik moet naar het toilet. Waar is het toilet?' vroeg ze, terwijl dit zogenaamd haar eigen appartement was.

We stonden vlak bij mijn bad-werkkamer. Ik deed de deur voor haar open.

'Er staat een bureau in de badkamer,' zei Lydia terwijl

Sonia de deur achter zich dichttrok. Daar was ik me ook van bewust. Ik had het niet meegenomen naar Dave en Sonia, aangezien het niet gemakkelijk te vervoeren viel met de metro.

Voordat ik kon reageren, riep Sonia vanuit de bad-werkkamer. 'Ik heb een probleem.'

'Met de afvoer?' vroeg ik. Soms bleef het toilet doorspoelen.

'Met *mijn* afvoer. Er is iets mis.'

Het is sociaal gezien zeer ongepast om een badkamer te betreden als zich daar een niet-verwant individu van het andere geslacht bevindt. Ik was me daarvan bewust, maar mijn gedrag werd gerechtvaardigd door de mogelijkheid dat Sonia's probleem gerelateerd was aan haar vergevorderde zwangerschap. Ik vermoedde dat de weeën waren begonnen.

Ik betrad het verboden terrein, en Sonia legde me uit wat het probleem was. Haar beschrijving van de symptomen was duidelijk.

'Wat zijn jullie aan het doen?' vroeg Lydia. 'Is alles in orde?'

'We zijn aan het telefoneren,' antwoordde ik. 'En nee.'

'Wat is er mis?'

'Verzakte navelstreng. Ik heb een ambulance gebeld. Er hoeft niet direct te worden ingegrepen als de weeën nog niet zijn begonnen.'

'O god,' zei Sonia. 'Volgens mij is dat wel het geval.'

Op mijn aanwijzingen hielp Lydia Sonia naar Rosies werkkamer, terwijl ik nogmaals het matras uit de slaapkamer sleepte, aangezien Rosie inmiddels weer daar sliep. Ik had echter meer bewegingsruimte nodig. Sonia ging op het matras liggen. Ik had de hulpdiensten al duidelijk gemaakt dat er absolute haast geboden was, dus het had geen zin om nog eens te bellen en het risico te lopen het systeem te overbelasten, waardoor de hulp aan andere noodgevallen wellicht vertraging opliep.

Sonia was zeer geagiteerd, op het hysterische af. 'O god, ik heb hierover gelezen. Het hoofd van de baby drukt op de navelstreng en dan krijgt hij geen zuurstof meer, o shit, shit, shit...'

'Dat is een mogelijkheid,' zei ik. Ik probeerde een dokter-patiëntrelatie op te bouwen, precies datgene wat me ervan had weerhouden een carrière in de geneeskunde te overwegen. 'De kans op het overlijden van de moeder is nihil. Zonder ingrijpen zal de baby waarschijnlijk sterven. Er is echter hulp ingeroepen.'

'Wat als ze niet komen? Wat als ze niet komen?'

'Ik acht mezelf in staat de benodigde hulp te kunnen bieden. Ik heb relevante ervaring opgedaan.' Het leek me niet nodig te vermelden dat er bij de geboorte van Dave het Kalf geen sprake was geweest van een verzakte navelstreng.

'Wat voor ervaring? Wat voor ervaring?' Sonia's hysterie leek haar ertoe aan te zetten alles twee keer te zeggen.

Ik stelde haar gerust. 'De procedure is simpel. Ik zal je moeten onderzoeken.' Daar keek ik niet naar uit: er trok een golf van afkeer door mijn lichaam bij de gedachte aan intiem contact met een vrouw die een goede vriendin was, maar ik wilde er absoluut zeker van zijn dat ik er alles aan had gedaan om te zorgen dat de baby het zou overleven. Het zou zeer teleurstellend zijn als het vijfjarige project van Dave en Sonia nu in de laatste fase zou mislopen. Ik deed mijn best Sonia voor me te zien als de moeder van Dave het Kalf. Waarschijnlijk zou ik na afloop wel met posttraumatische stress te maken krijgen.

Lydia ijsbeerde doelloos heen en weer. Ik stelde ongerustheid vast.

'Weet je wel wat je doet, Don?' Geen gepaste opmerking in het bijzijn van de patiënt.

'Natuurlijk, natuurlijk.' Ik voelde me lang niet zo zeker, maar ik hield me aan het principe dat ik als plaatsvervangend arts kalm moest blijven en totale overtuiging moest uitstralen, zelfs ten koste van eerlijkheid. Ik wilde net beginnen met het onderzoek toen ik de voordeur open hoorde gaan.

'Hallo? Ben jij dat, Don?' Het was Rosies stem. Gene was er ook bij. Ze verschenen in de deuropening van Rosies werkkamer. 'Wat is er aan de hand?'

Ik legde het probleem uit. 'Ik moet haar onderzoeken.'

'Jij moet haar onderzoeken?' zei Rosie. 'Dat ga jij doen? Ik dacht het niet, professor. Iedereen de kamer uit. Jij ook.' Ze wees naar mij.

'Godzijdank dat jullie op tijd zijn gekomen,' zei Lydia tegen Gene en Rosie.

Rosie zette ons eruit en deed de deur dicht. Nog geen minuut later stapte ze naar buiten en trok ze de deur weer achter zich dicht.

'Je hebt gelijk,' zei ze op luide fluistertoon. 'Mijn god, wat moeten we doen? Ik heb geen verloskunde gedaan.'

Ik probeerde mijn stemvolume aan dat van haar aan te passen. 'Je hebt wel anatomie gehad.'

'Wat hebben we daar nu weer aan? We hebben iemand nodig die weet wat hij moet doen, nu meteen.'

'Ik weet wat ik moet doen.'

'Ik ben hier de geneeskundestudent, ik zou moeten weten wat ik moet doen.' Rosies toon wees op een toename van irrationaliteit.

'Sturen ze tegenwoordig ook al geneeskundestudenten?' zei Lydia tegen Gene. Zij klonk eveneens paniekerig.

Sonia riep iets onverstaanbaars. Gene had gelijk over Italiaanse vrouwen.

'Ik weet wat ik moet doen,' zei ik nogmaals tegen Rosie.

'Onzin, je hebt geen enkele ervaring.'

'De theorie volstaat. Jij zult mijn instructies moeten uitvoeren.'

'Don, je bent geneticus, je weet niets over verloskunde.'

Ik wilde Rosie liever niet herinneren aan het incident dat een cruciale rol had gespeeld in het stuklopen van ons huwelijk, maar het was nu vooral belangrijk dat ze vertrouwen had in mijn verloskundige kennis, niet in mijn sociale vaardigheden.

'Heidi, de organisatrice van de zwangerschapscursus, was ervan overtuigd dat ik gynaecoloog was.'

Ik voelde me kalm nu het aspect van menselijk contact van me werd overgenomen. Toen herinnerde ik me Rosies probleem met de fysieke kant van de geneeskunde.

'Heb je er problemen mee om Sonia aan te moeten raken?' vroeg ik.

'Dat vind ik minder erg dan dat ik het aan jou zou moeten overlaten, professor. Zeg me maar gewoon wat ik moet doen.'

Lydia keerde zich naar Gene. 'Kunt u niet helpen? U bent toch bevoegd?'

'Ik ben bevoegd professor,' zei Gene. 'Ik ben nieuw in deze stad. Mijn vrouw en ik zijn pas uit elkaar en Columbia deed me een onweerstaanbaar aanbod.' Hij stak zijn hand uit. 'Gene Barrow.'

Ik liet Gene met Lydia praten terwijl ik Rosie de procedure uitlegde. Het doel is in feite om te zorgen dat het hoofd van de baby de navelstreng niet afknelt, door de baby indien nodig opzij te duwen. Dat was blijkbaar lastig. Rosie bleef 'Fuck' zeggen, waar Sonia hysterisch van werd, waardoor Rosie nog vaker 'Fuck' zei. Ondertussen bleef ik herhalen dat we volkomen bekwaam waren, wat op korte termijn een positief effect leek te hebben op Sonia. Het resultaat was een kakofonie van opmerkingen: 'O god, hij gaat dood,' 'Fuck, hou haar stil,' en 'Geen paniek, we hebben alles onder controle.' Het zou handiger zijn geweest als we ieder op onze beurt zouden wachten.

Helaas zijn mensen geen computers. Onze communicatie werd steeds intenser: Sonia begon te krijsen en wilde niet stil blijven liggen, Rosie riep 'O, fuck' en ik probeerde iedereen te kalmeren door de toonhoogte van mijn stem te verlagen en het volume op te voeren. Toen begon de band weer te oefenen en deden onze verbale inspanningen niet meer ter zake.

Na nog geen negentig seconden hield de muziek weer op. Ongeveer dertig seconden later ging de deur naar de werkkamer open. Gene kwam binnen, gevolgd door George III, de Prins en de overige Dead Kings, die ik had ontmoet in Greenwich Village op de avond van het Doorgeven van de Stokjes. Er was ook een vrouw van ongeveer twintig bij (BMI binnen de normale waarden, geen nauwkeurigere inschatting mogelijk vanwege de algehele chaos) en een man van ongeveer vijfenveertig, met een camera om zijn nek. Een paar seconden later werd de menigte opzij geduwd door drie geüniformeerde verpleegkundigen met een brancard.

'Bent u een arts?' vroeg een van hen (vrouw, ongeveer veertig, BMI binnen normale waarden) aan Rosie.

'Bent ú een arts?' vroeg Rosie. Ik was onder de indruk. Tijdens het muzikale intermezzo was Rosies emotionele gesteldheid omgeslagen van paniekerig naar professioneel.

'De medische situatie is onder controle,' zei ik, waarna ik de verpleegkundige een korte samenvatting gaf.

'Uitstekend gedaan,' zei ze. 'Wij zullen het nu overnemen.'

Ik keek toe terwijl ze Rosies rol overnam en gaf Sonia een statusupdate, zoals dat een goede arts betaamde. 'De verpleegkundige maakt een bekwame indruk. De kans dat de baby het overleeft is sterk toegenomen.'

Sonia wilde dat Rosie en ik met haar meereden in de ambulance, maar een van de andere verpleegkundigen (man, ongeveer vijfenveertig, BMI ongeveer drieëndertig) wist haar op hoogst professionele wijze verder gerust te stellen, waarop Sonia zich door hen naar de ambulance liet afvoeren. De fotograaf nam ondertussen foto's. De zwaarlijvige verpleegkundige gaf me een kaartje met het adres van het ziekenhuis.

Lydia wurmde zich door de menigte naar mij toe. 'Ga je niet met haar mee?'

'Daar zie ik geen reden toe. De verpleegkundigen lijken me zeer bekwaam. Ik heb mijn bijdrage geleverd. Ik wilde zo een glas bier gaan drinken.'

'Jezus,' zei ze. 'Je hebt echt totaal geen gevoel.'

Ineens werd ik boos. Ik wilde Lydia door elkaar schudden, en niet alleen haar, maar iedereen die het verschil niet snapte tussen het in bedwang houden van emoties en het niet hebben van emoties, en iedereen die een totaal onlogisch verband legde tussen het niet kunnen interpreteren van andermans emoties en het zelf niet kunnen ervaren van emoties. Het was belachelijk om te denken dat de piloot die kalm en rustig een noodlanding had gemaakt op de Hudson minder van zijn vrouw hield dan de passagiers in het vliegtuig die in paniek waren geraakt. Ik kreeg mijn woede snel weer onder controle, maar mijn vertrouwen in Lydia's bekwaamheid als adviseur was geschaad.

Rosie onderbrak mijn gedachtestroom. 'Ik ga douchen. Kun jij iedereen de deur uit werken?'

Ik besefte dat ik het standaardvoorstelritueel niet had uitgevoerd, deels doordat ik sommige mensen zelf ook niet kende. Ik probeerde de hiaten zo veel mogelijk op te vullen.

'Lydia, dit zijn George III, de Prins, Eddie, Billy en Mr. Jimmy. Jongens, Lydia is mijn maatschappelijk werker.'

George stelde ons voor aan Sally de journalist en Enzo de fotograaf, die een interview hadden met de Dead Kings over de wijziging in bezetting.

'Wie was die dame?' vroeg George.

'Dave's vrouw.'

'Je verkeert in shock. Je bent je aan het distantiëren,' zei Lydia tegen me. 'Probeer een paar keer diep adem te halen.'

'Heeft iemand Dave al gebeld?' vroeg George.

Ik had helemaal niet aan Dave gedacht. Hij zou dit zeker willen weten.

Ik wachtte met bellen tot de Dead Kings en de journalisten waren vertrokken. Lydia liep naar de keuken en vulde de waterketel. Ze leek enigszins verward.

Dave klonk in paniek. 'Is Sonia in orde?' vroeg hij.

'De risico's voor Sonia waren minimaal. Het gevaar...'

'Ik vroeg of Sonia in orde is.'

Ik moest mijn antwoord op Dave's vraag meerdere keren herhalen. Hij leek ook last te hebben van het zinherhalingsprobleem. Mijn antwoord veranderde uiteraard niet, dus ons gesprek klonk als een vastgelopen computer. Uiteindelijk wist ik een doorbraak te forceren en kon ik hem het adres van het ziekenhuis doorgeven. Ik vertelde hem niets over de risico's voor de baby, aangezien hij daar niet naar had gevraagd. Toen hij had opgehangen, liep ik naar de koelruimte om een glas bier voor mezelf te tappen. Lydia volgde me.

'Wil je ook een biertje?' vroeg ik. 'We hebben een onbeperkte voorraad.'

'Ik sta nergens meer van te kijken,' zei ze. 'Ach, doe mij er ook maar eentje, ja.'

33

Toen Rosie terugkeerde uit de badkamer, met schone kleren aan, zaten Lydia en ik op de bank.

'Wie ben jij?' vroeg Rosie aan Lydia. Ik bespeurde enige agressie.

'Ik ben maatschappelijk werker. Lydia Mercer. Ik had afgesproken met Don en Rosie, en toen gebeurde dit allemaal.'

'Daar heeft Don niets over gezegd. Is er een probleem?'

'Dit lijkt me geen kwestie om te bespreken met... Heb je hier nu net gedoucht? Ik dacht dat je bij het ambulanceteam hoorde. Het eerste ambulanceteam. Met die lange professor.'

Dat was een vreemde omschrijving van Gene, die vijf centimeter korter is dan ik en dus ongeveer even lang is als Lydia. Lydia leek zelf ook in de war te zijn. Waarom zou een professor deel uitmaken van een ambulanceteam?

'Gene is samen met de band vertrokken,' legde ik uit. 'Maar hij komt wel weer terug. Hij woont hier.'

'Ik ben Rosie,' zei Rosie. 'Ik woon hier ook. Dus ik hoop dat je het niet erg vindt dat ik hier heb gedoucht.'

'Heet je Rosie?'

'Is dat een probleem? Je zei net dat je had afgesproken...'

'Nee... Gewoon toevallig dat de vrouw van Don, van Don-Dave, ook Rosie heet.'

'Er is geen Rosie II,' legde ik uit. 'Alleen de Georges zijn genummerd.'

'Ik ben Dons vrouw,' zei Rosie. 'Heb je daar problemen mee?'

'Jij bent zijn vrouw?' Lydia keerde zich naar mij. 'Ik moet je even onder vier ogen spreken, Don-Dave.'

Ik nam aan dat Lydia had geconcludeerd dat ik twee vrouwen had, die allebei Rosie heetten, allebei zwanger waren en in hetzelfde huis woonden, en die met Rosie I en Rosie II werden aangeduid om verwarring te voorkomen. Dat leek onwaarschijnlijk, maar de kans dat de daadwerkelijke situatie zich toevallig zou voordoen was ook erg klein, al was er in dit geval uiteraard geen sprake van toeval. Ik nam even de tijd om stil te staan bij de oorzaak van alle verwarring. Ik, Don Tillman, had een web van leugens gesponnen. Ongelooflijk. Gelukkig hoefde ik niet langer te liegen. En nu kon Lydia me advies geven op basis van haar beoordeling van de echte Rosie.

'We hoeven ons niet af te zonderen,' zei ik.

Ik vertelde hun het hele verhaal. Tot in detail. Ik schonk nog een biertje in voor Lydia en voor mezelf en tapte ook een glas voor Rosie, wat ik rechtvaardigde op basis van drie feiten:

1. Ze bevond zich inmiddels in het derde trimester van haar zwangerschap, dus het risico op schade aan de foetus als gevolg van kleine hoeveelheden alcohol was minimaal, zoals aangetoond in onderzoek dat eerder door Rosie zelf was aangehaald.
2. Ale bevatte minder alcohol dan Amerikaans of Australisch lagerbier.
3. Rosie zei: 'Ik kan wel een drankje gebruiken,' en trok daarbij een gezicht alsof er iets ergs zou gebeuren als er niet aan deze behoefte werd voldaan.

Toen ik ongeveer twintig minuten aan het woord was geweest en Rosie haar gebruikelijke verzoeken om 'een samenvatting te geven' en 'ter zake te komen' begon af te wisselen met verbijsterd gevloek, keerde Gene terug.

'Kom er maar gelijk bij zitten,' zei Lydia. 'Wat voor professor ben je eigenlijk?'

'Ik ben hoofd van de vakgroep psychologie aan de meest gerenommeerde universiteit van Australië en ik ben momenteel bij Columbia te gast.' Gene's opmerking was waar, maar gaf geen duidelijk antwoord op haar vraag, die correcter en nauwkeuriger kon worden beantwoord met één enkel woord: geneticaprofessor. Maar toch was ik degene die er altijd van werd beschuldigd onnodig in detail te treden.

'Nou,' zei Lydia, 'fijn om wat deskundige ondersteuning te krijgen. Ik zal even samenvatten wat Don ons heeft verteld, wat mij tot dusver allemaal al bekend was. Maar Rosie blijkbaar niet.'

'Dat is niet nodig,' zei ik. 'Gene is op de hoogte van het Speeltuin Incident en de verplichting tot een psychologische evaluatie.'

Rosie keek naar Gene. Ze leek niet blij te zijn.

'Ik heb beloofd het geheim te houden,' zei hij. 'Don wilde je niet van streek maken.'

Ik vervolgde mijn verhaal. 'Dus toen vroeg ik Sonia of zij zich voor Rosie wilde uitgeven.'

Dat gedeelte had ik niet aan Gene verteld. Ik had hem laten denken dat de aanklacht was ingetrokken na de eerste afspraak met Lydia. Het zoveelste draadje in mijn web van leugens.

De reacties van Rosie, Gene en Lydia varieerden in omvang en hevigheid, maar het waren allemaal varianten op: 'Wát heb je gedaan?'

'Wacht, wacht, wacht,' zei Lydia. 'Dus je wilt zeggen dat zij je vrouw is?' Ze wees naar Rosie. 'Rosie is Rosie?'

Deze vraag kon zonder enige voorkennis worden beantwoord. Het was een simpele tautologie, en het feit dat de vraag überhaupt werd gesteld toonde aan hoe verward Lydia was. Bovendien had Rosie al expliciet gezegd dat ze mijn vrouw was.

Gene maakte van de gelegenheid gebruik om een gevatte opmerking te maken. 'Een Rosie is een Rosie is een Rosie,' zei hij.

Ik probeerde te helpen. 'Er is maar één Rosie relevant voor dit verhaal. Ze heeft rood haar. Ze is mijn vrouw. Ik heb welgeteld één vrouw. En dat is zij.'

'Wie is Sonia dan?' vroeg Lydia.

Dat was makkelijk. 'Je hebt Sonia ontmoet. Ze is op dit moment aan het bevallen.'

'Nee, dat bedoel ik niet. Wie is ze? Heb je een of ander Italiaans dorpsmeisje ingehuurd...'

'Ze is de vrouw van Dave.'

'Dave?'

'O, jezus,' zei Rosie. 'We moeten Dave bellen. Ik was zo druk bezig met het niet verknallen van de procedure dat ik helemaal niet aan Dave heb gedacht.'

'Dave?' vroeg Lydia aan mij. 'Is er nog een Dave? Is dat je vader? Ik dacht dat hij Don heette.'

'Ik heb Dave gebeld,' zei ik.

'Dit begint allemaal nogal absurd te worden,' zei Gene. 'Sinds wanneer vertrouwen we erop dat Don de sociale kwesties wel afhandelt?'

We dwaalden af. Er waren overal afleidingen. Tekstberichten, Lydia die op haar horloge keek, Gene die reageerde op Lydia die op haar horloge keek.

‘Moet je soms ergens naartoe?’ vroeg hij aan Lydia.

‘Niet echt, maar ik zou wel iets willen eten. Ik heb het idee dat ik hier nog wel even zit.’

‘Ik bestel wel pizza,’ zei Gene.

Terwijl Gene aan het bellen was, werd er aangeklopt. Het waren de jonge journaliste en de fotograaf die de Dead Kings hadden geïnterviewd: Sally en Enzo.

‘Sorry dat we jullie storen,’ zei Sally. ‘We wilden alleen even weten of alles in orde is met de vrouw die naar het ziekenhuis is gebracht. En... het lijkt erop dat hier wel een verhaal in zit, als jullie dat soms met ons zouden willen delen.’

‘Niet als dat betekent dat Don weer helemaal opnieuw moet beginnen,’ zei Gene, die zich weer bij ons had gevoegd. Hij zweeg even. ‘Ach, zo te horen zit ik hier toch de hele nacht. Ik zal ook wel een pizza voor jullie bestellen.’

‘Zo lang zal het niet duren,’ zei Sally.

‘Dat dacht je maar,’ zei Gene. ‘Een grote kan margarita en een paar pizza’s peperoni om te delen?’

Sally de journaliste wilde werkelijk alles weten over het Sonia Noodgeval, maar ik dacht vooral aan de zorgen die Rosie en B1 hadden geuit over foutieve berichtgeving betreffende het Lesbische Moeders Project. Het leek me veel belangrijker dat de krantenlezer informatie kreeg over een belangrijk onderzoek dan over een opzichzelfstaand geval van een complicatie tijdens de zwangerschap. Ik deed mijn best om beide verhalen zo nauwkeurig mogelijk te vertellen en tegelijkertijd te voldoen aan Sally’s veelvuldige verzoek om niet te veel in detail te treden, maar toch vermoedde ik dat ze geen volledig beeld kreeg van de situatie. Rosie was het grootste deel van de tijd aan het telefoneren.

Toen Sally en Enzo waren vertrokken, hervatte ik het gesprek met Lydia, Rosie en Gene. Dat gesprek leek me weliswaar zeer belangrijk, maar niet zo urgent dat ik het interview met de pers had moeten weigeren. Ik moest wat realtimeaanpassingen in mijn planning doorvoeren om mijn verstand niet te verliezen.

'Ik probeer Dave te bereiken,' zei Rosie.

'Waarom?'

'Om te horen hoe het met Sonia en de baby is afgelopen, natuurlijk.'

'Spoedkeizersnede, zoals verwacht. Beide partijen hebben geen permanente schade opgelopen.'

'Wat? Hoe weet je dat?'

'Dave heeft me 138 minuten geleden ge-sms't.'

'Waarom heb je ons niets verteld?'

Ik gaf hun een korte uitleg over mijn prioriteiten. Nu kon ik mijn verhaal over het therapiebedrog hervatten.

'Jongen of meisje?' vroeg Rosie.

'Jongen, geloof ik.' Ik pakte het bericht erbij. 'Nee, meisje.' Dat detail had wel kunnen wachten. Het zou nog jaren duren voordat dit verschil iets zou uitmaken.

'Wacht even,' zei Lydia. 'Waarom heeft Sonia dit allemaal voor je gedaan? Ze had flink in de problemen kunnen komen. Dat kan nog steeds.' Die laatste opmerking was duidelijk bedoeld als dreigement, maar zelfs ik kon merken dat Lydia weinig overtuigd klonk.

'Ze zei dat ze het deed als vergoeding voor mijn hulp aan Dave. Ik heb wat taken op me genomen om te voorkomen dat zijn bedrijf failliet zou gaan. Of dat was tenminste de bedoeling, maar het bleek niet voldoende te zijn. Dave's administratie en software waren ook niet op orde. Zijn procedure voor het opstellen van facturen...'

Rosie onderbrak me. 'Zit Dave's bedrijf in de problemen?'

'Zat. Ik heb alle problemen opgelost. Behalve zijn gebrek aan tijd om de administratie bij te houden. Ik heb een vier-in-één-Hewlett Packard aangeschaft en zijn software...'

Nu was het Gene's beurt om me te onderbreken. 'Dave's administratie is reuze interessant, maar laten we ons even op onze eerste prioriteit richten: Don heeft het in zijn hoofd gehaald dat hij het niet zal redden als vader en dat Rosie beter af is zonder hem. En Rosie heeft zijn twijfels opgemerkt en denkt dat hij geen vader wil worden. Dat is flauwekul. Als Don zich ergens voor inzet, dan kan hij alles bereiken wat hij wil. Waar of niet, Lydia?'

'Vast wel,' zei Lydia. 'Maar ik was vooral bezorgd of hij wel begrip kon opbrengen voor andermans behoeften en of hij wel behulpzaam kon zijn.'

'Zoals begrip voor het feit dat het bedrijf van zijn vriend failliet dreigde te gaan, waardoor diens hele leven zou instorten, inclusief zijn huwelijk en alles? Om vervolgens te helpen bij het oplossen van dat probleem?'

'Ik heb het over emotionele...'

'Ik geef alleen praktisch advies,' zei ik. 'Ik vermijd emotionele zaken.'

'Ik geef liever helemaal geen advies,' zei Lydia. 'Dit is iets waar jullie samen uit moeten komen.'

'Niet zo snel, Lydia,' zei Gene. 'Don is bij Rosie weggegaan omdat jij hebt gezegd dat ze beter af was zonder hem. Hij heeft een levensbepalend besluit genomen op basis van jouw advies.'

'Maar dat was gebaseerd op een fictief scenario: een accountant die zich voordeed als een Italiaanse boerenmeid die zich voordeed als een Australische geneeskundestudent.'

Ik verbeterde Lydia's vereenvoudigde voorstelling van de

situatie. 'Je had me al als onbekwaam bestempeld voordat je Sonia had ontmoet.'

Lydia richtte zich tot Gene. 'Ik maakte me zorgen. Ik had Don al een keer eerder ontmoet. Op een lunchafspraak.'

Rosie kwam overeind. Ik bespeurde woede. 'Heb jij met Don geluncht? En hem daarna als patiënt aangenomen? Wanneer heb je met hem geluncht?'

'Dat was samen met mijn vriendin, Judy Esler.'

'Judy Esler is míjn vriendin. Was dit de lunch bij dat Japanse fusionrestaurant in Tribeca? Dus jij bent dat kreng van een wijf dat al van twintig passen afstand kan vaststellen of iemand autisme heeft? Fuck, zeg.'

'Noemde Judy me zo?' Lydia stond op.

Gene stond ook op en legde zijn ene hand op Rosies schouder en zijn andere op die van Lydia. 'Laten we eerst luisteren naar wat Lydia te zeggen heeft. Ze is niet de enige die over de schreef is gegaan.'

Lydia ging weer zitten. 'Luister,' zei ze, 'ik ging mijn boekje te buiten tijdens die lunch. Don irriteerde me. En later bleef ik me ermee bemoeien omdat ik meeleefde met Rosie... Sonia... Omdat ik medelijden heb met iedere vrouw die een kind krijgt met een man die zo onopmerkzaam is.'

Rosie ging ook weer zitten.

'Maar na dit alles ben ik niet meer bang dat Rosie psychotisch of depressief zal worden zonder dat iemand het opmerkt,' vervolgde Lydia. 'Als je me had verteld dat er een gerenommeerd professor in de psychologie bij jullie in huis woont, een ervaren observator...' Ze glimlachte naar Gene en Gene glimlachte terug. 'Dan zou ik jullie verder met rust hebben gelaten.'

Het leek erop dat het probleem was opgelost. Maar Lydia was nog niet klaar.

'Luister, ik ben niet Dons therapeut. Maar jullie zullen wel voor een paar uitdagingen komen te staan. Ik denk niet dat Don gevaarlijk is, en hij zal vast veel goeds hebben gedaan voor zijn vrienden, maar hij is...'

Ik bespaarde Lydia de moeite van het tactvol verwoorden van haar opmerking. 'Niet bepaald doorsnee.'

Ze begon te lachen. 'Succes met het oplossen van de problemen. Jullie zijn allebei erg intelligent, maar het ouderschap is voor niemand makkelijk. En vergeet al die evolutionaire psychologie-onzin die je idiote vriend je heeft verteld.'

Vermoedelijk doelde ze op de informatie over seksuele compatibiliteit die ik met haar had gedeeld op de dag van het Blauwvintonijn Incident.

'Hoe ga je naar huis?' vroeg de persoon die Lydia zojuist mijn idiote vriend had genoemd.

'Ik neem de metro.'

'Ik loop wel met je mee naar het station,' zei Gene. 'Zo te horen hebben we allebei geen hoge pet op van genetici die alles denken te weten over menselijk gedrag.'

Rosie en ik bleven alleen achter in het appartement. Er was nog wat pizza over, dus ik pakte het huishoudfolie. Rosie wilde het van me overnemen, maar ik hield de rol vast en scheurde in één geoefende beweging – een vaak geoefende beweging – een perfect stuk folie af dat ik vervolgens om de pizza wikkelde.

Rosie keek toe. Ze had niets meer gezegd nadat ze Lydia had geïdentificeerd als iemand op wie Judy Esler kritiek had geleverd.

'Je hoeft vanavond niet terug te gaan naar Dave,' zei ze. 'Maar je weet dat ik morgen naar huis vlieg, toch?'

'Dus je bent niet van gedachten veranderd na Lydia's evaluatie?' vroeg ik.

'Jij wel?'

'Ik ben vertrokken omdat ik alles bij elkaar opgeteld een negatieve invloed had op je leven. Dat was vooral gebaseerd op Lydia's oordeel dat ik niet geschikt ben als vader.'

'Don, ze heeft het mis. Het is precies het tegenovergestelde. Je bent waarschijnlijk de beste vader ter wereld. Voor de juiste partner. Je weet alles over voeding en beweging en welke kinderwagen het beste is. Je weet dingen over verzakte navelstrengen die zelfs ik als geneeskundestudent niet weet. We zouden overal over discussiëren en jij zou altijd gelijk hebben. Zoals gewoonlijk.'

'Incorrect. Ik...'

'Je hoeft geen tegenvoorbeeld te geven. Je zult het vast wel een keer mis hebben gehad. Het was meer algemeen bedoeld. Ik wil mijn baby kunnen verzorgen en liefhebben en opvoeden zonder dat jij me telkens vertelt wat ik moet doen. Ik wil niet alleen maar instructies opvolgen. Zoals vanavond.' Rosie kwam overeind en begon te ijsberen. 'En ik wil niet alleen maar een onderdeel van jouw Baby Project zijn. Ik wil zelf een band met mijn kind opbouwen.'

'Denk je dat mijn input in tegenspraak zou zijn met die van jou?' Claudia had gelijk gehad. Rosie wilde een perfecte relatie, zonder bemoeienis van anderen.

Rosie liep naar de keuken om de waterketel op te zetten. Het begin van de chocolademelkcyclus van die nacht. Terwijl zij daarmee bezig was, probeerde ik een betoog te bedenken om haar hier in New York te houden. Na ongeveer zes minuten keerde ze terug naar de woonkamer.

'Misschien zouden we het juist helemaal nooit oneens zijn. Dat is ook een probleem. Het moederschap is nu mijn enige taak. En dan zou jij gewoon even binnenkomen en alles veel beter doen. Als parttime ouder. Het is al moeilijk genoeg om een goede moeder te zijn zonder een partner te hebben die je op elke fout wijst.'

'Misschien kan ik mijn kennis op jou overdragen in plaats van deze zelf toe te passen.'

'Nee! Misschien formuleer ik het te aardig. Zo klinkt het net alsof je Supervader bent. Maar het ouderschap draait niet alleen maar om de theorie. Een baby heeft meer nodig dan alleen een schone luier die op de juiste manier is omgedaan.'

'Dus je gaat echt naar huis? Zonder mij?'

'Don, ik wilde er niet over beginnen, maar ik heb je al verteld dat er een ander is. Dit is het moeilijkste besluit dat ik ooit heb moeten nemen. Ik heb zelfs een spreadsheet gemaakt.'

34

We sliepen weer in één bed, naar ik verwachtte voor de laatste keer. Seks leek me niet gepast, zeker gezien 'die ander', en bovendien waren we allebei erg moe. Ik had grote hoeveelheden verwarrende informatie te verwerken, maar ik wist dat het geen zin had om daarmee te beginnen voordat mijn hoofd leeg was. Het had ook geen haast meer. Ik zou het project te zijner tijd wel evalueren.

'Ik kan Dave en Sonia niet onder ogen komen,' zei Rosie de volgende ochtend. 'Ik blijf wel hier. Judy komt me om tien uur ophalen.'

Dit was het tweede afscheid van Rosie, na mijn vertrek naar Dave. Het onderzoek dat ik eerder had gelezen stelde dat complexe scheidingen pijnlijker waren. Dit kon ik nu zelf beamen.

Toen ik terugkeerde van mijn geplande hardloopronde, was Rosie de spullen in haar werkkamer aan het inpakken. Ze zag er bijzonder mooi uit, zoals altijd, maar haar nieuwe figuur voegde daar een extra dimensie aan toe.

'Beweegt de baby nog?' vroeg ik.

'Anders zou ik me flink zorgen maken.'

'Ik bedoel op dit moment.'

'Nu niet. Een paar minuten geleden wel.'

Ik stond in tweestrijd. Uit gesprekken met Dave wist ik dat een doorsnee persoon sterk de behoefte had om de baby in ontwikkeling te voelen 'schoppen'. Ik niet. Hier waren drie mogelijke redenen voor:

1. Als het een erg emotionele ervaring bleek te zijn, dan zou het de pijn die ik voelde om het vertrek van Rosie alleen maar vergroten. Dave of een ander doorsnee persoon zou in deze situatie best eens tot dezelfde conclusie kunnen komen.
2. Ik verkeerde nog altijd in de ontkenningsfase wat betreft het daadwerkelijke bestaan van de baby, vanwege het ontbreken van een planning. De baby voelen bewegen zou in tegenspraak zijn met die eenvoudigere instelling van ontkenning.
3. Mijn natuurlijke aversie voor lichamelijk contact met onbekenden. Rosie en ik hadden afgelopen nacht in hetzelfde bed geslapen, maar onze relatie was definitief veranderd.

Ik wist dat ik Rosies beeld van mij mogelijk kon veranderen door me anders te gedragen, maar dat gedrag zou onoprecht zijn. In plaats daarvan besloot ik me integer te gedragen, als mezelf.

'Mag ik een kopie van je spreadsheet?' vroeg ik. Het beste waar ik nu nog op kon hopen was dat ze een fout had gemaakt.

Gene en ik gingen bij Sonia op bezoek in het ziekenhuis. Hij had Sonia pas de vorige avond ontmoet, maar zijn motivatie klonk logisch.

'We gaan voor Dave. Nieuwbakken vaders delen sigaren uit omdat ze iets omhanden willen hebben. De eerste zes maanden valt er geen reet voor ze te doen. En begin niet over hechting. Als Dave soms verwacht dat de baby haar armen om hem heen zal slaan en "Papa" zal zeggen, dan kan hij nog lang wachten.'

Gene's advies strookte met wat ik had gelezen. Er werd de vaders aangeraden om te helpen in het huishouden, werk dat gemakkelijk kon worden uitbesteed, vooral in een land met een laag minimumloon. Het was volkomen logisch dat Dave zich op zijn eigen werk richtte, waarmee hij meer verdiende.

'Waar is Rosie?' vroeg Sonia zodra we aankwamen. De baby lag in een wieg op een slaapzaal, maar Sonia had een privékamer. Dave zou komen zodra hij klaar was met zijn klus, maar hij had de baby al gezien. Het kind vertoonde geen duidelijke gebreken en haar uiterlijk zou niet met de dag veranderen.

'Jammer genoeg is de situatie niet veranderd. De scheiding is juist bevestigd. Rosie is op weg naar Australië.'

'Nee! Waarom? Wat jullie voor me hebben gedaan... Jullie waren zo'n goed team.'

Sonia's argumentatie was ondeugdelijk. Volgens haar redenering zou het samenwerken aan een gezamenlijk project tot een permanente relatie leiden. Uiteraard gebeurde dat soms wel, maar in ons geval was het niet voldoende.

Onze discussie werd onderbroken door de binnenkomst van een verpleegster met een baby in haar armen, naar ik aannam de baby van Sonia en Dave. Na de Zwangerschapscursus Rel was ik me er terdege van bewust dat sociale conventies prevaleerden boven het versterken van het immuunsysteem door gedeelde borstvoeding.

Sonia begon met het voedings- en immuunsysteembevorderingsproces.

'Wat is er gebeurd?' vroeg ze toen de baby eenmaal begon te drinken. 'Tussen jou en Rosie? Als het door Lydia komt, ga ik haar aangeven. Ik meen het.'

Sonia was accountant. Ze zou de logica achter de besluitvorming wel begrijpen. Ik haalde Rosies spreadsheet uit mijn zak en gaf hem aan haar. Ze hield hem in haar ene hand terwijl ze met haar andere de baby vasthield. Ik was onder de indruk van haar bedrevenheid na zo'n korte periode.

'Mijn god, jullie zijn allebei gek,' zei ze. 'Daarom horen jullie ook bij elkaar.' Ze keek nog een paar seconden naar de spreadsheet. 'Wat bedoelt ze met "Vliegticket al gekocht"?'

'Rosie heeft een ticket gekocht dat niet kan worden gerestitueerd. Ze voelt zich verplicht haar investering niet te verspillen. Dat heeft duidelijk meegespeeld bij haar besluit om naar huis te gaan.'

'Zouden jullie uit elkaar gaan om de prijs van een vliegticket? Hoe dan ook, ze heeft het mis. Dat is een financiële denkfout. Bij het nemen van investeringsbesluiten moet je geen rekening houden met al gemaakte kosten. Wat weg is, is weg.'

Gene pakte de spreadsheet van haar aan. 'Dus dat vliegticket kan van de lijst worden geschrapt. Goed gedaan, Sonia. Soms moet je die lui gewoon in hun eigen taal aanspreken.'

Hij keek naar de spreadsheet. 'Rosie heeft tegen je gelogen.'

'Waar leid je dat uit af?'

'Waar staat die andere man? Die Nummer 34? Die volgens mij echt Stefan niet is. Ik ken Stefan. Hij zou hard wegrennen van een vrouw met een baby. Zelfs als het Rosie was. Als hij een rol speelde bij het besluit, dan zou hij de grootste rol spelen en had ze geen spreadsheet nodig.'

Er stonden inderdaad geen emotionele factoren op de

spreadsheet. De nadruk lag op praktische zaken, zoals oppas voor de baby (vader en overige familie in Australië), werkgelegenheid (ongeveer gelijk), en of ze zou doorgaan met haar geneeskundestudie (meerdere factoren, geen duidelijke uitkomst).

'Misschien heeft ze deze spreadsheet gemaakt om mij een plezier te doen,' zei ik.

'Zo'n opmerking kan echt alleen maar binnen de relatie van jou en Rosie,' zei Gene. 'Jullie horen samen te zijn, dat is veiliger voor ons allemaal. Don, er is geen Nummer 34. Dat is een smoesje.'

'Ik heb zijn Skype-bericht gezien.'

'Ik weet niets over een Skype-bericht. Wat ik wel weet, is dat Rosie geen makkelijk mens is. En de theorie stelt dat er maar weinig mannen zijn die willen helpen bij het opvoeden van een kind dat niet van henzelf is.'

Sonia wierp Gene een ondoorgrondelijke blik toe. 'Als je in een ivf-kliniek zou werken...'

Maar mijn gedachten gingen een andere kant op. Razendsnel. Ik ben altijd beter geweest met cijfers dan met namen. Nu wist ik weer waar ik dat getal vierendertig eerder had gezien.

Voordat ik de informatie kon verwerken, zei Sonia: 'Wil je Rosie vasthouden?'

Dat leek me een nogal persoonlijke vraag, totdat ik besefte wat ze bedoelde. Voornamen zijn niet uniek.

'Heet de baby Rosie?'

'Rosina. Maar we noemen haar Rosie. Als de echo ernaast had gezeten en het een jongetje was geweest, dan had hij Donato geheten. Zonder jullie was ze hier niet geweest. Zonder jou en Rosie.'

'Dat zal verwarring gaan opleveren.'

‘Ik hoop het wel. Dat zou betekenen dat jij en Rosie bij elkaar blijven. Wat jullie ook echt moeten doen. Hier.’ Ze gaf me de baby. Ik hield haar even vast, maar mijn brein was de gevolgen van het inzicht over Nummer 34 nog aan het analyseren. Ik gaf Rosie II terug aan Sonia.

‘Wat is de uitkomst?’ vroeg ik aan Gene. ‘Als je de al gemaakte kosten buiten beschouwing laat.’

‘Dan gaan er negen punten af. Dus min twee.’

‘Weet je het zeker?’ Ik meende te herinneren dat het vliegticket maar voor vier punten meetelde. Ik wilde de analyse pakken om dit na te kijken, maar Gene gaf hem aan Sonia.

‘Wil jij mijn berekening nakijken?’ vroeg hij.

‘Min twee,’ zei Sonia.

Ik was verbijsterd. ‘Heeft ze een fout gemaakt? Zouden we volgens de spreadsheet bij elkaar moeten blijven?’

‘In jouw wereld wel. Maar ik weet niet hoe het met Rosie zit. Misschien rekent zij wel drie punten extra voor de pijnlijkheid van het moeten terugkomen op haar besluit. Hoe kan ik dat weten?’

Ik wilde net antwoorden toen Dave binnenkwam.

‘Is alles in orde?’ vroeg hij.

‘Geen veranderingen betreffende de baby,’ zei ik. ‘Ben je met de auto?’

‘Ja, die staat...’

‘Naar JFK,’ zei ik. ‘Nu meteen.’

Dave zwaaide met zijn sleutels, maar Sonia wilde me niet laten gaan zonder nog wat laatste advies te geven.

‘Vermoei haar niet met eindeloze argumenten. En vergeet haar niet te vertellen dat je van haar houdt.’

‘Dat weet ze.’

‘Wanneer heb je dat voor het laatst tegen haar gezegd?’

‘Wil je beweren dat ik dat herhaaldelijk kenbaar moet maken?’

Liefde was een duratieve gesteldheid. Er had sinds ons huwelijk geen significante verandering plaatsgevonden, behalve wellicht dat de gevoelens van verliefdheid wat minder hevig waren, maar het leek me nutteloos om Rosie daarvan op de hoogte te houden.

'Ja. Elke dag.'

'Elke dag?'

'Dave vertelt mij elke dag dat hij van me houdt, toch, Dave?'

'Yep.' Dave zwaaide weer met zijn sleutels.

35

Ik boekte mijn ticket online terwijl we naar het appartement reden. Er waren alleen tickets tegen vol tarief beschikbaar, maar het voordeel daarvan was dat deze konden worden gerestitueerd. Rosie was een notoire chaoot, maar bij belangrijke zaken zoals internationale reizen overcompenseerde ze dit door te vroeg op het vliegveld te arriveren. Ik hoopte dat ze nog niet door de douane was gegaan tegen de tijd dat wij daar aankwamen. Rosie had niet de 'speciale' status die ik van de luchtvaartmaatschappij had gekregen naar aanleiding van mijn eerdere adviezen aan hen, dus zij had geen toegang tot hun lounge. Ik zou haar indien nodig sms'en om haar te vinden, maar ik was niet van plan haar er vooraf op te attenderen.

Eerst maakten we echter een tussenstop bij het appartement, om mijn paspoort op te halen.

'Dat heb je niet nodig,' zei Gene. 'Het gedeelte tot aan Los Angeles is een binnenlandse vlucht. Je kunt gewoon je rijbewijs gebruiken.'

'Ik heb geen rijbewijs. Dat is verlopen.'

'Neem je verder niets mee? Ik zou wat spullen inpakken, gewoon voor de zekerheid.'

'Ik reis niet verder dan het vliegveld.'

'Stop gewoon wat spullen in een tas.'

'Ik kan geen tas inpakken zonder inpaklijst.'

‘Ik vertel je wel wat je mee moet nemen.’

‘Nee.’ Ik had mijn stresslimiet bereikt en dat moest Gene hebben gemerkt.

Ik pakte mijn paspoort uit de kast in mijn bad-werkkamer. Ik zou de reistijd van het appartement naar het vliegveld gebruiken om advies in te winnen bij Dave en Gene. Het was uitermate belangrijk dat ik mijn betoog optimaliseerde voordat ik Rosie sprak. Ik besefte dat ik de mogelijkheid had om mijn adviespanel uit te breiden. Voor vertrek ging ik bij George langs, en hij stemde ermee in met ons mee te gaan.

Ik ging voorin zitten, naast Dave. Gene en George zaten op de achterbank.

‘Wat ga je tegen haar zeggen?’ vroeg Dave.

‘Ik ga haar zeggen dat ze een fout heeft gemaakt in haar spreadsheet.’

‘Als ik je niet zo goed kende, zou ik zeggen dat je een grapje maakte. Oké, ik speel Rosie. Klaar?’

Als Sonia zich kon voordoen als Rosie, dan zag ik geen reden waarom Dave dat ook niet kon doen. Ik keek uit het raam om niet afgeleid te raken door zijn afwijkende uiterlijke verschijning.

‘Don, ik bedenk net dat ik nog iets ben vergeten in de analyse. Je snurkt. Vijf punten aftrek. Tot ziens.’

‘Je hoeft geen stemmetje op te zetten. En ik snurk niet. Dat heb ik gecontroleerd met behulp van een recorder.’

‘Don, het maakt niet uit wat je zegt, want ik vind toch wel iets anders om in de analyse te zetten, omdat ik die alleen maar heb gemaakt om jou ervan te overtuigen dat ik de juiste beslissing heb genomen.’

‘Dus je komt niet terug, wat ik ook doe?’

‘Misschien. Begrijp je wat je verkeerd hebt gedaan, waarom ik ben vertrokken?’

'Leg dat nog eens uit.'

'Dat kan ik niet. Ik ben Dave. Leg jij het maar uit, om er zeker van te zijn dat je het hebt begrepen.'

'Ik vertelde je dingen die jij allang wist, en dat deed ik op een irritante manier.'

'Juist. Je zat me de hele tijd de les te lezen. Het moeilijkste van het vaderschap is het bepalen van je rol. Voor mij is dat de rol van broodwinner.'

'Wil jij de broodwinner zijn? Ik dacht dat je voor de baby wilde zorgen en daarna als onderzoeker aan de slag wilde gaan.'

'Nee, dat zeg ik als Dave. Jij moet bepalen hoe jij in het plaatje past. Welke rol jij kunt spelen. Ze denkt dat ze je niet nodig heeft. Ze denkt nu maar aan één relatie: die tussen haar en de baby. Dat is biologisch bepaald.'

'Je hebt goed opgelet,' zei Gene.

Eén relatie. Onze relatie was overgenomen, opzijgeschoven, overbodig gemaakt door de baby. Rosie had wat ze wilde. Ze had mij niet meer nodig.

'Dat gebeurt dus bij alle stellen,' zei ik. 'Waarom lopen dan niet alle relaties stuk?'

'Groupies,' zei George. 'Nee, even serieus, daar moet je je eigen weg in zien te vinden. Geen van mijn relaties was nog hetzelfde na de geboorte van het eerste kind.'

'Geef het een maand of zes de tijd,' zei Gene. 'Daarna wordt het beter.' Gene leek een tijdsduur te hebben uitgekozen die aansloot bij zijn betoog, zoals die populistische ontkenners van klimaatverandering ook deden. Zijn huwelijk verkeerde duidelijk in een slechtere staat dan zes maanden na de geboorte van Eugenie. Maar hij had onlangs wel weer contact gehad met Carl. Het leek logisch om te concluderen dat geluk binnen een huwelijk niet simpelweg een kwestie van tijd was, en dat het verbeteren van het algehele welzijn kon leiden tot instabiliteit. Dat was ook mijn ervaring.

'Je hoort altijd dat je wat taken van je vrouw moet overnemen, zodat ze ook tijd heeft voor jou,' voegde Dave eraan toe. 'Doe de was, stofzuig het huis. Dat zegt iedereen. Iedereen die nooit een eigen bedrijf heeft gehad.'

'Sonia kan je administratie op zich nemen,' zei ik. 'Dan hou je tijd over voor activiteiten die jullie nader tot elkaar brengen.'

'Ik kan mijn eigen zaakjes wel regelen,' zei Dave. 'Daar hoeft mijn vrouw me niet bij te helpen.'

'Als je vrouw je administratie wel wil doen, dan moet je dat aanbod met beide handen aangrijpen, lijkt me. Als jij dan voor haar stofzuigt, blijft er genoeg tijd over voor een welverdiende wip,' zei George.

Dave zei niets meer tot hij voor de vertrekhal parkeerde. 'Wil je dat ik op je wacht?'

'Nee,' zei ik. 'Het is efficiënter om met de trein terug te reizen.'

'Geen handbagage, meneer?'

De douanier (geschatte leeftijd achtentwintig, geschatte BMI drieëntwintig) hield me tegen nadat ik zonder problemen door het beveiligingspoortje was gelopen.

'Alleen mijn telefoon en mijn paspoort.'

'Mag ik uw instapkaart zien? Hebt u bagage ingecheckt?'

'Nee.'

'Vertrekt u zonder bagage naar L.A.?'

'Correct.'

'Mag ik uw legitimatiebewijs zien?'

Ik gaf hem mijn Australische paspoort.

'Komt u maar even mee, meneer. Er zal spoedig iemand met u komen praten.'

Ik wist wat spoedig betekende in Amerika.

In de verhoorkamer was ik me ervan bewust dat Rosies vertrektijd naderde. Gelukkig sloeg mijn ondervrager (man, ongeveer veertig, BMI zevenentwintig, kaal) de beleefdheden over.

'Laten we meteen ter zake komen. U besloot zomaar even naar L.A. te gaan, klopt dat?'

Ik knikte.

'U had geen tijd om ondergoed in te pakken, maar u hebt wel aan uw paspoort gedacht. Wat wilt u in L.A. gaan doen?'

'Ik heb nog geen plannen gemaakt. Waarschijnlijk vlieg ik meteen weer naar huis.'

Na dit gesprek werden mijn kleding en lichaam aan een grondig onderzoek onderworpen. Ik maakte geen bezwaar omdat ik geen tijd wilde verspillen. Het was slechts ietwat onaangenamer dan mijn routinecontrole op prostaatkanker.

Vervolgens werd ik weer naar de verhoorkamer gebracht. Ik besloot dat het wellicht handig zou zijn om meer informatie te geven.

'Het is belangrijk dat ik met mijn vrouw meevlieg.'

'Vliegt uw vrouw mee? Met de bagage? Waarom hebt u dat niet eerder gezegd?'

'Dat zou de zaak alleen maar hebben gecompliceerd. Ik word er regelmatig van beschuldigd onnodig in detail te treden. Ik wil alleen met haar meevliegen.'

'Hoe heet uw vrouw?'

Ik gaf Rosies gegevens door en de beambte pleegde een telefoontje om deze te bevestigen.

'Zij vliegt door naar Melbourne, Australië. U niet.'

'Ik wilde haar vergezellen op het eerste deel van de reis. Om nog zo veel mogelijk tijd met haar door te kunnen brengen.'

'U geniet blijkbaar meer van het gezelschap van uw vrouw dan ik.'

'Dat lijkt me wel waarschijnlijk, aangezien zij en ik ervoor hebben gekozen met elkaar te trouwen, terwijl u haar nog nooit hebt ontmoet.'

Hij keek me vreemd aan. Dat was niet voor het eerst.

'Uw vlucht gaat zo vertrekken. U kunt maar beter opschieten. Er ligt een nieuwe instapkaart voor u klaar bij de gate. Ze hebben u een andere stoel gegeven, naast uw vrouw.'

De lounge bij de gate was verlaten. Rosie zat al in het vliegtuig. Ik had geen andere keuze dan ook aan boord te gaan.

Ze was verbaasd toen ik naast haar kwam zitten. Uitermate verbaasd.

'Hoe kom jij hier? Wat doe je hier? Hoe ben je aan boord gekomen?'

'Dave heeft me gebracht. Ik ben hier om je over te halen bij me te blijven. Ik heb een ticket gekocht.'

Ik profiteerde van haar stilzwijgen door meteen mijn betoog af te steken, dat ik dankzij Dave's advies niet begon met het benoemen van de financiële denkfout in haar spreadsheet.

'Ik hou van je, Rosie.' Dat was waar, al paste het misschien niet helemaal bij mij om dit zo te zeggen.

'Moest je dat van Sonia zeggen?'

'Correct. Ik had dit vaker kenbaar moeten maken, maar ik was me niet bewust van die vereiste. Ik kan echter bevestigen dat dit gevoel nooit weg is geweest.'

'Ik hou ook van jou, Don, maar daar gaat dit niet om.'

'Ik wil dat je uit het vliegtuig stapt en met me mee naar huis komt.'

'Je zei toch dat je een ticket had?'

'Dat heb ik alleen gekocht om het vliegveld te kunnen betreden.'

'Het is te laat, Don. Ik krijg geen geld terug.'

Ik begon haar de financiële denkfout uit te leggen. Maar Dave had gelijk over de spreadsheet.

'Stop, stop,' zei Rosie. 'Ik heb die analyse alleen gemaakt om jou te laten zien dat ik er goed over na heb gedacht. Er spelen nog een heleboel andere dingen mee... dingen die ik niet kan kwantificeren. Ik heb je toch al verteld dat er een ander is.'

'Phil.' Ik had het nummer 34 op zijn footballshirt zien staan op de foto's die in Jarman's Gym aan de muur hingen.

Rosie keek beschaamd, of ik nam tenminste aan dat haar gezichtsuitdrukking wees op schaamte vanwege haar bedrog.

'Waarom heb je me niet verteld dat het om je vader ging?'

Op dat moment werd er een luid bericht omgeroepen vanuit de cockpit, wat niet viel te combineren met een gesprek. Dit gaf Rosie meer tijd om na te denken.

'We wachten nog op drie passagiers die moeten overstappen vanaf een andere vlucht...'

'Ik wilde het makkelijker maken, simpeler.'

'Door een denkbeeldige vriend te verzinnen?'

'Jij hebt een denkbeeldige Rosie verzonnen.'

Dit zou een diepzinnige psychologische beschouwing kunnen zijn, of het was een verwijzing naar Sonia. Maar dat was verder irrelevant.

'Je wilt mij vervangen door Phil, de slechtste vader ter wereld.' Dit was uiteraard niet mijn huidige beeld van Phil maar een weergave van wat Rosie over hem had gezegd voordat ze zich hadden verzoend. Nauwgezetheid had momenteel niet mijn prioriteit.

‘Dat moet hij dan wel geweest zijn,’ zei Rosie. ‘Want kijk eens wat er van mij is geworden. Een prutser die niets van haar huwelijk bakt en die een alleenstaande ouder gaat worden, net als hij.’

Herhalende patronen. Toen Rosie mijn eerste huwelijksaanzoek had afgewezen, was ik op een regenachtige ochtend naar de University Club gefietst om het nog eens te proberen. En dat deed ik nu ook, het nog eens proberen. Maar bij die eerdere gelegenheid had ik een plan gehad, een beter plan dan het uitleggen van de financiële denkfout in haar spreadsheet.

Er liepen drie passagiers door het gangpad.

‘Het vliegtuig gaat zo vertrekken,’ zei ik.

‘Dan moet je nu uitstappen,’ zei Rosie.

‘Er zijn talloze redenen om in New York te blijven.’ Ik was aan het improviseren, wilde niet opgeven, ook al wist ik dat de kans klein was dat ik Rosie zou kunnen overhalen met argumenten die ik ter plekke had bedacht. ‘Ten eerste de prestige van de studie geneeskunde aan Columbia, die...’

‘Alle elektronische apparaten moeten nu worden uitgeschakeld.’

Het was waarschijnlijk maar beter voor mijn geestelijke gezondheid dat Rosie me tegenhield.

‘Don, ik waardeer het enorm wat je probeert te doen, maar denk er eens over na. Jij voelt je niet echt betrokken bij deze baby. Niet emotioneel. Je voelt je bij mij betrokken. Dat geloof ik wel, ik geloof wel dat je van me houdt, maar dat is niet waar ik nu behoefte aan heb. Ga alsjeblieft gewoon naar huis. Ik zal je Skypen zodra ik ben aangekomen.’

Helaas had Rosie in feite gelijk. Claudia had Rosies beweegredenen correct ingeschat, wat betekende dat ik haar met geen enkel rationeel argument zou kunnen ompraten.

In mijn hoofd was Bud nog steeds een theoretisch concept. Ik kon Rosie niet wijsmaken dat ik emotioneel gezien was geconfigureerd voor het vaderschap. Ik drukte op de hulpknop. Er verscheen bijna meteen een steward (geschatte BMI eenentwintig).

'Kan ik u ergens mee helpen?'

'Ik wil uitstappen. Ik ben van gedachten veranderd en wil niet langer meevliegen.'

'Het spijt me, maar de deuren zijn al gesloten. We zullen zo naar de startbaan taxiën.'

De man die naast me aan het gangpad zat steunde me. 'Laat hem alstublieft uitstappen.'

'Het spijt me, maar dan zouden we bagage moeten uitladen. U zou de hele vlucht ophouden. U bent toch niet ziek?'

'Ik heb geen bagage bij me. Niet eens handbagage.'

'Het spijt me echt, meneer.'

'Passagiers en bemanning, gaat u alstublieft zitten.'

Het besef dat ik wel had mogen uitstappen als ik had gezegd dat ik ziek was, bracht me op de rand van een zenuwinzinking. Dit kwam boven op alle stress veroorzaakt door het levensbedreigende Sonia Noodgeval de dag ervoor, mijn onvermogen om mijn huwelijk te redden, mijn organisatorische incompetentie en de grove schending van mijn privacy. Nog één leugen, één kleine leugen, en ik had kunnen uitstappen. Maar ik had mijn grens bereikt, in alle opzichten.

Ik kon niet weglopen. Dat werd me onmogelijk gemaakt.

Ik sloot mijn ogen en haalde diep adem. Ik dacht aan cijfers, aan afwisselende sommen van kubussen en hun voorspelbaarheid, die al zo waren geweest vóór de komst van de mens met al zijn emoties, en ook altijd zo zouden blijven.

Ik werd me ervan bewust dat er iemand over me heen gebogen stond. De steward.

'Pardon, meneer, wilt u uw stoel rechtop zetten tijdens het opstijgen?'

Nee, dat wilde ik helemaal niet, verdomme! Ik had het al geprobeerd, maar de knop was stuk, en de minieme invloed die het had op mijn overlevingskansen...

Ik haalde diep adem. In. Uit. Ik vertrouwde er niet langer op dat ik iets zinnigs kon uitbrengen. Ik voelde de steward langs mijn buurman heen reiken om aan mijn stoel te morrelen terwijl ik op het punt stond een zenuwinzinking te krijgen, maar door de stoelriem kon ik geen kant op. Ik kon dit niet laten gebeuren in het bijzijn van Rosie.

Ik begon mijn mantra te herhalen, op vlakke toon, terwijl ik mijn ademhaling weer onder controle probeerde te krijgen. 'Hardy-Ramanujan, Hardy-Ramanujan, Hardy-Ramanujan.'

Ik weet niet hoe vaak ik het heb gezegd, maar toen ik weer helder kon nadenken, voelde ik Rosies hand op mijn arm.

'Gaat het, Don?'

Het ging niet, maar dat was inmiddels weer te wijten aan het oorspronkelijke probleem, niet meer aan de zenuwinzinking. En ik had nog vijf uur om daar een oplossing voor te bedenken.

36

'Don, ik wil slapen. Ik zal niet van gedachten veranderen tussen hier en Los Angeles. Ik waardeer het echt dat je je best hebt gedaan. Ik zal je bellen wanneer ik thuis ben. Dat beloof ik.'

Vlak nadat Rosie haar stoel naar achteren had gezet en haar ogen had dichtgedaan, keerde de steward terug om onze buurman een upgrade aan te bieden. Ik nam aan dat zijn stoel leeg zou blijven. Ik was eraan gewend lege stoelen naast me te hebben – behalve op volgeboekte vluchten – vanwege mijn speciale status bij de luchtvaartmaatschappij. Een winwinsituatie voor zowel mijn buurman als mij. Maar zijn plaats werd ingenomen door een andere man, geschatte leeftijd veertig, BMI drieëntwintig.

'Ik neem aan dat u wel weet wie ik ben,' zei hij.

Misschien was hij een beroemdheid die dacht dat ik hem wel zou herkennen, maar het leek me onwaarschijnlijk dat beroemdheden economyclass vlogen. Mijn voorlopige diagnose was schizofrenie.

'Nee,' zei ik.

'Ik ben een airmarshal. Ik ben hier voor uw veiligheid, en de veiligheid van de andere passagiers en de bemanning.'

'Uitstekend. Is er sprake van een specifieke dreiging?'

'Misschien dat u mij dat kunt vertellen.'

Schizofrenie. Ik zou de rest van de vlucht moeten doorbrengen naast een geestesziek persoon. 'Kunt u zich legitimeren?' vroeg ik. Ik probeerde hem af te leiden van zijn waanbeeld dat ik over bepaalde informatie zou beschikken.

Tot mijn verbazing kon hij zich zowaar legitimeren. Zijn naam was Aaron Lineham. Zijn legitimatiebewijs was echt, voor zover ik dat kon bepalen nadat ik het ongeveer dertig seconden uitvoerig had bestudeerd.

'U bent in dit vliegtuig gestapt terwijl u eigenlijk niet van plan was op reis te gaan, klopt dat?' vroeg hij.

'Correct.'

'Wat was dan uw reden om aan boord te gaan?'

'Mijn vrouw vliegt terug naar Australië. Ik wilde haar overhalen bij me te blijven.'

'Dat is haar, bij het raam?'

Dat was haar, onmiskenbaar. Ze snurkte zachtjes in haar slaap. Dat deed ze sinds de start van het babyontwikkelingsproject.

'Is ze zwanger?'

'Correct.'

'Van u?'

'Ik neem aan van wel.'

'Maar u kon haar niet overhalen bij u te blijven. Ze wil u voorgoed verlaten en neemt uw kind met zich mee?'

'Correct.'

'En daar bent u nogal bedroefd over?'

'Zeer.'

'Dus u besloot daar iets aan te doen. Iets nogal dwaas.'

'Correct.'

Hij haalde een portofoon uit zijn zak. 'Situatie bevestigd,' zei hij.

Ik nam aan dat mijn uitleg hem tevreden had gesteld. Hij zweeg een tijdje, terwijl ik langs Rosie heen naar buiten keek, naar de onbewolkte lucht. Ik zag de vleugel omlaag hellen en werd op mijn plek gehouden door de centrifugale kracht. Als ik de horizon niet als referentiepunt had gehad, had ik niet geweten dat het vliegtuig een bocht maakte. Wat waren wetenschap en technologie toch verbluffend. Zolang er wetenschappelijke problemen waren om op te lossen, was mijn leven nog altijd de moeite waard.

Aaron de Airmarshal onderbrak mijn overpeinzingen. 'Bent u bang voor de dood?' vroeg hij.

Dat was een interessante vraag. Als dier was ik erop ingesteld de dood uit de weg te gaan om mijn genen te kunnen doorgeven en voelde ik angst in omstandigheden die mogelijk tot verwondingen of tot de dood konden leiden, zoals een confrontatie met een leeuw. Maar in abstracte zin was ik niet bang voor de dood.

'Nee.'

'Hoelang hebben we nog?' vroeg Aaron.

'U en ik? Hoe oud bent u?'

'Ik ben drieënveertig.'

'Ongeveer even oud als ik,' zei ik. 'Statistisch gezien hebben we allebei nog ongeveer veertig jaar te gaan, maar u lijkt in goede gezondheid te verkeren. Ik verkeer ook in uitstekende gezondheid, dus ik zou ons ieder nog vijf tot tien jaar extra geven.'

Ik werd onderbroken door een omroepbericht. 'Goedemiddag. Hier spreekt de eerste officier. U hebt wellicht gemerkt dat het toestel is omgekeerd. Er is sprake van een kleine complicatie, en de luchtverkeersleiding heeft ons gevraagd terug te keren naar New York. Over ongeveer vijftien minuten zullen we de daling naar JFK inzetten. Onze excuses voor het ongemak, maar uw veiligheid staat voorop.'

Bijna meteen barstte er om ons heen geroezemoes los.

'Zijn er technische problemen?' vroeg ik aan Aaron.

'Het zal ongeveer veertig minuten duren voordat we terug zijn in New York en iedereen is uitgestapt. Ik heb een vrouw en kinderen. Vertelt u me alstublieft of ik hen nog zal terugzien.'

Als ik niet met eigen ogen had gezien dat het vliegtuig was omgekeerd, dan zou ik erop hebben gestaan Aarons legitimatiebewijs aan een uitvoeriger onderzoek te onderwerpen. In plaats daarvan vroeg ik: 'Wat is er aan de hand?'

'Een zwangere vrouw koopt een vliegticket terug naar huis en checkt drie grote koffers in. Een man die bekend is bij de luchtvaartmaatschappij vanwege opvallend gedrag volgt haar zonder enige bagage, gedraagt zich verdacht en probeert het vliegtuig te verlaten voordat het is opgestegen. Raakt geïrriteerd als dat niet wordt toegestaan. En begint vervolgens hardop te bidden in een vreemde taal. Dat is al zorgwekkend genoeg, maar nu vertelt u me ook nog eens dat ze u heeft verlaten. Wat zou u daarvan denken?'

'Ik ben niet erg bedreven in het analyseren van menselijke beweegredenen.'

'Ik zou willen dat ik dat wel was. Ik weet niet of ze de situatie verkeerd hebben ingeschat of dat we nog net op tijd zijn omgekeerd. Of dat u de meest beheerste man bent die ik ooit heb ontmoet, dat u hier gezellig met mij zit te kletsen terwijl de laatste seconden van uw leven wegtikken.'

'Ik begrijp het niet. Wat dreigt er voor gevaar?'

'Meneer Tillman, hebt u een bom in de bagage van uw vrouw gestopt?'

Onvoorstelbaar. Ze dachten dat ik een terrorist was. Bij nader inzien was dat eigenlijk helemaal niet zo onvoorstelbaar. Terroristen zijn niet bepaald doorsnee. Door mijn afwijkende gedrag was men eerder geneigd te denken dat ik nog iets anders afwijkends zou doen, zoals het plegen van een aanslag omdat mijn vrouw me had verlaten.

Het was vleiend om als beheerst bestempeld te worden, ook al was dit op een foutieve aanname gebaseerd. Maar nu moest een vliegtuig vol passagiers terugkeren naar New York. Ik vermoedde dat de betrokken autoriteiten mij hiervan de schuld zouden geven.

'Er is geen bom. Maar ik zou u adviseren me niet op mijn woord te geloven.' Ik zou niet willen dat een airmarshal vertrouwde op de verklaring van een mogelijke terrorist wanneer hij moest vaststellen of er inderdaad een bom aan boord was. 'Laten we er even van uitgaan dat ik de waarheid spreek en dat er geen bom aan boord is. Heb ik dan een overtreding begaan?'

'Volgens mij niet. Maar ik durf te wedden dat de Verkeersveiligheidsdienst wel iets zal verzinnen.' Hij leunde achterover. 'Vertelt u me het hele verhaal maar. Ik ga toch nergens heen. Hopelijk kan ik dan achterhalen of we er allemaal aan gaan of niet.'

Ik probeerde een manier te bedenken om hem gerust te stellen. 'Als er een bom in de bagage zat, dan zou die toch zeker door de scanners zijn opgepikt.'

'Dat willen we graag geloven, maar u kunt uw eigen conclusies trekken.'

'Als ik mijn vrouw had willen vermoorden, dan had ik dat ook kunnen doen zonder een vliegtuig vol mensen te doden. Gewoon thuis. Met mijn blote handen. Of met tal van huishoudelijke voorwerpen. Ik had het op een ongeluk kunnen laten lijken.' Ik keek hem in de ogen om mijn oprechtheid te benadrukken.

Ik vertelde mijn verhaal, zoals Aaron de Airmarshal me had verzocht. Het was lastig te bepalen waar ik moest beginnen. De meeste gebeurtenissen behoefden wel enige context om ze volledig te kunnen begrijpen, maar ik vermoedde dat er niet genoeg tijd was om mijn hele levensverhaal te kunnen vertellen tot aan het moment dat ik als terrorismeverdachte was aangemerkt. Ik begon bij mijn eerste ontmoeting met Rosie, aangezien de gebeurtenissen die voor Aaron van belang waren met Rosie te maken hadden. Dit betekende dat ik belangrijke achtergrondinformatie moest weglaten, zoals te verwachten viel.

'Dus u zegt dat er eigenlijk nooit een ander in uw leven is geweest voordat u uw vrouw ontmoette.'

'Als u met "eigenlijk" bedoelt: "met uitzondering van dates die niet tot een relatie leidden", dan is dat correct.'

'Beginnersgeluk,' zei hij. 'Ik bedoel, ze is een knappe vrouw.'

'Correct. Ze overtrof al mijn verwachtingen voor een partner.'

'U dacht dat ze ver boven uw niveau was?'

'Correct.'

'Dus u vond niet dat u haar verdiende. En nu hebt u de kans een gezin te stichten. Meneer Don Tillman, echtgenoot en vader, dat is nog weer een treetje hoger. Denkt u dat u dat aankan?'

'Ik heb uitvoerig onderzoek gedaan naar het ouderschap.'

'Daar heb je het al. Overcompensatie. Als ik een motivatiecoach was, dan had ik wel wat advies voor u.'

'Dat lijkt me aannemelijk. Het zou dan immers uw taak zijn mij te motiveren.'

'Ik zou u zeggen dat u het niet hebt gevisualiseerd. Als je iets wilt, dan moet je dat visualiseren. Je moet jezelf in die positie zien om je doel te kunnen bereiken. Ik was vroeger beveiligingsmedewerker, zonder ambities, maar toen hoorde ik over het werk van de airmarshals na 11 september. Ik stelde me voor dat ik airmarshal was en hier zit ik dan. Maar zonder die visualisatie zou er niks zijn veranderd.'

Als ik iets had geleerd van Rosies zwangerschap, dan was het wel dat iedereen je met advies bestookte.

Rosie sliep dwars door mijn gesprek met Aaron en de geïrriteerde gesprekken van andere passagiers heen, maar ze werd wakker van het omroepbericht dat we zouden gaan landen.

'Wauw. Ik heb helemaal tot aan L.A. liggen slapen,' zei ze.

'Incorrect. We zijn teruggekeerd naar New York. Er is een terrorismeverdachte aan boord.'

Rosie leek te schrikken en greep mijn hand vast.

'Je hoeft niet bang te zijn,' zei ik. 'Ze bedoelen mij.' Ik besefte dat Rosie en ik waarschijnlijk de enige mensen aan boord waren die geen doodsangsten uitstonden.

Toen we in New York waren geland, werden Rosie en ik naar aparte verhoorkamers gebracht terwijl haar bagage werd doorzocht. Dit duurde lang en ik zat daar in mijn eentje. Ik besloot van de gelegenheid gebruik te maken en me een beeld te vormen van mij als vader.

Ik ben niet goed in visualiseren. Ik kan me geen duidelijke voorstelling maken van het stratenplan van New York, en ik heb ook geen instinctief richtingsgevoel. Maar ik kan wel alle straatnamen, kruisingen, bezienswaardigheden en metrostations opnoemen, en ik kan de plaatsbepalingsinformatie lezen wanneer ik de metro uitstap: 14 ST & 8 AV, Z-O-HOEK. Dat lijkt me even effectief.

Ik kon me geen beeld vormen van Rosie en mij met een echte baby. Diep vanbinnen kon ik daar niet in geloven, misschien vanwege mijn oorspronkelijke, door Lydia ingegeven angst om vader te worden, of misschien wel omdat ik vond dat ik het niet waard was, zoals Aaron de Airmarshal had geopperd. Deze zorgen waren inmiddels beide wat verlicht: Lydia had me haar voorlopige goedkeuring gegeven, en Gene, Dave, Sonia en zelfs George hadden onlangs positief commentaar geleverd op mijn waardevolle eigenschappen als mens, buiten het domein van de genetische wetenschap.

Nu moest ik me de uitkomst daarvan zien voor te stellen.

Dat kostte me veel moeite. Ik probeerde vier beelden van baby's samen te voegen, inclusief mijn emotionele reactie op hen.

Ik dacht aan de schetsen van de baby in ontwikkeling op de tegels van mijn bad-werkkamer. Geen reactie. Het proces van het tekenen had zeker een kalmerend effect gehad, maar de herinnering aan een schets van een afbeelding van een generieke foetus of van de echofoto deed me niets.

Het mentale plaatje van Rosie II, de baby van Dave en Sonia, was eveneens van weinig nut. Zij was ook nog steeds een generieke baby.

De herinnering aan de oudere baby die over me heen had gekropen tijdens het Lesbische Moeders Project was bruikbaarder. Ik herinnerde me dat het een plezierige ervaring was geweest. Ik vermoedde dat het plezier zou toenemen naarmate de baby ouder werd, al zat hier uiteraard wel een grens aan. Ik stelde vast dat het plezier dat ik aan de LMP-baby had beleefd van gelijke orde was als het plezier dat ik aan een margarita beleefde. Of aan twee margarita's misschien, maar niet genoeg om me aan te sporen tot levensbepalende besluiten.

Het laatste beeld was dat van Bud zelf. Ik zag Rosie voor me, met haar dikke buik. Ik stelde me zelfs voor dat de baby bewoog, een bewijs van menselijk leven. Minimale emotionele impact.

Ik stond voor hetzelfde probleem als tijdens het Rosie Project. Ik was defect, gehandicapt zelfs, niet in staat de dingen te voelen die nodig waren voor normaal gedrag. Mijn emotionele reactie was gericht op Rosie. Die reactie was uitermate sterk, en als ik een deel daarvan op de baby had kunnen richten, zoals Rosie kennelijk had gedaan met haar gevoelens voor mij, dan zou dat het probleem hebben opgelost.

Uiteindelijk werd de deur van de verhoorkamer geopend door een beambte (man, ongeveer vijftig, BMI ongeveer tweeëndertig).

'Meneer Tillman. We hebben de bagage van uw vrouw gecontroleerd en alles lijkt in orde te zijn.'

'Geen bom?' Ik stelde de vraag automatisch, wat achteraf gezien erg dom was. Ik had geen bom in haar koffer gestopt en het was zeer onwaarschijnlijk dat Rosie dit zelf wel zou doen.

'Geen bom, wijsneus. Desalniettemin bestaan er duidelijke wetten tegen het uitlokken van een incident en...'

Op dat moment ging de deur weer open – zonder kloppen – en stapte er een andere beambte binnen (vrouw, leeftijd ongeveer vijfendertig, geschatte BMI tweeëntwintig). Gezien het feit dat ik met wetsdienaars te maken had en waarschijnlijk het risico liep een bepaalde straf opgelegd te krijgen, was dit nogal vervelend. Ik was duidelijk beter in één-op-ééngesprekken dan in interacties waarbij meerdere mensen betrokken waren. In het gesprek met Agent Margarita had ik me prima gered, met Good Cop en Bad Cop een stuk minder. Tijdens de afspraken met alleen Lydia had ik vooruitgang geboekt, maar toen Sonia erbij betrokken raakte en ik mijn toevlucht moest nemen tot bedrog, had dit onvermijdelijk tot verwarring geleid. Zelfs binnen onze informele mannengroep had de uitbreiding van één relatie naar zes een onverwachte dynamiek gecreëerd. Dave had blijkbaar geen hoge dunk van Gene. Dat wist ik alleen maar doordat Dave me dit zelf had verteld.

De woorden van de zojuist binnengekomen beambte drongen amper tot me door, doordat mijn gedachtegang tot een groot inzicht had geleid. Dit moest ik zo snel mogelijk met Rosie delen.

'We begrijpen dat u enig ongerief hebt ervaren, professor Tillman,' zei de vrouwelijke beambte.

'Correct. Logische maatregelen ter preventie van terrorisme.'

'Dat is erg begripvol van u. De vertraagde vlucht zal over ongeveer een uur vertrekken, en u en mevrouw Jarman zijn beiden welkom aan boord. De vlucht vanuit L.A. naar Melbourne zal wachten op vertraagde passagiers. Maar als u liever even wilt bijkomen, kunnen we u met een limousine naar huis laten brengen en uw vrouw morgen in businessclass naar Melbourne laten vliegen. We kunnen u ook naar businessclass upgraden, als u ervoor zou kiezen met haar mee te reizen.'

'Dat moet ik met Rosie overleggen.'

'Daar krijgt u zo gelegenheid toe. Maar we zouden u eerst om een gunst willen vragen, in ruil voor het niet ondernemen van verdere stappen tegen u. Mijn collega's staan mogelijk wel onder druk om dit te doen, ook al beseffen we dat het allemaal een misverstand was.'

Ze legde een document van drie pagina's voor me op tafel, ijsbeerde een paar minuten door de kamer, liep naar buiten, en kwam weer binnen, terwijl ik de juridische tekst doorlas.

Ik overwoog een advocaat in te schakelen, maar voor zover ik kon bepalen had het ondertekenen van het document geen negatieve gevolgen voor mij. Ik was niet van plan het incident met de media te bespreken. Ik wilde alleen maar met Rosie praten. Ik zette mijn handtekening en werd vrijgelaten.

'Ga je in op het aanbod om nog een nacht in New York te blijven?' vroeg ik aan Rosie.

'Ja, ik blijf wel. Alles is beter dan twintig uur in economyclass te zitten terwijl je zwanger bent. Ik ga al die gekte in mijn leven wel missen.'

'Je moet Phil bellen,' zei ik. 'Om hem te laten weten dat je een dag later komt.'

'Hij verwacht me pas in januari,' zei Rosie. 'Het was een verrassing.'

37

Ik had nog een laatste kans gekregen om een oplossing te bedenken. Mijn plan was simpel, maar werd bemoeilijkt door de beperkte tijd die we hadden. We arriveerden weer bij het appartement om 16.07 uur. Gene was er ook, en hij verkeerde in de veronderstelling dat Rosie permanent was vertrokken. Dat leidde tot een ongemakkelijk gesprek.

Uiteindelijk zei Gene: 'Eerlijk gezegd had ik verwacht dat Don in zijn eentje thuis zou komen, dus ik had een enerverend avondje voor hem gepland.'

Ik had zelf al een enerverend avondje in gedachten.

'Dat zullen we moeten verzetten. Rosie en ik gaan een avondje uit en zullen pas laat terug zijn.'

'Het kan niet worden verzet,' zei Gene. 'De eindejaarsborrel van de medische faculteit. Begint om halfzes, is om zeven uur afgelopen. Jullie kunnen daarna nog uit eten gaan.'

'We gaan niet alleen uit eten. Ik heb een hele reeks activiteiten gepland.'

'Ik ben echt heel moe,' zei Rosie. 'Ik heb geen zin in allerlei activiteiten. Waarom ga je niet met Gene mee en haal je op weg naar huis wat te eten voor ons?'

'De activiteiten zijn cruciaal. Indien nodig kun je wel wat koffie drinken.'

'Als het vliegtuig niet was omgekeerd, dan zouden we helemaal niets hebben gedaan. Dan was jij nu op de terugweg vanuit L.A. Dus het kan nooit cruciaal zijn. Waarom vertel je me niet gewoon wat je hebt gepland?'

'Omdat het een verrassing is.'

'Don, ik ga terug naar huis. Ik neem aan dat je iets hebt gepland wat me zou moeten overhalen om te blijven. Of iets nostalgisch wat me verdrietig zou maken, zoals naar de cocktailbar gaan om samen cocktails te maken, of uit eten gaan bij Arturo's, of... Het Museum of Natural History is dicht.'

Ze glimlachte bedroefd. Gene had zich ondertussen in zijn kamer teruggetrokken.

'Sorry,' zei ze. 'Vertel me maar wat je had gepland.'

'Wat jij zei. Alleen ben je nog één onderdeel vergeten. Je hebt vijfenzeventig procent geraden, inclusief het museum, wat ik om dezelfde reden had verworpen.'

'Dat zegt dan toch wel iets over wat we samen hebben opgebouwd. Ik heb me eindelijk een beetje in jou kunnen verplaatsen.'

'Incorrect. Niet een beetje. Je bent de enige persoon die erin is geslaagd mij te begrijpen. Dat is begonnen toen je de klok achteruitzette zodat ik volgens schema kon koken.'

'Op de avond dat we elkaar hebben ontmoet.'

'De avond van het Jas Incident en de Balkon Maaltijd,' zei ik.

'Wat heb ik niet geraden?' vroeg Rosie. 'Je zei dat ik vijfenzeventig procent goed had. Ik gok ijs eten.'

'Mis. Dansen.' Het faculteitsbal in Melbourne, waar Rosie een technisch probleem met mijn danskwaliteiten had opgelost, was een keerpunt geweest. Dansen met Rosie was een van de gedenkwaardigste ervaringen van mijn leven, maar toch hadden we het daarna nooit meer gedaan.

'Dat gaat niet gebeuren. Niet in deze toestand.' Ze sloeg

haar armen even om me heen, om aan te tonen dat haar veranderde figuur een belemmering zou vormen bij het dansen. 'Weet je, als we vanavond uit zouden gaan, zou er vast iets misgaan. Iets geks. Het zou anders zijn gelopen dan je had gepland, maar beter, en dat vind ik ook zo geweldig aan je. Maar in dit geval zal het verder geen effect hebben. Ik heb nu geen behoefte aan gekte. Bud heeft geen behoefte aan gekte.'

Ik was een uiterst georganiseerd persoon die onzekerheden vermeed en alles tot in detail wilde plannen, maar dit gedrag leidde soms wel tot onvoorspelbare gevolgen. Het was vreemd, paradoxaal – gek – dat Rosie juist die onvoorspelbaarheid het meest aan mij waardeerde. Maar als dat de eigenschap was die ze zo leuk vond aan mij, dan zou ik daar niet over in discussie gaan. Waar ik wel over in discussie wilde gaan, was het feit dat ze iets wat ze kennelijk wel waardeerde nu zomaar uit haar leven wilde schrappen.

'Incorrect. Je hebt minder gekte nodig, maar nog wel een beetje gekte. Je hebt een geplande, optimale dosis gekte nodig.' Het werd tijd om mijn analyse en mijn conclusie uiteen te zetten. 'Oorspronkelijk was er slechts sprake van één relatie. Tussen jou en mij.'

'Dat is wel erg simplistisch gesteld. Hoe zit het dan met Phil en...'

'Ik heb het nu even over ons als gezin. Door de toevoeging van een derde persoon, Bud, stijgt het aantal relaties naar drie. Eén persoon extra en het aantal binaire relaties wordt verdrievoudigd: jij en ik, jij en Bud, ik en Bud.'

'Bedankt voor de uitleg. Het is maar goed dat we geen acht kinderen wilden. Hoeveel relaties zouden dat zijn geweest?'

'Vijfenveertig, dus dan zou onze relatie één vijfenveertigste deel van het totaal beslaan.'

Rosie begon te lachen. Ongeveer vier seconden lang voelde het alsof onze relatie was gereboot. Maar Rosie was gereboot in veilige modus.

'Ga verder.'

'De verdrievoudiging van het aantal relaties leidde aanvankelijk tot verwarring.'

'Wat voor verwarring?'

'Van mijn kant. Betreffende mijn rol. Relatie Nummer Twee was jouw relatie met Bud. Omdat deze nieuw was, trachtte ik hieraan bij te dragen, door middel van advies over voeding en persoonlijke verzorging, wat jij logischerwijs als bemoeienis zag. Ik gedroeg me hinderlijk.'

'Je probeerde me te helpen. Maar ik moet hier mijn eigen weg in zien te vinden. En Gene heeft voor één keer eens gelijk: dat is biologisch bepaald. Moeders zijn belangrijker dan vaders, in ieder geval in het begin.'

'Dat klopt. Maar door je op de baby te richten, is je interesse in onze relatie afgenomen, simpelweg doordat je je tijd en energie moest spreiden. Ons huwelijk is verslechterd.'

'Dat is geleidelijk gegaan.'

'Vóór de zwangerschap verliep het perfect.'

'Dat kan best. Maar ik besef nu dat dat niet genoeg was. Ik denk dat ik dat zelfs toen al wel wist.'

'Correct. Je hebt emotioneel gezien behoefte aan die extra relatie. Maar je zou onze hoogwaardige relatie niet zomaar opzij moeten schuiven zonder je te verdiepen in alle mogelijke manieren om deze te behouden.'

'Don, de zorg voor een baby valt niet te combineren met de manier waarop wij leefden. Uitslapen, naar de kroeg gaan, vliegtuigen laten omkeren... Dat is een totaal ander leven.'

'Uiteraard. We zullen ons schema moeten aanpassen.

Maar dat schema hoort wel gezamenlijke activiteiten te bevatten. Ik vermoed dat je zonder de intellectuele stimulans en de gekte waar je aan gewend bent geraakt langzaam zou doordraaien. En wellicht zelfs in een depressie zou raken, zoals Lydia voorspelde.'

'Depressief en doorgedraaid? Ik zal heus wel andere dingen vinden om me mee bezig te houden. Maar ik zal geen tijd hebben om...'

'Dat is juist het punt. Nu jij het druk krijgt met Bud, zou ik de volledige verantwoordelijkheid voor onze relatie op me moeten nemen. Voor het organiseren van activiteiten, uiteraard afgestemd op de behoeften van de baby.'

'Een relatie is niet de verantwoordelijkheid van één persoon. Je moet allebei...'

'Incorrect. Beide partijen moeten toegewijd zijn, maar er kan wel één persoon het voortouw nemen.'

'Van wie heb je dit?'

'Van Sonia. En van George.'

'George van hierboven?'

Ik knikte.

'Dus de experts hebben zich erover gebogen.'

'Mensen met praktijkervaring in plaats van theoretische kennis. De psychologen die we kennen hebben allemaal een mislukt huwelijk achter de rug. Of in jouw geval een huwelijk dat in zwaar weer verkeert.' Dit was ook een zwakke plek in het advies van George, maar het leek me niet zinvol om Rosie te informeren over zijn echtelijke geschiedenis.

'Ik denk dat de meeste stellen, zelfs degenen die bij elkaar blijven, gewoon maar accepteren dat hun relatie een tijdje wat minder zal zijn,' zei Rosie.

'Waar de betrokken partijen nooit meer van zullen herstellen.' Ik putte weer uit de ervaringen van George. En mogelijk ook die van Gene. En potentieel die van Dave. 'Ik stel voor dat we zo veel mogelijk van onze oude interpersoonlijke relatie proberen te behouden, afhankelijk van de behoeften van de baby. Ik bied aan om al het werk op me te nemen: jij hoeft dit voorstel slechts te accepteren en je medewerking te verlenen.'

Rosie stond op om een kop fruitthee te zetten. Ik wist wat ze hiermee wilde zeggen: hou gewoon even een paar minuten je mond, Don, ik probeer na te denken.

Ik liep naar de koelruimte en tapte een biertje om mijn eigen emoties onder controle te krijgen.

Toen Rosie weer ging zitten, was ze tot enkele inzichten gekomen. Helaas.

'Ik denk dat jij hier meer waarde aan hecht, Don, omdat jij geen band hebt opgebouwd met de baby. Je hebt het helemaal niet over die derde relatie gehad. Je richt je nog steeds op jou en mij. De meeste mannen richten een deel van hun liefde op hun kinderen.'

'Ik vermoed dat die overgang wat tijd zal kosten. Maar als ik niet bij jullie ben, dan zal ik geen enkele input hebben. Denk je dat ik zo'n slechte vader ben dat ik beter geen enkele input kan hebben?'

'Don, ik denk dat jij anders in elkaar zit. Dat werkte prima tussen ons tweeën, maar ik denk niet dat je geschikt bent voor het vaderschap. Het spijt me dat ik dat zo moet zeggen, maar ik dacht eigenlijk dat je wel tot dezelfde conclusie was gekomen.'

'Je dacht ook dat ik geen liefde kon voelen. Daar heb je je in vergist. Misschien vergis je je nu weer.'

Gene kwam zijn slaapkamer uit. 'Sorry dat ik jullie stoor, jongens, maar ik moet naar die borrel van de medische faculteit. Gaan jullie niet uit?'

'Nee,' zei Rosie.

'Ga dan met mij mee. Jullie allebei.'

'Ik blijf wel hier,' zei Rosie. 'Ik ben niet uitgenodigd.'

'Partners zijn welkom. Je zou echt mee moeten komen. Dit is je laatste avond in New York. Don zou dit nooit zeggen, maar je zou hem een groot plezier doen.'

'Wil je echt dat ik meega?' vroeg Rosie aan mij.

'Als je niet meegaat, dan blijf ik ook thuis,' zei ik. 'Ik wil het beste halen uit de laatste uren van ons huwelijk.'

Net toen we wilden vertrekken, ging mijn telefoon. Ik herkende het nummer niet.

'Don, je spreekt met Briony.' Het duurde even voordat ik me herinnerde wie Briony was. B1. B1 had me nooit rechtstreeks gecontacteerd. Ik zette me schrap voor een conflict.

'Ik kan niet geloven wat je hebt gedaan,' zei ze.

'Wat bedoel je?'

'Heb je de *New York Post* niet gezien?'

'Die lees ik niet.'

'Het staat online. Ik weet niet wat ik moet zeggen. We hadden dit geen van allen verwacht.'

Ik liep naar mijn bad-werkkamer om de website van de *New York Post* te bekijken en trof Rosie aan op de rand van het bad, starend naar de Bud-tegels.

'Wat doe jij hier?' vroeg ik. Het was geen agressieve vraag, ik bedoelde het letterlijk.

'Ik kwam wat van je slaappillen jatten. Voor de vlucht morgen.'

'Slaappillen...'

'Stilnox. Werkzaam bestanddeel: Zolpidem. Derde trimester, één tablet. Geen nadelige effecten. Wang, Lin, Chen, Lin & Lin, 2010. Het zal me eerder aanzetten tot het geven van een striptease in een vol vliegtuig dan dat het schadelijk is voor de baby.'

Ze keek weer naar de Bud-tegels. 'Don. Deze zijn echt ongelooflijk.'

'Je hebt ze al eerder gezien.'

'Wanneer dan? Ik kom hier nooit.'

'Op de avond van Dave het Kalf. Toen Gene in de badkuip was gevallen.'

'Ik zag mijn begeleider in zijn ondergoed rondspartelen. Ik heb niet de tijd genomen om de tekeningen op de tegels te bestuderen.' Ze glimlachte. 'Maar dit is onze baby – Bud – van week tot week, toch?'

'Nee. Het is een generieke embryo, foetus... Baby Under Development. Behalve tegel 13 en 22. Die heb ik nagetekend van de echofoto's.'

'Waarom heb je dit niet met me gedeeld? Ik zat de afbeeldingen in het boek te bekijken terwijl jij hier diezelfde afbeeldingen zat na te tekenen...'

'Je zei dat je geen behoefte had aan technisch commentaar.'

'Wanneer heb ik dat gezegd?'

'Op tweeëntwintig juni. De dag na het Sinaasappelsap Incident.'

Rosie pakte mijn hand en kneep erin. Ze had haar ringen nog steeds om. Blijkbaar zag ze me ernaar kijken.

'Mijn moeders ring zit vast. Hij is wat aan de kleine kant en mijn vingers zijn waarschijnlijk een beetje opgezwollen. Als je de jouwe terug wilt, dan zul je moeten wachten.'

Ze bleef naar de tegels kijken terwijl ik het artikel uit de *New York Post* opzocht.

VADER VAN HET JAAR: BIERTJE ALS TOOST OP REDDEN VAN ZIJN KIND VOOR LESBISCH STEL.

Ik wist wel dat journalisten regelmatig onnauwkeurig waren, maar dit artikel, geschreven door Sally Goldsworthy, ging mijn voorstellingsvermogen over foutieve verslaggeving ver te boven.

Don Tillman, een Australische geneeskundeprofessor die momenteel is verbonden aan Columbia University en die onderzoek doet naar het verband tussen autisme en leverkanker, heeft zijn sperma gedoneerd aan twee lesbische vrouwen en vervolgens het leven van een van zijn baby's gered. Zoals het een echte Australiër betaamt, dronk professor Tillman een pintje om te proosten op de spoedkeizersnede die hij in zijn eigen appartement in Chelsea had uitgevoerd, waarna hij zei er alle vertrouwen in te hebben dat de twee moeders prima in staat waren zijn kinderen op te voeden zonder enige betrokkenheid van hem.

Hij liet merken dat hij iets had geleerd van zijn verblijf in Amerika.

'Natuurlijk zijn lesbische ouders niet alledaags,' zei hij. 'Daarom moeten we ook geen alledaagse uitkomst verwachten. Maar het lijkt me on-Amerikaans om naar alledaagsheid te streven.'

Er stond een foto bij van mij poserend met mijn Santokukoksmes, op verzoek van de fotograaf.

Ik liet Rosie het krantenartikel lezen.

'Heb je dat gezegd?'

'Natuurlijk niet. Het artikel staat vol belachelijke fouten. Typerend voor de populairwetenschappelijke verslaggeving.'

'Ik bedoel dat citaat over niet-alledaagse uitkomsten. Dat

klinkt als iets wat jij zou zeggen, maar het is zo...'

Ik wachtte tot ze haar zin zou afmaken, maar ze leek geen geschikt adjectief te kunnen vinden voor het omschrijven van mijn opmerking.

'Het citaat klopt,' zei ik. 'Ben je het niet met me eens?'

'Jawel. Ik wil ook niet dat Bud alledaags wordt.'

Ik e-mailde de link naar mijn moeder. Ze stond erop kopieën te ontvangen van alle meldingen van mij in de pers om aan onze familie te laten zien, ongeacht de juistheid van de inhoud. Ik stopte er een briefje bij waarin ik benadrukte dat ik geen lesbische vrouwen had bezwangerd.

'Dat verklaart waarom we morgen businessclass vliegen en niet naar Guantánamo Bay worden afgevoerd,' zei Rosie. 'Ze wilden geen krantenkoppen als: HELDHAFTIGE ARTS LASTIGGEVALLEN DOOR VERKEERSVEILIGHEIDSDIENST VANWEGE ZIJN UITZONDERLIJKHEID.'

'Ik ben geen arts.'

'Nee, maar je bent wel uitzonderlijk. Je had gelijk over mijn fobie voor bloed en viezigheid. Ik moest er gewoon een keer doorheen. We vormden wel een goed team, hè?'

Rosie had gelijk. We hadden een uitstekend team gevormd. Met z'n tweeën.

38

De metro zat vol mensen met kerstmutsen op. Als ik geschikt was geweest voor het vaderschap, dan zou ik op een dag ook de rol van kerstman hebben gespeeld. Ik zou alle dingen moeten doen die mijn eigen vader had gedaan. Hij was een expert geweest in het regelen van niet-alledaagse cadeaus en uitstapjes voor Michelle, Trevor en mij.

Ik zou een hele reeks nieuwe vaardigheden moeten leren en talloze activiteiten moeten ondernemen. Als ik uitging van mijn observaties van Gene en Claudia en van mijn eigen ouders, dan zouden sommige van die activiteiten gezamenlijke projecten met Rosie zijn geweest.

De faculteitsborrel werd in een grote vergaderruimte gehouden. Ik schatte het aantal gasten op honderdtwintig, waarvan slechts één onverwachte gast. Lydia!

'Ik besefte niet dat je in dienst was van Columbia,' zei ik. Als ze een collega was, dan waren er vast nog meer ethische bezwaren tegen onze interacties.

Ze glimlachte. 'Ik ben hier met Gene.'

Zoals gebruikelijk bij dit soort gelegenheden waren er alcoholische drankjes van slechte kwaliteit, oninteressante hapjes en was het te lawaaiig voor een productief gesprek. Ongelooflijk dat men een aantal van 's werelds meest vooraanstaande medische wetenschappers op één plek verzamelde om ze vervolgens te verdoven met alcohol en hun gesprekken te overstemmen met muziek die hun kinderen thuis waarschijnlijk meteen uit moesten zetten.

Na achttien minuten had ik voldoende hapjes weten te consumeren om niet meer te hoeven dineren. Ik hoopte dat Rosie hetzelfde had gedaan. Ik wilde haar net opzoeken en voorstellen te vertrekken toen David Borenstein een microfoon pakte en vanaf het podium een mededeling deed. Ik zag Rosie nergens. Wellicht had ze niet in de gaten dat de aanvang van het formele gedeelte een goed moment was om te vertrekken.

'Het is een belangrijk jaar geweest voor de universiteit,' zei de decaan. Ik had net zo goed terug in Melbourne kunnen zijn. De decaan daar zou precies hetzelfde hebben gezegd. Het was altijd een belangrijk jaar. Voor mij was het ook een belangrijk jaar geweest. Met een rampzalig einde.

'We hebben een aantal grootse prestaties verricht,' vervolgde de decaan, 'en deze zullen ongetwijfeld de erkenning krijgen die ze verdienen, op een gepast moment. Maar vanavond zou ik graag willen stilstaan bij enkele prestaties waarvoor dat wellicht niet geldt...'

Terwijl de decaan enkele wetenschappers op het podium riep om hen te eren voor hun prestaties op het gebied van ondersteuning en onderwijs – vergezeld van gebrekkige videobeelden waarop zij aan het werk waren te zien – begon ik me langzaam iets beter te voelen. Het was niet mijn lotsbestemming om zelf kinderen op te voeden, maar er bestond wel een goede kans dat een andere, geschikte vader – iemand die een waardevolle bijdrage leverde aan de opvoeding van zijn kind – er op zekere dag voor zou kiezen om niet overmatig te drinken, naar aanleiding van een genetische test die uitwees dat hij aanleg had voor cirrose. Deze test zou het resultaat zijn van mijn zesjarige onderzoek, waarvoor ik muizen had gefokt, dronken gevoerd en ontleed. En misschien dat een lesbisch stel betere en meer zelfverzekerde besluiten zou nemen over de opvoeding van hun kind dankzij het Lesbische Moeders Project waaraan ik had meegewerkt. Ik had misschien nog wel vijfenveertig tot vijftig jaar de tijd om verdere wetenschappelijke bijdragen te leveren, om een bevredigend leven te leiden.

Ik zou Rosie wel missen. Net als Gregory Peck in *Roman Holiday* had ik een onverwachte meevaller gehad die alleen maar van tijdelijke aard kon zijn omdat ik was wie ik was. Paradoxaal genoeg had het geluk mij op de proef gesteld. Maar ik had geconcludeerd dat het belangrijker was om mezelf te zijn, compleet met al mijn intrinsieke fouten, dan om datgene te hebben waar ik het meest naar verlangde.

Ik besefte dat Gene naast me was komen staan en me aanstootte met zijn elleboog.

'Don,' zei hij, 'is alles in orde?'

'Natuurlijk.' Mijn gedachten hadden me afgeleid van de woorden van de decaan, maar nu richtte ik me weer op zijn toespraak. Dit was mijn wereld.

'En in de geest van de Australische Nobelprijswinnaar die bacteriën tot zich nam om aan te tonen dat hij daar een maagzweer van zou krijgen, heeft een van onze eigen Australiërs ook zijn grenzen verlegd in naam van de wetenschap.'

Op het scherm achter de decaan werd een video-opname getoond. Van mij, op de dag dat ik op de grond was gaan liggen en de baby van een lesbisch stel over me heen had laten kruipen om te bepalen wat dit voor effect had op zijn oxytocinegehalte. Iedereen begon te lachen.

'Professor Don Tillman zoals u hem nog nooit hebt gezien.'

Dat was waar. Ik was ook verbaasd mezelf zo te zien. Ik had er duidelijk plezier in, veel meer dan ik me herinnerde. Ik had mijn emotionele gesteldheid destijds waarschijnlijk niet goed op waarde kunnen schatten, omdat ik me vooral had gericht op het correct uitvoeren van het experiment. Het filmpje duurde ongeveer negentig seconden. Ik werd me ervan bewust dat er nog iemand naast me was komen staan. Het was Rosie. Ze greep mijn arm vast en huilde hevig.

Ik kreeg niet de gelegenheid om vast te stellen waarom ze zo geëmotioneerd was, aangezien David vervolgde: 'Of misschien was hij aan het oefenen. Don en zijn partner Rosie verwachten hun eerste kind in het nieuwe jaar. We hebben een kleinigheidje voor jullie.'

Rosie en ik liepen naar het podium. Het was misschien niet gepast om een cadeau in ontvangst te nemen dat ons werd gegeven in de veronderstelling dat Rosie en ik bij elkaar zouden blijven. Ik probeerde te bedenken wat ik moest zeggen, maar Rosie loste dat probleem al op.

'Zeg gewoon "Bedankt" en neem het aan,' zei ze terwijl we naar het podium liepen. Ze hield mijn hand vast, wat waarschijnlijk nog meer de verkeerde indruk wekte.

De decaan gaf ons een pakketje. Het was duidelijk een boek. Toen wenste hij iedereen fijne feestdagen, waarna de mensen langzaam begonnen te vertrekken.

'Kunnen we nog even hier blijven?' vroeg Rosie, die zich deels leek te hebben hervat.

'Natuurlijk,' zei ik.

Binnen vijf minuten was iedereen vertrokken, inclusief Gene en Lydia. Alleen David Borenstein, zijn assistent en wij tweeën waren nog achtergebleven.

'Zou ik dat filmpje van Don nog eens mogen zien?' vroeg Rosie aan de decaan.

'Ik ben al aan het afsluiten,' zei zijn assistent. 'Je mag de dvd wel hebben, als je wilt.'

'Ik wilde op gepaste toon afsluiten voor deze tijd van het jaar,' zei de decaan. 'De zachte kant van de onverzettelijke wetenschapper. Die ken jij vast maar al te goed,' zei hij tegen Rosie.

We namen de metro terug naar ons voormalige appartement. Rosie zei niets. Het was pas 19.09 uur en ik vroeg me af of ik haar nog eens moest proberen over te halen om deel te nemen aan de memorabele reeks activiteiten die ik had gepland. Maar ik genoot ervan om simpelweg haar hand vast te houden op onze laatste avond samen, en ik wilde liever niet het risico lopen om iets te doen wat de situatie zou kunnen veranderen. Ik had het cadeau van de decaan in mijn andere hand, dus Rosie moest de deur van ons appartement openen.

Gene zat te wachten met een grote fles champagne en meerdere glazen, omdat we meerdere gasten hadden. Zeven glazen, om precies te zijn. Hij schonk ze vol, een voor mij, voor Rosie (in overtreding van de zwangerschapsregels), Lydia, Dave, George en zichzelf.

Ik had een aantal vragen, onder andere waarom Dave en George aanwezig waren, maar ik begon met de meest voor de hand liggende vraag.

'Voor wie is dat zevende glas?'

Die vraag werd beantwoord toen er een zeer lange, krachtig gebouwde man van ongeveer zestig jaar oud naar binnen kwam lopen vanaf het balkon, waar hij vermoedelijk een sigaret had staan roken. Het was Nummer 34: Phil, Rosies vader, die eigenlijk in Australië hoorde te zijn.

Rosie kneep even heel hard in mijn hand, alsof ze het recht

op het vasthouden ervan niet wilde verspelen, waarna ze losliet en naar Phil rende. Net als ik. Mijn brein werd overspoeld door een golf van medeleven met zijn verdriet om zijn vrouw. Dat was ongetwijfeld het resultaat van de Empathie voor Phil Denkoefening en de daaruit voortvloeiende nachtmerries, en het was zo krachtig dat het mijn afkeer van fysiek contact onderdrukte. Ik bereikte Phil ongeveer een seconde eerder dan Rosie en sloeg mijn armen om hem heen.

Hij was verbaasd, zoals te verwachten viel. Ik vermoed dat iedereen verbaasd was. Na een paar seconden liet ik los, op zijn aanmoediging. Ik herinnerde me zijn belofte om hierheen te komen en me in elkaar te timmeren als ik het zou verknallen. Ik had duidelijk aan die voorwaarde voldaan.

'Wat hebben jullie nu weer gedaan?' vroeg hij. Hij wachtte niet op antwoord, maar nam Rosie mee naar het balkon. Ik hoopte dat de verrassing haar verlangen naar een sigaret niet had aangewakkerd.

'Hij zat al op ons te wachten toen we terugkwamen,' zei Gene. 'Hij zat hier voor de deur met zijn handbagage.'

Niet iedereen was zo waakzaam als ik wat betreft het niet binnenlaten van onbevoegde bezoekers, al zou ik Phil uiteraard meteen hebben herkend en hem toegang hebben verleend.

'Heeft hij jullie verteld waarom hij hier is?' vroeg ik.

'Was dat nodig?' zei Gene.

Ik herinnerde me dat Phil geen alcohol consumeerde en dronk snel zijn glas leeg om een ongemakkelijke situatie te voorkomen.

Gene legde uit dat hij Dave en George had uitgenodigd zodat ze me gezamenlijk een cadeau konden geven. Aan het formaat en de vorm te zien was het waarschijnlijk een dvd. Dat zou mijn eerste dvd zijn, aangezien ik mijn videomateriaal normaal gesproken altijd download. Ik vroeg me af of Lydia betrokken was geweest bij deze milieuonvriendelijke keuze.

Toen Rosie en Phil terugkeerden, maakte ik het cadeau van de decaan open. Het was een humoristisch boek over het vaderschap. Ik legde het weg zonder iets te zeggen.

Het cadeau van Gene, Dave en George was een video-opname van *It's a Wonderful Life*, een traditionele kerstfilm, zo vertelden ze me. Het leek me een nogal ongeïnspireerde keuze voor drie van mijn beste vrienden, maar ik besefte dat het selecteren van een cadeau uitermate lastig was. Sonia had me geadviseerd om Rosie luxe lingerie te geven voor kerst en wees me erop dat dit soort cadeaus gebruikelijk waren wanneer men pas getrouwd was. Dat was een briljant idee, en zo kon ik meteen de kledingstukken die waren verpest bij het Wasgoed Incident vervangen. Maar het vergelijken van Rosies paars verkleurde ondergoed met het assortiment van Victoria's Secret was een tamelijk ongemakkelijk proces. Het cadeau lag nog op mijn kantoor.

'Oké,' zei Gene. 'Laten we champagne drinken en *It's a Wonderful Life* kijken. Vrede op aarde en in de mensen een welbehagen.'

'We hebben geen televisie,' zei ik.

'Dan kijken we bij mij,' zei George.

We gingen met z'n allen naar boven.

'Metaforen zijn niet Dons sterkste punt,' zei Gene terwijl George de dvd opzette. 'Dus, Don, we hebben deze film voor je uitgezocht omdat je wel enige gelijkenis vertoont met George.'

Ik keek naar George. Dat was een vreemde vergelijking. Wat had ik gemeen met een voormalig rockster?

Gene begon te lachen. 'Er zit ook een George in de film.

Gespeeld door James Stewart. Hij doet erg veel voor zijn vrienden. Sta mij toe als eerste te getuigen. Toen mijn huwelijk niet meer te redden viel, wilde Don van geen opgeven weten. Hij bood me onderdak aan, ook al had Rosie alle reden om zich tegen dat besluit te verzetten. Hij was een mentor voor mijn zoon en dochter en...' Gene haalde diep adem en keek naar Lydia. 'Hij bracht me weer op het rechte pad toen ik het had verknald. En niet voor het eerst.'

Gene ging zitten en Dave stond op. 'Don heeft mijn baby gered, en mijn huwelijk, en mijn bedrijf. Sonia gaat de administratie overnemen. Dan hou ik wat meer tijd over voor haar en Rosie. Onze baby.'

Rosie keek van mij naar Dave en toen weer naar mij. Ze was nog niet op de hoogte van deze naamkeuze.

George stond op. 'Don...' Hij werd overmand door emoties en kon niet verder praten.

George probeerde me te omhelzen, maar ik hield me zo afzijdig mogelijk.

Gene nam het over. 'Rosie en ik waren erbij op de avond dat Don besloot dat het belangrijkste in zijn leven wel kon wachten, omdat hij iemand anders wilde helpen. Voor diegenen die er niet bij waren: Don heeft alles gefilmd.'

Ik voelde me in verlegenheid gebracht. Ik ben bedreven in het oplossen van problemen, maar alleen in praktisch opzicht, bijvoorbeeld door te suggereren dat een accountant wel kon helpen in het bedrijf van haar man, of door te adviseren om de bezetting van een rockband te wijzigen. Die oplossingen verdienden best enige lof, maar een dergelijke emotionele reactie was wellicht wat overdreven.

Toen kwam Lydia (!) overeind. 'Bedankt dat ik hier deel van mag uitmaken. Ik wil graag even zeggen dat Dons voorbeeld me heeft geholpen om een bepaald... vooroordeel overboord te gooien. Bedankt, Don.'

Lydia's getuigenis was gelukkig wat minder emotioneel. Het verbaasde me dat mijn argumenten haar ervan hadden overtuigd dat het eten van niet-duurzame vis acceptabel was.

Toen keek iedereen naar Phil, maar hij zei niets.

George had net de film aangezet toen alle vier de Dead Kings binnenkwamen, inclusief de Prins. George III tapte biertjes voor iedereen en wilde net de film weer aanzetten toen de Eslers aanbelden, kort daarop gevolgd door Inge. Gene en Rosie hadden wat telefoontjes gepleegd. Lydia en Judy Esler liepen samen naar het balkon en bleven een tijdje weg.

Het leek me wel gepast om ook mijn overige New Yorkse vrienden uit te nodigen. Ik belde de decaan en Belinda – B3 – en binnen een uur waren het hele B-team en de Borensteins eveneens aanwezig. George tapte nog meer biertjes en voor het eerst leek zijn appartement daadwerkelijk op een Engelse pub. Hij leek uitermate blij te zijn met zijn rol als gastheer. Rosie had mijn hand weer gepakt.

Het verhaal over de strubbelingen en de bijna-zelfmoord van het personage van James Stewart was interessant en zeer effectief in het bespelen van mijn emoties. Het was de eerste keer dat ik moest huilen om een film, maar ik was me ervan bewust dat ik niet de enige was met die reactie. Ik voelde me ook emotioneel overbelast door Rosies nabijheid, door de steun van de belangrijkste mensen in mijn leven en door de pijn van het stuklopen van mijn huwelijk. Rosie zou een vreselijke leegte achterlaten.

Aan het einde van de film moest ze me dan ook expliciet zeggen dat ze van gedachten was veranderd.

39

Rosie en ik beleefden de beste kerst ooit. We zaten in het vliegtuig van Los Angeles naar Melbourne en passeerden de internationale datumgrens, waardoor de dag die mij in het verleden zoveel stress had bezorgd in feite werd overgeslagen. We werden nog eens geüpgraded, naar eerste klas, en de cabine zat maar half vol. De stewards waren uitermate vriendelijk. Rosie en ik praatten over kerstvieringen uit het verleden, die voor haar ook pijnlijk waren geweest, door de afwezigheid van haar overleden moeder. Phils familie en de familie van haar moeder waren aardig, maar ook erg opdringerig. Ik begreep precies wat ze bedoelde.

We bespraken onze plannen. Rosie had mijn theorie over drie relaties geaccepteerd en was bereid mijn aanpak betreffende de verdeling van de verantwoordelijkheden te proberen. Mijn speelsessie met de baby van de lesbische moeders had haar het vertrouwen gegeven dat ik een emotionele band zou kunnen opbouwen met Bud. Ik waarschuwde haar dat dit wel even kon duren.

'Dat is niet erg,' zei ze. 'Ik denk dat ik vooral bang was dat je mijn relatie met hem of haar op de een of andere manier zou verpesten.'

'Dat had je ook gewoon kunnen zeggen. Ik ben goed in het oplossen van problemen en in het opvolgen van instructies. Ik zou al het noodzakelijke hebben gedaan om onze relatie veilig te stellen.' Het paste bij mijn karakter om deze verantwoordelijkheid op me te nemen, net zoals het bij Rosies karakter paste om zich te focussen op de baby.

Rosie zou haar besluit over het voortzetten van haar studie aan Columbia enkele maanden uitstellen. Dat leek me verstandig.

Phil besloot de feestdagen in New York door te brengen. Hij deelde ons appartement met Gene, en met Carl en Eugenie, die de hele maand januari bij hun vader zouden blijven. Phil was erg blij met alles – het weerzien met Rosie, de komst van Bud, en dat Rosie en ik weer bij elkaar waren – maar hij besefte dat we het misschien wel fijn zouden vinden om wat tijd met z'n tweetjes door te brengen in zijn huis in Melbourne, om bij te komen van de jetlag en om te wennen aan het feit dat het daar zomer was.

Niemand wist verder dat we zouden komen, dus we konden acht dagen samen doorbrengen zonder te worden gestoord. Het was ongelooflijk! De gelukzaligheid van het samenzijn met Rosie werd nog eens vergroot door het besef dat ik haar bijna was kwijtgeraakt.

Phils huis in een buitenwijk van Melbourne beschikte over breedbandinternet. Meer had ik niet nodig om te kunnen communiceren met Inge en het B-team en om verder te kunnen werken aan mijn verslagen over de twee projecten.

Phil kwam terug op 10 januari. Al onze familieleden wilden dat we in Melbourne bleven tot na de bevalling, en David Borenstein steunde dat besluit. Bovendien had Rosie de afspraken met het ziekenhuis in de VS al afgezegd en contact opgenomen met een ziekenhuis in Melbourne, dus uiteindelijk zou deze optie de plannen het minst verstoren.

We brachten ook drie dagen bij mijn ouders in Shepparton door. De stress van dat bezoek werd verminderd door de nabespreking van het Geluiddichte Wieg Project met mijn vader. We praatten urenlang, tot diep in de nacht, zonder alcoholische ondersteuning. Mijn vader had enkele praktische problemen rond de gebruiksvriendelijkheid van het materiaal opgelost, en het Koreaanse onderzoeksteam onderhandelde nu met hem over de rechten op deze verbeteringen en over zijn verdere medewerking. Het was onwaarschijnlijk dat mijn vader er rijk van zou worden, maar het scenario deed wel denken aan het Doorgeven van de Stokjes, aangezien hij de verantwoordelijkheid voor de ijzerhandel aan mijn broer Trevor zou moeten overdragen. Mijn broer was uitermate blij met deze ontwikkeling. Ik vroeg me af of ik op een dag ook een stukje van mijn leven aan Bud zou overdragen.

Tot mijn verbazing, en tegen Gene's verwachting in, konden mijn moeder en Rosie het prima met elkaar vinden en leken ze veel gemeen te hebben.

Onze baby kwam zonder problemen ter wereld (afgezien van het verwachte ongerief van de bevalling, waar mijn onderzoek me op had voorbereid) op 14 februari om 02.04 uur in de ochtend, precies twee jaar na onze eerste date, met het Jas Incident en de Balkon Maaltijd. Iedereen begon over het feit dat het Valentijnsdag was, wat verklaarde waarom het me twee jaar geleden zoveel moeite had gekost een tafel te reserveren bij een prestigieus restaurant.

Het zou fascinerend zijn geweest om de geboorte te aanschouwen, maar ik volgde Gene's advies op en bleef bij het hoofdeinde staan om emotionele steun te bieden, in plaats van het proces als wetenschapper te observeren. Rosie was uitermate blij met het resultaat, en tot mijn verbazing merkte ik dat het bij mij ook meteen een emotionele reactie opriep, zij het niet zo sterk als toen Rosie had besloten onze relatie niet te beëindigen.

De baby is van het mannelijk geslacht, dus hebben we hem een conventionele jongensnaam gegeven. Hier ging wel enige discussie aan vooraf.

'We kunnen hem niet "Bud" noemen. Dat is een bijnaam. Een Amerikaanse bijnaam.'

'De Amerikaanse cultuur is wijdverspreid. Bud Tingwell was een Australiër.'

'Wie is Bud Tingwell?' vroeg Rosie.

'Een beroemde Australische acteur. Hij speelde in *Malcolm* en in *The Last Bottle*.'

'Noem eens één wetenschapper die Bud heet.'

'Misschien wordt onze zoon helemaal geen wetenschapper. Abbott van Abbott & Costello heette Bud. Bud Powell was een van de beste jazzpianisten ooit. Bud Harrelson was een All-Star-*shortstop*.'

'Voor de Yankees?'

'De Mets.'

'Wil je hem naar een Mets-speler vernoemen?'

'Bud Cort speelde Harold in *Harold and Maude*. Bud Freeman, nog een invloedrijke jazzartiest. Een saxofonist. En dan zijn er nog talloze Buddy's.'

'Dat heb je zeker opgezocht? Je weet helemaal niets over jazz.'

'Uiteraard. Zodat ik overtuigende argumenten kon geven voor het behouden van de naam. Het lijkt me vreemd om iemands naam te veranderen vanwege één enkele gebeurtenis in zijn leven. Jij hebt je naam ook niet veranderd toen we trouwden.'

'Die gebeurtenis was zijn geboorte. Hoe dan ook, de naam staat voor Baby Under Development. Ten eerste is hij niet meer in ontwikkeling, en ten tweede zal hij niet altijd een baby blijven.'

'Jammer genoeg is Hud geen naam.'

'Hud?' zei Rosie.

'Homo sapiens Under Development.'

'Hud is de naam van een profeet. Een islamitische profeet. Jij bent niet de enige die dat soort feitjes weet.'

'Onacceptabel. Een duidelijk verband met een religie is ongewenst.'

'Als afkorting voor Hudson, misschien?'

Ik dacht even na over Rosies suggestie. 'Perfecte oplossing. Samenvoeging van Homo sapiens Under Development en het Engelse woord voor zoon. Connectie met de plek van verwekking, New York, door de rivier en de ontdekkingsreiziger waarnaar deze is vernoemd. Connectie met Australië door het Terrorisme Incident dat de redding was van onze relatie.'

'Wat?'

'Hudson Fysh was de oprichter van Qantas. Dat weet iedereen, uit het tijdschrift van de luchtvaartmaatschappij.'

'En Phil was een groot fan van Peter Hudson, de footballspeler. Maar er is één probleem. Weet je nog waar het voor staat? Under Development. Maar hij is nu een volwaardig mens. Het klinkt zo eigenlijk net of hij de zoon is van een Homo sapiens Under Development.'

'Correct. Mensen zouden zich permanent moeten blijven ontwikkelen.'

Rosie begon te lachen. 'En Hudsons vader in het bijzonder.'

'Aangezien je slechts één probleem had geïdentificeerd,

dat inmiddels is opgelost, neem ik aan dat hij nu Hudson heet.'

'Tegen die logica valt niets in te brengen. Zoals altijd.'

Weer een gezamenlijke taak succesvol afgerond. Ik gaf Hudson terug zodat Rosie hem kon voeden. Ik moest met Phil afspreken op welke avonden hij kon oppassen zodat Rosie en ik op tangoles konden gaan.

Dankwoord

Het Rosie Project eindigde met een lange en waarschijnlijk onvolledige lijst van dankbetuigingen, als afspiegeling van de vijfjarige reis van concept naar publicatie. Ik schreef het terwijl ik de fijne kneepjes van het schrijven nog aan het leren was, en veel mensen hebben me geholpen met algemeen advies en aanmoedigingen, maar ook met specifieke suggesties voor het manuscript.

Mede dankzij de hulp die ik van hen heb ontvangen, wist ik beter waar ik mee bezig was toen ik aan *Het Rosie Effect* begon, en heb ik de eerste versie geschreven met de input van slechts twee mensen. Mijn vrouw, Anne Buist, aan wie het boek is opgedragen, heeft met haar schrijversoog naar de opbouw van het verhaal gekeken en bovendien haar deskundigheid als professor in de psychologie ter tafel gebracht (meestal een tafel met daarop een geopende fles wijn). Gene's ideeën over hechtingstheorie komen geheel voor mijn rekening. Mijn andere klankbord was mijn vriend Rod, die samen met zijn vrouw Lynette de inspiratie vormde voor *Het Rosie Project*, en aan wie dat boek ook is opgedragen. Onze gesprekken tijdens het hardlopen langs de Yarra-rivier in Melbourne hebben geresulteerd in de geluidsdichte wieg, het Blauwvintonijn Incident en de Zwangerschapscursus Rel.

Ik had erg veel geluk bij het redactieproces: naast Michael

Heyward en Rebecca Starford van Text Publishing hebben ook een aantal van mijn buitenlandse uitgevers het manuscript van uitgebreid commentaar voorzien: Cordelia Borchardt van S. Fischer Verlag, Maxine Hitchcock van Michael Joseph, Jennifer Lambert van HarperCollins Canada, Marysue Rucci van Simon & Schuster en Giuseppe Strazzeri van Longanesi.

Mijn proeflezers hebben eveneens waardevolle feedback geleverd: Jean en Greg Buist, Tania Chandler, Eamonn Cooke, Corine Jansonius, Peter McMillan, Rod Miller, Helen O'Connell, Dominique en Daniel Simsion, Sue Waddell, Geri Walsh en Heidi Winnen. Ook dank aan Shari Lusskin, April Reeve en Meg Spinelli voor hun ingewijde kennis over New York en over het geneeskundig onderwijs in Amerika, aan David Lange voor zijn advies over koelingssystemen en aan Chris Waddell voor zijn drumverhalen. W.H. Chong heeft de Australische cover ontworpen.

De verwijzingen naar onderzoeken binnen de psychologie en de verloskunde bevatten vooroordelen van fictieve personages en moeten met een korreltje zout worden genomen. Dit geldt in het bijzonder voor Dons interpretatie van *In verwachting – Wat kun je verwachten?*, Rosies verwijzingen naar verscheidene artikelen ter ondersteuning van haar dieetkeuzes, en de impliciete verwijzing naar het werk van Feldman e.a. als basis voor het Lesbische Moeders Project. Deze verwijzingen vormen niet per definitie een correcte weergave van de bedoelingen van deze auteurs.

Veel uitgevers, boekverkopers en lezers hebben zich ingezet om *Het Rosie Project* tot een wereldwijd succes te maken en zetten zich ook weer in voor *Het Rosie Effect*. Wat de Australische markt betreft ben ik vooral dank verschuldigd aan Anne Beilby, Jane Novak, Kirsty Wilson en hun teams bij

Text Publishing, die mijn werk positief hebben ontvangen en het op een creatieve manier onder de aandacht van het grote publiek hebben gebracht.

Over *Het Rosie project* van Graeme Simsion:

'Een subliem hilarisch, humoristisch boek.'
Wim Krings, Boekhandel Krings, Sittard

'Dit gaan mannen en vrouwen leuk vinden!'
Gerda Aukes, Boekhandel Den Boer, Baarn

'Grappig en overtuigend en misschien wel het mooiste liefdesverhaal van het afgelopen jaar.'
7 Days

'Het is vooral een zeer komisch boek. Sterker, dit debuut is het leukste boek dat ik in maanden heb gelezen.'
Boekblad

'Origineel, verrassend en hilarisch.'
Flair

'Een gevoelig boek over hoe moeilijk maar ook hoe eenvoudig de liefde kan zijn.'
Metro

'Zeer sympathieke en warme roman, die een mooie balans vindt tussen humor en de meer gevoelige scènes. De personages zijn interessant en – juist omdat ze niet altijd

even perfect zijn – geloofwaardig. De roman leest als een film.'
NBD

'Een prachtboek over liefde en rationaliteit, dat getuigt van inzicht in de zielenroerselen van een Aspie.'
Nederlandse Vereniging voor Autisme

'Een heerlijk feelgood verhaal. Het is grappig, ontroerend en ook prima geschreven. Een boek dat de wereld zal veroveren.'
Veronica Magazine

'Een must! En ik denk zelfs dat dit boek een klassieker wordt.'
Lezersreactie op Bol.com

Meer lezen over Don Tillman en Rosie Jarman?
Lees *Het Rosie Project!*

'Geestig debuut over de eigenaardigheden van een begaafde autist.' *de Volkskrant*

De autistische Don Tillman doceert genetica aan de universiteit. Hij is superintelligent, kan geweldig koken en is op zoek naar een vrouw. Door zijn sociale onhandigheid is hij echter nooit verdergekomen dan een eerste date. Met behulp van een zestien pagina's tellende vragenlijst hoopt hij zijn perfecte partner te vinden.

Dan komt Rosie Jarman in zijn leven: verre van perfect, maar wel intelligent en mooi. En ze is ook op zoek naar haar biologische vader – een zoektocht waar Don haar misschien bij zou kunnen helpen.

En mis ook *Het Rosie Resultaat* niet!

'Spannend, nerdy, lief en grappig.'
NRC Handelsblad

Hudson, de zoon van Don Tillman en Rosie Jarman, is elf als het gezin terug verhuist naar Melbourne. Don wil zijn zoon daar zo goed mogelijk voorbereiden op de middelbare school. Hijzelf was vroeger een buitenbeentje en Hudson is ook een beetje 'anders'. Don besluit het Hudson Project te starten. Met behulp van de beste experts zal hij Hudson ongemerkt voorbereiden op de veeleisende jungle van de middelbare school. Maar Hudson is ook de zoon van Rosie, en hij laat zich tot Dons verrassing niet zomaar tot een project maken.